唐文

著

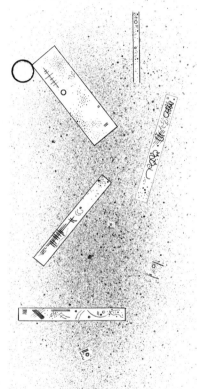

WALTZ OVER
THE ABYSS
The Irrational Novel of
the American Renaissance

深渊之上的

华尔兹

美国文艺复兴时期的
非理性小说

社会科学文献出版社
SOCIAL SCIENCES ACADEMIC PRESS (CHINA)

本书为山东省社科规划研究项目

"美国非理性小说叙事对文化认同的建构研究（1830—1860）"

（项目批准号：20CWWJ10）的结项成果

Then we shall have reasonable grounds for assuming that these are two principles···from giving to that part of the soul with which it reasons the title of the rational principle, and to that part with which it loves and hungers and thirsts the title of the irrational··· （我们很有理由假定存在两个原则······一个是用以思考推理的灵魂的理性原则，另一个是用以感觉爱、饿、渴等物欲的灵魂的非理性原则······） (Plato, 1997: 137)

目　录

前　言

一　历史发展中的非理性动力

18 世纪欧洲经历了理性启蒙运动，宣告了人类主宰自然时期的到来。古希腊哲学将世界分为宇宙的逻辑真相和情感体验的非理性假象两个类别，即建构在哲学和科学体系上的理性（the rational）和以文学及艺术为基础的非理性（the irrational）。正是因为文学中不断涌现的非理性情感冲击着人类的理性阈限，柏拉图才将诗人赶出了他的理想国。法国社会心理学家古斯塔夫·勒庞（Gustave Le Bon）讲道："理性作为人类的特定属性还是新近的事情，对于揭示潜意识规则仍然是不完善的。"（Gustave Le Bon，2002：introduction vi）根据勒庞的理解，理性是人类区别于其他动物群体的重要标签，但是在潜意识中蠢蠢欲动的非理性则是社会进步、人类发展最重要的潜在元素。人类社会有诸多问题不能通过理性途径得以解决，例如生理上的死亡和心理上的迷失。而有些时候，非理性途径却具有相对的有效性，将大脑转向纯粹的想象空间，通过打破旧规约建立新规约而推动社会进步。这也是为什么美国学者罗伯特·达恩顿（Robert Darnton）认为科学与神学之间并没有泾渭分明的界限，"'科学家'往往是神职人员，'科学'常常被称作哲学，'科学家'沿着'存在的巨链'（The Great Chain of Being）向上追求'科学'，直到最后超出了物理学，到达形而上学和神学"（达恩顿，2021：9）。就美国作家而言，19 世纪 30~60 年代正是"破旧立新"思考作家身份、建构文学认同的关键时期。

美国学者卡尔·吉尔森（Cal Jillson）在《美国梦：历史、政治和小说》（*American Dream：In History，Politics，and Fiction*）中讲道，"1830 年到 1860 年之间的三十年是'美国文艺复兴时期'，这是美国文学真正开花结果、摆脱英国文学和欧洲文学的束缚，独立成长的关键时期"（Jillson，1991：90）。① 对于美国文化认同和美国作家身份认同建构来说，这三十年间黑色浪漫主义小说家所做的贡献是不可忽视的，他们从"黑色"非理性视角出发对认同进行了深入思考和表达，通过文学创作从美学维度对认同起到了积极的建构作用。

独立战争后，美国完成了共和制民主国家认同的建构。19 世纪初，在南方和北方进一步融合的基础上，西进运动在北美土地上如火如荼地展开，美国经济社会有了长足进步，呈现欣欣向荣的发展态势。在文化领域内，欧洲浪漫主义文学思潮袭来，传统的清教禁锢逐渐被打破，美国文化认同的建构就是在这一背景下被提上日程。美国学者詹姆斯·特拉斯洛·亚当斯（James Truslow Adams）在《美国史诗》（*The Epic of America*）中谈到了 19 世纪 30 年代开始的繁荣时期，认为美国梦此时从"对物质财富的追求"转化为"一种爱国主义品德"（Adams，1945：191）。在这种道德品质的激励下，美国文人的关注点聚焦到了文化认同的建构与走向上。正如吉尔森所讲，这三十年是美国文学独立于欧洲文学的关键时期，是带有鲜明"美国性"的文化与

---

① 对于"美国文艺复兴"（American Renaissance）名称的来历，为什么会使用"复兴"（renaissance）一词，学界有不同的理解和阐释。renaissance 由"re"（再）和"naiss+ance"（出生）组成，意为"再生，复兴"。16 世纪发生在欧洲的文艺复兴，是新兴资产阶级通过复兴古典主义文学，寻得未来发展之路的运动。1830 年到 1860 年之所以被称为"美国文艺复兴"时期，除了学者认为的该时段是美国建构独立认同并走上迅速发展道路之外，还有一种观点认为，正如欧洲复兴了古典主义文学，美国的文艺复兴则求助于大洋彼岸的欧洲文化传统，复苏的是欧陆经典文化。例如，美国学者杰夫·金（Geoff King）就认为，美国认同是模仿欧洲传统建构的，因而可以"从系列欧洲文艺复兴传统中审视美国"（King，1996：108）。

文学的生产时期。经历了 18 世纪启蒙运动的洗礼，"科学"和"理性"成为主导欧洲文化的关键词，对理性的背叛自然成为美国文化认同建构的起始点。在英文中，"背叛"（betray）一词具有"暴露"和"背叛"的双层含义。（陈豪，2018：195）19 世纪初的美国学者正是在充分分析、了解和"暴露"理性这一关键词的基础上，通过"背叛"而建构自我文化与身份认同的。华盛顿·欧文、纳撒尼尔·霍桑、赫尔曼·梅尔维尔、爱伦·坡等这一时期重要的美国浪漫主义小说家不约而同地采用了"黑色"创作视角，站在"非理性"的基石上去反思历史、建构现实，因此获得了"黑色浪漫主义小说家"这一别具一格的称呼。

随着美洲殖民地的扩张和美国认同的建构，启蒙理性自然成为美国文化的发轫点，成为美国认同形成不可或缺的元素和标识。[①] 对比亚里士多德在《尼各马可伦理学》中提出的 12 条道德训诫和"美国之父"本杰明·富兰克林在《自传》中提出的 13 条道德训诫，可以看出启蒙思想和科学理性确为美国共同体建构的源点。尽管同属伦理道德范畴的规诫，且富兰克林的 13 条很有可能建立在亚氏 12 条的基础上，但前者很明显比后者多了一些启蒙理性的色彩。富兰克林删除了亚氏 12 条中的"勇气""慷慨""荣誉感""友谊"等带有鲜明人文色彩的条目，而加上了"沉默""秩序""节俭""贞洁"等具有科学理性特点的规诫词条。[②] 从两套训诫体系可以看出，美国文明的源

---

① 在接受欧陆启蒙思想冲刷后，理性基石成为美国推行"昭昭天命论"（Manifest Destiny）的重要出发点。例如 20 世纪 40 年代，美国国务卿亨利·基辛格（Henry Kissinger）提出了所谓的"牛顿图景"（Kissinger's Newtonian Vision），认为美国之所以较之第三世界国家具有较大的优越性，正是因为 18、19 世纪接受过启蒙理性的冲刷。

② 亚里士多德提出的 12 条道德训诫为：勇气（courage）、节制（temperance）、慷慨（liberality）、大气（magnificence）、适度野心（proper amibition）、耐心（patience）、真理（truthfulness）、智慧（wittiness）、友好（friendliness）、羞耻心（shame）、谦卑（modesty）和适度愤怒（erighteous indignation）。富兰克林的 13 条道德训诫为：节制（temperance）、沉默（silence）、秩序（order）、决心（resolution）、节俭（frugality）、勤劳（industry）、真诚（sincerity）、公正（justice）、中庸（moderation）、洁净（cleanliness）、平静（tranquility）、贞洁（chastity）和谦卑（humility）。

发点是欧陆，而启蒙理性无疑起到了主导作用，这就是美国认同中的欧陆儒雅传统分支。但仅有传承没有创新，就没有个性特征与未来发展的空间。在独立战争之后，美国亟须建立独属自己的身份认同，也正是在这一背景上非理性思维、反儒雅传统成为美国建构认同的重要策略。

学界历来有对"酒神入侵希腊"现象必然性的研究与阐释，究其根本，正是酒神代表的非理性自然与希腊邦国的理性秩序形成了鲜明的对抗。但不容置疑的是，酒神的"入侵"将希腊文明带至光辉灿烂的最高点。正如柏拉图在《斐德若篇》中所讲："当疯狂作为神的礼物送给我们时，通过疯狂，我们能获得最好的赐福。"（转引自颜荻，2020：71）与之相关，英国诗人约翰·济慈（John Keats）讲到了"消极能力"（negative capability），即"能够安然处于一种不确定的、神秘的、疑惑的状态，而不去执拗地找寻事实和理性"（Keats，1899：277）。济慈赞扬塞缪尔·泰勒·柯勒律治（Samuel Taylor Coleridge，又译柯尔律治），因为后者摆脱了理性束缚，而达致个性化的艺术高潮。反观19世纪文艺复兴时期美国文化认同建构期，针对围绕清教思想和贵族意识的儒雅文化传统的取舍问题，狄奥尼索斯的非理性智趣和济慈的非理性消极能力无疑也起到了至关重要的作用。

二 有关非理性叙事的界定

文学创作中，非理性叙事关注的焦点是作者或者人物自我意识的表达，从开放视角叙述内在感受，表现为叙事内容的主观化和叙事方式的非理性倾向。在本书视域中，非理性叙事主线是在反启蒙基础上对叙事主体意识的聚焦和对其潜意识的深层挖掘，包括非理性叙事主题和非理性叙事策略。非理性叙事作品的主人公通常是罪犯、精神病患者、智障者等非传统文学人物，而非理性叙事策略则包括意识流、闪回、非线性等叙述方式。

对于美国文艺复兴时期的非理性叙事主题与文化认同建构关系，美国学者大多从"黑色浪漫主义"入手，分析作品中的非理性因素及其与认同构筑的相互作用。例如，美国学者周佩·尼曼（Jopi Nyman）著有《硬汉侦探小说和黑色浪漫主义》（*Hard-Boiled Fiction and Dark Romanticism*，1998），对美国文艺复兴时期侦探小说中的非理性因素进行了深度挖掘，而美国学者罗兰·哈根布（Roland Hagenbuchle）则著文《美国文学和 19 世纪认识论危机》（"American Literature and the Nineteenth-Century Crisis in Epistemology"，1988），反思了非理性元素对美国文学认同的重要促成作用，等等。国内学者关注美国文艺复兴时期非理性叙事与认同建构之间的关系，大多聚焦某一特定黑色幽默小说家，尤其是爱伦·坡的非理性叙事。例如，隋玉洁的硕士学位论文《爱伦·坡作品中的理性、非理性及艺术美》（2015）、李慧明的论文《非理性主义视野下的爱伦·坡唯美精神内核评析》（2009）、朱斐然的论文《〈黑猫〉中的非理性叙事》（2019）等就从非理性视角审视了爱伦·坡叙事与文化认同的相互作用。国内亦有学者关注美国文艺复兴时期文学作品的认同建构意义。例如，杨金才的专著《美国文艺复兴经典作家的政治文化阐释》（2009）考察了 19 世纪美国文化认同建构中流露的意识形态和帝国心态，田俊武的专著《美国 19 世纪经典文学中的旅行叙事研究》（2017）则从旅行叙事角度揭示了美国 19 世纪经典作家的文化内涵和认同倾向，等等。在 19 世纪美国经典文学的研究领域，国内外学者已经取得了累累硕果，并不断开发新的研究维度向纵深发展。但总体看来，就非理性叙事主题与文化认同关系的研究还为数不多，现有的研究也只是围绕个别作家的非理性叙事及其作家身份认同的关系展开。

在国外叙事学领域，"非理性叙事"（non-rational narrative）一词并不常见，与国内非理性叙事紧密相关的是"非自然叙事"。在专著《不自然的声音：现当代小说中的极端叙事》（*Unnatural Voices：Extreme Narration in Modern and Contemporary Fiction*）中，布莱恩·理查森（Brian Richardson）用"极端叙事"（extreme narration）特指"后现代和其他先锋叙事策略"（Richardson，2006：preface），并对极端叙事如何创造与重构叙事进行了系统的总结。① 相比较来看，国内学者对非理性叙事的关注度更高一些，包括对非理性叙事理论的研究，以及对具体作品的非理性叙事策略的研究两种。其一，国内有关非理性叙事理论研究的论文主要有三篇。赖干坚在《非理性主义与现代派小说的反向叙事美学》中指出非理性叙事围绕"内感论"展开，在更新叙事方式和叙述形式的同时，"使小说远离客观现实，并且导致对小说美学价值的贬损"（赖干坚，1994：82）。易晓明在论文《非理性视阈对小说叙事的变革意义》（2008）中提出，非理性叙事实现了现代主义小说叙述范式的转换，但也让传统叙事学遭遇到前所未有的危机。申丹在《关于叙事学研究的几个问题》（2009）中，专门谈到了叙事学研究如何应对非理性叙事挑战的问题，在否定易晓明"危机说"的基础上，认为非理性叙事实际为传统叙事学提供了发展机遇。其二，大部分论文研究了具体作品中的非理性叙事策略。例如，解长江的《威廉·福克纳〈喧哗与骚动〉非理性叙事与疏离主题》（2014）就聚焦于小说中非理性叙事主体的解构；而葛纪红在《福克纳小说的非理性叙事与癫狂主题》（2009）中谈道，福克纳在《喧哗与骚动》等作品中通过非理性视角赋予癫狂者话语权，运用非理性叙事策略揭示了工业文明及其工具理性的罪恶；等等。

综观与非理性叙事相关的研究，可以发现其中存在概念模糊和

① 理查森的专著引起了学界对"非自然叙事"的关注，相关研究成果在之后几年连续出现，如让·阿尔伯（Jan Alber）的专著《非自然叙述——非自然叙事学》（*Unnatural Narratives—Unnatural Narratology*，2011），阿尔伯和理查合作编纂的论文集《非自然叙事诗学》（*A Poetics of Unnatural Narrative*，2013）等。与此同时，叙事学研究者就"非自然叙事的内涵"在相关刊物上展开了激烈的讨论，如阿尔伯的《非自然叙事：超越模仿模式》（"Unnatural Narratives，Unnatural Narratology：Beyond Mimetic Models"，2010），弗卢德尼克的《"非自然叙事学"有多不自然；或者，非自然叙事学哪里不自然？》（"How Natural Is 'Unnatural Narratology'；or，What Is Unnatural about Unnatural Narratology"，2012），以及阿尔伯的《到底什么是非自然叙事学？》（"What Really Is Unnatural Narratology"，2013）等。

内涵不清两个方面的问题。其一，学界对非理性叙事的界定比较模糊，这成为非理性叙事研究深入开展的主要障碍。例如，在《关于叙事学研究的几个问题》中，申丹将理查森专著题目里的"extreme narrative"翻译为"非理性叙事"（申丹，2009：61），并未注意到"非自然叙事"和"非理性叙事"之间的区别。其二，研究者也未对非理性叙事的内涵达成一致，这一问题在针对具体作品的非理性叙事策略研究中比较明显。例如，在分析福克纳小说的非理性叙事时，研究者或者从某个局限的视角（如叙述主体的解构），或者从某个特定的主题入手（如"疯癫"）来探究，颇有以偏概全和偷换主题之嫌。

本书依据反欧陆儒雅传统、反启蒙思想，聚焦非理性叙事对美国文化认同的反思和建构，涉及非理性叙事主题和叙事策略两个方面，但基于非理性叙事策略本身界定的不完整，将主要聚焦于非理性主题叙事。在美国文艺复兴的三四十年间，倡导非理性创作理念的黑色浪漫主义作家是文学领域最活跃的群体之一。与启蒙思想家理性至上的观点不同，在黑色浪漫主义作家眼中，自然和人性本质都是邪恶的。正因如此，他们在创作中不约而同地采用了非理性的"黑色视角"去思考未知世界的讯息，用非理性叙事策略来记录人物的内心世界，独特创作理念的成熟不仅推动了美国作家身份的确立和美国文学的独立，而且对美国文化认同起到了积极的建构作用，以形而上的内视角进行了一场声势浩大的国家想象。除了对非理性叙事进行界定，这里还有必要提及美国文艺复兴时期文化认同建构的问题。

三　美国文化认同的两条主线

文化认同与共同体的理念息息相关。爱尔兰民族学家本尼迪克特·安德森（Benedict Anderson）曾指出，所谓的"共同体"（community），其实是"因想象而被赋予的内在的、固定的、有限的神圣主权"（Anderson，2006：6）。根据安德森的理解，共同体是具有一定属性的主权，但其形成的关键是"想象"。认同是建筑共同体的根本，想象在认同建构中同样重要，尤其是文化认同，更需要发挥文学创作的想象力，用"神圣之眼"①在非理性空间涂抹勾勒。正如有学者提出的："想象是生成文艺的必要力量，也是建构共同体的必要机制，它在文艺和共同体之间建构了一种同构性关系。"（李雨轩，2021：12）根据康德的理解，想象本身就预设了对象的不在场性，这种不在场性也反证了想象本身的非理性色彩。在18世纪启蒙运动的影响下，欧洲文化领域推崇"科学理性"的中心地位，强调生命存在的秩序感。19世纪伊始，经历了独立战争的美国面临建构认同的艰巨任务。但在吸收欧洲文化传统精华的同时，对科学理性的"背叛"才是建构自我认同的必经之路，即只有通过非理性视角才能建构起民族文化认同。整体上看，美国文艺复兴时期小说家主要围绕两条主线通过非理性叙事对文化认同进行反思和建构，即美国梦内涵和外延的改变，以及美洲边疆精神和欧陆儒雅传统的相反相成。

美国梦是美国文化认同建构的缘起与主线。美国文明源于早期清教徒移民对信仰自由的追求，之后在精神自由和物质财富两个层面上并行发展，可以说，美国梦情结深深植根于美国文化之中，是文化认同形成的必备条件和必然结果。美国学者劳伦斯·R. 塞缪尔（Lawrence R. Samuel）曾经提出："美国梦界定了这个国家。毫无疑义，所有美国人都受到美国梦的影响……这个梦想是我们文化基因的组成部分。"（Samuel，2012：196）要考究美国文化认同的建构，美国梦的发轫、发展、成熟和转变是最重要的视角之一。梦想往往与现实和理性对立，非理性叙事满足了美国梦的文学表达需求，因而美国梦这一主题在美国文艺复兴时期霍桑等黑色浪漫主义小说家的作品中得到了更

①　莎士比亚在《第106首十四行诗》（"Sonnet 106"）中，将想象力称为"神圣之眼"（divining eyes）。

好的延展，与哥特、恶托邦、唯灵、幽默等文学叙事产生了强烈的共鸣。

　　儒雅传统和边疆精神的相反相成是美国文化认同的精神内核。所谓"儒雅传统"（genteel tradition），由学者乔治·桑塔亚纳（George Santayana）提出。桑塔亚纳认为，正是对这种欧陆主流意识的叛逆，才成就了美国认同的最终建构、"美国思想"（American Mind）的成熟发展，而这种儒雅传统与宣讲边疆精神的"美国意志"（American Will）是针锋相对的。（Santayana，1967：40）欧洲儒雅传统主要由清教传统思想和封建贵族精神组成，它深植于美国文化机理之中，是文化认同建构的必备要素。① 但与之相比，19世纪西进运动中逐渐形成的边疆民粹精神才是认同建构的内在动力。美国学者哈罗德·P.西蒙森（Harold P. Simonson）认为，"美国因边疆的存在一直就被定性为开放型社会……西部边疆即是美国梦"（Simonson，1989：1）。这两种看似对立实则统一的思想精神，组成了美国文化认同的精神内核。儒雅和边疆的对立统一，实际是两种文化传统的对抗融合，它渗透到梅尔维尔、爱伦·坡等反理性科幻叙事以及马克·吐温早期的幽默叙事中，亦是欧陆哥特文学传统美洲本土化的重要背景。

　　围绕美国梦的演变、边疆精神和儒雅传统的相反相成这两条主线，在殖民者、革命者和建国者的不懈努力下，边疆民粹精神和精英儒雅思想的矛盾统一组成了美国文化认同的核心内容。美国梦呼吁"自由、民主和平等"，认可每个人都有追求和实现梦想的权利，而西进运动中的边疆精神更为实现梦想开拓了广阔的天地，这成为民粹精神萌芽和发展的重要前提。与此同时，在欧洲儒雅传统的影响下，美国文化也带有鲜明的精英色彩，19世纪的超验主义思潮推动了这种精英

---

① 在《亨利·亚当斯自传》（*The Education of Henry Adams*）中，作者介绍了1838年到1905年的生平经历，其中的重要线索之一便是从几次"游历欧洲"（Grand Tour）中获得的"教育"，可见儒雅传统在19世纪中期已经是美国教育体制的核心内容之一。该书于1919年获得了美国普利策图书奖。

思想的发展，使其成为文化认同的重要内容。英国作家弗吉尼亚·吴尔夫（Virginia Woolf）曾说："如果想通过一本书了解英国认同，那么小说是最适合的选择了。"（Woolf，1977：158）同样的规则亦适用于美国，美国文艺复兴时期的小说亦是深入研究了解认同文化的必要选择。

四　本书的整体框架结构

本书将在探讨与美洲超验思想和宗教复苏紧密相关的非理性叙事源头后，解读欧文、霍桑、梅尔维尔和爱伦·坡小说中的非理性小说叙事，思考其非理性叙事对文化认同的描写、反思及其建构作用。本书主体分为五章，即"'黑色内涵'与超验思想：非理性之源""美洲哥特传奇：文学秩序的颠覆与重构""唯灵叙事：在另类空间建构认同""科幻叙事：非理性科学的反思、建构和预言""荒诞叙事：幽默棱镜中变形的共同体"，分别从美国文艺复兴时期文化认同的非理性叙事源头、建构路径和建构结果三个层面，就超验思想、哥特传奇、唯灵叙事、科幻叙事、荒诞叙事等五个方面展开论述。在结论中，聚焦美国文艺复兴创作中的荒野书写，再次爬梳五个非理性叙事主题，联系西进运动的进程和经济社会的发展等背景，凸显认同中的边疆民主主义和儒雅精英传统两者的相反相成。

第一章"'黑色内涵'与超验思想：非理性之源"主要思考的问题是美国文化认同中非理性建构的缘起。美国文艺复兴文化的"黑色性"具有"反启蒙""反理性""反工业"的哲学基础，促进了同时期美国黑色浪漫主义文学创作繁盛期的到来。同时期的大觉醒运动与唯一神思潮等宗教复苏运动，丰富了文学创作的非理性主题和叙事策略，为美国自由民粹主义的发展奠定了宗教基础、拓宽了精神维度。爱默生"透明的眼球"和梭罗"行走的双足"，分别通过"直觉"和万物有神论，从非理性视角延伸了文化认同的精英立场和民粹思想。

　　第二章"美洲哥特传奇：文学秩序的颠覆与重构"从美国鬼怪故事、暴力与私刑、梦想恶托邦构筑三个视角聚焦美国文艺复兴作家如何兼容与叛离欧陆哥特传统，结合美洲人文地缘特征创建美洲哥特文学，并借此思考美国共同体的建构问题。欧文的哥特短篇故事、布朗的《维兰德》等小说看似遵循了英国传统创作手法，实际在背景呈现和主题表达等中都加入了美洲元素，在"立"与"破"之间思考了美国作家身份内涵；暴力书写主要围绕自然、信仰和种族等问题展开，满载作者打破传统书写规则的文学诉求与对法治、私刑、奴隶制等问题的深度思考；哥特恶托邦是美国噩梦怪胎的文学表达，为挣扎在理想国边缘的少数群体发声，这些作品中的性别恶托邦、梦想恶托邦与文化恶托邦早在美国认同建构期就预示了未来美国社会发展出现的系列问题。

　　第三章"唯灵叙事：在另类空间建构认同"聚焦非理性的唯灵叙事在文化认同建构过程中起到的表达、反思和建构作用。美国梦源于宗教信仰自由的梦想，在灵魂维度续写美国梦既思考了清教信仰在美洲土壤上的变形与延伸，又从集体无意识层面对美国共同体进行了书写；催眠叙事用灵魂控制肉体隐喻进行写作，既是反欧陆启蒙思想、立边疆民粹精神的努力，亦是美国小说家获取身份认同的成功实践；清教思想对印第安唯灵的征服尝试与恐惧书写，两种精神信仰之间的抵牾，既是少数族裔对白人征服的抗争，又成就了具有鲜明美洲特色的文学创作母题。

　　第四章"科幻叙事：非理性科学的反思、建构和预言"提出，美国文艺复兴时期的科幻叙事虽然源自欧陆启蒙思想，但作家超越了科学理性的囿限，通过开拓边疆背景下带有神话色彩的赛博格叙事反思欧陆科技思想的伦理瑕疵。在非理性视域发生的时空穿越叙事，在科幻视角下继续呈现美国梦的扭曲发展，并延续了文化认同建构中的精英主义和民粹思想之争。随着梦想不断破灭，美国早期荒诞文学也应运而生，其中的物化和后人类叙事等软科幻作品，在讲述梦想破灭的同时，亦为20世纪中后期美国荒诞小说的兴起奠定了基础。通过对黑色浪漫主义小说家非理性叙事策略的分析，可以看出，这些叙事策略实际是作家从集体无意识出发对于美国文化认同和美国作家身份进行的积极思考和表达。

第五章"荒诞叙事：幽默棱镜中变形的共同体"通过边疆幽默书写来审视认同建构的经验与问题。美国梦的两维性与民粹本质、边疆与儒雅的冲突融合等，为麦克·芬克、大卫·克洛科特等民粹英雄的出场奠定了文化基础。随着西进运动的推进，西南幽默叙事引起了学界的关注，盒装结构等边疆策略和自由民粹等思想内核，形成了地方色彩和民族个人较好融合的文学创作理念。马克·吐温的边疆荒诞叙事，与黑色浪漫主义作家通过非理性叙事建构、反思认同一脉相承，边疆荒诞故事中的民粹与精英、边疆与儒雅、南方与北方、共同体与个人等主题都得到了充分的表达，是美国文化认同建构成熟的重要标志。与此同时，马克·吐温的边疆荒诞叙事通过非理性幽默的棱镜，揭示了围绕美国梦发展的认同建构中存在的诸多潜在问题，预示了未来美国经济社会发展会遇到的瓶颈和20世纪美国梦的幻灭。

加拿大学者诺思洛普·弗莱（Northrop Frye）在《批评的剖析》（*Anatomy of Criticism*）中按照四季更替将文学叙事分为四种原型：春季—喜剧（comic）、夏季—传奇（romantic）、秋季—悲剧（tragic）、冬季—嘲讽（ironic/satirical）。（Frye，1973：162）在美国文艺复兴时期的文化认同建构过程中，如果将超验主义和宗教复苏看作认同之树扎根的沃土，那么双维度的美国梦、边疆精神和儒雅传统是贯穿大树内里的两根主脉络，将土壤之中的养分源源不断地供给大树。根据沃尔特·惠特曼（Walt Whitman）的"有机原则"（organic principle），在苗壮生长的大树上开出的花朵、结出的果实，都带有非理性的奇异芬芳。对应弗莱的四季轮回，哥特和唯灵两种叙事带有鲜明的建构意味，拥有春季的喜悦和夏季的幻想，前者在文学创作上结出硕果，后者则在信仰维度建构精神理想国；而科幻叙事的解构和预言，以及幽默叙事嘲讽的梦想失落，前者蕴含梦想幻灭的悲剧性，而后者则带有斯威夫特冷静幽默家的嘲讽与反思。弗莱的文学叙事四季说遵循自然规律，四种叙事类型的更迭反复出现，同样地，美国文艺复兴四种非理性叙事亦在按时序积极思索文化认同、建构与稳定具有鲜明美国个性的共同体。

第一章

"黑色内涵"与超验思想：非理性之源

美国超验主义之父拉尔夫·瓦尔多·爱默生（Ralph Waldo Emerson）在其代表作品《论自然》（*Nature*）中讲道，成年人无法看到自然本真的样子，因为"太阳照亮的只是他们的眼睛，但对孩子们来说，太阳能透过他们的眼睛照进他们的心田"（Emerson，1950：6）。在爱默生看来，启蒙理性照耀下的成年人无法深入了解自然，而拥有纯真眼睛的非理性孩童却能获取到自然的本真。爱默生的孩童本真带有鲜明的超验非理性倾向，在美国作家寻找身份认同的创作实践中起到了重要的指导作用。

19世纪30~60年代被学界统称为"美国文艺复兴时期"（American Renaissance），这是美国文化认同建构的关键时期，亦是美国黑色浪漫主义作家创作的黄金时期。在超验者提出的超灵（Oversoul）、自然和个人关系式图上，美国黑色浪漫主义小说家将创作视角延伸至人物内心深处的幽暗角落和科学理性无法探知的神秘世界，而这种创作理念正是建构美国文化认同的重要尝试。

第一节　美国文艺复兴与"黑色"非理性

19世纪上半期，美国在经历了独立战争及复原期后，也逐渐将文

化认同建构的任务提上日程。处于风云变幻、错综复杂的建构期，如
何抓住最本质的民族特质，并据此界定出明晰的文学认同和作家认同，
是当时的美国作家面临的艰难挑战，也是民族作家脱颖而出的难得
机遇。

通过探究与欧陆思想传统的关系、思酌美国短暂却跌宕的历史，
19 世纪的美国浪漫主义作家利用"黑色的"和"非理性的"文学主
题和媒介对文化认同进行了思考、审视和表达。桑塔亚纳在《怀疑主
义和动物信仰》（*Scepticism and Animal Faith*）中指出，"在试图抓住任
何确定的本质时，（人类）话语是受非理性宿命操控的"（Santayana，
1955：132）。正如莎士比亚在《哈姆雷特》中谈到的非理性对生命存
在的决定意义，以及理性对非理性的排斥与抵抗。在著名的独白"生
存，还是毁灭"之中，哈姆雷特认为，生存就是像懦夫一样的忍耐和
颓然，而死亡则意味着勇士般的抵抗和反叛。虽然如此，但逻辑理性
让哈姆雷特另做了选择：

> ……我们偶然会遭遇理性思考（dream）：对，这就是问题
> 所在，
> 因为在如沉睡般的死亡中，我们究竟会看到什么景观
> （dreams）？
> 当我们挣脱了生命的束缚之后，
> 我们停下了死亡的脚步……

哈姆雷特在独白中用到了两个"dream"，第一个是动词标识理性
思维，第二个是名词标识客观景象，既包含非理性想象的内涵又暗喻
理性思考的倾向。在独白中，哈姆雷特本来一心求死，却因为理性的
介入思考自杀的合理性，最终因"失去行动的名义"而停下了"了不
起的自杀伟业"。很明显，哈姆雷特内心真正渴求的是不顾一切的
"毁灭"，而理性则阻止其自杀的脚步并最终"生存"。与桑塔亚纳异

曲同工，莎士比亚同样看到了非理性冲动对于事物本质的揭示意义。

一 "复兴说"与"黑色说"

在认同建构期，美国文学的"非理性"主要表现在反启蒙、反工业倾向以及与清教、超验等形而上思想的纠缠之中。正如桑塔亚纳所言，在试图抓住认同本质时，19世纪美国文艺复兴时期的作家，尤其是美国黑色浪漫主义作家的非理性书写起到了重要的作用。梭罗曾说："像天文学一样，文学作为更高等级（的学科）超越了暴风和黑色。"（Thoreau，2003：175）毫无疑问，美国黑色浪漫主义作家对"暴风和黑色"的超越，主要体现为在认同建构基础上围绕非理性黑色主题的再创作。

1837年8月1日，爱默生受邀在哈佛大学做了题为"美国学者"①（"The American Scholar"）的演讲。在演讲的最后，爱默生高声呼吁美国文学的独立：

> 我们要用我们的双足行走，我们要用自己的双手劳动，我们要说出我们自己的心里话……一个真正由一个个人组成的国家将首次存在于这个世界上，因为每个人都相信他自己被圣灵感召，而这圣灵也将感召所有的人。（爱默生，1993：94）

爱默生的呼吁反映了同时代美国文化认同建构的需求，既是对独立战争后美国文化积淀成果的认可，也是对美国未来三十年建构主题的估测，这也是《美国学者》被学界称为"美国知识分子的独立宣

---

① 该讲座一开始的题目是"美国大学优等生荣誉协会讲座，剑桥［马萨诸塞］，1837年8月1日"（An Oration Delivered before the Phi Beta Kappa Society，at Cambridge，［Massachusetts］，August 31，1837"）。1841年，当爱默生再次发表讲座全文时，重新命名为"美国学者"。

言"的原因。(Richard，1995：263) 如今看来，对于 19 世纪 30 ~ 60 年代的文化认同建构关键期，学界针对其中的非理性倾向存在两种不同的解读，即"复兴说"和"黑色说"。

1941 年，美国学者 F. O. 马锡森 (F. O. Mattiessen) 出版专著《美国文艺复兴：爱默生和惠特曼时代的艺术与表达》(American Renaissance：Art and Expression in the Age of Emerson and Whitman)，首次将 19 世纪 30 ~ 60 年代界定为"美国文艺复兴时期"，并认为这是美国文化认同确立和稳定的关键时期。独立战争后，美国经济社会逐渐走上了稳步发展的道路，并在 19 世纪前半期取得了长足的发展。亚当斯在《美国史诗》中就指出，所谓的"美国性"(American) 可以追溯到 19 世纪 30 ~ 60 年代。(Adams，1945：183) 不同于殖民地时期美国作家对欧洲作家亦步亦趋的模仿，这一时期的美国文学创作逐渐形成了独立的个性，涌现出华盛顿·欧文、纳森尼尔·霍桑、赫尔曼·梅尔维尔等重要的浪漫主义作家。正因如此，马锡森才认为这三四十年是美国文学独立和成熟的关键时期。[①]

有趣的是，马锡森所界定的美国文艺复兴时期，与美国文学史上的"黑色浪漫主义"(Dark Romanticism) 文学时期几乎重合。马锡森认可的欧文、霍桑、梅尔维尔等作家也都被学界冠以"黑色浪漫主义作家"的标签。[②] 有学者指出，之所以给标榜"自然""自由""梦想"的浪漫主义贴上"黑色"的标签，是因为这些作家创作的文学文本中含有大量的哥特因素。[③] 但如果只将"黑色"归因于哥特题材，未免过于偏狭。结合 19 世纪前半期的历史背景可以看出，美国黑色浪

① 16 世纪英国文艺复兴运动之后，英国学界清除了封建思想的影响，资产阶级文学获得了长足的发展。在《美国文艺复兴》中，马锡森所谓的"文艺复兴"并没有"复兴古典主义文化"之意，实际指的是此段时期在美国文化发展史中的重要地位。
② 马锡森对爱伦·坡的评价颇低，因此将其剔出文艺复兴作家行列。
③ 如蒲若茜在《〈呼啸山庄〉与哥特传统》中，就将"哥特题材"称为"黑色浪漫主义"(蒲若茜，2002：47)，而陈榕在评论文章《哥特小说》中也提出，哥特小说"是与新古典主义相对立的黑色浪漫主义"(陈榕，2012：99)，等等。

漫主义之"黑色"有着深刻的社会文化背景。

综合来看，如果"复兴说"指出了 19 世纪上半期"美国文艺界欣欣向荣的局面"（Arac，1985：90），那么"黑色说"则点明了文化认同建构背后的非理性之手的存在。"复兴"看到的是经济社会的繁荣和文化艺术的蓬勃，而"黑色"则指出了认同建构的哲学基础和现实矛盾，两者是颉颃的统一体，均是美国文化认同建构不可或缺的组成部分。美国学者迈克尔·麦克洛克林（Michael McLoughlin）在谈及这三十年的美国历史时认为，这一时期的美国处于"巨大变革的边缘地带"，其最主要的特点是"分解"（disintegration）和"建构"（fulfilment）。（McLoughlin，2003：16）如果说"复兴说"所关注的是"建构"的成果，那么"黑色说"则指向了"分解"现象背后的推手。

美国黑色浪漫主义的大致时间为 19 世纪 30~60 年代，代表作家是霍桑、梅尔维尔、爱伦·坡等，尽管学界对此已经达成了一致，但对于"黑色浪漫主义"的内涵，或者说为什么浪漫主义是"黑色"的，则众说纷纭。现在看来，国外学者大多将"黑色"与稍前期的超验主义思想联系起来，认为这些作品在个人、自然和超灵关系的框架上思忖人类内心世界的云谲波诡，因而带上了不明朗的暗色调。其中比较有代表性的，是美国学者哈里·莱文（Harry Levin）的专著《黑色的力量》（*The Power of Blackness*），其围绕霍桑、梅尔维尔和爱伦·坡三位作家思考了 19 世纪浪漫主义作家作品中的"黑色"，指出"因为我们的作家没有宗教祖辈可以追忆，所以我们在他们的作品看到的是黑色和荣耀的结合体"（Levin，1980：7）；美国学者卓丕·尼曼（Jopi Nyman）著有《硬汉小说和黑色浪漫主义》（*Hard-Boiled Fiction and Dark Romanticism*），探讨了美国浪漫主义文学作品中的哥特元素，以及黑色幽默小说家对浪漫和英雄主角（ideal hero）的颠覆，认为这才是"黑色"存在的原因；等等。

相比较来说，国内黑色浪漫主义文学研究在广度和深度上更显欠缺，但亦有国内学者针对黑色浪漫主义的基本属性著文立说。其中具有代表性的，是在 2001 年的评论文章中，学者肖明翰最早提及"黑色浪漫主义"一词，并提出之所以"黑"，是因为其"渲染暴力与恐怖"，"揭示社会、政治、宗教和道德上的邪恶"（肖明翰，2001：94）；学者杨惠英在评论文章《面纱背后的"神秘"与"浪漫"——浅析霍桑的"黑色面纱"与黑色浪漫主义》中，从黑色的"精神暴力"、黑色的"泼墨手法"和黑色的"心灵恐惧"等方面，分析了黑色浪漫主义的内涵（杨惠英，2012：170）；等等。综观国内外有关美国黑色浪漫主义文学的研究可以看出，不仅相关成果数量不尽如人意，而且对于美国浪漫主义之所以为"黑色"的探究并不能令人信服。实际上，对"黑色"的解读，必须从 19 世纪美国社会文化和哲学思想背景入手，而首先要提及的，就是 18 世纪欧洲的启蒙运动。

二 "黑色说"中的反启蒙内涵

18 世纪欧洲启蒙运动是一场反封建的科学理性运动，它席卷了整个欧洲，将理性之风吹拂至欧洲主要国家的各个角落，逐渐撼动了以基督教为中心的宗教信仰体系。在科学领域，牛顿的力学原理和万有引力定律让人们意识到瞬息万变的宇宙背后并没有神的存在，从而彻底解构了上帝的权威；而在人文社科领域，英国哲学家约翰·洛克（John Lock）提出，人的感知来自外在世界，身份认同的建构需要从物质世界寻找基点，亦瓦解了信仰体系中上帝的中心位置。标榜"理性至上"的启蒙思想是新兴资产阶级反封建的利器，高呼"人定胜天"的启蒙者体现了新兴阶级的乐观向上。但随着资本主义社会的发展，科学理性不足以解释和解决层出不穷的社会矛盾和哲学难题，因此学界逐渐出现了质疑的声音。19 世纪，欧洲学界出现了以德国哲学家为代表的超验派。在康德看来，先知在经验之前就存在，因此客观事物都带有理想主义的色彩。康德的理想主义和 19 世纪欧洲浪漫主义文学思潮遥相呼应，对之前的启蒙思想形成巨大的冲击。

视角拨回美国。殖民地时期，清教信仰占据了美国文化思想的主导地位，建立信仰自由的迦南王国是殖民者最初的梦想。18 世纪以来，受欧洲启蒙思想的影响，科学理性和个人主义一直是美国文化领域的两大主题，而此类作品则备受美国作家推崇。① 进入 19 世纪，正处浪漫主义初期，美国建构文化认同的条件逐渐成熟，而如何在欧陆思想和美洲精神之间寻求平衡，是这一时期美国作家面对的挑战和机遇。桑塔亚纳在《美国哲学中的儒雅传统》（*The Genteel Tradition in American Philosophy*）中谈及两者在美国文化认同建构中的重要性时指出，欧陆思想是带有阴柔之美的"美国思想"，而美洲精神则为具有阳刚气质的"美国意志"。如果美国思想是欧洲儒雅传统的延续，那么美国意志则体现了崭新的美洲边疆精神。（Santayana，1967：40）"思想"凸显了理性的至高无上，而"意志"则是身份和个性建构的重要条件。在 19 世纪前半期浪漫主义文学作品层出不穷的背景下，在"意志"对"思想"既抵抗又吸收的作用下，反理性思潮被推至前台，这就促进了黑色浪漫主义文学的萌芽和发展。②

相比较以英国作家为代表的欧陆浪漫主义文学的明朗和活泼，美国想要在批判继承的基础上建构作家群体认同、独具美国特色的民族文学，就要赋予这一"浪漫"以不同的色彩。换句话说，将深沉的黑色暗底与明朗的浪漫故事结合在一起，乍看是非理性的悖论存在，但其中蕴含美国作家寻求认同建构的诉求和努力。所以，与拜伦红色恰尔德·哈罗德革命形象、华兹华斯湖区的黄色水仙、济慈多彩的夜莺等鲜亮夺目的浪漫形象不同，霍桑、梅尔维尔、爱伦·坡等美国浪漫主义作家却塑造了罪罚之下的西西弗斯、海洋中

① 例如，在《自传》中，本杰明·富兰克林就重点阐述了英国作家班扬的《天路历程》和同时代英国报纸《旁观者》对其思想和创作的深刻影响，"清教虔诚"和"理性之上"是富兰克林作品的两条主线。

② 联系前文提及的内容，有学者将"黑色"与"哥特"联系在一起，实际上哥特元素的流行是反启蒙思潮涌动的一种表现。迈克尔·麦克洛克林指出，哥特文化真正的目的是"将读者从由启蒙和理性导致的麻木和自大中唤醒"（Mcloughlin，2003：118）。

的利维坦、嗜血成性的杀人者等暗黑形象。两相对比,美国浪漫主义作家的"黑色"极具标识性,较高的辨识度聚焦了作家们渴望获得认同的集体无意识。

三 "黑色说"的反工业内涵

19 世纪美国浪漫主义之所以被标注上"黑色",还与工业革命的飞速发展关系密切。19 世纪 20~40 年代,美国完成了商业资本向工业资本、农业经济向商品经济阶段的两个转变,北方经济尤其得到了迅猛发展。到了 60 年代,北方的工业革命基本完成,美国工业总产值跃居世界第四位,仅次于英国、法国和德国。有学者将美国这半个世纪的历史称为"工业发展的狂飙时期"(杨生茂、刘绪贻,1993:195)。随着工商业的迅猛发展,铁路线亦从东海岸延伸到了西海岸,随时可以将用于工业生产的机器运送到各个工业城市。[①] 可以说,不断延伸的铁路线是美国工商业发展的大动脉,以至于后来美国外交家亨利·亚当斯(Henry Adams)曾经感叹道,"1865 年到 1895 年之间的三十年,那一代人都将自己的命抵押给了火车线"(Adams,2006:215)。

在全民工业化大趋势下,反对工业化尤其是反机器的声音亦不绝于耳,它们逐渐汇流成河,针对机器推广带来的人之"物化"展开了激烈批判。在席勒和托马斯·卡莱尔等欧洲哲人的影响下,美国学者早在 1830 年就提出了机器对人的异化作用,认为曾经鲜活的美国梦被囿限于机器生产的狭缝中。加之 1837 年发生在全美疆域的经济危机,引发了社会的大震荡和大萧条,直到 40 年代中期美国经济社会才逐渐和缓过来,更是加剧了学界对于商品经济和工业机器的声讨。美国学者利奥·马克斯(Leo Marx)在专著《花园里的机器:美国的技术与

---

① 美国自 1830 年开始按照欧洲标准修建铁路,到 1850 年铁路线总长度就达到了 9021 英里,成为当时世界上铁路线最长的国家。

田园思想》（*The Machine in the Garden：Technology and the Pastoral Ideal in America*）中讲道，"到了 19 世纪 50 年代，机器已经成为一种政治梦想和形而上理想的超验符号"（Marx，2000：206），被纳入意识形态的机器压抑了人性的自由和思想的灵动，让理性蒙尘，变为社会文明发展进步道路上的障碍物。在甚嚣尘上的工业神话中，在向以启蒙思想为引导的现代社会转变的过程中，以"反机器"为主线的 19 世纪反物质主义运动逐渐兴起，反智主义思想和超验主义运动就是这场运动的重要组成部分。这场运动源自"反启蒙"，亦是 19 世纪前半期浪漫主义被标注上"黑色"的另一个重要原因，表现为科幻叙事、哥特叙事、恶托邦叙事等多种非理性书写。

除了"反启蒙""反工业"的内涵，美国浪漫主义"黑"之底色亦与清教传统密切相关。清教信仰是美国殖民地文化萌芽发展的根基所在，18 世纪很多文学作品都表达了作者对上帝的敬畏、对罪与罚的恐惧。即使在 19 世纪清教束缚式微的情况下，像霍桑这样的黑色浪漫主义作家，仍然着意利用哥特元素表达对清教罪与罚的恐惧和敬畏。与此同时，随着清教思想禁锢的式微，唯一神论思想逐渐占据了美国神学领域的主导地位。唯一神论强调，耶稣也是凡人，《圣经》亦是凡人所作，而人类可以通过努力改变境遇，并且艺术和文学也有助于人类社会的整体进步。与受清教规诫操控的卑微信徒不同，唯一神论者生而为人的地位得到了极大的提升，而学术关注的视角也由神学逐渐转向美学。

第二节　宗教复兴与黑色非理性

18 世纪的欧洲经历了启蒙运动的理性洗礼，牛顿的力学定律、笛卡尔的"我思故我在"、洛克有关自我身份的解读等，不断冲击着基督教思想的绝对权威和统治地位。大洋彼岸，处于殖民地时期的美国正在慢慢成长，同样也受到了启蒙思想的影响。在科学理性的影响下，美国思想领域形成了两种不同的动向，即自然神论①（Deism）和大觉醒运动（The Great Awakening）。以本杰明·富兰克林（Benjamin Franklin）为代表的自然神论者，将上帝造世和自然科学巧妙结合在一起，成为有信仰的科学人；而以乔纳森·爱德华兹（Jonathan Edwards）为代表的大觉醒运动倡导者，则宣讲通过个人努力实现自我救赎，对科学迷信进行了彻底的批判。

一　大觉醒运动：信仰主题与非理性叙事

美国建国前后共发生过两次大觉醒运动，即18世纪30~40年代的第一次大觉醒运动和19世纪初至30年代的第二次大觉醒运动。② 第二次大觉醒运动是第一次大觉醒运动的延续，两次运动都是利用传教氛围引导听众认识到身上背负的原罪，以及被基督急速拯救的必要性等。第一次大觉醒运动主要发生在宗教思想领域，以乔治·怀特菲尔德（George Whitefield）和爱德华兹等有名望的牧师为代表。相比第一次大觉醒运动，第二次表现出更加世俗化的倾向，吸引了来自各阶层不同的参与者，客观上促进了教育体制改革，并推动了妇女自由、黑人解放等民主运动的兴起。为了让听众感同身受，大觉醒牧师会在传教过程中采取极端的手法，或振臂高呼，或大声呵斥，或潸然泪下，等等。在共情作用下，听众往往也会因此而意识到自己身上所背负的"罪

---

① 自然神论最早出现在18世纪，是将基督信仰和科学技术并置的思想。为了回应牛顿力学对传统神学思想的冲击，自然神论者提出：上帝在创世之后离开，世界根据力学等科学定律自行发展。自然神论者有美国的富兰克林，法国的卢梭、伏尔泰，英国的亚历山大·蒲柏（Alexander Pope）、丹尼尔·笛福（Daniel Defoe）等。

② 美国历史上共有四次大觉醒运动。18世纪30~40年代为第一次大觉醒运动，19世纪初至30年代为第二次大觉醒运动，两次运动均以分享个人宗教体验来唤醒宗教意识为目的，带有鲜明的反理性特点。除了这两次之外，还有第三次大觉醒运动（19世纪80年代至20世纪初）和第四次大觉醒运动（20世纪60~70年代）。参见 http://jloverseas.org/awakening/，最后访问日期：2024年5月16日。

深渊之上的华尔兹：美国文艺复兴时期的非理性小说

行"，痛哭流涕跪地不起。例如，在面对像"半路契约"①（Halfway Covenant）这样入世的基督信仰时，爱德华兹等大觉醒牧师强烈反对并大声斥责它对原教旨主义的动摇，以至于当时大多数教会都弃绝了这一有效增加教民数量的和缓策略。

在著名的康涅狄格州传教作品《愤怒上帝手中之罪人》（"Sinners in the Hands of an Angry God"）中，爱德华兹将信徒比作在上帝掌控之中、悬挂于地狱入口的蜘蛛："你就吊在一根细细的丝线上，上帝愤怒的烈焰在你周身翻飞，每时每刻都能将那根丝线烧断，让你坠入深渊。"（转引自胡永辉，2017：48）此外，爱德华兹还重述《圣经》中的索多玛故事以强化对听众产生的震慑效果："赶紧逃命吧，不要往后看，快逃到山的那边去。否则的话，你就会被火山吞噬掉。"（Edwards，2005：186）显而易见，爱德华兹的伎俩是通过恐吓产生"唤醒"效果，而这一布道文也因其唤醒作用被视为"烈焰布道"（fire and brimstone preaching）的代表。不可否认，大觉醒运动作为原教旨倾向的宗教信仰活动具有历史局限性，但其对美国文化认同建构亦产生积极的推动作用。

基督原教旨认为，人生来就带有原罪，如果不被救赎就会下地狱。与之不同，大觉醒运动的倡导者提出，所谓的"救赎"并非先天决定的，个人可以通过后天努力进行"自救"。在19世纪中期的第二次大觉醒运动中，宣讲因信称义理念的"阿米尼乌斯主义"②（Arminianism）就吸引了很多基督教徒的关注。"阿米尼乌斯主义"提出，只要将耶稣视为救赎者，并以此改变内心环境获取精神重生，任何人都可以获得救赎。大觉醒运动倡导者，"以虔诚的宗教信仰是获救的根本途径

---

① 传统清教教义规定，只有能证明亲身蒙受基督神恩的人，才可以皈依入教。所谓半路契约，指的是不能提供身受神恩证据人的子女，亦可入教。这是18世纪美国社会发展的必然，"取舍的标准是道德上的体面，而非灵性的重生"（胡永辉，2017：46）。
② "阿米尼乌斯主义"最早在16世纪由荷兰神学家雅各布斯·阿米尼乌斯（Jacobus Arminius）提出，基本观点包括"全民堕落"（Depravity is total）、"全民救赎"（Atonement is intended for all）、"个人有反抗的自由意志"等。

024

为口号，扬弃宗教中的宿命论"（杨平，1992：39），这是美国早期最朴素的平等思想，亦是美国个人主义生发的源头之一。与第二次大觉醒运动同一时期，唯一神论者在宗教领域将这种朴素个人主义发扬光大，更加倡导人之生存的主动性和积极性，尤其对利用多种文学创作表达宗教情感的途径予以肯定，为美国的文艺复兴营造了良好的文化氛围。

大觉醒运动促进了美国个人主义价值观的形成，在普通民众内心深处埋下了思想自由和众生平等的种子，美国认同这棵大树的根脉中流动着自由与平等的汁液，浇灌着供养哲学思想和文学创作生长的肥沃土壤。除此之外，大觉醒运动倡导者呼吁，清教信徒应该摆脱原教旨束缚，通过"身体震撼"获得宗教皈依。这种呼吁本身就带有反抗精神，而对于新生的美国来说，无论是获取宗教信仰自由，还是赢得政治体制独立，反抗精神都是必不可少的。美国要取得革命和建国的胜利，不能仅仅依靠启蒙理性之光，更需要思想运动带来的宗教激情和民族热情，而大觉醒运动无疑部分地满足了这种需求。国内学者孙有中就曾将大觉醒与启蒙运动相提并论：

> 前者树起理性的旗帜，后者点燃虔诚的火炬……不仅直接为美国革命输送了强大的思想武器，而且使自由、独立与平等的观念深深扎根于美国民族的心灵，孕育出个人主义这一美国文化的根本精神。（孙有中，1997：124）

作为一场带有非理性激情特点的宗教复兴活动，大觉醒运动在美国获取独立革命胜利，并最终建立起民主共和国的过程中所起到的作用是不可轻视的。

与此同时，作为一场宗教思想运动，大觉醒运动潜移默化地影响了美国文艺复兴时期作家的创作理念，是具有美国特性的非理性小说叙事生发的重要源头之一。在大觉醒者看来，通过感灵经验获得宗教皈依是通往救赎的唯一道路。因此，"虔诚"是其宗教思想活动的关键所在，而为了获得"虔诚"，大觉醒牧师们甚至采用了极端的布道方式。在布道时，牧师们抑或用巧妙修辞来复述基督信条，抑或用自己的皈依经历引发共情，辅以夸张的肢体语言，在座听众往往在诱导之下情绪崩溃。美国早期的大觉醒牧师吉尔伯特·坦南特（Gilbert Tennent）曾经提出，牧师必须有皈依经历，否则他的布道就是旁门左道，[①] 由此引发了大觉醒牧师对获取"皈依经历"的执着，并想方设法将这种经历栩栩如生地再现于布道中。在《自传》中，富兰克林就曾提到因被怀特菲尔德感人至深的布道深深打动，冲动下为教会捐助了大笔的钱财。（Franklin，1981：107）感动富兰克林的，正是怀特菲尔德牧师的"虔诚"，牧师的自身经历加之共情作用，变成了能够改变人类思想的神奇力量。

大觉醒牧师在布道时，将听众视为背负原罪的人，且浓墨重彩地描绘罪行之不可饶恕，如在《愤怒的上帝手中之罪人》中，爱德华兹就曾引用《圣经》里上帝的诅咒警告信民："我会在愤怒之中踢倒他们，在狂暴之中踩踏他们，他们的血会溅到我的袍子上，他们的血渍污浊了我的衣服。"（Isa. 63：3）1735年，新英格兰地区出现了所谓的"自杀热"（suicide craze）——教民因自身难以涤清的罪行而选择自杀。（Marsden，2003：66）在第二次大觉醒运动席卷而来之际，美国诗人艾米丽·狄更生（Emily Dickinson）也因不能获取"皈依经验"而惶惶不可终日，甚至产生了自杀的念头。在与朋友通信中她就曾提到内心的恐惧：虽然不愿意接受"呼召"，但为可能因此失去上帝的庇护而寝食难安、不知所措。接受"呼召"而皈依，就意味着"放弃自我——放弃自己的喜好、习惯和自由，转身浸没到无思想和世俗的世界中"（Bloom，2006：308）。

---

① 主要观点在坦南特最重要的布道"未皈依之布道的危险"（"The Danger of An Unconverted Ministry"）中。https://www.ligonier.org/learn/articles/the-danger-of-an-unconverted-ministry/，最后访问日期：2024年5月16日。

19世纪四五十年代，是美国黑色浪漫主义小说家创作高峰期，而这一时期正是大觉醒思想在美国学界影响力最大的时期。大觉醒倡导者浓墨重彩地描述原罪之说和因罪而带来的罚，像狄更生这样因无法获取皈依经历而恐慌的作家为数不少，文艺复兴作家亦将对觉醒运动的厌恶和恐惧写入作品之中，或是幻化成霍桑对于清教迫害和原罪天罚的书写，或是表现为梅尔维尔笔下对于精神操控的嘲讽等，成为唯灵叙事、催眠叙事等非理性书写重要的创作灵感和写作素材。此外，大觉醒者强调"罪"是深埋在每个人心中不可挖掘的罪恶种子，而对于"罚"的恐惧亦是所有人必须经历的，这就推动了同时代小说家对人物心理的揣摩和描述。例如，在其系列犯罪小说中，爱伦·坡就聚焦对犯罪心理的精准捕捉，暗示这种不可抑制的原罪冲动存在于每一个人心里，从而创作具有美国本土特色的边疆哥特小说。美国黑色浪漫主义小说家对原罪主题的多维度扩充，与大觉醒运动的影响是密不可分的。

除了小说主题，大觉醒运动还影响到了黑色浪漫主义小说的叙事方式。上文提到为了达到震撼听众以获取唤醒目的，大觉醒牧师在布道中会突然提高或者降低声调，并使用非常规肢体语言，还会危言耸听恐吓听众以产生震慑作用，等等。桑塔亚纳曾经提出，"在最初想要获取事物本质之时，话语是受控于非理性宿命的"（Santayana，1955：132）。同样的道理，这些看似从未有过的、非常规非理性的布道方式，实则是为了逆向拨转时钟以获取原教旨主义的虔诚。受大觉醒原罪思想和布道方式的影响，黑色浪漫主义作家同样也对非理性叙事方式情有独钟，像科幻叙事、唯灵叙事、催眠叙事、疯癫叙事和哥特叙事等文学策略，都是美国黑色浪漫主义结合宗教背景采用的特殊叙事方式。其中，催眠叙事与大觉醒布道有着很强的互文性：人物（牧师）通过极端方式催眠（震撼）人物（听众），作家（牧师）通过极端方式催眠（震撼）读者（听众）。霍桑的《福谷传奇》（*Blithdale Romance*）、梅尔维尔的《贝尼托·塞莱诺》（*Benito Cereno*）以及爱伦·坡的《摩格街杀人案》（*The Murders in the Rue Morgue*）等，均用到了催眠叙事。①

二 唯一神论与反儒雅传统

几乎同一时期，美国宗教思想界另一重要的分支——唯一神论亦逐渐移至聚光灯下。唯一神论思想逐渐占据19世纪美国神学界的主导地位，是美国浪漫主义萌芽和发展的重要哲学基础。② 唯一神论提高了普通人的主体地位，认为人可以通过努力而改变自己的境遇。因此，对人类情感世界的喜怒哀乐、内心世界细枝末节的书写成为必然，而霍桑、爱伦·坡等黑色浪漫主义小说家之所以能够洞察人物内心世界的复杂幽微之处，与此不无关联。如果说大觉醒运动在原罪主题和非理性叙事策略上影响了黑色浪漫主义小说创作，那么唯一神论则赋予小说家更多的自由去寻求美国文学表达方式、建构美国作家身份认同。

美国学者巴雷特·温德尔（Barret Wendell）曾断言："在19世纪的新英格兰，几乎所有享有文学声誉的作家，或者是唯一神论者，或者受到了唯一神论的深刻影响。"（Wendell，1901：289）而根据美国学者劳伦斯·布伊尔的统计，1812年到内战之间，大概有70%的作家是唯一神论的拥趸，其中主流作家占到一半以上。（Bloom，2004：242）唯一神论是当时超验主义思想的重要来源之一，在美国思想和认同形成过程中起到了关键性的作用。有学者高度肯定唯一神论，认为它与"美国思想一致"，其衍生出来的"超验主义思想……引发了美国宗教、哲学和文学的新发展……促成了美国的'文艺复兴'"（杨天虎，2007：25）。

"唯一神论"（unitarianism）一词源于拉丁文"unitas"，意为"一

---

① 有关催眠叙事，详见第三章第二节。
② 美国学者劳伦斯·布伊尔（Lawrence Buell）在评论文章《唯一神运动的文学意义》（"The Literary Significance of the Unitarian Movement"）中指出，"众所周知且毫无异议，美国唯一神运动和所谓的美国文艺复兴之间存在着密切的关系"（Bloom，2006：214）。

致""一体"，与另一拉丁文"tres"（意为"三个"）相对应。唯一神论是从基督教义发展而来，并没有系统体系和严格教义，大概指由上帝唯一神这一中心论点延伸出来的系列观点。在大多数基督教派看来，上帝是三位一体的存在，即圣父、圣子和圣灵的结合体。与之不同，唯一神论者认为，耶稣因受神戒而成为救世主，但其并不具有神祇的身份认同。在此基础上，唯一神论者否定了"原罪""命由天定"以及《圣经》绝对权威等几个传统西方基督教命题，肯定了个体拥有信仰自由和言论自由的权利，唯一神教派因此被称为"教会中的自由派"（Melton，2009：611）。美国的唯一神运动主要集中在新英格兰地区。1784 年，新英格兰牧师詹姆斯·弗里曼（James Freeman）在波士顿国王礼拜堂宣讲唯一神思想，之后更着手按照该思想修改祈祷书，由此开始，唯一神思想逐渐成为重要的美国宗教思想，在美国文化认同建构过程中起到重要的作用。

欧陆儒雅传统聚焦清教思想和贵族文化，而在唯一神论推动下美洲的边疆精神则表现出鲜明的反儒雅的自由民粹倾向。大觉醒运动的倡导者认为，只有通过"身体震颤"的途径才能达到皈依宗教的目的。这种独一无二的皈依经历，是受到"天恩"的唯一证据，没有这种经历则不能入教。与之不同，唯一神论认为，"基督品格"（Christian character）的养成和维系，才是通往救赎的唯一途径。（Bloom，2004：242）比较两者可以看出，"身体震颤"是可遇不可求的，而"基督品格"则可以通过后天努力获取。在唯一神论者看来，通过个人付出和努力就会沐浴天恩，从而实现人生价值。唯一神论的"基督品格说"，是美国个人主义思想扎根发芽的重要土壤。个人主义源于"个性化原则"（the principle of individuation），指的是"一个事物区别于其他事物的方式"（Audi，1999：424）。启蒙运动之前，个人都被视为没有个性的社会组成单位；但在启蒙运动之后，理性的渗入让"个人"觉醒，进而诞生了独立于集体的个体意识。这一"个性化原则"是浪漫主义文化思潮的源发点。启蒙的理性与信仰的非理性，在个性化原则这一点上得到了统一。在罗素看来，所谓的浪漫主义运动的本质，"其目的在于把人的人格从社会习俗和社会道德的束缚中解放出来"（罗素，2009：224）。在凸显个人重要性的基础上，唯一神论为美国浪漫主义文学的发展奠定了文化基础。

作为大觉醒运动的主要倡导者，爱德华兹围绕"身体震颤"进行宗教书写，完成了《自述》（*Personal Narrative*）等影响深远的传教作品。与之不同，唯一神论者否定了"身体震颤"的重要性，认为凡是维系"基督品格"的书写都是神圣的，任何包含了纯粹情感、涉及高尚品德之美好和忠诚信仰之惠泽等主题的作品，都是对上帝的正确解读。清教思想严格束缚文学作品的创作种类和数量，而唯一神论则认为文学创作是表达宗教思想的康庄大道。肯定文学书写的合法性，不仅为美国文艺复兴文学的发展铺平了道路，而且揭开了新英格兰超验思想的大幕。这也是为什么美国学者佩里·米勒（Perry Miller）曾撰文《从爱德华兹到爱默生》（"From Edwards to Emerson"）并提出，唯一神思想"掀开了封印新英格兰品格秘密泉眼的教条之沉石"（Miller, 1956：197）。以马萨诸塞州大法官塞缪尔·休厄尔（Samuel Sewall）的作品为代表的清教徒内省日记和以大觉醒牧师爱德华兹的《自述》为代表的"身体震颤"书写等，在 18 世纪的美洲曾拥有不少拥趸。进入 19 世纪，在唯一神论的影响下，新英格兰地域出现了多种文学体裁并行的态势，既有爱默生独成一体的超验杂文和梭罗贴近自然的游记，又有霍桑等黑色浪漫主义作家的非理性叙事，等等。

总而言之，19 世纪两种主导的宗教思想，即大觉醒运动和唯一神思想，一个强调对灵魂的操控，一个重视个体的独立性，这两种思想对于非理性叙事主题和叙事手法起到了重要的推动作用。如果大觉醒牧师的"罪与罚"思想赋予稍后出现的黑色浪漫主义作家以黑色性主题，极端的布道方式启发了他们的非理性叙事策略，那么大觉醒对个人努力的认可也开启了文化认同中的个人主义思想的发展。唯一神论是在大觉醒运动的基础上发展而来的，继承了后者对于个人努力的肯定，在剥除了耶稣的神祇地位之后，肯定个人的存在意义和社会价值，更将文学创作视为探寻个人救赎的有效方式，为同时期黑色浪漫主义小说的繁盛铺垫了道路。而这种对个人价值的肯定，之后更延续到了新英格兰超验思想之中。超验思想家提出，个人可以通过自然媒介获得神性，亦对黑色浪漫主义文学创作产生了深远影响。总而言之，如果大觉醒运动为19世纪美国文学开辟了邪灵回归、肉体震撼、信仰偏执等主题以及催眠、唯灵、恶托邦等非理性内视角，那么唯一神论对个人地位的推崇则为这种实验性叙事注入了自由民粹主义的灵魂。

根据《辞海》的界定，"黑色"有两层含义，原意是"像煤或墨一样深暗的颜色"，但常常引申用来"比喻恐惧的情景"。美国黑色浪漫主义之中的"黑色"，除去原有词汇学上的内涵和外延，更添加了社会学和文化学层面的新含义，是美国文化认同建构的新标识。综上所述，19世纪美国浪漫主义文学之所以被称为"黑色"文学，与同时代的哲学、社会、文化发展不无关系，"黑色"源于反启蒙思想，表现出反工业化倾向，同时又与清教传统和超验思想密切相关，表现出鲜明的反理性特征。

如果说黑色在这里被赋予了新的内涵，那么这与美国超验主义的发展是直接相关的。19世纪30年代，超验主义思潮作为唯一神论的延续发展开来。爱默生经历了从加尔文主义到宗教怀疑论，再到唯一神论的精神奥德赛。将欧陆儒雅浪漫主义文化传统和美洲广袤的边疆自然结合起来，勾勒了美国超验主义理论的图示。在爱默生看来，人是超灵的一部分，因而同样具有神性，但是人通过自然接受、阐释与吸收"圣意"的关键在于"直觉"（tuition）。在《论自然》中，爱默生说，"由理性预感而感知事物，并同时反映良知"（Emerson，1950：22-23）。这里所谓的"理性预感"（the premonitions of reason）即所谓的"直觉"，它与理性相关，但又超越了理性。爱默生提出并阐释了"直觉"的重要性，而这也成为黑色浪漫主义小说家通过创作进行思考和创作的重要原动力。

第三节　超验思想的直觉精英与非理性民粹

受到欧洲尤其是德国唯心主义和英国浪漫主义的影响，19 世纪 20~30 年代的新英格兰兴起了超验主义运动，由于具有较突出的地域性特点，其又被称为"新英格兰超验主义"。超验主义是一场发生在形而上层面的思想运动，也因此被批评者认为是以牺牲现实为前提去建立思想的空中楼阁。但在超验者看来，真善美是自然和人类的本质，而体制和社会损坏了这种纯真本质，人类唯有通过"自立"才能恢复本真。在某种意义上，超验主义运动是真正意义上的第一次美国文化运动，它对美国之后的经济社会发展和认同建构产生了巨大的推动作用。迈克尔·麦克洛克林指出，"在某种程度上，美国超验主义运动引发的阵痛点明了作家的中心关注点，因为超验主义话语本身就来自更广阔意义上的民族身份焦虑"（McLoughlin，2003：5）。根据麦克洛克林的理解，美国超验主义运动源自民族身份焦虑，最终是为了文化认同的建构。被称为"美国超验主义之父"的爱默生站到了这场声势浩大的文化运动的前列。

一　超验思想与美国认同

超验思想的主要建构者爱默生于 1803 年出生在马萨诸塞州波士顿市，父亲是一名唯一神论的传教士。爱默生在新英格兰白人文化主流环境中成长，14 岁进入哈佛大学读书，更受到以严格遵守清教规约为特征的新英格兰教育体制的浸染。在哈佛大学读书期间，爱默生对传统清教思想产生了质疑，在研读了大量神学图书后，逐渐接受了唯一神论的主要理论。1832 年到 1833 年的两年间，爱默生游历欧洲，结识了英国浪漫主义先驱华兹华斯和柯勒律治、英国哲人卡莱尔等，接受了他们的浪漫主义主张和先验论思想。回到美国后，爱默生潜心于哲学研究，将唯一神论、浪漫主义和先验论思想等结合在一起，以美国历史发展为背景，提出了具有鲜明新英格兰特色的美国超验主义思想。之后，爱默生在波士顿康科德及其周边地区不断发表演讲、著书立说，以此来宣传普及自己的超验主义思想，内心渴求由此掀起一场形而上的精神风暴。1836 年，爱默生发表了《论自然》，较为系统地介绍了超验思想，这标志着新英格兰超验主义运动在北美大陆上正式拉开序幕。在 1840 年的日记中，爱默生写道："我只教一个主义，就是个人的无限可能性（the infinitude of the private man）。"（转引自 Myerson，2000：26）。这种"个人的无限可能性"正契合了 19 世纪上半期美国建构文化认同的需求，也正是因为这一主义扣住了时代律动的脉搏，爱默生及其超验思想才成为认同建构的文化源发点之一。

1836 年，詹姆斯门罗出版公司（James Munroe and Company）出版了爱默生的《论自然》。与以往对自然的态度不同，爱默生按照功效将自然分成了四个类别——商品（commodity）、审美（beauty）、语言（language）和规则（discipline），并确立了自然对人类生存与发展至关重要的地位。《论自然》与之后爱默生在哈佛的讲座《美国学者》共同搭建了爱默生完整超验主义的理论框架。爱默生超验理论建构在三个基本元素之上，即个人、自然和超灵。所谓超灵，是一种无处不在的真善美，"它包含了每一个人，并将所有人连接在一起"（Emerson，1950：262）。在超验主义语境中，自然不再是原生态的自在体，华丽转身为个人和超灵交流的媒介体：

　　　　就我们所谓的"超灵"（Spirit）来说，普通人想得越多说得越少。我们可以看到上帝的轮廓，就是说远瞻上帝。但是当我们尝试去界定和描述上帝时，却发现自己根本无法思考、无法表达，我们变得像傻瓜和野人一般粗野笨重。尽管如此，人们虽然不能用语言记录上帝，但只要认识到自然是上帝的灵魂（apparition），就可以用智慧去仰慕超灵。自然是超灵与人类沟通的媒介（media），也是人类认识超灵的助力。（Emerson，1950：34）

在爱默生看来，自然是超灵的化身，虽然个人无法接近超灵，但可以通过对具象的自然解读，达到与超灵交流的目的。在这个意义上，个人具有一定的神性，也可以被视为超灵的一部分。传统清教主义认为，人生来就背负原罪，生存的目的即是赎罪，因而人是卑微的。与之相反，以爱默生为代表的超验者却将个人地位提升，认为人类同样具有神性。爱默生的个人神性说，延续了先哲毕达哥拉斯所谓人类小宇宙是神之大宇宙的复制版，这就公然挑衅了传统清教的权威地位。为了得到认可，爱默生四处巡讲宣传学说，据统计他总共举办过 1500 多场讲座。在爱默生的不懈努力下，超验思想逐渐进入了学界视野的中心，爱默生的身边也拥趸不断，超验思想由此在美国土壤中扎根发芽。19 世纪美国另一位重要的超验者西奥多·帕克（Theodore Parker）说，爱默生是"冬日夜晚在波士顿上空冉冉升起的了不起的天才，这颗新星的美丽和神秘吸引着年轻人们稚嫩的眼睛……引领他们朝着新的希望、沿着新的路径前进"（Baker，1996：201）。在爱默生等超验者的努力下，超验思想逐渐占据了美国文化思想领域的主阵地，它映射了文化认同建构时代的诸多问题，并影响到了美国文化发展的方向，特别是对稍后出现的黑色浪漫主义作家的创作影响深远。就超验主义对于美国文学的影响，美国学者范·维克·布鲁克斯（Van Wyck Brooks）在《美国的成年》（*America's Coming of Age*）中说："超验主义源自清教徒的忠诚，经过乔纳森·爱德华兹和爱默生的努力而体系化，造就了主流美国作家的精致与超然。"（Brooks，1915：9）

在美国梦这条主线上，爱默生的超验思想发挥了重要的衔接作用。美国梦源于信仰自由的宗教梦想，但同时亦包含了发财致富的物质梦想。早期清教殖民者约翰·史密斯（John Smith）船长在《新英格兰记事》（*A Description of New England*）中说，"在这里……即使一无所有，也可以创建产业；只要辛勤劳作，定能发财致富"（Smith，1986：14）。史密斯的梦想宣言将美国梦在实现个人价值的层面上进行了提升，吸引了无数企望实现自我价值的欧洲移民前赴后继来到美国。到了 18 世纪，本杰明·富兰克林①的成功是史密斯宣言最强有力的现实支撑。富兰克林白手起家、迅速致富，富可敌国的他 42 岁便退休享受人生，他还是唯一参与签署四份被称为美国国本文件的美国人。② 在富兰克林之后，爱默生在超验思想框架中赋予普通人以神性的光环，从形而上层面告诉世人：普通人是有能力而且必然能够成功的。

从实现梦想的维度讲，个人的能力、机遇和努力是最重要的因素。爱默生虽然成长在清教环境中，但后来逐渐接受了唯一神论思想，认为普通人可以通过自己的努力实现所想所求。在基于这种思想的超验主义框架中，个人可以通过接触、解读和吸收自然，接近甚至成为超灵的一部分，所以个人同样具有神性。在 19 世纪西进运动和工业化不断推进的背景下，通过努力实现个人价值的美国梦深植于每一个美国人的心中，吸引着境外移民不断融入，致力于国家建设和认同建构的民粹共同体逐渐建立起来。爱默生的超验主义浓墨重彩地宣讲个人能力和价值，紧扣住了实现个人梦想的时代脉动。在《论自然》中，爱默生说："相信自己：每个人心中的琴弦是不同的……要遵从上帝的告诫在混沌和黑暗中不断前行。"（Emerson，1950：146）爱默生对于个人主义的理解和阐释，影响到了梭罗、霍桑等同时代作家，勾勒了西进运动背景上被放大的个人梦想主题，同时也将带有边疆民粹色彩的个人主义编织进美国文化认同的主线中。但超验思想绝不仅限于边疆民粹框架内，它同样兼容了来自欧陆的儒雅传统。

纵观美国文化哲学思想发展史，爱默生的超验主义思想确实起到

---

① 富兰克林出生于 1706 年 1 月 17 日，去世的时间为 1790 年 4 月 17 日，恰好见证了 18 世纪美国整个发展史。
② 四份文件分别为：《独立宣言》（1776）、与法国的同盟协议（1778）、与英国的停战协议（1783）和《宪法》（1787）。

了承上启下的重要作用，包容了桑塔亚纳所谓的"美国思想"和"美国意志"，点明了美国文化里儒雅传统和边疆精神的对立统一。一方面，新英格兰超验主义思想源自欧洲的儒雅哲学传统。超验主义与德国哲学有着密不可分的关系，德国哲学家康德有关纯粹理性（pure reason）的论证，以及后康德时代对纯粹理性的批判及延续，对英国诗人柯勒律治和哲学家卡莱尔影响深远。而在 1831 年旅欧期间，爱默生与柯勒律治和卡莱尔结下了深厚的友谊，并在返回美国后致力宣讲卡莱尔思想。卡莱尔成为爱默生的挚友，之后一直保持通信交流思想。所谓的纯粹理性，不同于现实理性（practical reason），是将理性置于客观实在的对立面，从而具有了"信仰"和"道德意识"的内涵。（McLoughlin，2003：9）可以看出，源自康德的"纯粹理性"与超验主义框架中的超灵有着异曲同工之妙。也就是说，新英格兰超验主义延续了康德的纯粹理性思想，是欧陆儒雅哲学传统的延续。

另一方面，爱默生的超验主义又蕴含了所谓的"美国意志"，通过对自然的解读阐释了别具一格的美国边疆精神。19 世纪上半期，美国的西进运动正在如火如荼地进行，美国历史学家弗雷德里克·杰克逊·特纳（Frederick Jackson Turner）提到的那条荒野与文明纠缠的隐形线索不断地西行，将现代文明带到了荒野之地，"边疆的开拓，是美国社会发展新生力量的源泉……是美国性格形成的主导力量"（Turner，1969：28）。在爱默生的超验主义框架中，自然是连接人类和超灵的关键所在。与英国文化书写中精致的后花园不同，爱默生笔下的自然带有粗犷之美和灵性之韵，是美国边疆民粹精神的文学表达。例如，在《论自然》开篇，爱默生便写道：

> 如果你觉得孤单，那就看看星星吧……星辰总是让人肃然起敬，可望而不可即。自然之物会在我们脑海中形成印象，人类大脑总是会受其影响，但是自然永远不会以卑鄙的样子出现。（Emerson，1950：5）

爱默生笔下的星辰兼具超灵和自然两者的特征,既是"可望而不可即"的抽象存在,又是可以慰藉内心的客观之物。自然不再是超意识领域之外的客观存在,而是连接人类和上帝的重要媒介。这样,爱默生在肯定自然审美价值和灵性意义的同时,亦以此为平台勾画了具有神性的普通人形象。在开拓西部边疆的大背景之上,爱默生笔下脚踏自然、头顶苍穹的开拓者形象,身上闪现的正是美国文化认同中的民粹边疆精神。《论自然》将儒雅传统和边疆精神巧妙地结合在一起,构建了美国精神和文化认同的主体部分。从目标读者的角度去审视,如果精英文化知识分子主要受到儒雅传统的影响,那么民粹群体则是边疆精神的重要载体。这种精英和民粹的对立统一,亦是超验主义思想的重要特点之一。

二 爱默生的直觉精英思想

国内有学者指出,爱默生的系列作品标志着美国文学创作"由高雅文化向通俗文化的历史性转变"(杨靖,2019:161)。这种高雅和通俗的双向性,集中了精英主义和民粹思想的对抗和交融,体现了美国认同建构主题的复杂性。爱默生超验思想推动文化认同建构在两个层面上的并行发展。在《论自然》篇首,爱默生作了一首小诗,其中普通人被比作爬虫:

> 一条由无数圆环组成的精细链条
>
> 通向无尽的天边
>
> 眼睛顺着链条解读寓意
>
> 讲述着由此生发的言语
>
> 努力做人,爬虫
>
> 顺着螺旋不断向上 (Emerson,1950:2)

在这里，爱默生将普通人比作爬虫，为了解读生命寓意而不断地向上攀爬，刻画了生而为人的艰辛，但也彰显了通过努力不断获取成功的荣耀。如上文所讲，在接下来的篇章里，爱默生也不吝笔墨地描绘和赞颂普通人之于超灵的神性。有趣的是，尽管爱默生宣称个人亦是神圣的，却同时提出民众是"未受教化、只有蛮力的群体"（转引自 McLoughlin，2003：24）。也就是说，在爱默生的超验框架中，"个人"更具有精英阶层的意味，而"未受教化"的民众充其量也只是"准个人"而已。实际上，尽管迎合时代需求，爱默生将民粹精神渗透到了作品之中，但基于作家成长的新英格兰文学环境，其创作的基本出发点正是儒雅精英的立场。

爱默生出生于新英格兰中心地带的波士顿，在唯一神思想的影响下成长，以后在哈佛大学接受过正统英伦教育。成名之后，更成为新英格兰精英主义团体"炉边诗人"的一分子。[①]《论自然》对那"透明眼球"的描述，正体现了爱默生这种精英主义立场：

> 站在空地上——我的脑袋笼罩在幸福的氛围中，云游到了无限的空间——所有卑鄙的自我主义都消失了。我变成了一只透明眼球。我消失了。我看到了一切。万事万物从我身体中穿过。我变成了上帝的一部分。（Emerson，1950：6）

爱默生强调，幻化成透明眼球后，自己成为上帝的一部分。爱默生有关眼球的描述，很可能来自 15 世纪中期德国天主教枢机主教尼古拉斯-库萨（Nicholas of Cusa）的"上帝视角"（vision of God）。尼库拉斯-库萨提出，"上帝是无所不在的，而视觉便是其无所不在的形

---

① 所谓"炉边诗人"，指的是 19 世纪聚集于新英格兰的具有浪漫主义创作倾向的美国诗人，其中包括朗费罗、罗威尔、布莱恩特和爱默生等美国诗人。他们创作的作品在凸显美国主题的同时，也注重宣讲欧陆儒雅文学中的道德观和艺术观。有论者指出，"炉边诗人"在 19 世纪的美国引发了诗歌热潮，"收获了难以想象的读者膜拜"。（Stein，2010：8）

式"（Buisseret，2003：33）。在爱默生看来，这只透明眼球正呼应了"上帝视角"，是超验者能达到的最理想状态。大音希声，大象无形。"我"存在却不能被感知到，我站在空地上却成为上帝的一部分。但在读到这一场景时，读者不禁会有疑惑：究竟有多少人能够真正幻化为"透明眼球"？也许像爱默生这样的精英超验者也只是在想象中才能做到。除了作家潜在的精英立场，"直觉"（intuition）这一关键词同样体现了爱默生及其超验主义思想并非仅以民粹为根基。

上文提到爱默生认为人类通过自然媒介获取了超灵的信息，因而个人也是神圣的。爱默生是在形而上层面建构的超验主义思想，这也意味着思想框架具有普适性的特点，因而表现出鲜明的民粹倾向。这种普适性呼应了建构在平等、民主、自由观念基础上的文化认同，因而超验主义思想迅速成为主流学者关注的焦点。但值得思考的是，在"个人—自然—超灵"的超验关系图示中，有一个元素起到了关键的枢纽作用，即介于"个人"和"自然"之间的"直觉"。爱默生认为，人类能否从自然中发现和阐释超灵讯息，主要取决于是否拥有"直觉"，以及直觉能力的高低，而在不同的人群中，孩童无疑是最能将直觉作用发挥到极致的群体。在《论自然》中，爱默生提出，成年人和儿童眼中的世界是不同的："太阳点亮了成年人的眼睛，却照进了孩童的眼睛和心里。"（Emerson，1950：6）只有孩子的双眼才能察觉到自然中蕴含的超灵讯息，爱默生在《随笔：第一辑》（*Essay：First Series*）中将其称为"源初智慧"（primary wisdom）：

> 我们将这种源初智慧称为"直觉"，与之相比，之后我们所知所得都是"非直觉"。最根本的事实，逻辑分析是无法解释的。但在那种深层驱动力（deep force）中，所有的事物都找到了它们共同的源初点。（Emerson，1950：155）

这里的"深层驱动力"和"源初点"，即"直觉"。可以看出，

"直觉"是每个人都具有的能力，但并非每个人都能够意识到，更不用说进一步利用好它。直觉超越了理性的阈限，通过无法追溯的本能去攫取自然界里超灵的讯息。没有直觉，人就不可能从自然中攫取超灵的信息并获取神性，因此它在爱默生的超验理论中扮演着重要的角色。上文提到爱默生的直觉观与卡莱尔的唯心主义思想一脉相传，而卡莱尔有关直觉的思想则主要来自对康德纯粹理论的解读。有学者指出，"卡莱尔与柯尔律治对于康德唯心主义哲学的具有时代感的诠释对新英格兰超验主义的形成起到了春风化雨的关键性作用"（成晓莉，2011：16）。康德的认知理论，对于了解爱默生的直觉观非常重要。

在《纯粹理性批判》中，康德将认知分成两类，即"分析命题"（analytic proposition）和"综合命题"（synthetic proposition）。"分析命题"指的是事物自身的意义，而"综合命题"则表明了事物和外在世界之间的关系。如下面两个陈述句：

    A. 单身汉都没有结婚。
    B. 单身汉都是一个人。

第一个陈述句表明了单身汉的内在性质，只要掌握了语言便可理解。第二句则需要了解语言之外的语境，因为"一个人"并不是单身汉的必要谓语（predicate）。康德认为，经验建立在外部事物和超验知识的双重基础上。外部世界供给让我们感知的事物，而我们的大脑提供经验事物的空间和时间。在大脑内部工作的环节，心灵概念（understanding）和直觉对于筛选、加工和理解来自外部世界的信息起到决定性的作用。康德说："没有内容的思想是空洞的，没有概念的直觉是盲目的。"（Kant，1999：193-194）可以从两个方面对此进行解读。一方面，康德的直觉概念有其普适性，即所有人都具备直觉能力；另一方面，直觉能力的发生过程是无法解读的，具有鲜明的非理性特点，而且并非所有人都具备同样的直觉能力。这样看来，康德的直觉理论本身就含有民粹和精英的双向性。

爱默生的超验直觉与康德理论一脉相承，它虽然存在于每个人的身上，但表现不尽相同。成年人虽然更能认知世界，但只有孩童才可以凭借直觉感知自然之神圣性。在爱默生看来，真正的作家，应有艺术家的技巧和孩童的双眼。《超灵》（"The Over-soul"）一文指出，真正的艺术家"因其思想的无限性而半疯癫的语言——作为事实的组成部分和拥有者，自内而外地（from within）或者从经验出发去讲述自己"，而不是自外而内地（from without）作为旁观者讲述。（Emerson，1950：272）这种"自内而外""半疯癫"的表达方式，无疑指明了艺术创作中的精英元素——不是每一个人都可以由内而外地自由书写。与此同时，"自内而外"和"半疯癫"亦准确把握住了19世纪美国黑色浪漫主义作家的非理性叙事特点。如果唯灵叙事和万物有灵书写等最接近爱默生直觉说的相关理论，那么催眠叙事、犯罪叙事等则通过半疯癫人物的非理性内视角展开。可以说，黑色浪漫主义小说家的精英立场与非理性叙事策略与爱默生的直觉理论有着密不可分的联系。在《论自助》（"Self-Reliance"）一文中，爱默生写道："最高的真理是不可说的；可能说不出来；因为我们所讲的一切都是对直觉的遥远回忆。"（Emerson，1950：158）而黑色浪漫主义作家的创作主旨之一，就是将这"遥远回忆"通过非理性叙事呈现在读者面前。"遥远回忆"也许并不符合理性的真实，但是最接近非理性的真相，是反思美国性认同最有效的途径。

自从独立战争以来，美国人的民族意识日益觉醒，加快步伐进行政治体系构筑和文化认同建设。美国学者马克·尼迈耶（Mark Niemeyer）曾经专门著文谈论爱默生作品中的民族主义修辞，特别是超验主义思想对于盎格鲁-撒克逊传统支脉的继承和延续："他所赞扬的生命力和能力，就是我们常常讲的盎格鲁-撒克逊特征"（Niemeyer，2004：164）。在继承关系上，爱默生在接受以儒雅文化为特征的盎格鲁-撒克逊传统的同时，又通过超验直觉将独特的美国性注入这种传统之中。他所提出的超验主义框架建构在美国梦思想之上，点明了文化之中儒雅传统和边疆精神的双向性，包含了精英主义和民粹思想对立统一的内涵，既是对当时文化认同建构的总结，又是后辈文学创作的指导纲领。正因如此，美国学者哈罗德·布鲁姆（Harold Broom）提出：爱默生是对美国宗教进行哲学批判的"先行者"（Broom，2006：11），是"美国的蒙田"（Bloom，1996：148）。爱默生的超验直觉思想对于后世，尤其是稍后出现的黑色浪漫主义作家产生了深远的影响，是美国黑色浪漫主义小说家非理性叙事的理论根基。

在爱默生的影响下，梭罗接受了超验主义衣钵，成为超验主义思想在现实中的践行者。爱默生为超验主义思想搭建了基本框架，并四处演讲宣传自己的思想，而梭罗则是真正践行超验主义思想的实干家。通过与自然近距离、长时间的接触，梭罗以实践作为爱默生思想的试金石，发现了超验思想过于抽象而不切实际的问题，并在此基础上形成了独具特色的非理性民粹思想。

三 梭罗的非理性民粹思想

梭罗出生于马萨诸塞州康科德一个北方中产阶级家庭，父亲是位普通的铅笔制造商。梭罗的祖父出生于英国皇家属地泽西岛，而祖母参加过哈佛大学 1766 年的学生抵抗运动"黄油起义"①（Butter Rebellion）。梭罗承袭了祖父母的贵族品行和抵抗精神，在创作时表现出新英格兰的儒雅特质。梭罗于 1833 年进入哈佛大学学习，但对于其开设的法律、医药等课程毫无兴趣，因此 1835 年就离开学校，直到 1837 年才拿到学位。回到康科德后，梭罗遇到了年长 14 岁的爱默生，并在

---

① 1776 年，因食物匮乏，梭罗的祖母阿萨·邓巴（Asa Dunbar）带领同学发起了"黄油起义"运动，抗议学校将过期变质的黄油分发给学生。之后，在马萨诸塞州总督弗朗西斯·伯纳德（Francis Bernard）的多方努力下，学生才停止抗议活动。这是美国历史上最早记录在案的学生抵抗运动之一。

逐渐了解超验思想后，成为爱默生思想的拥趸。在爱默生的鼓励下，梭罗开始向高举超验旗帜的《日晷》（*The Dial*）杂志投稿，并在超验主义俱乐部崭露头角。

在 19 世纪中期的新英格兰文化圈内，梭罗及其作品所受关注并不多，而且大部分学者对其创作持否定态度。从 1845 年 7 月到 1847 年 9 月，梭罗为了践行老师爱默生的超验主义思想，来到瓦尔登湖畔搭建了一间小木屋，并在此独居两年之久。1854 年，梭罗将两年多的经历浓缩为一年，以独居生活经历为素材创作出版了《瓦尔登湖：丛林生活》（*Walden；or，Life in the Woods*，以下简称《瓦尔登湖》）。让梭罗意想不到的是，《瓦尔登湖》销量惨淡，在出版后的 5 年里总共才卖出 2000 册，而且直到 1862 年梭罗去世才得以再版。（Dean，1990：293）因《瓦尔登湖》的滞销，梭罗的作家身份也受到了学界的质疑。与其同时代的霍桑赞叹梭罗是一位"原创诗人"，"作为爱意的回馈，自然母亲将他视为自己的孩子，向他展示了别人看不到的秘密"（Hawthorne，1842：entry）。但与此同时，霍桑也提出，梭罗"抗拒一切现实生活方式，喜欢像印第安人一样生活在文明人之中"（Hawthorne，1967：106）。苏格兰作家罗伯特·路易斯·斯蒂文森（Robert Louis Stevenson）也认为，梭罗身上有太多"阴柔气"（effeminacy），且其"非但不是禁欲主义者，反而是贵族派的享乐主义者"（Stevenson，1880：665）。而新英格兰诗人约翰·格林里夫·惠蒂埃（John Greenleaf Whittier）认为《瓦尔登湖》的内容充斥着邪恶的异教信息，更将梭罗比作一只"四脚行走的啄木鸟"，以讥讽其不合时宜和粗鄙笨拙。（转引自 Wagenknecht，1967：112）

尽管在 19 世纪中期的美国学界遭遇冷落，《瓦尔登湖》在再版后却受到越来越多的学者的关注和推崇，逐渐被认为是美国文学经典作品之一。美国诗人罗伯特·佛罗斯特（Robert Frost）称赞道："他用一本书碾压了美国拥有的一切。"（Ruland，1968：8）美国作家约翰·厄普代克（John Updike）认为，经过一个半世纪的沉淀，《瓦尔登湖》已经变成了一种"图腾"，代表了"回归自然、保护自然、反对工业和公民不服从的精神状态"，而梭罗则是一位"虎虎生风的抗议者，是性情古怪的隐居圣人"（Miller，2018：96）。可以看出，梭罗时代的学术圈和后世学者对于《瓦尔登湖》的评论大相径庭，前者基于其荒野书写的粗鄙而对其进行否定，后者则因为作品对于认同建构的积极作用而对其大加赞扬。19世纪的美洲大陆正值西进运动的高潮期，文明和荒野纠缠的线索在左右摇摆中不断西行，文明一点点蚕食着荒野。实际上，斯蒂文森和惠蒂埃等论者只关注了梭罗创作中回归荒野的一面，没有察觉到梭罗的创作实践是美国作家群体探求身份认同的重要组成部分。梭罗之所以能够逐渐回归读者视野，其作品逐渐被经典化，正是因为他为在文明和荒野之间、理性和感性之间、科学主义和浪漫主义之间寻求平衡点做出了不懈努力，他是文艺复兴时期美国非理性叙事的重要实践者。

在个人主义这条主线上，梭罗批判地继承了爱默生的主要思想。爱默生提出，个人可以通过阐释自然获取到超灵的信息。在《河上一周》中，梭罗的游记仍然围绕这一框架展开。但在与自然近距离接触后，梭罗开始弱化"超灵"元素的重要性，着重描写个人和自然的直接交流。爱默生说，"每个人心中的琴弦是不同的"（Emerson，1950：146），梭罗则进一步提出："如果人群中有一个人的舞步与他人不一致，也许是因为他听到了不同的鼓点声。即使怪异，也让他伴着耳畔的音乐舞蹈吧！"（Thoreau，2010：369）爱默生将个人比作"蠕虫"，只有努力向上才能走向光明；但在梭罗看来，个人应该遵从内心做真正的自我，这才是最高的境界。爱默生努力向前的动态个人和梭罗遵从内心的静态个人，一个宣扬社会性，一个彰显自然性。观看世界和人生的不同视角及其态度，注定了两个人终会愈走愈远。在谈到独居湖畔的原因时，梭罗讲道：

之所以到丛林中生活，是因为我想活得明白，去甄选生命中最本质的东西，去实践是否我所学的东西是必需的。我不想在死的时候，才察觉我根本没有真正活过。（Thoreau，2010：103）

在这种对"最本质东西"的渴望驱使下，梭罗在瓦尔登湖畔的丛林中近距离与自然打交道，并且发现了自然万物背后五光十色的灵魂。美国地理学家肯尼斯·罗伯特·奥韦戈（Kenneth Robert Olwig）曾说："对于梭罗来讲，最重要的是通过景观漫步亲身获取自然经验；而爱默生则将重点放在了用双眼去观察。"（Olwig，2002：192）梭罗的万物有灵论是对爱默生超验思想的背离，却开启了美国生态文学批评的康庄大道，亦扩宽了同时代文艺复兴时期非理性叙事的自然维度。

与爱默生笔下的抽象自然不同，梭罗描写的自然生物都是具体鲜活的，具有不可替代的个体灵魂。如果爱默生的自然是超灵与个体沟通的媒介体，那么梭罗的自然万物则是与人类平等的、拥有灵魂的独立体。《瓦尔登湖》从万物有灵论的视角让读者听到了来自寂静世界里的喧嚣：红黑蚂蚁大战杀得惊天地泣鬼神，屋边豆子地里小鸟和小动物和谐共生，湖上泛舟追野鸭颇有"误入藕花深处"的意味，等等。在这些场景中，梭罗是旁观者、供给者和参与者，作为万物平等的一员参与到自然生息之中，而不再是站在食物链金字塔顶端的人类。在"与兽为邻"（"Brute Neighbors"）一章中，梭罗讲到了自己的鸟类邻居："一只菲比鸟搬到了我的木屋，一只知更鸟在屋旁一棵松树上寻求庇护所。六月的时候，一只鹧鸪妈妈总是会领着孩子们从我的窗前经过。"（Thoreau，2010：257）梭罗对人类与自然界中的动物一视同仁，人类和谐融入自然界中，鸟类也是能够和平共处的邻居。而在"冬季生物"（"Winter Animals"）一章中，梭罗讲到了整个冬季都住在木屋下的一只兔子。每天早晨与兔子的互动颇为有趣："我一醒，它听到响动就会奔逃，它的逃跑声又会吓我一跳——咚咚咚，奔跑中它的脑袋会不断撞击地板。"（Thoreau，2010：319）这样有趣的互动，是每个冬日早晨梭罗和兔子的必修课。梭罗认可野兔的邻居身份，而野兔也将梭罗视为自己的"同居好友"。在与兽为邻的相处中，梭罗将自己部分地"野兽化"了。苏格拉底说："艺术作品的源头不是智识，它是癫狂喧嚣的产物。"（Gutierrez，2009：52）也正是因为作者主动贴近自然进行自我兽化，才有了与众不同的《瓦尔登湖》。值得注意的是，这种贴近荒野后的"野兽化"还能够将文学创作引领入黑暗的非理性领域，成为美国文艺复兴时期文学作品中一抹暗黑的底色。

当人类从生物链顶端走下，全身心沉浸在自然之中，潜意识中的本真就会浮出水面。在爱默生的超验框架中，个人可以通过阐释蕴含在自然中的超灵信息，不断地进步并完善自我。但在后瓦尔登湖时期的梭罗看来，人的本性和能力是固定不变的，无论是文明因子还是兽性因子，一旦形成即不会改变。在理论层面上，黑色浪漫主义小说家在继承爱默生"个人—自然—超灵"框架的同时，亦吸收了梭罗的万物有神论思想，认为人会在自然元素的诱发下犯罪，而且任何改变现状的努力都是白费的。无论是霍桑对森林深处邪恶人性的描述，还是梅尔维尔海洋小说中肆杀的场景，抑或是爱伦·坡笔下拘禁在内心世界的杀人者等，小说人物在阐释自然讯息时往往会获得恶果，继而进入暗黑的非理性世界。在古希腊学者看来，真正的艺术家都具有"神圣的疯癫"（divine madness），并凭借"神圣之火"（divine fire）产生艺术创作灵感。（Porter，2002：66）爱默生宣讲的非理性直觉，梭罗所给予的非理性民粹思想，正是点亮黑色浪漫主义作家创作的重要"神圣之火"。

本章聚焦于美国文艺复兴文学的"黑色说"，阐明了19世纪30~60年代美国作家非理性叙事的社会经济背景和宗教文化根源。具体而言，这种非理性在不同的维度有不同的书写表现。就文学创作来讲，作家们思考如何在欧洲传奇基础上先破后立建构美洲哥特新传奇；在精神信仰上，作家们围绕美洲唯灵书写尝试新的创作内容，并由此凸显带有鲜明特征的民族文学；在反启蒙思想领域，作家们则在通过反理性科学、穿越叙事、物化叙事将科学推向非理性的同时，从科幻视域建构新的王国；与此同时，精英和民粹不但贯穿非理性叙事过程，而且催生了美国民粹幽默小说、西南幽默叙事和边疆荒诞叙事。接下来的章节将针对这些不同的非理性叙事展开，思考不同的非理性书写侧面与文化认同之间的互动关系。

第二章

美洲哥特传奇：文学秩序的颠覆与重构

　　美国学者莱斯利·A. 菲德勒（Leslie A. Fiedler）曾提及欧陆哥特和美洲哥特的不同："欧陆哥特认为暗黑力量来自超我，所以内涵是激进革命的；美国哥特……认为邪恶来自本我，因而无论作者意图何在，作品最根本的内涵是保守的。"（Fiedler，1960：148）菲德勒所谓的"激进"与"保守"，实际上体现了不同社会发展阶段的文学诉求，欧陆社会发展成熟需要突破，因而哥特作品表现出激进的特点，而美国认同尚未定型，哥特作品的保守性则表现了作者对于建构社会秩序的期冀。与此相关，美国学者威廉·韦德（William Veeder）肯定了 19 世纪美国哥特作品对经济文化变革起到的重要作用："哥特通过在虚构作品中描述欲望的改变，推动了现实生活中人们欲望的改变。"（Veeder，1999：69）19 世纪，曾经作为禁忌话题的种族主义、对妇女和同性恋等少数群体的歧视等出现在主流文学作品之中，这与哥特作家的努力不无关系。

　　美国学者大卫·庞特（David Punter）说："哥特的独特之处，在于文本呈现的令人眩晕的高空与悬崖……往上向下全是死路，无处可去，就算待在原地不动，也有着无法预估却随时可能到来的危险。"（Punter，1998：10）悬置高空和濒临悬崖会让人产生强烈的眩晕感，美国文艺复兴时期的哥特作家与之产生了共频感应，在建构民族文化认同和作家个体认同的同时，通过哥特书写探寻如何在历史与现实、传承与个性、信仰与情感等之间找寻平衡与出路。

第一节　鬼怪传奇：从欧陆哥特出走的美洲恐怖传说

一　欧陆哥特传统与美洲哥特传奇

美国学者杰夫·金指出，"神话、幻象和虚构，三者在后殖民地时期的美国认同建构中起到了核心作用"（King，1996：108）。与启蒙理性背道而行的"神话、幻象和虚构"，能够在一定程度上弥补美国因历史短暂缺少文化积淀而无法建构认同的阵痛，在美洲荒野发生的鬼怪传奇就是建构认同的重要尝试。

传统的哥特故事包括三个必然因素，即恐怖元素、死亡主题和爱情传奇，这一点可以追溯到文学史上第一部哥特小说《奥特朗托城堡》（*The Castle of Otranto*）。1764 年，英国作家霍勒斯·沃波尔（Horace Walpole）出版小说《奥特朗托城堡》，再版时加了副标题"一个哥特故事"（"A Gothic Story"）。小说以古堡为背景讲述了曼弗莱德一家的故事，受诅咒的城堡、离奇死亡的儿子、被误杀的女儿，以及乱伦等线索缠绕交织，小说巧妙地将中世纪精神与恐怖元素结合在一起，一经出版便备受关注，由此开创了文学创作中的哥特传统。在沃波尔看来，中世纪传奇作品情节太过夸张，而现代小说"又太拘泥于现实主义"，只有将中世纪精神和现实主义结合在一起，才能创作出好的小说。（Punter，2004：178）这与萨缪尔·理查德森（Samuel Richardson）等主流作家所倡导的、符合清教伦理规则的成长小说创作理念背道而驰，更有违以理性为标签的启蒙思想主张，因而当沃波尔用真名再版时，引发了学界的一致声讨。从这一细节可以看出，哥特小说创作理念从一开始便带有离经叛道的反启蒙理性意味。在沃波尔与同时代的其他哥特小说家①的努力下，哥特小说创作逐渐融入主流文学体系并被经典化。

　　到了 19 世纪，英国作家玛丽·雪莱（Mary Shelley）继承了沃波尔的衣钵，创作了哥特小说《弗兰克斯坦》（Frankenstein），尝试在作品中融入现代科学元素。《弗兰克斯坦》最早匿名出版于 1818 年，三年后再版时玛丽·雪莱才签署了真名。小说在延续《奥特朗托城堡》阴森背景、情感纠缠、恐怖故事等哥特元素的同时，融合了现代思想基因和科学技术理念，毫无疑问是现代哥特文学的先驱者。《弗兰克斯坦》利用现代科学思想和技术营造科学氛围、制造恐怖效果，恐怖不是源自超自然存在，而是来自失败的现代科学实验产生的怪物，从客观上披露科学思想进步背后的隐患。此外，小说戏仿了 18 世纪英国的"成长小说"，通过怪物成长挫败的经历，暗讽了同时代社会教育体制的呆板和人际关系的冷漠。《弗兰克斯坦》在哥特小说创作领域影响深远，带动了狄更斯、柯勒律治等一批作家，其哥特恐怖之风也吹到了同时代大洋彼岸正值文艺复兴热潮的美国作家那里。

　　就英美两个文化语境中哥特文学批评的不同，有学者提出：英国哥特文学批评强调"结合文化语境进行"，即通过社会背景阐释哥特文本，而美国哥特学者则注重勾勒人物内心世界，渲染心理世界的幽暗与恐怖，强调文本的"非历史性"。（Goddu，1997：9）很明显，这与菲德勒"激进"与"保守"之区别的看法异曲同工。早期美国哥特作家之所以保守，与其创作环境是密不可分的。除了离奇恐怖的情节，沃波尔的《奥特朗托城堡》蕴含了丰厚的文化历史积淀与经济社会传统：古堡、贵族、习惯等无不与文化传统相关，而玛丽·雪莱的《弗兰克斯坦》亦包含了对国民教育体制、社会世俗偏见的描述、嘲讽和批判。当大洋彼岸哥特小说蜚声于世时，同时代美国作家对于哥特小

_____

① 如克拉拉·里芙（Clara Reeve）、安·拉德克利夫（Ann Radcliffe）、马修·路易斯（Matthew Lewis）等。

说的创作自然跃跃欲试。实际上，美国哥特作家一开始便尝试在英国哥特传统和美国认同建构间寻求平衡，作家们或是吸收英国传统来构建美洲哥特风格，或是拒斥欧陆传统并着墨美国哥特棱角。无论是吸收还是拒斥，建构起具有美洲地缘特色、能够书写美国民族集体记忆的哥特创作理念，是作家们所共同期盼与努力的方向。

二 欧陆鬼怪故事的延伸

美国哥特创作面临的首要问题是，最初的哥特小说因历史匮乏而缺少鲜明的认同感，因而很难获得沃波尔等英国作家的认可，这从美国作家欧文短篇小说《鬼新郎》（*The Spectre Bridegroom*）的读者认可度中可见一斑。

《鬼新郎》的故事取材自德国作家 G. A. 伯格（G. A. Burger）1773 年创作的哥特小说《丽诺尔》（*Lenore*）。故事中，情人威廉在战争中死去，丽诺尔每日以泪洗面，谴责世道不公，甚至开始憎恨上帝。一天夜里，一个貌似威廉的神秘人骑马而来，丽诺尔随后与之私奔。天亮时分，两人到达威廉墓地，原来骑马者正是死神，之所以将丽诺尔接至墓地，是想要嘲弄她对死亡的不敬。伯格的小说创作于哥特文学兴起之初，丽诺尔的故事一经出版就在作家群体中引起关注。1796年，英国作家沃尔特·司各特（Walter Scott）将小说译为英文，欧文由此得以熟悉丽诺尔的故事。在《鬼新郎》中，欧文仍然将故事背景设定在中世纪的莱茵河畔，但对故事情节做了改动。冯·兰舍特（Von Landshort）男爵计划将女儿嫁给冯·奥尔登堡（Von Altenburg）伯爵，但伯爵在与朋友赫尔曼·冯·斯塔肯福斯特（Herman Von Startkenfaust）去迎亲的路上不幸被强盗所杀。幸存的斯塔肯福斯特前往兰舍特家族告知奥尔登堡的死讯，却被意外当成鬼新郎奥尔登堡。故事最后，斯塔肯斯福特坦白了真实身份，并得到了男爵及家人的谅解并娶了男爵之女，有情人终成眷属。整体看来，《鬼新郎》最具哥特色彩的地方，正是原故事中"鬼魂骑马劫持新娘"的情节。但无论从作家个人创作特色，还是从文化认同建构的角度，小说都缺乏原创性，就连其中的哥特情节引发的恐惧感也在重写过程中被冲淡。与之相比，同样源自德国民间故事，《断头谷的传说》（The Legend of Sleepy Hollow）通过对故事背景的改写和人物心理的塑造，较好地通过哥特书写表达了作家个人的创作诉求。

　　《断头谷的传说》是欧文小说集《见闻札记》（The Sketch Book）中篇幅最长也最有代表性的作品。故事中"无头骑士"的原型可以追溯到北欧民间传说，曾经出现在苏格兰诗人罗伯特·彭斯的《旦姆·奥桑特》（Tam O'Shanter）和德国民俗作家卡尔·穆桑斯（Karl Musaus）的作品中。在欧陆民间传说里，"无头骑士"的形象往往被用来嘲讽狂妄自大之人。欧文正是在旅欧期间接触到了无头骑士的相关故事，并以此为基础完成了《断头谷的传说》。与《鬼新郎》不同的是，小说的背景不再是中世纪的德国，而是被重写为独立战争中的新英格兰。1776年的白色平原战役（The Battle of White Plains）之后，美国军队在皮克斯吉尔城以北驻扎，维斯切斯特郡周围30里地域被遗弃。在睡谷的一次突袭中，发现了一具据说是黑森①（Hessian）士兵的无头尸体，后来被附近的范·塔索（Van Tassel）家族埋葬。欧文融合北欧"无头骑士"原型与美洲大陆黑森传说，创作了经典哥特故事《断头谷的传说》。黑森士兵的无头尸体巧妙地结合了北欧和美洲两个背景，即用北欧无头尸体的原型来讲述带有鲜明美国认同色彩的故事。

　　《断头谷的传说》之所以成功，除了结合不同地缘和文化特色的创作理念之外，更与欧文因美国本土作家身份而具有的想象力不无关系。地缘特色、文化认同、作家想象力等，这些元素在美国哥特小说的创作中都是缺一不可的。欧文源自美洲大陆的想象力之丰富，可以

---

　　① 黑森指的是美国独立战争期间，在英国军队中服役的德国人。美国独立战争期间，英国军队中的德国士兵大部分来自德国的黑森·卡塞尔（Hesse-Kassel）和黑森·哈诺（Hesse-Hanau）两郡，"黑森"后泛指美国独立战争期间在英国军队中的德国人。

在亨利·沃兹沃思·朗费罗（Henry Wadsworth Longfellow）为他写的悼念诗里看出：

> 生之甜美，死亦甜美！
>
> 活着，用快乐的翅膀带着疲惫的我们翱翔，
>
> 或用传奇故事让我们欣然自喜；
>
> 死后，留给我们的记忆像是呼吸，
>
> 像是身边充满阳光和雨露的夏季，
>
> 我们是忧伤的，也是快乐的。
>
> （《在柏油村墓地》）（转引自 Burstein，2007：330）

在悼念诗中，朗费罗将欧文的想象力比作"快乐的翅膀"，通过小说创作让读者体验到"翱翔"的美好。哥特故事的本质在于作家的想象力，明亮的想象力（bright imagination）是有边界的，赋予读者安全感；而幽暗的想象力（dark imagination）则是无边界的，引导读者感受到如坠五里雾般的失控与抓狂。（Punter，1998：178）基于欧文这种有边界的"明亮"与无边界的"幽暗"，《断头谷的传说》开创了美国文艺复兴小说创作的先河，同时也向读者展示出了新的文化内涵。

欧文擅长用自然主义笔吻描写故事细节，加之以心理活动的精妙呈现，以此来引发读者产生情感共鸣，营造恐怖氛围。小说中，博恩斯（Bones）在聚会上向众人讲述了偶遇断头骑士的经历。听者有意，这段故事让主人公伊卡伯德（Ichabod）心有余悸，因为偶遇鬼魂骑士的断头谷是他回家的必经之地。在描写伊卡伯德路经断头谷的一棵歪脖树时，欧文通过制造悬念的自然主义手法将故事的恐怖氛围一次次推向高潮。路经断头谷时，伊卡伯德远远看到了这棵盘根错节的歪脖树，为了壮胆他开始吹口哨。令他惊惧的是，"有人回应了他的口哨"。结果发现，那只是风吹动枯枝的声音。在接近歪脖树时，他好

像"看到树中间挂着个白色的东西"，顿时吓得口哨都吹不响了。仔细一看，原来是雷电击中了树皮，露出了里面白色的树干。就在伊卡伯德刚刚释放掉紧张的情绪时，"突然间传来了令人毛骨悚然的呻吟声"，他吓得牙齿打战、双膝发抖，"膝盖打在马鞍上咯咯作响"。等到伊卡伯德冷静下来才发现，那只是微风吹动下两个大枝干摩擦的声音而已。（Irving，1901：359）虽然经历了几次惊吓，但伊卡伯德最终安全通过了歪脖树。不幸的是，就在他要彻底放松下来时，更大的危险——断头骑士——出现了。在伊卡伯德与歪脖树抗争的情节中，欧文通过自然笔触下的悬念书写让故事呈现极佳的哥特效果，其细腻的笔触下，源自欧陆的断头骑士活灵活现奔驰在美洲荒野。《断头谷的传说》在继承传统哥特文学写作手法的同时，亦融合了美洲地缘特征、美国历史文化等，深刻影响了爱伦·坡、亨利·詹姆斯等后代美国哥特作家。如果说欧文通过不同文化元素的融合和自然主义倾向的细腻笔触尝试创作带有美国特征的哥特文学，那么查尔斯·布罗克登·布朗（Charles Brockden Brown）的哥特小说则更加聚焦美洲本土元素，特别是信仰冲突问题，以此促成哥特文学美国本土化。

三　清教思想与美洲鬼怪新传奇

1798 年，布朗出版小说《维兰德：或，变形：一个美国故事》（*Wieland：Or，The Transformation：An American Tale*，以下简称《维兰德》）。这部具有传奇色彩的作品被认为是第一部真正意义上的美国哥特小说。美国作家乔伊斯·卡罗尔·欧茨（Joyce Carol Oates）对其给予了高度评价，认为《维兰德》"表达了压抑欲望被实现后的梦魇，预示了爱伦·坡小说中的怪诞末世故事"（Oates，46：1996）。小说创作灵感来自事发纽约州汤姆汉诺克市的一个真实案例。1781 年，一名叫詹姆斯·耶茨（James Yates）的美国人在宗教幻觉的诱发下，杀死了妻子和四个孩子，之后试图杀死妹妹未遂。事件相关报道和评论频现报纸杂志。布朗读到新闻及相关报道后，内心受到了强烈的冲击，以至于 10 年后他将事件重新写入小说中。这也是为什么副标题为"变形：一个美国故事"：真实发生在美洲大陆上的事件。

实际上，小说副标题包含了两个重要元素，即"变形"和"美国故事"。联系故事情节的发展：维兰德家族美洲传教失败铩羽而归，作者布朗显然是想在小说中呈现一段失败的美洲移民家族史、一个有关失落美国梦的故事。也正因有这样的创作初衷，布朗在小说首版后，立即给当时美国的副总统托马斯·杰斐逊邮寄了一本，可惜并没有引起总统的关注，杰斐逊没有给予任何反馈。（Shiflet，2005：118）在布朗看来，真正的"美国性"与"变形"是密不可分的，如果变形的原体是欧陆儒雅传统，那么变形的目标体则是美国新认同。通过书写《维兰德》的变形故事，布朗针对美国文化认同提出：原体，即欧陆儒雅传统是不可缺失的；目标体，即美国认同，必须因地制宜地从原体上变形而来。小说讲述了因宗教狂热而导致的家庭伦理悲剧，是失败的变形故事，其中的哥特元素亦加深了故事的悲剧性。来自欧陆的精神信仰不会轻易在美洲大陆上开花结果，老维兰德自燃而亡、小维兰德一家六口惨死，虽然直接原因是神秘的宗教狂热，而外来信仰和本土实际的不符则是其内在原因。国内有学者提出，"如果说政客用法律程序成功地限制了后革命时代的各种力量，那么小说则以讽刺的方法暴露出美国神话和民族自我意象中的不和谐因素"（李英，2012：101）。小说中带有非理性倾向的不和谐因素，除了通过反讽笔吻得到展现之外，宗教哥特元素也是其得以展现的重要媒介。布朗亦在另一部小说《埃德加·亨特利》（*Edgar Huntly*）中通过对系列死亡事件的哥特书写，思考了美国民族文学创作特点和认同建构问题。[①] 布朗在

---

① 例如，李宛霖（2022）在《〈埃德加·亨特利〉中夜游症的隐喻与布朗的民族文学主张》一文中，通过夜游症视角审视了布朗对于建构民族文学有效途径的问题；陈榕（2021）在《〈埃德加·亨特利〉中的边疆家园与哥特暴力叙事》聚焦印第安人和白人为疆土领域而发生的暴力冲突，认为小说是布朗将欧陆哥特小说驯化为美国本土小说文类的成功实践。

小说创作中尝试将欧陆哥特小说驯化为美国本土小说文类，开创了美国哥特小说的先河，而直接受益者便是爱伦·坡、霍桑等文艺复兴时期小说家。正如菲德勒所讲："查尔斯·布罗克登·布朗凭一己之力解决了哥特小说本土化的核心问题，尽管不算成功，却通过爱伦·坡和霍桑决定了美国哥特小说的未来。"（Fiedler，1960：129）美国独立战争后，这种宗教哥特传奇在另一位更具有文学自觉意识的美国作家——霍桑的作品中获得了新的内涵。为了形象描绘小说人物内心对罪罚的恐惧，霍桑聚焦人物罪恶心理书写，因此进一步对传奇和小说进行了区分。

就传奇和小说之间的关系，沃波尔早在1765年出版的《奥特朗托城堡》序言中就有涉及。沃波尔提出两种不同的传奇形式——古代传奇和现代传奇，"前者完全是想象力和非理性的产物；后者则以模拟和再现现实为途径和目的"（Walpole，2009：6）。沃波尔讲的古代传奇，指的是充满玄幻色彩的中世纪骑士故事；而现代传奇，则是以18世纪启蒙思想为背景具有鲜明现实主义倾向的小说。两者的区别，即是霍桑所讲的传奇与小说的不同。在沃波尔看来，应该将古今两种传奇结合在一起，即文学创作中的"想象力"和"真实自然"两者缺一不可，《奥特朗托城堡》就是此类创作的成功实践。沃波尔之所以再次将哥特传奇推至文学舞台的中心，主要有两个原因。其一，沃波尔创作《奥特朗托城堡》的时候，欧洲启蒙思想运动正值高潮期。表面看来，小说的哥特书写是对理性至上的挑衅，但作者的真实创作目的，在于通过想象和现实的观照，比较小说里中世纪愚昧迷信带来的压抑感和现实生活中启蒙理性带来的安全感，让读者对理性产生一定的认同感。正如有学者指出的，《奥特朗托城堡》"产生于世纪中期英国文化界对理性思维的钳制"，却"促使读者认同启蒙秩序"。（邵凌，2015：61）其二，在欧陆现代传奇占主流的时代，沃波尔试图通过复兴古代传奇建构具有鲜明英国本土认同色彩的民族文学。就沃波尔在《奥特朗托城堡》第二版前言中提到的两种传奇的不同，曾有学者说：

"（沃波尔）之所以复苏古代传奇，主要是想要建构一个有别于欧洲文化的英国民族认同。"（Honer，Zlosnik，2012：324）与之同出一辙，大洋彼岸的霍桑同样从文化认同视角出发，肯定了传奇作品对文化认同建构的重要作用。

霍桑之所以极力推崇"传奇"，与深植内心的清教罪罚意识和对创作素材匮乏的文学自觉不无关系。一方面，虽然霍桑不是真正意义上的清教徒，却对清教罪罚观产生了强烈的认同与共鸣，尤其是祖辈在塞勒姆女巫审判案（Salem Witches Trial）中的牵连，更让他充满恐惧以至于夜不能寐。这种警醒和恐惧影响到了霍桑的小说创作，但这也是他特别钟爱带有奇幻色彩的传奇的重要原因。另一方面，与欧文一样，霍桑认为美国本土缺乏文学创作素材。提出问题后，霍桑也尝试提出了两个解决方案——向历史借素材或者写作传奇小说，前者给创作提供了故事模板，而后者则可以通过作者的"神圣之眼"描绘一个个充满非理性怪诞的小说世界。在带有哥特传奇色彩的小说《七个尖角阁的房子》（*The House of the Seven Gables*）前序中，霍桑通过谈论传奇与小说的区别，进一步明确传奇才是最适合美洲地缘的文学体裁：

> 后者（小说）追求的是细节上的逼真再现，不能仅仅描述可能之事，还要深入普通人物内心挖掘潜在的可能；而前者（传奇）作为一种艺术形式则需严格遵守创作法则，如果漠视人心对真理之渴求，那就是罪不可赦。虽然如此，传奇却可以呈现隐藏在故事图景中的真理，并能够最大限度地展现作者选择（该主题）的原因和创作初衷。（Hawthorne，1961：viii）

在霍桑看来，小说的创作主旨是复刻现实，而传奇则可以借助非理性叙事实现作者真正的创作意图。简单说来，小说是带有现实主义倾向的，而传奇则具有鲜明的主观想象的非理性特征。这种非理性元素是想象力和虚构的诗学正义，也解决了霍桑认为美国创作素材缺失的问题，并为其实现创作自由提供了清教罪罚的豁免权。国内学者修立梅指出了霍桑传奇偏离启蒙思想的"边缘性"，"罗曼司（传奇）也可以是与历史不同的记忆书写的方式，从边缘对主流话语进行侵蚀和瓦解"（修立梅，2021：71）。而美国学者理查德·蔡斯（Richard Chase）指出：传奇是美国文学创作重要的发轫点之一，"新英格兰清教思想""启蒙思想的怀疑精神""超验思想的想象自由"共同成就了欧文创建的美国本土哥特文学（Chase，1957：xx），其中对启蒙理性的修正亦不言而喻。

1851 年 3 月，《七个尖角阁的房子》正式出版，这是霍桑继《红字》之后第二部传奇作品，一经出版就备受读者追捧。到 9 月为止，小说首版后又再版了四次，共卖出 6710 本，第一年销量就超过了《红字》。当时文坛呼风唤雨的人物朗费罗对小说夸赞不已，"这是一本奇异的、狂野的小说"（转引自 Wineapply，2004：238）；美国学者埃德温·珀西·惠普尔（Edwin Percy Whipple）肯定地说，这是霍桑"最好的一本小说"（Miller，1991：337）。与此同时，有学者亦关注了小说中围绕罪罚主题展开的哥特书写及其带来的压抑感。例如，同时代美国作家凯瑟琳·玛利亚·塞奇威克（Catharine Maria Sedgwick）说："读这本书太痛苦了……简直就像穿越疯人院的走廊一样压抑。"（Wineapply，2004：232）而梅尔维尔在读罢小说后感叹道："没有人能比霍桑更善于记录人类因头脑的偏执和思想的幽暗而产生的悲剧性。"（Mellow，1980：351）

小说中，七个尖角阁的房子最初建造于 17 世纪晚期。歹毒的品钦上校（Colonel Pyncheon）为了抢夺房产，诬告房产所有人马修·莫尔（Matthew Maule）为巫师。莫尔在被处死之前，指着品钦诅咒道："上帝会让他饮血而死。"（Hawthorne，1961：14）在乔迁宴会上，品钦神秘地死在了书房里。正如莫尔所诅咒的那样，品钦死状可怖："双眼呆滞地看向远方，看起来很怪异。他的脖颈两边都是鲜血，灰白的胡子也被结痂的血液糊住了。"（Hawthorne，1961：20）从此之后，被诅咒的尖角阁房子里屡发事故。到了 19 世纪，居住者是品钦的后代赫普兹芭（Hepzibah）和哥哥克利福德（Clifford）。由于表兄杰佛雷（Jaffrey）的诬陷，克利福德坐了 30 年的牢，刚刚刑满释放。三人的矛盾最终以杰佛雷的神秘死亡而告终。故事结束时，房客霍尔格瑞夫（Holgrave）与赫普兹芭的远亲菲比（Phoebe）确定了恋爱关系，一行四人最终离开了那座受到诅咒的七个尖角阁的房子。

　　小说故事跨越几代人，房子不断地变换主人。尽管霍桑一再强调"故事完全是虚构的"（Joseph，2001：248），而且尖角阁的房子在现实生活中并没有原型，但联系小说和霍桑的生活，他的表姐苏珊娜·英格索尔（Susanna Ingersoll）居住的别墅至少对故事中尖角阁房子的构建具有重要的启发作用。英格索尔家的房子最早由约翰·特纳（John Turner）于 1668 年建成。特纳一家在此居住三代，房子也几经改造，从最初"尖角""飞拱"的哥特风格，到后来通过加装木格子和滑动窗而具有了佐治亚风格（Georgian style）。在特纳破产后，英格索尔家族获得了房产权，并对房子的尖角、走廊等做了进一步改造，令房屋整体的佐治亚风味更加鲜明。

　　霍桑于 1850 年夏天开始写作小说，彼时苏珊娜住的房子已经进行了几次大规模的改造，是不同时代建筑风格和居住者不同品位的混杂产物，原本七个尖角阁也只剩下了三个。（Schmidt，2008：296）小说写作过程中，霍桑再次将三个尖角阁复原为七个，让事实插上想象的翅膀，既最大限度地阐释了作者的创作初衷，又创作了具有鲜明美国认同特征的传奇作品。故事发展到 19 世纪中期，品钦家族已经破败，在克利福德被释放之前，独居者赫普兹芭为了维持生计，在角落里开了一家小商店。除了这个稍有生机的角落，整个大房子都笼罩在空幽暗黑之中。七个朝向的尖角阁房子，阴暗且神秘，充满了未知和恐惧，隐喻了人类的内心世界："它（房子）就像一颗有生命的人类心脏，充满了丰富但阴郁的回忆……每每经过，你就会觉察：它是有秘密的，一段值得回味的风波。"（Hawthorne，1961：30）与爱默生乐观的超验主义思想不同，霍桑坚信人心向恶，出生便善作恶，而一旦作恶就会世世代代受罚。故事中品钦上校的暴毙、家族的日益衰败、克利福德受冤入狱等，都与这所象征着人性本恶的哥特房子相关。也就是说，小说中的七个尖角阁房子，不仅象征着人阴暗的心理世界，而且暗示了人心对罪恶的趋附。这一象征与霍桑对清教思想"罪"与"罚"既笃定又恐惧的复杂心理有着紧密的联系。

小说中带有鲜明的清教罪罚思想，也最经典的哥特场景，便是品钦上校被杀死在书房的一幕。霍桑设定由上校之孙在书房发现尸体："他停住脚步厉声尖叫，其他人都像一簇簇落叶般瑟瑟发抖。"（Hawthorne，1961：20）其后，坊间流传着两种不同的死因。有谣言说，看到鬼影潜入上校书房，"他的喉咙上有指印，脖领上有一个血手印，胡须凌乱无序，好像被人硬拉扯过"（Hawthorne，1961：21）。还有医生称，在对尸体仔细检查之后，认定上校实际上死于中风，属于病理原因的暴毙。上校死后儿子羸弱不经事，房产、地产经营不善，家族很快就破败了。更糟糕的是，在接下来的两个世纪里，"死去的马修·莫尔的沉重脚步声回响在房子的每一个角落，这令品钦家族每一个人都惊惧万分"（Hawthorne，1961：23）。独立战争期间，品钦家族宣布效忠英国军队，但在美国胜利之际迅速反转，这才得以保住尖角阁的房产。之后家族中发生了族人互戗的惨剧，以及上校侄子被人诬告差点被绞死的冤案等，这种混乱一直持续到19世纪的克利福德和赫普兹芭登场。

上文提到虽然霍桑不是真正意义上的清教徒，但是清教罪罚思想占据作品的核心地位。美国学者 W. C. 布朗（W. C. Brown）就曾经指出，霍桑是殖民地时代清教徒的后裔，而《红字》则是"宣讲清教思想的《浮士德》"。（转引自 Mills，1948：78）学者赫伯特·W. 施耐德（Herbert W. Schneider）也认为，霍桑善于书写清教原罪意识，"尽管少有现实行为，但他对清教思想进行了深度挖掘，并对在上帝面前的虔诚、谦卑和无处可遁的悲剧进行了书写"（Schneider，1930：263）。

霍桑自觉的清教原罪意识，与他天生丰富的文学想象力有关，更直接源自其家族罪恶给他带来的恐惧感。早在殖民地初期，祖辈威廉·霍桑（William Hathorne）就曾经在塞勒姆街鞭笞 5 个女巫嫌疑人，其中包括安·科尔曼（Anne Coleman）；而曾祖父约翰·霍桑（John Hathorne）则是 1692 年轰动美国的塞勒姆女巫审判案的首席法官。祖辈在女巫审判案中的罪行影响到了霍桑，罪恶感深深刻入了作家的骨髓之中。幼年时，霍桑父亲出海时不幸死于黄热病，母亲在这之后闭户不出。在笃信清教罪罚思想的霍桑看来，这是家族为祖上犯的罪行而受到的惩罚。为了免于祖辈之罪殃及自己，霍桑在自己的姓里加入了一个"w"，从"Hathorne"到"Hawthorne"，从中可以看出霍桑对于清教之罪的认真和对清教之罚的恐惧。

美国学者艾伦·罗伊德-史密斯（Alan Lloyd-Smith）认为，美国哥特小说有四个界定因素：荒凉的边疆、压抑的宗教、无尽的孤独和潜在的暴力。（Lloyd-Smith，2009：37）这四个界定因素都可以在《七个尖角阁的房子》中找到，它们共同建构了霍桑传奇小说的哥特框架。但在四个元素中，"压抑的宗教"无疑是小说最核心的哥特主题。上文提到霍桑对清教罪罚充满了敬畏之情，这种既尊重又恐惧的情绪深入小说的文本机理。如果说"敬"暗示为对英格兰宗教传统的维护，那么"畏"则包含了作家对于清教罪罚的不解和惧怕。换句话说，"敬"是想要维护与延续，而"畏"则隐含作家想要通过背叛而成长的诉求，而背叛的潜台词，则是新的、属于美国的文化认同的建构。实际上，在文学创作模式上，《七个尖角阁的房子》的哥特风格甚至是情节构成，都与《奥特朗托城堡》有诸多相似之处。同样是讲述受诅咒房子的故事，甚至连咒语都相似，"当真正的主人长大独立之后，奥特朗托城堡及其爵位都应从现居者转给他"（Walpole，2009：11）；而七个尖角阁的房子惩罚僭越者、最终归还所有者的诅咒，"口耳相传之下，世世代代重复着，变成了世人皆知的真理"（Hawthorne，1961：117）。两部小说结尾处，同样是爱（爱情、亲情）解除了咒语，让生活恢复了平静。两者之间最大的不同，就是《七个尖角阁的房子》表现出的美国认同。与《奥特朗托城堡》中神秘主义对理性思想的挑衅不同，《七个尖角阁的房子》的主要矛盾是清教思想对于人内心世界和外在表现的影响。故事结束时，《奥特朗托城堡》里的西奥多拿回城堡所有权，并与伊莎贝尔有情人终成眷属；而《七个尖角阁的房子》最后，赫普兹芭则带领大家逃离房子，逃到了新的梦想之地——"我们的新花园里有一所房子——那是你能见到的最漂亮的黄褐色的小房子"（Hawthorne，1961：275）。综合来看，《七个尖角阁的房子》无论在对清教意识的呈现上，还是在小说叙事的走向上，都表现出显性的"叛离"趋向，即在批判传统的基础上摸索建构新的、属于自己的认同。这也是《七个尖角阁的房子》中的哥特书写所表现出的霍桑在文学创作中的民族使命感。总而言之，《七个尖角阁的房子》表面上讲的是清教罪罚的故事，实际上也是作者通过哥特传奇来书写个人和民族认同的努力，正如美国学者丹尼尔·沃克尔·郝维（Daniel Walker Howe）在评价霍桑创作时所言，"在历史传奇中加入了象征主义和深刻的心理分析，作品认同变得如此厚重，甚至带有后现实主义的色彩"（Howe，2007：633）。

四　爱伦·坡与美洲鬼怪传奇叙事策略

在19世纪美国的鬼怪传奇中，除了像欧文、布朗、霍桑这种通过主题书写来思考和建构民族认同的作家之外，爱伦·坡更从叙事策略上改变了传统哥特传奇的讲述方式，开创了具备鲜明美国特色的哥特传奇叙事策略。下文将以爱伦·坡的代表新作品《丽姬娅》（*Ligeia*）为例进行阐释。

《丽姬娅》是爱伦·坡较有代表性的哥特惊悚小说。1838年9月，《美国博物馆》（*The American Museum*）杂志首次刊登了《丽姬娅》。小说一经问世便因其离经叛道的叙述方式和难以置信的故事情节，引起学界和读者的广泛关注和讨论，后来多次再版时几经修改：1840 年出现在爱伦·坡的《怪诞故事集》（*Tales of the Groteseque and Arabesque*）中，两年后再版于《幻想篇》（*Phantasy Pieces*），1845 年分别又再版于小说集《爱伦·坡讲故事》（*Tales by Edgar Allan Poe*）和《新世界》（*New World*）、《百老汇杂志》（*Broadway Journal*）两份报纸。《新世界》刊载的《丽姬娅》中，爱伦·坡首次加入了自己创作的诗歌《征服者蠕虫》（*The Conqueror Worm*），而小说也在不断再版的过程中逐渐完善。

小说讲述了一个"死而复生"的惊悚故事，第一人称视角增加了哥特情节对读者视觉维度的冲击感。叙述者讲道，第一任妻子丽姬娅美丽、睿智，拥有一头浓密头发，是自己所热爱和眷恋的对象。不幸的是，丽姬娅染病而亡。之后，叙述者娶了第二任妻子罗维娜（Rowena）。尽管罗维娜同样温柔体贴，但叙述者始终不喜欢她。不久，罗维娜也神秘地染上了病。在罗维娜弥留之际，叙述者彻夜待在她身旁。故事结尾，罗维娜不仅没死，而且按照叙述者的心愿变成了丽姬娅。小说情节设定和叙事策略别出心裁，一经问世便被论者惊为天人之作。例如，《新世界》的编辑查尔斯·埃姆斯（Charles Eames）说："小说大胆的创作理念所带来的冲击和无可比拟的艺术技巧……都让人惊羡不已。"（Thomas，1987：502）而另一位论者托马斯·邓恩·英格利希（Thomas Dunn English）则认为，《丽姬娅》"在所有哥特文学，以及所有爱伦·坡的作品中，是最了不起的"（Thomas，1987：587）。故事中，最令读者震撼并产生共情效应的，是作者在小说中对死亡主题的思考和阐释，尤其是对丽姬娅死而复生场景的惊悚描述。1845 年，爱伦·坡在《征服者蠕虫》一诗小说文本中，更从美国认同视角重新审视和修订了传统哥特文学对死亡主题的刻画。

作为独立的诗歌，《征服者蠕虫》最早发表在 1843 年《格雷厄姆的杂志》1 月刊，1845 年被收录在爱伦·坡的诗歌集《乌鸦和其他》（*The Raven and Other Poems*）。同年，爱伦·坡将该诗收入《新世界》

杂志刊载的《丽姬娅》小说文本中。故事中，诗歌由弥留之际的丽姬娅创作，主要讲述了一场名为《人类》（Man）的戏剧演出。观众是一群"哭泣的天使"，演员是"上帝容貌"却被幕后巨大的无形之物控制的小丑。小丑拼尽全力想要追寻一个"幻影"（Phantom），却始终兜兜转转毫无头绪，最终也未能靠近幻影。就在这个时候，一个"爬行的黑影"（crawling shape）突然出现，瞬间吞噬了小丑。戏剧幕布降下，被冠名为"人类"的悲剧结束，唯一的胜出者是"征服者蠕虫"。

诗歌跨体裁地讲述了一出戏剧，并故弄玄虚冠名"人类"，从而彰显其围绕"死亡"进行宏大叙事的创作初衷。有趣的是，除了体裁上跨越诗戏两界，多处诗文还与莎士比亚戏剧形成强烈的互文性。在莎翁的《皆大欢喜》（As You Like It）第二幕第七场中，哲人杰奎斯（Jaques）对西尼尔公爵（Duke Senior）说：

> 世界是一个大舞台，
> 男男女女都只是演员而已；
> 他们进进出出，
> 一个人一生中扮演不同的角色。
> （Act 7, Scene 2. As You Like It）

在《征服者蠕虫》中，丽姬娅讲道：

> 小丑们，样子虽像高高在上的上帝，
> 行为却无比卑微，
> 这里那里奔来跑去——
> 他们只是木偶，来来往往
> （转引自 Quinn, 1966：102）

与莎翁人生如舞台的意味相似，《征服者蠕虫》凸显了同一个主题，即人生如戏，演员只是木偶，故事最终也只能以死亡的悲剧结束。在莎翁另一部悲剧《麦克白》（*Macbeth*）中，麦克白将军说："明日，明日，复明日/一天天细步爬行/直到记录下最后一个音符。"（Shakespeare，2016：92）《征服者蠕虫》中的"爬行的黑影"和《麦克白》中"爬行的明日"一样，神秘幽暗的形象渲染了整个故事的恐怖底色和悲剧氛围。莎翁戏剧浓墨重彩地勾勒了死亡无处不在的阴影，而与之形成强烈互文性，由将死之人丽姬娅创作的《征服者蠕虫》，同样从传统视角讲述了面对死亡无处可逃的人生悲剧。然而，与莎翁自始至终人生苦短的咏调不同，《丽姬娅》在宿命论调的诗文之后又描述了死而复生的场景。小说情节发展与诗歌文学隐喻之间的乖讹，实际隐藏着作者想要突破欧陆儒雅文学叙事模式的束缚，探索出一条新的、具有鲜明美国特色的哥特叙事模式的努力。爱伦·坡突破了以托马斯·格雷（Thomas Grey）的《墓园挽歌》（*Elegy Written in a Country Churchyard*）为代表的感伤主义文学创作倾向，利用美国边疆神秘的、光影交织的背景，书写了与众不同的死亡故事。除了通过故事情节和文学隐喻之间的乖讹表达对建构鲜明文学认同的渴望，爱伦·坡还在小说叙事策略上做了大胆的尝试。

《丽姬娅》小说叙事的悬疑技巧最为突出，即故事最后丽姬娅是真的复活，还是叙述者在吸食鸦片后产生的幻觉，读者对此难辨真假。小说采用了有限的第一人称叙述视角，读者看到的仅是叙述者眼中所见、心中所想，阅读体验难以将虚构和现实完全分割开来。这就让学界就《丽姬娅》究竟是超自然故事还是纪实文学争论不已，呼应了托多罗夫认为奇想文学是在"超现实和心理世界之间的徘徊"的观点（Todorov，1973：41）。停留在文字表层，《丽姬娅》确实讲述了一个灵魂附体的哥特鬼故事；但隐藏在字里行间、因毒品而产生的幻觉，则让故事有了另一层含义。现实生活中的爱伦·坡吸食鸦片，而小说中也多次提到了"鸦片"一词，加之作者在文本叙事中多处留白，读者隐约察觉死而复生不过是叙述者的幻觉而已。表里两层叙事既矛盾又统一，爱伦·坡在超自然叙事和现实叙事之间徘徊，而叙事基调亦在两者之间流转，这成为《丽姬娅》显著的艺术特点之一。这种对叙事基调的处理，亦让故事进程呈现一定的模糊性。在《丽姬娅》的创作时期，欧陆哥特小说已经历了繁荣期，涌现出沃波尔、克拉拉·里夫、安·拉德克利夫等优秀的哥特小说家。欧陆传统哥特小说在启蒙时代发轫，小说家挥舞着反理性的大旗，呼应浪漫主义思想对于感性、想象和自我概念的执着，成为新时期文学创作的重要组成部分。虽然承继了欧陆哥特文学成熟且鲜明的反理性特色，但美国哥特文学想要突破重围只能标新立异，而爱伦·坡在《丽姬娅》中的模糊叙事策略试验，无疑是突破重围的重要尝试。美国学者 G. R. 汤普森（G. R. Thompson）认为，爱伦·坡的哥特小说在融合英国哥特小说（反）理性与德国哥特作品超现实因素的基础上，挖掘出了独具美国哥特特色的"模糊性"（ambiguity）。（Thompson，1972：36）总而言之，《丽姬娅》中徘徊在"超自然"和"现实"两个层面之间的模糊叙事，正体现了爱伦·坡想要创作"美国特色"哥特作品的努力，诚如美国学者大卫·庞特所讲，"哥特书写的模糊性……正体现了其对经典圭臬的颠覆"（David，2012：2）。在颠覆的同时亦探索了一条具有鲜明作家个性与认同特色的哥特创作之路。

19 世纪的哥特作品中，无论是欧文和布朗将美国元素融入哥特传奇的创新实践，还是霍桑在《七个尖角阁的房子》中从清教罪罚出发书写探求美国哥特模式的努力，抑或是爱伦·坡在哥特模糊叙事上的创作实践等，美国作家都将欧洲哥特传奇、美洲风土人情、黑色恐怖的爆发力等进行杂糅，讲述了一个个具有鲜明认同特色的哥特传奇。正如有学者指出："梳理经典美国哥特文学可以追溯到漫长的 19 世纪，布朗、库柏、欧文等作家努力创作，通过思考与地缘关系上的先民、来自欧洲的文化遗产等的关系，利用哥特书写界定这一新的民族。"（Faflak，Haslam，2016：8）在通过哥特书写确立认同的实践中，美国作家在承继欧陆反理性思想的同时，在作品中融入了边疆荒野、清教罪罚等美国主题，逐渐形成了具有美国特色的边疆鬼怪故事。在融合创新的同时，亦有创作聚焦哥特暴力书写，希冀通过颠覆秩序、重构世界来确立带有民族印记的文化认同。

第二节 暴力书写：灵薄狱中的颠覆与重构

一 暴力美学与美洲哥特书写

哥特文学世界供奉着三位神祇——爱神厄洛斯（Eros）、冥王哈德斯（Hades）和火神赫菲斯托斯（Hephaestus）："爱神产生欲念，冥王消灭欲念，而赫菲斯托斯代表着欲念的终结，是欲念的牺牲品，但也是力量的源泉。"（Punter，1998：214）希腊神话里，赫菲斯托斯生来样貌丑陋，连生母赫拉都拒绝相认，但他挥舞着手中的锻造火锤，成为奥林匹斯山的主神。庞特利用三位神祇点出了哥特文学的三要素——欲念、死亡和暴力，其中欲念和死亡是推动故事情节发展的关键，而暴力则是哥特不可或缺的重要美学品质。文学创作中哥特小说通过暴力书写置身主流文学，正重述了神话中赫菲斯托斯利用暴力火锤改变命运的经历。暴力美学涉及秩序的颠覆，而这种颠覆本身带来了重建的可能，这就是庞特所讲的"秩序是哥特的'力量之源'，因为哥特作品总是与超越和倒退有关"（Punter，1998：80）。相似地，美国学者理查德·斯洛特金（Richard Slotkin）也谈到了暴力颠覆对秩序的再生功能："再生最终必然通过暴力途径，而这种暴力再生的神话是美国经验的建构隐喻。"（Slotkin，1973：5）根据斯洛特金的理解，暴力建构是美国经验的重要组成部分，其再生功能是美国认同得以建构的重要条件。其间，描述西进边疆拓殖过程中秩序的建构与解构，亦是作家创作具有鲜明美国特色哥特小说的重要路径。

在 19 世纪的美洲哥特语境中，赫菲斯托斯神扎根新的沃土，获得了新的成长基因：边疆（frontier）。史密斯认为，在美国哥特小说形成的过程中，四个因素起到了决定性的作用，即边疆、清教思想、种族和政治乌托邦。（Smith，2012：163）与英国受诅咒的古堡、晃动着鬼影的后庭院和瓶瓶罐罐的实验室等哥特设定不同，美洲边疆是美国哥特文学独有的、具有鲜明认同特点的故事背景。19 世纪西进运动中，不断向西拓展的边疆地带既代表着希望和梦想，又充满了未知和危险。英国学者保罗·卡特（Paul Cater）说，"边疆明确无误地指代所有文化意义上不熟悉的事物"（Carter，1987：158），这些"不熟悉的事物"正是美国哥特文学重要的创作素材和书写对象。在尚未受到现代文化染指的西部，时刻潜伏着危险的荒野、带有攻击性的印第安人、无法逃避的孤独和荒凉等，美国哥特作家在不断实践中逐渐摸索到了属于自己的书写主题。

边疆包容美好和狂野两种对立统一的内涵。上文提到 19 世纪中期，超验主义逐渐成为新英格兰地域的思想引领，爱默生在《论自然》中不仅讲述了自然之美，更提出个人亦可通过解读到自然中隐含的上帝讯息成为圣体。但与此同时，很多美国作家也关注到了狂野对文明的反侵蚀作用，聚焦自然的残酷无情与阴暗可怖。所以，当美国民族诗人菲利普·弗瑞诺（Philip Freneau）感叹荒野中盛开的美好的忍冬花之时，艾米丽·狄更生却在《看起来一点不奇怪》（*Apparently with No Surprise*）中描述了自然之残酷。诗人讲道：

> 看起来一点不奇怪
> 对于任何一朵快乐的小花
> 风霜戏耍间便取下它的头颅——
> 偶然间——
> 惨白的弑杀者若无其事地走了——
> 太阳东升西落

又一天过去了

这一切上帝都是允许的

（Dickenson，2022：36）

狄更生在诗中聚焦自然的无情与残酷，描述了风霜戏谑间杀死花朵的场景。作者没有停留在对案发现场的描述，而是进一步描写了弑杀者的若无其事、太阳的漠不关心以及上帝的纵容默许。作者从景观、宗教和哲学等多维度描写了自然的残酷，读来令人不寒而栗。延续了欧陆中世纪传统，美洲荒野同样被视为"邪恶的具象化，秩序颠倒和危险的空间"，身处荒野随时有可能"陷入疯癫状态①或者犯下罪行"。（King，1996：66）广袤无垠的西部边疆为美国哥特作家提供了想象空间和素材，老维兰德自燃的悬崖、温克尔遭遇鬼魂的断头谷、哈克贝利·费恩密西西比河上的浓雾等，都是美国哥特作品中的经典自然场景。

二　美洲边疆催生的暴力书写

殖民者初到美洲大陆，目之所及除了绵延向西的荒野，还有时隐时现在远处丛林深处的土著人身影。1914年，美国画家詹妮·奥格斯塔·布朗斯科姆（Jennie Augusta Brownscombe）完成了代表画作《普利茅斯的第一个感恩节》（*The First Thanksgiving at Plymouth*）。位于画面中心的牧师在感谢上帝，摆放宴席酒桌的不远处，是与白人和平相处的印第安人。但与印第安人和平相处的模式，很快被西进运动紧凑的步伐打破。服务于资本的西进扩张，印第安人在白人作家笔下变幻成哥特魅影，手提利刃割白人的头皮。富兰克林曾经在短篇小说《波

---

① 英文中，"bewildernment"与"madness"都表达"疯癫"之意。从构词法上看，"bewildernment"由"be-wilder-nment"组成，其中"wild"（荒野）是词的核心构成部分。由此亦可看出荒野与疯癫之间的天然联系。

士顿独立记事副刊》（*Supplement to the Boston Independent Chronicle*）中讲述了 1062 个白人头皮的故事。有关头皮的描述让读者寒毛直竖，而嗜血成性的印第安人形象也随之跃然纸上。

殖民者西进的脚步不断推动美国文学的独立与成熟，"剥头皮"的印第安人逐渐经典化美国边疆哥特文学的独特意向。这一鬼魅再次出现在库柏 1841 年的小说《弑鹿者》（*The Deerslayer*）中，是故事情节发展的重要线索。《弑鹿者》描写的与印第安人之间的矛盾纷争，尤其是像"剥头皮"这样的土著行为，是美国哥特小说中独有的情节，而像库柏这样的白人作家将"剥头皮"哥特化、陌生化的过程，也侧面指出了作家在潜意识里替殖民者侵略行为的正义性背书。贾莹就曾指出："美国人接过欧洲殖民者的接力棒发明了边疆神话，将神话中隐藏的暴力渲染成一种依托于个人主义观念而发展的积极向上的力量。"（贾莹，2022：148）在潜意识中，作家创作服务于西进拓殖，在这一点上库柏和富兰克林是一致的。但随着故事的发展，读者发现白人也加入了"剥头皮"的施暴者行列，在此库柏与富兰克林分道扬镳，针对施暴的白人进行了无情批判。

《弑鹿者》多次谈到了"剥头皮"行为，并谈及残暴行为的文化背景和原因。与印第安人部落"剥头皮"行为相似，白人法令也大肆鼓励剥取印第安人的头皮。根据当时立法会议的决定，白人每杀死一个印第安人并剥掉头皮可获得奖赏。在利益的驱使下，白人开始对印第安人大肆地杀戮。小说中大湖房子的主人赫特和贪婪的赫里一样，希望剥得印第安人的头皮换取财富。他们趁夜偷袭印第安人营地却落入圈套被俘，赫里被印第安人剥掉了头皮，最终惨死。从 19 世纪前半期直到 20 世纪初，美国政府陆续出台《印第安人保留地法》（*Indian Appropriations Act*），印第安人部落被圈禁在居留地，民族合法身份被取消，印第安人则被视为社会危险分子，受联邦政府的严密监督。美国历史学家特纳所谓徘徊西行之线，是文明逐渐侵入荒野的过程，亦是白人盎格鲁文明逐渐吞噬印第安文明的过程。《弑鹿者》中，主人公皮袜子邦波（Bumppo）对于印第安人剥头皮一事有自己的理解："白人生活在基督信仰的福泽中，而红人则依靠荒野的恩惠而生存。因此，白人剥头皮是极大的亵渎之罪，而印第安人剥头皮则只是天性使然。"（Copper，1964：37）也就是说，与土著人自然生成的习俗仪式不同，白人剥头皮是刻意为之的侵略行为，其中还隐含其试图掩盖弑杀印第安人的愧疚感和罪恶感的努力。

美国学者克里斯·波尔迪克（Chris Baldick）和罗伯特·米格尔（Robert Mighall）提出了"哥特批评学"（Gothic Criticism），认为哥特小说有两个主体，即"施压的"（oppressive）和"他者"（others），"施压文化对想象中的'他者'恐惧不已"（Bladick，Mighall，2012：280）。上文提到在19世纪美国西进运动中，出于服务殖民和利润的需求，印第安人被他者化为哥特鬼魅。实际上，"施压者"和"他者"同样存在于白人社区内部，"他者"往往是暴力事件的受害者，而这也是文艺复兴时期哥特作家创作的独特素材。

1835年，美国作家奥古斯都·鲍德温·朗斯特里特（Augustus Baldwin Longstreet）出版小说集《佐治亚见闻》（*Georgia Scenes*），讲述了佐治亚社区的风土人情，其中就不乏发生在白人之间的哥特暴力事件。例如，其中的短篇故事《斗殴》（*Fighting*）就通过自然主义的视角近距离描述了一场血腥的肉搏战。在暴民怂恿下，村民比利和鲍勃开始了一场最为原始的野兽战，后者明显处于劣势："鲍勃的左耳被撕扯掉，左侧脸颊有一片肉被撕扯掉。左眼淤青，鲜血汩汩地从伤口处涌出……血从鲍勃的耳朵、脸颊、鼻子和手指不断流出，场面太过血腥，在场的人纷纷侧目避闪。"（Longstreet，1957：50）在西进运动边疆开拓的背景下，文明线索不断西行，荒野逐渐被文明征服；与此同时，荒野对于文明机理的渗透也无处不在。在荒野混沌秩序的冲击下，盎格鲁白人社区暴力冲突也不断升级。《斗殴》所呈现的边疆白人群体暴力事件，是美国文学独有的哥特风景线，之后再现于布雷特·哈特（Brett Harte）描写淘金热的《〈咆哮营的幸运儿〉及其他故事》（*The Luck of Roaring Camp and Other Tales*），继而深化于马克·吐温讲述的密西西比河寻觅故事的《哈克贝利·费恩历险记》之中。

作家哈特虽然出生于美国东部，但少年时就迁居西部边疆，尤其曾投身 19 世纪中期的淘金热，对于西部边疆淘金社区生活十分熟悉。《〈咆哮营的幸运儿〉及其他故事》刊载了 23 篇描写西部淘金生活的小说。朗斯特里特在《佐治亚见闻》中运用自然主义直白手法展现了血腥可怖的暴力场景，而哈特则围绕淘金这一主线行为描绘了边疆社区白人之间的冷暴力。短篇故事《咆哮营的幸运儿》里，淘金工人对幸运儿猛虎嗅蔷薇的铁汉柔情，最终被一场洪水无情吞噬。在灿灿的黄金梦和残忍的自然灾害面前，这种柔情蜜意不堪一击。小说《莫莉斯》（*Mliss*）中，史密斯开发金矿失败自戕，女儿莫莉斯因此遭遇社区邻居冷暴力，被迫苟延残喘于社区的边缘地带。小说《一个微不足道的人》（*The Man of No Account*）里，怯懦淳朴的法格将财产留给出轨的未婚妻，却不幸在回国的路上葬身鱼腹等。这种冷暴力更是导致《扑克滩的驱逐者》（*The Outcasts of Poker Flat*）悲剧故事发生的直接原因。小说中，六名扑克滩居民因盗窃行为被社区驱逐，迁往更为偏远的荒野冰冻之地。在边疆社区，六人相依为命，却抵不住严寒和饥饿的侵袭，最终决定派西姆森外出求救。在此期间，奥克赫斯特不堪重压自戕，而其余四人全部冻死，横尸荒野。小说中发生在边疆社区的冷暴力令人发指，以驱逐为特征的冷暴力助力西行之路的开拓，却难以抹杀以牺牲个人为代价的事实，这一点与白人的印第安种族灭绝有异曲同工之处。这种冷暴力具象化为马克·吐温笔下的私刑场景，通过哥特底色的棱镜展示白人共同体在荒野和文明之间的颠覆和重构。

三　边疆私刑：民粹视角下的暴力故事

19 世纪中期，美国西进者的步伐继续前行，在康涅狄格州、哈德逊河流域、特拉华州等地域顺着内陆河北上，翻越阿巴拉契亚山脉和阿利根尼山脉到达俄亥俄河和密西西比河流域。白人社区中的暴力事件，同样也随着西行者的脚步发生在密西西比河边疆地域。国内有学者指出，私刑"是美国最丑陋的社会现象之一，其中大部分发生在前邦联州，而密西西比更是最恶劣的……"（王元陆，2021：123）。根据《哈克贝利·费恩历险记》的情节线索，故事正发生在美国内战前的密西西比河。小说创作在西进运动的大背景下，聚焦于密西西比河流域两岸，其中亦不乏对边疆拓殖过程中的哥特暴力事件的描写。例如，吉姆和哈克偶遇河上漂浮的房子，当吉姆发现房子里惨死的是哈克的爸爸时，他尝试转移哈克的注意力："是个死人。真的，还光着身子。背后挨了一枪。我觉得已经死了两三天了。哦，哈克，别看他的脸——太恐怖了！"（Twain，2005：56）很明显，哈克的爸爸是在与人斗殴中被杀死，死状恐怖，加之藏尸漂浮的房子中，更增加了这一场景的哥特意味。但与之前描写的边疆暴力冲突不同，马克·吐温在小说中所呈现的白人社区冲突升级到了对社会秩序和生存规则的思考，尤其聚焦法治和人治的关系，是对认同建构深层逻辑与秩序的反思。随着不断西行的脚步，文明逐渐侵入了荒野。但要在荒野之上建立文明秩序，并不是一朝一夕就可做到的事情，这便有了马克·吐温在小说中描述的暴力冲突、暴民私刑等由社会深层矛盾引发的问题。

在西进道路上，荒野和文明相互龃龉，秩序的缺失导致暴力冲突事件的发生。小说中，在肯塔基州，哈克在与吉姆走散后碰到了当地男孩巴克（Buck），被牵扯进克兰德福斯和谢泼德逊两个家族的纷争中。巴克告诉哈克，两家为敌30多年，现在世仇究竟如何而来都无从追溯了，但两家的族人视彼此为眼中钉、肉中刺，见面便会火拼。巴克讲道，几乎每个族人都受过伤："爸爸背后挨过枪子……鲍勃被猎刀砍伤，汤姆也被砍伤过一两次。"（Twain，2005：120）后来，巴克的姐姐和谢泼德逊家的男孩私奔，引发了两家的血拼，最终克兰德福斯家的男丁都被枪杀，巴克也未能幸免于难。巴克被杀时，哈克正躲在树上，目睹了整个杀人过程。哈克在被敌人包抄时跳河逃跑，"他们顺流而下，男人们则沿岸追着，边向他们射击边喊着'杀了他们，杀了他们！'"成年男子射杀儿童的残忍场面，是哈克永远摆脱不了的梦魇："我永远忘不了他们——梦里多少次见到他们。"（Twain，2005：126）作为毗邻社区，两家族在同一个教堂做礼拜，但表面和气下暴力冲突事件接连不断。巴克家族男丁的死亡，直接原因是家族间的仇杀，但其根本原因是开拓边疆拓殖过程中法治秩序的薄弱和社会伦理的缺失。这种薄弱和缺失，是文明面对荒野的弱势，其中的哥特暗影来自荒野对文明的反侵蚀。荒野失序对文明秩序的反噬，是19世纪作家重点关注的主题之一。例如，梅尔维尔的小说《水手巴德》（*Billy Budd, the Sailor*）讲述了巴德委屈狂怒之下杀死诬陷者的故事，尽管陪审团对其遭遇表示同情，但巴德最终仍然被判处绞刑。与暴民对舍博恩（Sherburn）实施私刑相同，陪审团的死刑判决表现出一定的随意性，其根源同样是公德秩序和法律规范的缺失。在这里，马克·吐温和梅尔维尔都描写了边疆开拓过程中的私刑场景，文明秩序的缺席贯穿在小说的细节之处，独特的设定赋予边疆哥特文学以独特的创作素材。

在所有的边疆暴力私刑主题中，马克·吐温对于暴民私刑尤为反感。就边疆拓殖过程中暴民实施私刑这一事实，有学者指出，"对于暴民的恐惧，是美国哥特小说兴起的重要源头之一"（刘敏霞，2011：82）。另一个带有哥特暗影的私刑处决现场，是第33章中从哈克视角展示的、被暴民游街示众的"国王"和"公爵"场景。彼时哈克正与汤姆走在街道上，突然遇到了吹着号角、拿着火炬、敲锣打鼓的喧嚣人群。原来，暴民伏击并捉住了国王和公爵，没有审讯便实施了私刑。哈克看到，人群簇拥中，国王和公爵被迫横骑在一根圆木上，身上涂满了柏油和羽毛："他们看起来不像人类——像两只巨大的鸟人。这让我感到恶心……人类怎能如此残忍地对待彼此？"（Twain，2005：250-251）尽管哈克厌恶国王和公爵的卑鄙龌龊、唯利是图，但看到这一幕也不禁心生怜悯。这一行刑的场景，很容易让读者联想起在《天路历程》（*Pilgrim's Progress*）的"名利场"章节中，班扬描写的克里斯汀（Christian）和忠诚（Faithful）受私刑的一幕。两人途经名利场却不为名利所动，因而受到当地居民的斥责和辱骂，且同样遭到了示众的侮辱与惩罚："然后他们殴打了他们（克里斯汀和忠诚），在他们身上涂上泥巴，把他们装进牢笼之中，供集市上的行人观赏。"（Bunyan，1981：120）在班扬的故事中，经过不公正的审判，忠诚被残忍处死。国王的受刑场景是对名利场一幕的戏谑，民间骗子和朝圣者之间的人物反差增加了小说的幽默色彩。两个场景之间明显存在互文性，相隔200年，两位作者的写作意图却是一致的：书写蛮荒之地暴徒实施的私刑。两个示众的私刑情节里，涂满柏油的国王和关在笼中的克里斯汀，展示的是个体和暴民之间的对抗，而读者往往容易对被示众者产生同情。正是在这种催生读者同情心的情节设定里，马克·吐温在插科打诨间谴责了边疆暴民对个体居民的暴行，坚定地表达了对于暴民私刑的否定态度。

此外，马克·吐温借助对私刑的描写，进一步思考了认同建构的潜在矛盾和问题。小说第21章和第22章记述舍博恩杀死博格思（Boggs）的过程，肆意杀人引起了民众的不满，并很快升级为暴乱事件。暴民们涌进舍博恩家誓为博格思报仇，面对群情激奋的暴民，舍博恩说：

> 因为够胆在流浪的孤苦女人身上涂满柏油和羽毛，所以你们就以为可以放手去杀一个男人？……最可悲的就是暴民……他们打架的勇气不是与生俱来的，而是从民众、从官员那里偷窃来的。但没有首领的暴民，连可悲的对象都不是。现在你们就拖着尾巴回家吧，找个地洞钻进去。真正的私刑绞杀，要按照南方传统在深夜进行，施刑者不但要戴面具，而且要在首领的引导下才能实施私刑。（Twain，1981：159-160）

舍博恩短短数言，却由私刑入手从三个层面深刻透析了 19 世纪中期美国南方社会的重重危机：性别层面上的歧视——在孤苦的女人身上涂满柏油和羽毛进行羞辱；精英和民粹之间的对立——暴民私刑必须在首领引导下才能实现；南北私刑的不同——南方的私刑绞杀要在午夜时分由蒙面人执行；等等。在私刑视角下，马克·吐温笔下的南方社会岌岌可危，性别歧视、社会不公和南北冲突等极具破坏力的不稳定因素随时可能爆发，它们产生于法治理念规范边疆秩序的过程中，是文明西行的必然产物，在美国内战后仍以不同的形式隐匿在民族认同之中。美国学者菲德勒说，马克·吐温"不仅是孩童乐园的缔造者，也是书写暴力的伟大作家"（Fiedler，1960：563）。从对社会公德秩序的颠覆与建构到围绕民族文化本质的思考与创作，围绕私刑展开的哥特暴力书写无疑是成就马克·吐温边疆创作事业的重要原因之一。根据美国学者史密斯的观点，这一时期哥特文学的创作主要围绕四个主题展开：边疆、清教、种族和乌托邦。其中与暴力关联的主要是"边疆"和"种族"，剥头皮、狂野自然和暴民私刑等问题属于前者，而与后者所关联的，则是白人和少数族裔之间的暴力事件。

四　美洲种族冲突的暴力升级

就种族问题，上文谈到了边疆拓殖过程中白人与印第安人、文明与荒野之间的冲突融合，其中"白人—文明""印第安人—荒野"之间的等同关系显而易见。19 世纪中后期，随着西进运动的推进和美国经济社会的发展，种族问题的焦点逐渐从白人和印第安人的矛盾，转移到了白人与黑人之间的冲突，而这也是美国文艺复兴时期哥特文学暴力书写集中呈现的重要主题。美国学者杰罗尔德·E. 霍格尔（Jerrold E. Hogle）提出，哥特文学的"创作和意识根基……是赝品的鬼魂（the ghost of the counterfeit）"（Hogle，2011：499）。霍格尔所谓的"赝品"，指的是被主流意识排挤到社会边缘的"他者"，而"赝品的鬼魂"则指围绕"他者"进行的具象化书写。在书写"赝品的鬼魂"时，主流作家往往将"他者"布局到重重阴影之中，以此为对照进行自我认同的界定。文艺复兴时期美国作家对黑人暴力的哥特书写，就是对"赝品的鬼魂"的具象化书写，表达了主流作家对于非裔群体潜在威胁的恐惧，亦通过对照反思了集体身份中狂野和理性的双重内涵。

对于非裔暴力的书写，可以追溯到英国文艺复兴时期莎士比亚的悲剧《奥赛罗》。故事中，奥赛罗是摩尔人，虽然人品高贵且屡立战功，却因非洲族裔不能真正融入白人上层社会。在种族歧视的重压之下，奥赛罗的性格逐渐扭曲，最终发生听信谣言杀死了深爱的妻子苔丝狄蒙娜的悲剧。莎士比亚完成了奥赛罗的暴力书写，并对因种族歧视而发生的暴力反抗表示同情，是最早为少数族裔发声的作家。但处于 16 世纪封建帝国的建构期，奥赛罗的暴力书写服务于帝国建构的政治诉求，即通过描写"赝品的鬼魂"放大主流社会对边缘群体的恐惧心理，在贬低少数族裔的同时为白人文化共同体意识的稳定增添砝码。虽然"哥特"一词直到 18 世纪后期才进入文学术语库，但有学者指出，莎士比亚戏剧已经表现出"早期哥特审美品质"，且 18 世纪末开始的有关莎翁哥特批评的复苏，亦是服务于稳固"英国认同"的目的。（Townsbend，2012：43）英语文学作品对非裔哥特暴力赝品鬼魂的具象化描写逐渐成熟，出现了很多经典作品。例如，英国作家多丽丝·莱辛（Doris Lessing）的首部小说《野草在唱歌》（*The Grass Is Singing*）讲述了黑奴摩西杀死女主人白人玛丽的故事，小说中摩西叙述视角相对缺席，因而真实杀人动机永远无法大白于天下。非裔美国作家理查德·怀特（Richard Wright）的《土生子》（*Native Son*）同样聚焦非裔杀人事件，主人公比格·托马斯情急之下杀死了雇主的女儿玛丽，并残忍地毁尸灭迹。小说通过自然主义视角再现杀人过程，哥特视角下的暴力场景是族裔间世代积累的压抑与愤怒的宣泄口。非裔美国作家詹姆斯·鲍德温（James Baldwin）说："对于每一个美国黑奴来说，内心都住着一个比格·托马斯。"（转引自 Shulman，2008：153）实际上，早在 19 世纪中期，所谓的"托马斯情结"就已经在梅尔维尔的中篇小说《贝尼托·塞莱诺》（以下简称《贝尼托》）中得到了淋漓尽致的展现，而对这种族裔间发生的哥特暴力的书写，与作家对建构期美国认同的思考是紧密相关的。

1855 年，《贝尼托》最早分三期连载于《普特南月刊》（*Putnam's Monthly*）上，并于次年再版于故事集《广场的故事》中。在《贝尼托》中，梅尔维尔首次尝试用哥特视角展示黑奴暴乱。让作家意想不到的是，小说一经出版就备受读者肯定，且得到了学界的一致好评，如当年的《美国民主批评》（*United States Democratic Review*）说，小说"展示了语言独特之美、叙述灵动之巧，以及作者卓尔不群但令人毛骨悚然的想象力"（转引自 Branch，1985：360）。20 世纪 20 年代"梅尔维尔复苏"之后，《贝尼托》仍是梅尔维尔研究的焦点之一。美国学者安德鲁·德尔班科（Andrew Delbanco）指出，《贝尼托》"逐渐被学界奉为梅尔维尔最伟大的艺术成就之一"（Delbanco，2005：230）。

故事时间设定在 1799 年，美国船长亚玛撒·德拉诺（Amasa Delano）的"快乐单身号"（Bachelor's Delight）在圣玛利亚岛的港湾邂逅了"圣多米尼克号"（San Dominick）。德拉诺登船后，发现圣多米尼克号上的状况非常糟糕，据说船只在被暴风雨袭击后，又遭遇了严重的疫病，船上大部分西班牙人和少数黑奴死亡。德拉诺派人回船取生活必需品，自己则留在圣多米尼克号陪着看似陷入惊恐的贝尼托船长。随着交流的深入，德拉诺发现船上白人和黑奴的关系很微妙，特别是贝尼托竟然会对贴身奴仆巴伯（Babo）言听计从。德拉诺回船之际，贝尼托等西班牙人发疯般地随之跳到了快乐单身号船上，而身后则是持刀寻命的巴伯等黑奴。原来，圣多米尼克号发生了黑奴暴乱，大多数西班牙人被杀死，原船长亚历山大·阿兰达（Alexandro Aranda）被残忍地剥皮去肉，骨架最终被钉在了船头上。故事最终，起义被镇压，巴伯等人被处死，但贝尼托身心受到巨大摧残，不久便郁郁而终。

在 19 世纪中期的美洲西进拓殖过程中，小说中描写的黑奴暴动事件确实时有发生。1839 年，西班牙船只"友谊号"（La Amistad）上的 50 名奴隶叛乱，杀死了两名白人船员，最后被美国海军船只镇压。1841 年，美国运奴船"克里奥尔号"（Creole）从弗吉尼亚州出发前往奥尔良州，途中 19 名黑奴起义杀死了白人船员，之后驾驶船只逃往巴哈马群岛。[①] 实际上，《贝尼托》的故事也有现实原型。根据美国学者哈罗德·H. 斯卡德（Harold H. Scudder）的研究，梅尔维尔的创作灵感主要来自一名叫亚玛撒·德拉诺的船长于 1817 年写下的备忘录《航海旅行叙事》[②]（A Narrative of Voyages and Travels）："他（梅尔维尔）的故事已经有了，因此只是重写了相关篇章，附加了些法律文件、删减了些词，并进行了小幅度的修改而已。"（Scudder，1928：502）斯卡德所谓的"相关篇章"，指的是记录了 1805 年 2 月 20 日海上暴乱事件的一个章节。据记载，美国人德拉诺所在的"坚毅号"（Perseverance）在圣玛利亚岛一个废弃的海湾里碰到了一艘被起义黑奴占领的西班牙船只"历练号"（Tryal）。德拉诺在备忘录中详细记载了与历练号邂逅的过程，根据斯卡德的研究，梅尔维尔正是在此基础上才创作完成了《贝尼托》。

尽管是同一事件的不同呈现，与《航海旅行叙事》相比，《贝尼托》通过哥特视角重现的暴乱事件，多了一层暗黑底色和躁动恐怖，揭示了 19 世纪中期美国社会族裔间的矛盾和危机。小说中，真相揭示的一瞬间，德拉诺看到了前船长阿兰达不忍直视的尸骨："蒙住双眼的层层雾气退散"，摘下面具的黑奴，"如同狂暴的海岛叛军，挥舞着斧头和大刀冲过来"（Melville，1984：188），圣多米尼克号的缆绳被

---

① 美国黑人作家弗雷德里克·道格拉斯（Frederick Douglass）1853 年的短篇小说《英雄奴隶》（The Heroic Slave）即以克里奥尔事件为基础创作。

② 备忘录全名是《航海旅行叙事，在南北半球：包括三次环球旅行和一次探险，在太平洋和东方岛屿》（A Narrative of Voyages and Travels, in the Northern and Southern Hemispheres: Comprising Three Voyages Round the World; Together with a Voyage of Survey and Discovery, in the Pacific Ocean and Oriental Islands）。

砍断，覆盖在船头的"裹尸布"被掀开，船只驶向开阔的海域，"船头束着一具死尸，是一具骨头架子，下面用粉笔写着几个惨白的字：'追随你'（Follow You）"。看到这一幕，贝尼托悲痛万分，不禁掩面而泣："这就是他，阿兰达，我那个被杀害、死不瞑目的朋友。"（Melville，1984：189）曾经呼风唤雨的船长阿兰达，如今船头堆满了森森白骨，两者的差异给读者带来视觉和心理的双重震撼，实为文艺复兴时期哥特书写的成功范例。

梅尔维尔在《贝尼托》中从现实出发又以哥特书写超越现实的创作手法，在作家个人层面上是写作的试验和创新，但从文艺复兴作家集体无意识去审视，则隐含了梅尔维尔对于美国文学认同的深刻反思。在讲到小说创作时，爱伦·坡指出："人类大脑只能'想象'存在之物。"（转引自 Todorov，1973：41）在现实事件基础上，梅尔维尔主要添加了带有自然主义韵味的哥特恐怖细节描绘，在真实可信的语境中凸显了哥特文本中的恐怖意味。总的来说，《贝尼托》中的哥特暴力书写取材于美国事件，更通过暴力冲突强化了故事的美国性。既与《奥特朗托城堡》经典英伦哥特背景设置不同，又与欧文《断头谷的传说》重写欧陆恐怖传奇不同，《贝尼托》从故事取材到文本创作都带有鲜明的美国性，真切地表达了作家极力挣脱欧陆束缚获取认同的诉求。此外，谈及对欧陆哥特传统的承继与背离，文学历史学家理查德·格雷（Richard Gray）指出，《贝尼托》"借助奴隶制的阴影，审视了叙事者（德拉诺）美式乐观态度与主人公贝尼托的欧式消极论调"（Gray，2004：213）。按照格雷的思考逻辑，故事中贝托尼的消极与德拉诺的乐观，分别暗指儒雅传统的消极悲观与边疆文化的积极明快。在梅尔维尔眼中，两种色调孰优孰劣一目了然。

在现实指向上，小说通过描写海上黑奴暴乱反思美国文艺复兴时期的奴隶制问题。有趣的是，由于梅尔维尔用有限视角描写此次黑奴暴乱，学界就作家对奴隶制的态度不能达成一致，形成两种截然不同的观点。小说中有一个细节描写德拉诺船长遭遇"戈尔迪之结"

（Gordian Knot），这正呼应了学界有关作者废奴立场的争论。德拉诺在圣多米尼克号的甲板上碰到了一个满脸爬满皱纹、发丝纠结成团、面容阴沉可怖的老黑奴。他正用绳子尝试打一个巨大的结，四周围着很多帮忙的黑奴。在德拉诺看来，老黑奴像是一名正在给阿蒙神庙打"戈尔迪之结"的埃及神父。好奇的德拉诺向老人询问道：

> "伙计，你在干什么？"
> "打结。"他简单答道，连头都没有抬。
> "看出来了，但打结的目的是什么？"
> "是为了让别人解开啊。"
> （Melville，1984：163）

始料不及的是，黑奴突然间将巨大的绳结抛向了德拉诺，并用支离破碎的英文说道："解开、切断，快呀"（Melville，1984：163）。在小亚细亚戈尔迪乌姆城的神庙中，有一辆献给宙斯的战车，在车轭和车辕间系着一个绳扣，该绳扣看不出任何线索，无人能解开，被称为"戈尔迪之结"。公元前334年，亚历山大大帝亲临宙斯庙，他举剑砍断了绳结，运用逆向思维通过外施暴力解开了谜题。《贝尼托》中，老黑奴扔给德拉诺并叫嚷着让其打开的绳结，实际正隐喻了19世纪美国的奴隶制问题。在作者看来，如神庙的"戈尔迪之结"一样，黑奴绳结也是难以解开的，德拉诺的一再误判差点葬送了圣多米尼克号上所有白人的性命。在登上圣多米尼克号后，白人与黑奴之间的微妙关系、贝尼托在巴伯面前表现出来的怯懦等，种种不合常规的怪相都没能警醒德拉诺，他非但未能解开这微妙关系之结，反而跳入陷阱对"贴心能干"的巴伯赞叹不已。就连离开时贝尼托有了反常之举，德拉诺还是未怀疑巴伯，反而认为贝尼托心怀恶意。最终，绳结只能通过以暴制暴的方式解开：船上的黑奴起义被白人暴力镇压，首领巴伯被枭首示众，"尸身被烧成灰烬，设计阴谋的脑袋被插在广场的杆子上"（Melville，1984：208），以赎罪的姿态"看向"埋葬阿兰达尸骨的圣巴塞罗缪教堂。圣多米尼克号上的黑奴绳结承继了"戈尔迪之结"传说中的暴力隐喻，系结之人通过暴力杀戮白人，而白人亦诉诸暴力才解开了绳结。无论是黑奴屠刀下阿兰达被剔骨去肉的尸身，还是巴伯被插在杆头示众的头颅，梅尔维尔的哥特书写发出一个强有力的信号：唯有暴力才能解开绳结。圣多米尼克号船头本来立着发现新大陆的哥伦布的雕像，之后哥伦布雕像被取下，阿兰达被剔去血肉的骨骸取而代之，唯一不变的是下面写的标语："追随你"。哥伦布探索新大陆揭开了美洲殖民历史，在《贝尼托》中哥伦布雕像的遭遇以及阿兰达的尸骨则成为对奴隶制的最佳反讽。小说最后提到贝尼托的离世："在庭审三个月后，贝尼托·塞莱诺躺在了棺材里，真的做到了'追随他的领袖'。"（Melville，1984：208）白人殖民者的入侵才是打结的幕后之手，如果"戈尔迪之结"只能通过暴力解开，那么诉诸暴力所带来的只能是持续不断的更多的暴力事件。总而言之，《贝尼托》是梅尔维尔对贩奴体系下潜在暴力的哥特书写，在暴力文学宣泄的背后，暗含着作家探寻个人创作模式、建构民族文学集体记忆的努力。

上文提到文艺复兴时期美洲大陆上的鬼怪传奇，通过哥特想象为新生国度编织了可以建构认同的历史背景；西进运动中的边疆暴力书写，则饱含了主流作家利用哥特元素打破现有秩序寻求出路的诉求。除了历史和现实，此时的美国哥特作家还将书写聚焦于梦想和未来，但与最初美洲殖民者所宣讲的未来不同，美好的美国梦在哥特作家笔下幻化为畸形的恶托邦[①]（dystopia）。

---

① "恶托邦"一词源于"乌托邦"（Utopia）。1516年，托马斯·莫尔（Thomas More）出版《乌托邦》一书，绘制了理想社会的蓝图。从表面意思看，"恶托邦"正是乌托邦的反面，既用来指涉梦魇社会，又可以包含"反乌托邦"（anti-utopias）的意思。文学史上，最有名的恶托邦书写是英国作家乔治·奥威尔（George Orwell）的小说《1984》（*Nineteen Eighty-Four*）。

第三节　哥特恶托邦：失梦的畸形荒漠

美国的殖民史始自对信仰自由的追寻，以及对物质财富的渴求。17世纪，早期殖民者怀揣信仰自由、财富独立的梦想抵达西海岸，克服重重困难想要建立上帝许诺给摩西的迦南之地。根据《圣经·约书亚记》的记载，摩西死后，约书亚带领以色列人征服了迦南荒野，包括犹大山地、南地狂野、歌珊全地等。追随迦南先例，征服荒野，驱逐异族，过上殷实富足的生活，建立新的"耶路撒冷王国"，正是美国早期殖民者的宗教梦想。经历了独立战争，19世纪建国者仍未停下脚步，在当时的美国人看来，无论信仰自由还是物质富足，均未实现。为了在下一个山巅实现梦想，他们坚定地迈出了西行的步伐。

一　性别恶托邦：两性关系的哥特书写

美国梦存在于超验的精神追求和入世的财富积累两个维度，它们贯穿整个美国历史且此消彼长、互相依存。美国学者范·怀克·布鲁克斯（Van Wyck Brooks）在谈到18世纪末文化认同建构的两种倾向时说："一种是明确无疑、由衷而发的对超验理论的肯定（'崇高理想'），而另一种却是对廉价的琐碎现实的接纳。"（Brooks，1915：7）这种"崇高理想"和"琐碎现实"之间的冲突和融合，使"美国梦本身充满了流变的元素"（唐文，2021：1）。西进运动的推进带来了两种不同的社会现象，即疯狂追求物质富足的拜金热和以超验主义为代表的反物质主义运动。两种极端的意识形态矛盾冲突不断，美国文艺复兴作家觉察到了未来社会发展的潜在矛盾，通过哥特书写以自然主义笔触细致描绘了理想国的对立面——恶托邦。美国学者弗雷德·博廷（Fred Botting）说，"哥特小说……是一面（梦想的）异托邦之镜"（Fred，2012：19），哥特视角下的异托邦化身为噩梦的修罗场。① 在这面恶托邦之镜中，作为社会最基本构成的两性关系是作家思考与呈现的焦点镜像。

上文指出，美国殖民历史源自清教信仰自由的梦想，清教思想是美国文明和历史的源发点之一。殖民地早期，清教自觉和规诫是边疆社区平稳发展的重要保证。17世纪清教作家威廉·古奇（William Gouge）曾经这样描述清教家庭：

> 至少在象征意义上，每个家庭都是个小教会或者微型共和国。（因此，）应依据权力机构、对教会或者联邦的归属，在家庭的范围内进行统辖。换句话说，家庭是学习征服、统辖和归属的第一阵地：经过这里的学习，男人才能投身宗教教会和政府联邦这样的宏图伟业。（转引自 Demos，2000：扉页）

在古奇看来，如果将家庭比作小型教会，那么丈夫无疑是这个教会的牧师，其他家庭成员必须要听命于一家之长。在清教思想规诫下，社区最小单位的家庭中的夫权和父权的绝对权威逐渐确立起来。在推崇父权、夫权的社会里，女性往往被比作"美洲荒野"或者"未被驯服的'黑暗大陆'图景"（King，1996：171），是亟待启蒙理性拯救的非理性存在。1776年，大陆会议通过《独立宣言》，在民主与平等的基础上，提出了"生命、自由和幸福"的权利，这也被认为是美国梦的核心内容。但《独立宣言》并未明确享受权利的主体，这也为边

---

① "乌托邦"、"恶托邦"和"异托邦"都与理想社会相关，但含义大相径庭。"乌托邦"由莫尔在16世纪提出，指的是虚构的美好社会；"恶托邦"亦是虚构之地，包含了乌托邦的反面意义；"异托邦"（heterotopia）由米歇尔·福柯（Michel Foucault）提出，指的是有别于乌托邦的另一个非虚构之地："与现实完全不同之地，在某一特定文化语境中共时性地表现、比较并颠覆现实。"（Foucault，2002：231）现实生活中的异域花园、野生保留地、飞地等，都可被视为区别于真实的异托邦。异托邦"作为乌托邦存在，但又比乌托邦真实"（田俊武，2019：31）。异托邦具有现实和虚幻的双重含义，往往作为一个中性词兼容了乌托邦和恶托邦的内涵。

疆开拓背景下两性关系的进一步扭曲埋下了伏笔。

　　殖民地时期的美国作家群体中，白人男性占据绝对主导地位，女性作家几乎全体失声。少有几个发声的，要么是追随主流作家的脚步，要么就选择游记等折中的方式进行创作，有些女性作家即使有作品也无法出版。究其原因，正如《远离尘嚣》（*Far from the Madding Crowd*）中女主人公芭谢巴（Bathsheba）所讲："我不知道——至少我没法告诉你。让女人使用主要由男人建立的语言系统去表达自己，真的是很难。"（Hardy，2005：414）殖民地时期诗人安妮·布拉德斯特里特（Anne Bradstreet）因其诗赋才华被认为是英属美洲殖民地第一位作家，但她的诗作大多围绕开拓边疆背景下清教信仰的虔诚展开，在模糊性别中思考宗教信仰和世俗情感之间的矛盾与挣扎；另一位游记作家萨拉·科布尔·奈特（Sarah Kemble Knight）为美国文学留下了第一部一手的康涅狄格州游记，但其书写方式也有意模糊女性的身份认同，以豁达的男性视角记录波士顿到纽约途中的见闻趣事。

　　即使到了 19 世纪文艺复兴时期，美国女性作家仍然徘徊在文学创作主流群体的边缘地带。例如，黑色浪漫主义诗人艾米丽·狄更生一生总共创作了将近 1800 首诗歌，但生前仅出版了其中的 10 首。当女性作家小心翼翼地期盼通过边缘写作在文学领域赢得一席之地时，牢牢占据文学舞台中心位置的白人男性作家却对其嗤之以鼻。霍桑在写给朋友威廉·D. 提克诺（William D. Ticknor）的信中说："美国现在完全被一群乱涂乱画的女性暴徒占领，只要她们引领着大众品味，我就不可能有成功的机会。"（转引自 Frederick，1975：231）在 1832 年费城杂志《周六快讯》（*Saturday Courier*）举办的短篇小说写作大赛上，美国作家迪莉娅·培根（Delia Bacon）意外战胜爱伦·坡拔得头筹。① 面对胜出的女性作家，连爱默生都不无嫉妒地嘲讽道："迪莉娅·

---

　① 迪莉娅·培根（1811~1859）是 19 世纪美国文艺复兴时期的代表作家之一，在代表作品《莎士比亚戏剧解密》（*The Philosophy of the Plays of Shakespere Unfolded*）中提出，莎士比亚其人在历史上并不存在，莎士比亚戏剧是弗朗西斯·培根、瓦尔特·（转下页注）

培根是个天才，但她就像一只乌龟一样疯狂地附着在英国土壤之上。"（Rusk，1966：76-87）美国梦对主体界定的不清晰带来的两性不平等，在文学创作领域变成了对女性作家赤裸裸的歧视。梦想无法照进现实，心理失衡状态下的女性作家开始诉诸带有暴力颠覆性的哥特文学创作，通过恶托邦之境照出现实的虚假和冷酷。其中具有代表性的，是19世纪中期美国作家夏洛特·珀金斯·吉尔曼（Charlotte Perkins Gilman）的哥特小说《黄墙纸》（*The Yellow Wallpaper*）。

《黄墙纸》是吉尔曼的半自传体短篇小说，最早出版在《新英格兰杂志》（*The New England Magazine*）上。结合时代背景和自己的经历，吉尔曼在《黄墙纸》中通过哥特书写入木三分地呈现了美国男权社会对于女性在精神和身体上的双重迫害。小说出版后引起了学界的关注，其对女性内心压抑情感的细腻描写引发了社会群体的强烈共鸣，人们认为《黄墙纸》聚焦并谴责了"男性在19世纪医疗职业的霸权地位"（Ford，1985：309）。《黄墙纸》成为美国女性文学作品的典范之作，而作者吉尔曼也因作品入驻美国国家女性名人堂[2]（National Women's Hall of Fame）。

小说采取了第一人称叙事视角。故事开始的时候，叙述者"我"因产后抑郁和丈夫一起外出度假，租了一间宅邸住下，希望三个月的假期能够缓解抑郁症状。两人精挑细选，最终决定将楼顶的婴儿房作为卧室，但事实证明这是一个错误的决定。"我"对于房间里的黄色墙纸产生了强烈的抵触情绪，隐约感觉墙纸后有一个爬行的女人。在和丈夫沟通无果后，"我"决定不再向任何人透露此事。离开宅邸的前

（接上页注①）罗里爵士（Sir Walter Raleigh）和爱德蒙·斯宾塞（Edmund Spencer）三人共同创作的成果。该观点一经提出便引起关注，但由于迪莉娅·培根的女性美国作家身份，以及她不能提供更为可信的证明材料等原因，这种学术关注更多包含震惊、质疑甚至嘲笑的态度。

② 美国国家女性名人堂，始建于1969年，位于纽约州的塞尼卡瀑布城。名人堂大厅里，陈列着对美国社会、经济或文化做出突出贡献的女性名人牌匾。按照惯例，每两年会选出新的"名人"入驻名人堂。

一晚，趁丈夫值班不在家，"我"将女佣支出去后开始疯狂撕扯黄墙纸。第二天丈夫破门而入，发现"我"正疯狂地围着房间快速爬行，俨然变成黄色墙纸后面那个爬行的女人。丈夫看到这一幕后直接晕了过去。

小说因对爬行女人的细致压抑的描写被认为是哥特文学的典范之作。例如，美国哥特作家霍华德·菲利普斯·洛夫克拉夫特（Howard Philips Lovecraft）指出，《黄墙纸》通过哥特视角书写了被拘禁的女性疯癫，已经达到了"经典级别"（Lovecraft，2012：99）；而美国学者艾伦·瑞安（Alan Ryan）亦高度肯定了小说中的哥特技巧，认为《黄墙纸》是"自有书写文学以来，最臻于完美、最具渲染力的恐怖故事"（Ryan，1988：56）；等等。黄墙纸后面爬行女人的意象，凝聚了小说全部的恐怖因子，是故事情节展开的中心线索。一住进宅邸，"我"就发现这个房子有些奇怪，卧室映入眼帘的黄墙纸更是直接刺激着叙述者的每根神经：墙纸没有固定的模式，"当你的眼光顺着不规则的墙纸游走，它们会突然'自杀'——以前所未有的角度反转"；讲到墙纸的颜色，"真让人反感，甚至是恶心——一种压抑的、肮脏的、因日晒褪色的黄色"。（Gilman，2009：168）像得了强迫症似的夜以继日进行观察后，"我"发现墙纸移动的原因："墙纸后面好像有一个弯腰蹲下并四处爬行的女人。"（Gilman，2009：174）逐渐地，"我"发现墙纸后面女人的数量越来越多，她们有时甚至会爬到房屋中或跳到后花园里。故事最后，当"我"歇斯底里地撕扯墙纸时，耳畔充斥着"所有（之前看到的）被扼住喉咙的脑袋、圆鼓鼓的眼睛和增生的蘑菇发出的刺耳尖叫，这叫声里面还有一丝嘲弄的意味"（Gilman，2009：181）。小说讲述的是一个产后抑郁症患者如何在黄墙纸的刺激下疯癫的故事，但如果从非理性视角审视，它同样可以是一个真实的鬼故事，正如瑞安所说的："它可能是一个鬼故事。但更糟糕的是，它也许并不是。"（Ryan，1988：56）

托多罗夫提出，奇幻文学可以分为"神秘的"（the uncanny）和"神奇的"（the marvelous）两种，而"真正的恐怖来自神秘文学"

(Todorov, 1973: 47)：读者与人物产生共情的神秘文学，是恐怖体验生发的重要源头之一。《黄墙纸》是吉尔曼自传性质的作品，故事中包含了作家源自生活的真实体验和复杂情感。现实生活中，吉尔曼与故事叙述者一样，产后三个月并且患有严重的产后抑郁症。主治医生希拉斯·威尔·米切尔（Silas Wier Mitchell）针对吉尔曼的症状给出了"休养疗法"①（rest cure）的治疗方法，医嘱吉尔曼避免任何下床活动。可想而知，吉尔曼的症状非但没有减轻，反而有加重抑郁的趋向。关键时刻，吉尔曼决定放弃"休养疗法"回归正常生活。此外，故事中的医生丈夫，以吉尔曼的第一任丈夫查尔斯·沃尔特·斯特森（Charles Walter Stetson）为现实原型。故事中，"我"多次尝试与丈夫沟通病症未果，多次被粗暴拒绝加速了患者精神世界的彻底崩溃；现实中，吉尔曼也苦于无法让斯特森了解自己的苦闷和病痛，感觉自己随时会坠落悬崖之下。吉尔曼出生并成长于清教思想主导的白人社区，那里女性地位低下，女性群体被视为男性社会的附属品。吉尔曼出生不久，父亲便遗弃了她们母子三人，而成年后她又遭遇了丈夫和医生等男性权威的冷暴力。所有的不公和愤懑，都在《黄墙纸》中得到了艺术宣泄。实际上，吉尔曼的经历并不是个案，《黄墙纸》之所以能够成功，是因为它让读者在故事中产生了共情："我"的经历看似恐怖离奇，实则可能发生在每一个读者身上，包括男性读者。这种共情体验与爱伦·坡在"效果原则"（effect）下创作的恐怖小说带来的阅读体验是相似的，即"共情"是两位作家营造哥特氛围的共同路径。

通过哥特效果强化读者的共情体验，放大由两性不平等引发的愤懑，吉尔曼成功构建了笼罩在暗影之中的恶托邦世界。现实中，吉尔

---

① 所谓"休养疗法"，又称"卧床休息法"（bed rest），指的是让病人绝大部分时间卧床休息以缓解病痛、康复身体的治疗方法。"休养疗法"主要针对孕期女性和背痛患者等群体。有研究者指出，"休养疗法"没有任何治疗效果，是"有违伦理道德的"（McCall, 2013: 1305）。

曼的创作受到了 19 世纪中期美国第一波女性主义运动的影响。① 1848
年，塞尼卡瀑布城会议（Seneca Falls Convention）在纽约召开，会议
讨论并最终签署了《情感宣言》（Declaration of Sentiments）。《情感宣
言》在主题和行文上都遵循《独立宣言》的模式，其中明确写道：
"我们认为以下真理是不言而喻的：男人和女人是生而平等的，造物
主赋予他们若干不可剥夺的权利。"② 不仅如此，《情感宣言》还陈述
了美国历史上男女不平等的事实："人类历史，就是一部男性不断伤
害和掠夺女性的历史。"（Stanton，1889：70）在成长过程中，吉尔曼
受到两位姑姑的影响，其中一位是女权主义者伊莎贝拉·比彻·胡柯
（Isabella Beecher Hooker），另一位则是《汤姆叔叔的小屋》的作者哈
丽叶特·比彻·斯托（Harriet Beecher Stowe，即斯托夫人）。在这种生
活环境中，女性独立争取平等的理念深深扎根于吉尔曼心中。面对女
性在男性霸权恐吓胁迫下的"失声"，她用自己最擅长的方式进行了
反抗——通过《黄墙纸》哥特书写引起读者的共情体验，在文学创作
的领域最大限度地为女性这一弱势群体奔走呼号。

　　如果《黄墙纸》通过书写哥特恶托邦批判了男性对女性的强权，
那么在另一部长篇小说《她乡》③（Herland）中，吉尔曼则通过"神
奇文学"题材畅想了美国视角下的"女儿国"。小说中，"她乡"的居
民都是女性。居民超过 25 岁时，只要心有诉求就会自然怀孕。她乡通
过特殊方式孕育后代，如今已经有了两千多年的历史，这个国度以抚

---

① 美国的女性主义运动（Feminism）大致分为四次：第一波以 1848 年纽约州的塞尼卡瀑
布城会议为标志，围绕女性选举权展开；第二波始自 20 世纪 60 年代，这次运动提出了
"个人即是政治"的口号，呼吁赋予女性更多平等的权利；第三波开始于 20 世纪末期，
在前期运动的基础上，为女性寻求发声权和更多的艺术表达自由；第四波大概兴起于
2012 年，主旨是反对针对女性的暴力事件，这次运动主要依托于社交媒体和现代科技。
参见 http://en. wikipedia. org/wiki/Feminism，最后访问日期：2024 年 5 月 16 日。
② https://www. loc. gov/exhibitions/women-fight-for-the-vote/about-this-exhibition/seneca-falls-
and-building-a-movement-1776－1890/seneca-falls-and-the-start-of-annual-conventions/declara-
tion-of-sentiments/，最后访问日期：2024 年 5 月 16 日。
③ 《她乡》是吉尔曼书写女性主义的"乌托邦三部曲"之一，其他两部是《移山》（Mov-
ing the Mountain）和《他乡》（With Her in Ourland）。

养孩子为集体责任，并视"母爱为信仰"（Gilman, 2009：69）。在教育理念上，她乡倡导"自然教导法"，即孩子们在自然的环境中体验世界、获取经验。她乡居民散发着强烈的母性光芒，她们自然纯朴、宽容大度、强健可靠，是最值得依赖的父辈群体。小说最后，闯入者杰夫（Jeff）和她乡居民赛里斯（Celis）爱情的"结晶"马上就要出生，而男性叙述者"我"也会带着她乡爱人回到两性世界。对她乡的美好勾勒背后，始终存在两性世界的暗影，相比之下隐约其形的两性王国更显得光怪陆离、恐怖异常。正因如此，无论是《她乡》对纯粹女性世界幻想的乌托邦书写，还是《黄墙纸》围绕隐身墙纸后爬行女人的恶托邦书写，作者吉尔曼的创作初衷是一致的，即在表达对男性霸权愤懑的同时，为女性赢得发声权，这是 19 世纪女性作家通过创作积极参与文学、文化认同建构的重要实践。吉尔曼的创作理念影响到了很多重要的美国女性作家，如爱丽斯·沃克（Alice Walker）和西尔维娅·普拉特（Sylvia Plath）等就在创作中吸收了吉尔曼的哥特书写理念。《她乡》中描述的乌托邦是一个仅有女性居民的理想王国，但小说结尾暗示了乌托邦变为恶托邦的可能性。这种从"乌托邦"到"恶托邦"的转变，在 19 世纪美国现实生活中确有发生，且被霍桑以小说的形式记录下来，这就是霍桑 1852 年出版的《福谷传奇》。

二 犯罪恶托邦：民粹和精英的文化抵牾

19 世纪中期，新生的美国经历了一系列快速的否定之否定，认同的内容在不断被否定、被更新中趋向稳定。如果唯一神论是对早期清教思想和达尔文教义的否定，那么爱默生的超验思想作为否定之否定，以宗教情感同时否定了清教思想和唯一神论，成为意识形态和个人主义发展的引领。同样地，恶托邦作为否定之否定的存在，也对社会思想建构起到了重要的作用。乌托邦一词最早于 1516 年出现在托马斯·莫尔的作品中，描述了一个现实中并不存在的理想王国。"乌托邦"

（utopie）的词根"topos"意指地缘意义上的所在方位，而"topo"本身含有言说的意思，即用文学想象的"言语"叙说他乡之事，因此乌托邦书写暗含着对于现行意识形态的否定。上文指出，20世纪中期，以乔治·奥威尔的小说《1984》为标志，恶托邦（反乌托邦）逐渐登上文学舞台。尽管恶托邦一词出现较晚，但自乌托邦出现便与之如影相随，作为一种否定之否定的非理性存在对意识形态的良性发展起到了重要作用。正如国内学者麦永雄所讲："意识形态是对现存体制的蓄意肯定，乌托邦是对现存社会体制想象性或理想性否定，恶托邦则是对乌托邦的理想性的反讽和否定。"（麦永雄等，2005：40-41）顺应意识形态否定之否定的思考逻辑，爱伦·坡在其侦探小说中也尝试建构一个恶托邦世界，以"侧目"的姿态对文化认同进行积极的思考和建构。

爱伦·坡的侦探小说世界总是弥漫着哥特恐怖色彩，犯罪恶托邦书写是对梦想乌托邦的反思和批判，也是探寻建构理想国的另类途径。身处经济文学较为繁荣的新英格兰，侧目边疆开拓背景下的物质繁荣和甚嚣尘上的超验运动，爱伦·坡以高度的文化自觉察觉到了美国社会发展的潜在问题，另辟蹊径地对因梦想失落而逐渐畸形的内心进行了文学呈现，描绘了一个独具美国特质的犯罪恶托邦。爱伦·坡倡导效果原则创作理念，这是其犯罪恶托邦书写获得成功的重要原因，也是其犯罪书写的作家特色。托多罗夫在讲到奇幻文学叙事效果时提出，在以第一人称视角叙述故事时，叙述者亦是小说人物，在这一"半信视角"下，读者更容易产生共情的阅读体验。（Todorov，1973：83-84）在爱伦·坡的侦探小说中，《黑猫》（*The Black Cat*）、《泄密的心》（*The Tell-tale Heart*）、《一桶蒙特亚白葡萄酒》（*The Cask of Amon-tillado*）等作品即通过第一人称罪犯视角讲述犯罪过程。第一视角完整形象地近距离展示了罪犯的细微心理活动，推动读者产生共情体验，这也是爱伦·坡犯罪恶托邦的独特之处。

《泄密的心》最早于1843年发表在《先驱者：文学与评论杂志》

(*The Pioneer：A Literary and Critical Magazine*）创刊号上，两年后再版于《百老汇杂志》。小说以第一人称视角讲述了一次"完美犯罪"（perfect crime）。故事伊始，"我"便恶毒地诅咒同住老人秃鹫般的双眼。鬼使神差地，"我"接连几日半夜跑到老人卧室想探个究竟，沉睡中的老人并未察觉。这样一直到了第8天，老人终于被"我"的响动惊醒。"我"听到了老人心跳的声音，为了不让邻居察觉而推倒大床压死了老人。为了抹掉痕迹，"我"在分尸后将尸块藏于地板下面。刚刚处理好尸体，就有警察到访。在配合警察的调查过程中，"我"不自觉地听到了老人的心跳声，在逐渐嘈杂快速的心跳声中，"我"无法自抑地讲出了杀人真相。

小说以第一人称视角细致地描述了杀人过程，但对杀人动机并未交代清楚，故事甚至没有阐明"我"与老人之间的关系。读者所见所感的，仅是"我"对于秃鹫般双眼的深恶痛绝和不断敲击耳膜的心跳声，这两点是杀人的直接原因。在内视角叙事的推动下，读者与杀人者之间的认同感不断增强。美国学者斯科特·布鲁斯特（Scott Brewster）提到了哥特创作是徘徊在理性和疯癫之间的舞蹈，认为读者能够轻易在阅读哥特小说时产生疯癫共情："疯癫在文本之中，而阅读总是受其左右。"（Brewster，2012：486）杀人者的疯癫搅动了读者平静世界的旋涡，在共情状态下与非理性的杀人者共舞。

故事以"我"的一声感叹开始："是真的！""我"讲到自己处于疯癫的边缘："长期以来，我都特别神经质，但你能看出我疯了吗？"（Poe，2005：156）接下来，通过"我"的双眼，读者看到了老人令人憎恶的眼睛，特别是"其中一只眼睛好像秃鹫之眼——蒙着一层膜的淡蓝色"（Poe，2005：156）。每次看到这只眼睛，"我"就感觉毛骨悚然，甚至会产生杀人的冲动。叙事聚焦并扩大对"秃鹫之眼"的恐惧，似乎为杀人寻到了缘由，进一步获取读者在共情体验中的非理性认同。在杀人之后，"我"说，"只要我告诉你我如何神不知鬼不觉地藏匿尸体，你就不会觉得我疯了"（Poe，2005：161），并接着讲述了令人发指的分尸并藏匿尸块过程。先让读者感其所感，再从暗示杀人动机，到不自觉杀人藏尸，读者不自觉地跟随凶手摆脱了伦理道德的束缚，体验到了完美犯罪带来的快感。此后凶手面对警察的束手无策洋洋自得，更推动读者与之进一步拉近距离。故事最后，随着震耳欲聋的心跳声的加剧，"我"的理性意识世界逐渐崩溃，"我觉得我必须大声尖叫，否则的话我就会烟消云灭"（Poe，2005：164）。在歇斯底里的叫声中，凶手坦白了杀人真相和藏尸地点。爱伦·坡善于描写人物心理的阴暗面，挖掘人类潜意识中的犯罪可能性，在道德伦理底线的边缘徘徊往复。这样的哥特书写方式，往往突破读者的感知阈限、超越其已有的认知范畴，在遵循"效果原则"创作理念的同时，在共情基础上拓展了读者的认知维度。正如托多罗夫在谈及爱伦·坡的哥特文学时感叹道："对于爱伦·坡来说，奇幻文学就是将读者带到突破底线的边缘处。"（Todorov，1973：93）

综上所述，爱伦·坡在犯罪小说中使用的非理性叙事，让故事情节在伦理道德底线和心理承受极限的边缘处徘徊，寻求未知心理世界的潜在可能性，拉近读者和人物之间的距离直至两者产生共情体验。这种叙事方式虽然遵循了"效果原则"，却因传统道德伦理的缺失而备受学界诟病。实际上，这种在悬崖边的舞蹈，正是爱伦·坡文学创作艺术自律的表现，包含了他作为民族诗人思考文化认同的努力。19世纪前半叶，以朗费罗、欧文、库柏等为代表的新英格兰作家仍以欧陆儒雅创作传统为指导，在此基础上尝试为美国文学争得一席之地。与之不同，爱伦·坡站在了世俗的文学功利主义的对面，批评用传统道德、社会伦理等外界因素限制文学创作的思想和做法。当时的朗费罗被认为是最具代表性的美国民族诗人，而爱伦·坡却将批评矛头直指朗费罗：他那套围绕启蒙理性、传统道德的说教"完全不合时宜"（Poe，1984：683）。需要指出的是，与欧陆唯美主义不同，爱伦·坡的文学自律强调"标签"的作用，即如何通过反儒雅创作传统构建作家个体和民族群体的文学认同。也就是说，爱伦·坡不是单纯为了哥特效果而写作犯罪小说，他的创作初衷是填补美国集体文化记忆的缺失。总而言之，哥特犯罪书写可以被看作爱伦·坡建构文学认同的重要尝试。

爱伦·坡的非理性犯罪视角除了更真切地呈现了犯罪心理和作案过程，还暗含着精英文化和民粹政治之间的对立。在《泄密的心》描述的完美犯罪中，"我"既是杀人凶手，也是最终破案之人。如果不是"我"因防线崩溃而吐露真相，无为的警察根本无法破案。在某种意义上，无论是疯癫的非理性状态，还是理性的逻辑推理，"杀人凶手"才是故事中聚光灯下的"英雄"。这一点，在爱伦·坡的另一部犯罪小说《黑猫》（*The Black Cat*）中也得以重现："我"杀死了妻子并为完美犯罪而沾沾自喜，鬼使神差地在警察面前卖弄才最终暴露自己。爱伦·坡所描述的这些第一人称视角下的杀人者，其实暗喻了站在民粹政治对立面、代表精英文化的"孤胆英雄"。

19世纪三四十年代正值爱伦·坡创作生涯的高峰期，是精英逐渐让位于民粹的杰克逊时代。国内学者钱满素说："在美国历史上，杰克逊时代是一个飞速发展的时期，共和国早年以杰斐逊天然贵族理论为依据的精英政治……让位于大众政治。"（钱满素，2018：96）1829年到1837年，与西进精神相呼应，安德鲁·杰克逊总统在美国大力主张民粹政治思想和自由工业贸易，维护普通公民人权，抵制腐败的儒雅贵族传统。而这一时期，恰逢美国历史上的"大转折"时期（1828~1848），在西进运动、工业化推进、外来移民涌入等因素刺激下，美国城市化进程大踏步前进。据统计，1790年到1860年，超过8000人的城市从6个上升到141个，而且城市人口从13.1万人遽升至500万人。（Taylor，1949：57）人口的暴增，生存空间的缩小，尤其是工业化的扩张，在拨快城市生活节奏的同时亦增强了生存的压抑感。这正是美国犯罪小说兴起的重要背景，正如有学者指出的，"侦探小说的发展源于19世纪初对都市生活的不安与威胁感逐渐加强"（付景川，苏加宁，2016：34）。此间，继承新英格兰文学传统、具有高度文化自觉的爱伦·坡对民粹文化产生了质疑，并在系列侦探小说中，通过塑造 C. 奥古斯特·杜宾（C. Auguste Dupin）这一代表精英派的"绅士侦探"①（gentleman detective）形象，用侦探寓言对 19 世纪上半期精英和民粹的对立统一进行了深度思考。

　　侦探杜宾的形象出现在爱伦·坡的三部主要侦探小说中：《摩格街杀人案》（*The Murders in the Rue Morgue*，1841）、《玛丽·罗格迷案》（*The Mystery of Marie Roget*，1842）和《被偷窃的信》（*The Purloined Letter*，1844）。杜宾利用聪明才智破获了"密室杀人案"，通过心灵感应找到罗格死亡的真相，并通过严密的逻辑推理找到了丢失的信件。有学者指出，通过塑造杜宾这一绅士侦探的形象，爱伦·坡创立了三种侦探小说类型：实地断案（《摩格街杀人案》）、意念断案（《玛丽·罗格迷案》）和"实地+意念"断案（《被偷窃的信》）。（Haycraft，1984：11）其中，《摩格街杀人案》和《玛丽·罗格迷案》不但是"密室杀人案""第六感破案"等侦探故事的鼻祖，更暗含了作者对于精英文化和民粹思想对立统一的思考，因而颇具代表性。

　　发表于 1841 年的《摩格街杀人案》讲的是一场密室杀人案，小说被赞誉为"第一个现代侦探故事"（Silverman，1991：171），情节设定影响到后来的福尔摩斯探案集以及大侦探波罗的故事。② 法国巴黎摩格街的一对母女被害，母亲横尸街头，女儿的尸体被倒塞入烟囱之中。事发之地位于沿街四层楼房间内，屋内窗门紧锁，且邻居说听到嘈杂含混的叫声，现场发现一把血淋淋的剃刀和几撮毛发。警察对

---

① 所谓"绅士侦探"，指的是犯罪小说中的一类侦探形象，在 19 世纪二三十年代的英国侦探小说中颇为常见。绅士侦探一般来自上层贵族阶层，言行举止均带有鲜明的儒雅气息，与来自劳工阶层的"粗俗"警察群体对比鲜明。爱伦·坡小说中的杜宾，是这类形象的鼻祖，之后查尔斯·狄更斯（Charles Dickens）、威尔基·柯林斯（Wilkie Collins）等作家都塑造了这类形象。

② 大侦探夏洛克·福尔摩斯（Sherlock Holmes）是英国作家亚瑟·柯南·道尔（Arthur Conan Doyle）笔下的人物，擅长通过观察和推理断案。比利时侦探赫尔克里·波罗（Hercule Poirot）是英国作家阿加莎·克里斯蒂（Agatha Christie）笔下的人物，克里斯蒂是一位高产作家，波罗的形象曾出现在 33 部长篇小说和 50 多部短篇小说中。

杀人案束手无策，但落魄贵族杜宾则很快定位杀人凶手——一只在逃的大猩猩。杜宾凭借超人的观察力和逻辑判断力查出了真凶，而小说叙述者作为杜宾的朋友，连同读者一起，随着杜宾断案过程的推进为之倾倒不已。美国学者约翰·布莱恩特（John Bryant）讲到杜宾破获"密室杀人案"时说，因为杜宾心里住着一只"非理性之猿"（the ape of unreason），在与凶手换位思考过程中，才得以锁定对方的真实身份。（Bryant，1993：90）正是非理性视角让杜宾突破了常规逻辑，寻到了事情的真相。

　　如果说杜宾站到了民粹的对立面，那么非理性则是其精英立场的根本所在。换句话说，杜宾因其"非理性之猿"而获取了精英立场。爱伦·坡在小说篇首引用了英国作家托马斯·布朗（Thomas Browne）的话："塞壬女巫的歌曲、隐身无名女性之间的阿喀琉斯，尽管都是难题，却没有超出人类可以揣摩的范畴。"（Poe，1984：1）爱伦·坡之所以在篇首引用此句，用意有二。其一，非理性边缘往往是解题的关键。其二，可以徘徊在非理性边缘的精英，却少之又少。在《摩格街杀人案》中的"非理性之猿"，在《玛丽·罗格迷案》中更是打破了肉体的物理极限，进入杀害罗格的凶手的大脑之中，最终抓获了杀人犯。总而言之，建构非理性精英视角，是爱伦·坡打破犯罪恶托邦的独特构思。

　　19世纪三四十年代的杰克逊时代，站在认同建构的十字路口，美国民众面临着一场身份选择，即如何在以精英分子为代表的传统儒雅文化和以民粹政治为代表的边疆精神之间做选择。欧文正是在此基础上指出，30年代的美国人面临着三种认同治理体系——贵族专制（aristocracy）、民主政治（democracy）和暴民统治（mobocracy），其中暴民统治"最接近美国真相"（刘敏霞，2011：45）。爱伦·坡在新英格兰教育中养成了儒雅文化的创作倾向，是19世纪前半期的美国精英文化团体的代言人。在其犯罪小说中，爱伦·坡通过哥特书写表达了自己处于认同建构关键期的焦虑，如果对杜宾的塑造凝练了作家对于儒雅贵族传统的执着，那么这位绅士侦探身份的边缘化、"曲高和众"的断案能力，则暗示了精英文化在民粹政治冲击下的摇摇欲坠。美国小说家 F. 司各特·菲兹杰拉德（F. Scot Fitzgerald）曾说："（小说人物塑造）着力于单像，作家无意识间就会创作出群像；而开始便着力塑造群像，你会发现最终竹篮打水一场空。"（转引自夏志清，1961：480）爱伦·坡所着力刻画的杜宾这一侦探形象，身上所带有的精英光环以及受到民粹冲击的事实，无疑亦是发生在新英格兰作家身上的集体事件。

爱伦·坡在侦探小说中描写的精英主义和民粹思想，连接着深层的欧陆儒雅传统和美洲边疆精神。作为殖民国家，传统与创新的对立融合是美国认同建构的必然途径。爱伦·坡通过犯罪小说的棱镜放大折射出精英与民粹之间的对立抵牾，形成了极具美洲风格的犯罪小说艺术。除了两性关系、文化的内在抵牾之外，美国文艺复兴时期的恶托邦还以反美国梦图景呈现出来。

三　梦想恶托邦：美国梦预言

让霍桑始料不及的是，《福谷传奇》出版伊始即遭遇冷落，比起故事来，读者更关注的是小说前言中涉及的写作背景和创作初衷。随着时间的推移，有学者发现了《福谷传奇》的可圈可点之处，例如美国小说家亨利·詹姆斯（Henry James）就指出，《福谷传奇》是霍桑所有"严肃作品"中"最具前瞻性、最饱含智慧和最鲜明活泼的一部"（James，1949：527）；而 19 世纪美国学者理查德·H. 布罗德黑德（Richard H. Brodhead）则认为，这是"霍桑小说中最阴暗绝望的一部"（Brodhead，1976：111）。美国超验主义运动高潮期，前卫果敢的思想家和改革者曾经身体力行地尝试建立各种类型的乌托邦社会，其中最具代表性的布鲁克农庄便是小说的原型。

19 世纪中期，地理版图上的西进运动推动了美国社会工业化和商业化的发展，但随着物质欲望的逐渐攀升，精神空虚、道德缺失等问题亦接踵而来，连一向乐观的爱默生都感叹道："这个时代是商业的时代，一切都屈从于它。"（Emerson，1982：153）美国梦在精神和世俗两个维度上的差距逐渐拉大，激进知识分子宣讲的反物质主义运动甚嚣尘上，也就在这个时候，出现了在失落的梦想再次凝聚力量中建立乌托邦的尝试。据不完全统计，19世纪40年代，全美出现了至少80个乌托邦社区。（Delano，2004：52）这些乌托邦社区的建构，是西进运动中美国人执着梦想的表现，同样也揭示了社会潜在的种种矛盾与问题。

1840年，美国超验主义运动者乔治·里普利（George Ripley）向超验主义俱乐部宣告：自己正在筹建一个以超验思想为指导的乌托邦社区，选址在波士顿西罗克斯伯的艾丽丝农场（Ellis Farm）。1841年，里普利和妻子索菲亚·里普利（Sophia Ripley）来到艾丽丝农场，开始建设布鲁克农庄。农庄的建设分为两个阶段，1841年到1843年主要建构在超验主义思想框架之上，指导原则是在满足最低生存需求的基础上近距离地接触自然；从1844年开始，里普利将法国社会学家查尔斯·傅立叶（Charles Fourier）的社会主义理念融入农场建设，并创办了《迎春花》（*The Harbinger*）杂志对农场思想和活动进行宣传。农场居住者们一起劳作生活并分享果实，除了农事作业外，还从事文学、绘画、音乐等艺术创作活动。如此理想状态的农耕生活，如何保证农场的收入？里普利经营的学校是农庄主要的收入来源，其他收益则来自种植农作物和手工作品。但事实上，布鲁克农庄经营一直都是入不敷出的，尤其是1845年天花瘟疫暴发，1847年"法郎吉公社"（Phalanstery）付之一炬后，农场更是一蹶不振。1847年，布鲁克农庄宣布永久关闭，结算得出总共欠债1.7万美元（Rose，1981：136），这在当时算是一个天文数字，据说里普利用了13年才将债务全部还清。

布鲁克农庄失败的原因，与其不切实际的建设理念紧密相关。早期追随爱默生的超验思想，农庄经营者试图摒除物欲横流的外界干扰，以最自然纯朴的农耕种植休养生息，用最朴实、接近自然的方式进行艺术创作。在 1844 年之后，农庄建设以法郎吉公社为中心，从精神超越的体验转向了更具政治意味的尝试，农庄经营者也为了谋生四处奔走呼号，希望获得外界的经济支持。农庄经营者最初试图建立一个乌托邦社区，一个在纯朴的精神超验和简单的物质需求之间维持平衡的共同体，但经济现实和物质需求让它变成了恶托邦，共同劳作、共享果实、自由创作的梦想化为彼此猜忌最终共同体破产的泡影。霍桑虽然也是农庄持股人和经营者之一，但对农庄的建设理念从一开始就持否定的态度。他憎恨用写小说的双手去耕种田地，抱怨道：嘈杂的环境中无法安静地创作，更糟的是，双手"因为耙干草而布满了老茧"（Marshall，2005：416）。他从知识分子视角揭示了美国社会深层机理的矛盾：精英和民粹和平共处的理想状态永远不可能实现。布鲁克农庄失败的惨痛教训，成为霍桑创作小说的重要现实依据。

　　小说将时间设定在 19 世纪中期，地点是一个叫"福谷"（Blithedale）的乌托邦社区。小说叙述者迈尔斯·科弗代尔（Miles Coverdale）因对神秘人物老莫迪（Moodie）讲的"蒙面女士"故事感兴趣而来到了福谷。科弗代尔到福谷不久后就生病了，其间受到霍林斯沃思（Hollingsworth）和泽诺比娅（Zenobia）的照顾，并与两人结下了深厚的友谊。但在之后的情节中，科弗代尔因与两人社会理念的不同而离开福谷。在宾馆里，科弗代尔偶遇泽诺比娅，后者与情夫韦斯特维尔正带着同父异母的妹妹普里西拉（Priscilla）进行"蒙面女士"的表演。故事最后，霍林斯沃思将普里西拉带走，泽诺比娅自杀，而科弗代尔亦讲出了自己郁郁寡欢的原因：早已经爱上了"蒙面女士"普里西拉。小说虽然以"福谷"命名，且围绕建设乌托邦共同体这条主线展开，但亦涉及两性关系、催眠术、偷窥与伦理等主题，加之霍桑将布鲁克农庄部分真实场景编织入小说文本中，让整部作品如印象派拼贴画一般，远远看去色彩斑斓，近距离观察就会发现每一处都是触目惊心的恶托邦片隅情景。

小说建构在现实中布鲁克超验农场建构失败的基础上，对于超验理想乌托邦退化为被否定的异托邦以及梦魇般的恶托邦这条主线的描写，是作者通过恶托邦书写对美国认同进行深度思考的重要成果。尽管霍桑在小说前言中明确，故事中所有的人物都是虚构的，但细心的读者不难发现，19世纪中期的超验思想是小说重要的社会文化背景，而除了故事中的福谷呼应了现实中的布鲁克农场，故事人物也大多有其现实原型。例如，有学者提出，泽诺比娅的原型是新英格兰超验领军人物玛格丽特·富勒（Margaret Fuller）（Blanchard, 1987: 187），而霍林斯沃思的人物塑造则以超验学者爱默生和美国哲学教育家阿莫斯·布朗森·奥尔科特（Amos Bronson Alcott）等为原型（Hawthorne, 1978: 270）。此外，小说叙述者科弗代尔的第一人称视角，表明了其霍桑的代言人身份，也正因此，霍桑对超验思想的质疑也渗透到了故事之中。

　　上文提到布鲁克农场倡导满足最低物质需求的精神超验，且知识分子亲自从事农业过自给自足的生活。对此，霍桑在小说中多次进行讥讽嘲笑。故事中，当农场知识分子认为已经熟识农事时，邻居们却嘲笑不已：

　　　　他们到处造谣说，我们根本无法驾驭耕牛……他们还空穴来风地笑话我们，在给母牛挤奶的时候，我们老是踢翻桶子，连母牛都笑话我们……他们还瞎编道，我们将玉米等庄稼当作野草拔除，把五百簇牛蒡当作卷心菜种植……他们还胡扯说，我们不会操作割草机，笨拙到一早晨能削掉自己两三根手指……（Hawthorne, 2005: 48）

　　其中的"造谣""空穴来风""瞎编""胡扯"等词，看似是科弗代尔对流言的斥责，实则隐含作者对此事的立场和态度。在这场流言蜚语的战争中，霍桑无疑站在了"邻居"的一边，一起嘲笑不伦不类却夜郎自大的农场知识分子。科弗代尔在小说中开诚布公地指出，农庄建设理念仅在理论上可行，在现实中根本行不通，"事实与想象的总是不一样"，"农夫和学者……是两种背道而驰的认同，永远都不可能合二为一"（Hawthorne，2005：49）。人物科弗代尔和作者霍桑共享了"邻居"视角去审视批判乌托邦农庄。在科弗代尔眼中，农场想要建构"超验农夫"的理念行不通；而在霍桑看来，超验主义的梦想之国根本无法实现。事实上，1843 年时霍桑就曾在短篇小说《天国列车》（*The Celestial Railroad*）中明确批判了超验思想。小说中，朝圣者在死亡谷碰到了有德国血统的畸形"超验巨人"，像"一团暗黑的雾气"的怪兽用异域方言大声喊叫，"我们既不知道它在讲什么，也不知道它是敌是友"（Lynn，1958：223）。对于《天国列车》中不知所云的咆哮怪兽和《福谷传奇》里梦想破产的超验农夫，霍桑将其视为畸形怪胎，对爱默生超验王国的可行性进行了彻底的否定，而小说中的布鲁克农场亦从乌托邦社区降格为非理性的异托邦怪胎。在爱默生看来，没有邪恶的超验乌托邦是存在的，但在霍桑笔下，超验乌托邦幻化为备受诟病的异托邦，甚至是令人生畏的恶托邦。

　　小说中的死亡事件标志着从异托邦到恶托邦的书写转变，即霍林斯沃思的改良梦想最终导致泽诺比娅的自杀。科弗代尔生病时曾经得到霍林斯沃思的悉心照料，因而与之建立了深厚的友谊。但之后发现，霍林斯沃思所做的一切，只是为了寻求改良乌托邦的合作者。霍林斯沃思来福谷的真实目的，是夺取农庄所有权并将其改造为改良乌托邦。霍林斯沃思理想中的乌托邦，是一个由改良犯人居住的巨大建筑群。霍林斯沃思希望通过改造意识形态、重构精神世界将邪恶犯罪思想扼杀在摇篮里，由此最终达到改良人种的目的。农场居民对此并不买账，认为改良乌托邦根本不可能实现，而霍林斯沃思就是个疯子："他最好的朋友是一头想象世界里冷漠畸形的怪兽，这怪兽正销蚀着他身体的温暖……而他正变成怪兽的奴隶。"（Hawthorne，2005：41）实际上，霍林斯沃思的改良乌托邦，对应的是现实中布鲁克农场后来的法郎吉公社。1844年，里普利对傅立叶的空想社会主义产生兴趣。在外在力量的推动下，布鲁克农场将全部精力投入法郎吉大厦的建设中。但由于农场经营不善，加之1846年的火灾，法郎吉大厦最终在大火中坍塌。现实中法郎吉大厦倾塌，而小说里霍林斯沃思的改良乌托邦也最终化为泡影。在作者看来，如果超验思想无法成为文化认同的核心，那么法郎吉公社改良人种的激进理念也只能是空中楼阁，根本无法在美洲的土地上扎根发芽。

描写泽诺比娅之死的场景颇具哥特意味，发现尸体的正是霍林斯沃思。他拿着杆子试探河底，最终寻到了泽诺比娅的尸身。霍林斯沃思急促地向上一挑，却只看到了泽诺比娅的裙摆。杆子再往上挑，"看到她漆黑的头发随波逐流……顺着船舷看过去她没有生命力的四肢在水里无助地摆动着"（Hawthorne，2005：185-186）。故事开始时，科弗代尔多次提到泽诺比娅鬓边的花朵，它每日有着不同的艳丽色彩，为农场增添了一丝俗世风情和人间烟火。但在超验农场失败、法郎吉大厦倾塌、霍林斯沃思离弃之后，这朵多彩的鬓边之花逐渐失去了色彩，只剩下漆黑的头发无助地随波摆动。泽诺比娅的死亡场景与《哈姆雷特》中描述的奥菲利亚之死的片段有着强烈的互文性。《哈姆雷特》中，精神失常的奥菲利亚在柳树上失足滑落溺水而死，她手中握着"毛茛、荨麻、雏菊和紫兰编成的花环"，死时，"由于衣服四散展开，水托着她像条美人鱼似的漂浮了一会儿。这时，她唱起了古老的歌谣，仿佛丝毫感觉不到痛苦，更好像自己本来就是生长在水里似的"，不久后因河水浸透衣服，"这个可怜的苦命人在悦耳的歌声中被拖到污泥里死去了"（莎士比亚，2018：193-194）。残损的鲜花、四散的衣服、没有生命的肢体、受迫害的女性死者等，与奥菲利亚死亡的互文性增添了小说的悲剧色彩，凸显了女性作为附属品受迫害的事实。泽诺比娅之死意味着福谷农场的终结，也暗喻了理想的乌托邦之国不过是充满梦魇的恶托邦而已。

有学者指出，哥特作品给读者带来的是一种双重的情感体验：

"非现实世界的恐怖感和现实世界的安全感"（章重远，2000：78）。这种双重体验与托多罗夫在虚幻和真实之间的"徘徊"相呼应，在现实安全感的基础上通过非现实的恐怖体验反思现实。小说中，科弗代尔离开福谷后住到了附近小镇的宾馆中。从云中鹧鸪国回到了柏拉图的洞穴，世俗生活的喧嚣嘈杂不绝于耳：租客、房东和侍者聒噪；忙乱脚步在楼梯上的回声；服务员粗暴拖拉行李的重击声；小孩迅速奔跑的踢踏声；街上人声鼎沸，偶尔掺杂着消防车的呼啸声和此起彼伏的钟表报时声；等等。各种异象充斥眼前：对面的宾馆里，年轻男子站在梳妆镜前涂脂抹粉；一家四口看似和睦却各怀鬼胎地向窗外张望；拿着勺子、汗流夹面的厨师大口喘气；打碎盘子的爱尔兰男仆掩埋证据；等等。处在鹧鸪国和洞穴间的阈限地域，科弗代尔以旁观者的姿态去偷听与偷窥："现在对于我来说是更好的选择，处在边缘处、悬在上空中。"（Hawthorne，2005：116）站在托多罗夫的"徘徊点"，科弗代尔观察现实生活的点滴琐碎，反思福谷的是非恩怨，也正是在这里，他看到了对面宾馆里的泽诺比娅姐妹，进而得知了事情的真相。总而言之，霍桑通过由乌托邦到恶托邦的突降，指出了当下超验思想和空想社会主义的问题所在，通过站在托多罗夫"徘徊点"上的科弗代尔之眼，反思了世纪中期梦想的畸形现状和未来社会的走势。当梦想不在，当乌托邦幻化成恶托邦，追梦者的内心也相应地变成居住者梦魇的地狱。

第三章

唯灵叙事：在另类空间建构认同

1828 年，安德鲁·杰克逊当选美国总统，开始了美国历史上的"杰克逊时代"[①]（Jacksonian Era）。杰克逊时代带有鲜明的民粹特征，重建联邦体系、推行普选制，而且大力发展以自由竞争为特点的现代工业体制。美国历史学家特纳针对杰克逊时代凸显个人主义的"边疆民主"（frontier democracy）指出："这种边疆民主带来的显著后果之一，就是个人发展维度的无限扩充。"（Taylor，1949：25）人是物质和精神双维度的存在，发展维度自然包括物质层面的富足和精神层面的扩充，而这正是唯灵论思想得以滋生的土壤。19 世纪三四十年代的美国宗教领域也是云谲波诡，启蒙理性和反科学非理性等各种思潮此起彼伏，唯一神论、互济会思想、震教思想、贵格派、摩门教、唯灵论、催眠术思想、社会主义思潮、新教会思想[②]、禁酒思想、超验主义思潮等，你方唱罢我登场，掀起了一波又一波旨在建构独特民族记忆、围绕精神灵性的思想运动。

这一时期，在众多思想中，唯灵论（Spiritualism）异军突起，林

---

① "杰克逊时代"（又称"第二党体系"）自 1828 年杰克逊当选总统开始，以 1854 年南北矛盾激化结束。1854 年，美国南北诸州就奴隶制问题争执不休，内战正式被提上日程，而这标志着杰克逊时代的终结。

② 新教会思想（The New Church），或者"斯维登伯格主义"（Swedenborgian），由瑞典神学家伊曼纽尔·斯维登伯格（Emanuel Swedenborg）提出，其中心思想是，上帝将会取代传统的基督教堂成为膜拜的对象，新教会将耶稣视为上帝进行膜拜。

肯总统夫妇、大法官约翰·沃兹·艾德蒙斯（John Worth Edmonds）
等名门政要，以及斯托夫人、霍桑、爱伦·坡、亨利·詹姆斯等主流
作家，都是唯灵论的拥趸。唯灵论不仅在空间上延伸了美国梦的维度，
而且间接为少数族裔和边缘群体赢得了发声权，不断从非理性视角出
发去审视、思考和实践，是 19 世纪建构美国文化认同的有效途径之
一，正如美国学者约翰·J. 库西奇（John J. Kucich）所讲："唯灵论
在不同领域之间筹谋、平衡，所以聚焦唯灵论，我们就可以发现这一
时期美国认同是如何被建构的。"（Kucich，2004：36）

第一节　唯灵叙事：异托邦里的共同体书写

唯灵思潮之所以能短时期内在美洲兴起，与意识形态领域发生的
变革息息相关，震教徒的癫狂祈祷仪式、唯一神论者对于个人努力的
肯定、超验主义者对于超灵的美好构图等，都为其提供了滋生的土壤、
烘托了蓬勃发展的氛围。其中，尤其值得关注的是印第安土著文化的
影响。与基督教思想相同，在印第安人眼中同样存在月上世界和月下
世界的区别，世俗和灵魂两个时空的居住者不仅可以交流，连身份也
可转换。美国诗人菲利普·弗伦诺（Philip Freneau）在诗歌《印第安
人墓地》（*The Indian Burying Ground*）中就谈到了印第安文明中两个
世界的并行，提出印第安人死后之所以以坐姿埋葬，是为了方便死而
复生之后在此世的奔跑。① 印第安文化对两个世界之间流动性的笃定，
即死者灵魂可以自由出入现世的观点，是 19 世纪上半期唯灵论在美洲
兴起的直接原因。英国学者布丽奇特·贝内特（Bridget Bennett）就曾

---

① 在《印第安人墓地》中，弗伦诺描述了坟墓里面的景象："这片土地上的印第安人不是
这样的，印第安人，当灵魂离去，再次与朋友坐在坟墓内，再次大快朵颐分享美食。活
灵活现的小鸟，画着图案的饭碗，还有为即将开启的旅程准备的鹿肉，都讲述着灵魂的
本质是没有停歇的运动。"（Freneau，1903：363）

明确指出印第安唯灵思想是美洲成为唯灵论发源地的重要原因："作为一种文化现象，19世纪唯灵论源自美国，而后跨越大西洋并最终席卷全世界。"（Bennett，2007：29）

一　塞勒姆女巫审判案与唯灵论的兴起

在美洲大陆上，有关唯灵论的历史记载最早可以追溯到17世纪末期的塞勒姆女巫审判案。1692年，塞勒姆村的四个少女——牧师塞缪尔·帕里斯（Samuel Parris）的女儿伊丽莎白和侄女亚比该，以及邻居家的两个女儿——突然得了臆想症，这四个女孩肢体行为怪异，幻觉不断，似乎被鬼魂附身。在求医无效的情况下，帕里斯认为是女巫作祟，并迅速锁定了萨拉·古德（Sarah Good）、萨拉·奥斯本（Sarah Osborne）和提图芭（Tituba）三个巫师嫌疑人。[①] 其中，古德和奥斯本都是白人女性，而提图芭是帕里斯家的女奴。据统计，在塞勒姆女巫审判案中，共有156人被关押，其中4人死在监狱中，19人被绞死，1人受石刑而死。（Kucich，2004：Introduction，xxiii）在所有嫌疑人中，只有提图芭承认女巫身份，并讲明如何附体的细节。提图芭还"坦白"，女巫是作为团伙犯罪的。最终，提图芭因主动供述他人而得以全身而退。有学者指出，提图芭是印第安阿拉瓦克人（Arawak），有印第安唯灵文化背景，这让事实本身变得神妙莫测。（Breslaw，1996：98）尽管塞勒姆女巫审判案最终悬而未决，但学界大致认可的结论是"掌权人物借着人们对巫术的恐惧，在社会上不同利益集团之间煽动斗争"（郑佳佳，2006：44）。从塞勒姆女巫审判案中可以看出，在客观条件上，受印第安土著文化的持续影响，美国在建国前就已经将唯灵思想糅入了认同内涵中；在主观原因上，虽然主要发生在宗教意识

---

① 根据民间传说，用受害者的尿液烘焙蛋糕，并喂食给狗，狗就可说出巫师姓名。（Kucich，2004：Introduction，xix）帕里斯对此深信不疑，传说就是通过此法锁定了嫌疑人。

领域，但唯灵论发展的背后推手往往是主流政治权力话语。女巫案之后，唯灵论思想的影响一路飙升，直到 1848 年"罗切斯特敲击声"（Rochester Rapping）的发生。

1848 年，居住在纽约州海德思维市（Hydesville）的福克斯姐妹①（Fox Sisters）声称，她们可以通过"敲击声"与死者灵魂进行交流。福克斯姐妹的通灵宣称引起了社会各方的极大兴趣，被媒体大肆宣传。1849 年 10 月，福克斯姐妹更是受邀在罗切斯特市的柯林斯大厅（Corinthian Hall）进行商业表演，为公众上演了一出与灵魂神交的大戏。福克斯姐妹的通灵术逐渐受到不同阶层人士的追捧，其中包括美国浪漫主义诗人威廉·卡伦·布莱恩特（William Cullen Bryant）、美国历史学家乔治·班克罗夫特（George Bancroft）、美国作家詹姆斯·费尼莫尔·库柏等学界顶流。1888 年，玛格丽特在报纸《纽约世界》（*New York World*）上发表声明：所谓的"敲击声"其实是脚趾骨节敲击地板的声音。② 之后，福克斯姐妹逐渐退出了媒体的关注中心。尽管"罗切斯特敲击声"告一段落，但是其引发的唯灵热潮不断升温。美国心理学家莱昂纳多·组思恩（Leonard Zusne）提出，"尽管福克斯姐妹承认造假，但是很多报道都堂而皇之地忽略这一事实，而将敲击声看作灵魂世界的真实表达"（Zusne，Johne，1989：212）。如果塞勒姆女巫审判案的背后是统治权威的政治话语，那么"罗切斯特敲击声"引发的唯灵热潮则源于边缘群体寻求发声权的努力，也正因此，福克斯姐妹才得以在全国范围内掀起轩然大波。在此热潮下，报刊也开始大肆宣讲唯灵思想。19 世纪 50 年代，由塞缪尔·布里坦（Samuel Brittan）主编了第一份具有全国影响力的唯灵论报纸《唯灵电报》（*The Spiritual Telegraph*），甚至与当时由威廉·迪恩·豪威尔斯（Wil-

---

① 福克斯姐妹共有三人——利亚（Leah）、玛格丽特（Margaretta）和凯瑟琳（Catherine），声称可以通过"敲击声"与灵魂交流的是两个妹妹玛格丽特和凯瑟琳。

② 传说玛格丽特发表声明后，《纽约世界》付给其 1500 美元的报酬，因此有人质疑这份声明的真实性。https://www.topic.com/visions-of-the-afterlife，最后访问日期：2024 年 5 月 16 日。

liam Dean Howells）任主编的主流报刊《大西洋月刊》（*Atlantic Month-ly*）的影响力相当，成为当时影响力最大的两份报纸。

从塞勒姆女巫审判案和福克斯姐妹事件可以看出，美国的唯灵论思想虽然发生于宗教思想意识领域，但带有鲜明的政治权力色彩和集体记忆建构倾向，是特定群体表达、实现认同意愿的独特方式。这样看来，唯灵论叙事在 19 世纪上半期的兴起，与美国认同建构有着密不可分的关系。英国学者 D. H. 劳伦斯曾经尝试界定"真正的美国神话"（the true myth of America）这一概念：美国脱胎于历史悠久的欧陆文明，所以"开始的时候她很老很老，满身皱褶，在古旧的皮肤里不停地扭动。然后她逐渐蜕掉了古旧的皮肤，获得了新的青春：这就是美国神话"（Lawrence，1923：60）。劳伦斯将建国时期的美国比作一条蛇，冲破了旧的束缚，并得到了新生。如果"古旧的皮肤"指的是欧陆认同的束缚，那么"新的青春"则是新的美国记忆。

二　印第安唯灵与基督思想的融合：《汤姆叔叔的小屋》

作为一个新生的民族，只有建构起鲜明的文化认同获取"新的青春"，才能得到其他民族的认可，并走上独立的发展道路。从时间维度上看，新生的美国须与欧陆传统决裂，并在此基础上建立认同，也就是说，在"过去—现在—未来"这条主线上，美国为了建构民族认同要将"过去—现在"割裂，聚焦"现在—未来"的主线。T. S. 艾略特在《四重奏》（*The Quartets*）开篇便讲道：

> 现在和过去
>
> 可能都在未来
>
> 而未来是由过去决定的（Eliot, T. S., 1988：202）

对于文艺复兴时期的美国作家来说，"灵魂他国"的异托邦在某种程度上弥补了过去的缺憾，成为作家思考认同的重要基石。这就为唯灵论叙事的发展铺垫了道路。在唯灵论者（Spiritualist）看来，人死后灵魂会在另一个世界继续生活，而活着的人可以通过灵媒（medium）与另一个世界的灵魂交流。受印第安唯灵思想影响，大多数唯灵论者认为，灵魂世界不是静止的，在个体肉身死亡后，灵魂会继续长大、成熟。也就是说，死亡之后还能够继续在"灵魂他国"建构"山巅之城"，而这正满足了文艺复兴时期美国获取"新的青春"的需要。在唯灵论风靡的 19 世纪 50 年代，[①] 斯托夫人出版了《汤姆叔叔的小屋》（*Uncle Tome's Cabin*），小说问世第 1 天便售出 3000 册（Applegate，2006：261），在唯灵维度进行了一场声势浩大的美国书写。

斯托夫人是唯灵论思想的忠实拥趸，她坚信唯灵思想是基督信仰的重要组成部分，且招魂术也与基督教息息相关。（Bennett，2007：145-146）斯托夫人之所以开始创作《汤姆叔叔的小屋》，据说就源于一次基督和唯灵的碰撞事件。在缅因州布伦瑞克市参加教区圣餐时，斯托夫人说看到了一个濒死的黑人的影子，由此得到灵感决定写作小说。从 1851 年 6 月到 1852 年 4 月，《国家时代》（*The National Era*）杂志以连载的形式刊登了《汤姆叔叔的小屋》。1852 年 3 月，故事以小说的形式问世。刚开始连载时，小说副标题为"物化的人"（The Man That Was a Thing），之后副标题改为"下层人的生活"（Life A-mong the Lowly）。由这一改变可以看出，作者在创作过程中的关注点逐渐由个人层面上升到集体认同层面。小说问世不到一年就卖出了 30 万册，在当年畅销书榜上仅次于《圣经》。（Bauer，Gould，2001：221）1862 年，林肯总统接见了斯托夫人，盛赞其为"写了那本引发伟大战争的书的小女人"（Sachsman，Rushing，2007：8）。小说之所以取得了巨大成功，与斯托夫人在小说中将基督和唯灵结合在一起不无关系，

---

① 19 世纪上半期，法国学者艾伦·柯尔德克（Allan Kardec）出版了包含了五部论著的"唯灵典籍"（Spiritual Codification），是唯灵论思想的重要发起人之一。

小说利用两者的融合再现了灵魂世界的"山巅之城"。

　　小说中主要有两个死亡场景的呈现，即小伊娃（Eva）之死和汤姆之死，而两个死亡场景都带有浓重的基督色彩。第 26 章中，小伊娃离世时讲道："哦！爱—欢乐—平静！"在呼出最后一口气之后，"从死亡迈向再生"。（Stowe，2009：386）言外之意，伊娃的离世并不是生命的终结，只是到了灵魂居住的他者世界。而伊娃的父亲圣·克莱尔在与汤姆谈到伊娃之死时，"被他的信仰和情感紧紧裹挟，似乎来到了清晰可见的天堂之门外"（Stowe，2009：396）。在接下来汤姆之死的片段里，他面对死亡同样平静："他的表情神秘而庄严，似乎天堂已经触手可及……带着一丝微笑，溘然长逝了。"（Stowe，2009：546）文中的"溘然长逝"用了英文词组"fall sleep"，意为"沉睡"。在莎士比亚的戏剧《哈姆雷特》中，哈姆雷特在"生存，还是死亡"的独白中，两度将死亡比作"沉睡"。[①] 独白中，哈姆雷特反复斟酌"现世今生"和"死亡国度"之间的关系，因为考虑到后者的神秘未知而放弃死亡。虽然哈姆雷特最终放弃了自杀的念头，但是在他眼中，世界分为"现世今生"和"死亡国度"两个生存维度，而这正是唯灵论思想的核心环节。同样将死亡比作沉睡，小说和戏剧有着很强的互文性，小伊娃之死和汤姆之死都预设了两个世界的并行存在。如果说哈姆雷特有着强烈的"死亡意愿"，那么伊娃和汤姆欣然往之的态度，亦表明了对"灵魂国度"确实存在的笃定，而这亦是美国梦的发轫之

---

① 哈姆雷特在第三幕中的独白：
To be, or not to be—that is the question：
Whether'tis nobler in the mind to suffer
The slings and arrows of outrageous fortune
Or to take arms against a sea of troubles,
And by opposing end them. To die, to sleep—
No more; and by a sleep to say we end
The heartache, and the thousand natural shocks
That flesh is heir to. 'Tis a consummation
Devoutly to be wish'd. To die, to sleep. （强调后加）
其中，第 5 行和第 9 行出现了两次"死亡，即是沉睡"。

源和重要内涵。

　　17 世纪早期，欧洲殖民者正是为了获取宗教信仰自由，才不远万里来到美洲。后因开拓殖民地需要大量的劳力，服务于政治诉求的美洲被放大宣传为"只要付出努力，白手起家已可迅速致富"的梦想之地（Smith，1986：14），并在客观上推动了美国梦物质层面的内涵发展。总之，美国梦存在于精神自由和财富自由两个层面，既"仰望星空"又"脚踏大地"。早期殖民地生存环境极端恶劣，正是对美好"星空"的畅想才让殖民者能够安心地在"大地"之上建设"山巅之城"。《汤姆叔叔的小屋》中的"现实今生"和"灵魂国度"正对应美国梦的"物质自由"和"精神自由"两个层面，伊娃的纯真善良和汤姆的虔诚隐忍是他们前往灵魂国度的通行证。这种纯真善良和虔诚隐忍，都是基督教义所珍视的，因此小说的唯灵思想本身又肯定了基督信仰，灵魂国度又增添了一丝信仰的丰厚感。值得注意的是，斯托夫人通过对汤姆进入灵魂国度的描述，宣讲了对现世压迫的隐忍和默认，学界对此静绥态度颇有非议，谓之"汤姆叔叔征候"（Uncle Tom Syndrome）（Jackson，Yolanda，2006：509），意为面对外来威胁，隐藏内在情感而采取被动应对姿态，表现得唯命是从、静绥妥协。事实上，正如美国梦照亮了早期殖民者建立山巅之城的美好路途，汤姆对灵魂国度的笃定，同样是鼓励千万个像汤姆一样的黑奴活下去的一剂良药。汤姆基于唯灵的坚定隐忍和以伊丽莎（Eliza）为代表的现世反抗，一静一动，一个来自对他世的信仰，一个源于对现世的反抗，有效地构成了小说解构奴隶制的两条叙述主线。正因如此，学界才一致认可，《汤姆叔叔的小屋》"为美国内战奠定了重要基础"（Kaufman，2006：18）。由此可知，小说中的唯灵论叙事是服务于政治目的的文学话语。

　　汤姆坚信灵魂国度的存在，在小伊娃弥留之际谈到鬼魂时毫不惊慌。小说第 22 章中，汤姆给即将离世的伊娃低吟了一首歌，突然之间伊娃说道："汤姆叔叔，我看到他们了……那些鬼魂有时在我睡着的时候来到我身边……我会去鬼魂那里，汤姆，很快就会去。"（Stowe，

2009：339）故事中的伊娃身上总是闪现着天使的影子：顶着洒满阳光的满头金发，喜欢穿圣洁的白色裙子。临终时伊娃将家人朋友都叫到病床前，剪下缕缕金发相赠："当你们看到它的时候，会想起已经到了灵魂国度的、爱着你们的我，坚信我们有一天会在那个国度中再次相聚。"（Stowe，2009：377）这里的缕缕金发，是来自天使伊娃的馈赠，也是通往灵魂国度的金匙。① 通过这一举动，伊娃将灵魂国度的讯息传达给了在场的其他人，将基督视域下的唯灵思想浇灌到了他们的心田。斯托夫人用浪漫主义笔吻呈现了唯灵论者笔下的寿终正寝，而濒死者成为联系两个世界的媒介，短暂地起到了灵媒的作用。小说中的伊娃之死，成为之后的唯灵论者在处理死亡问题时参照的范本，正如有学者指出的，《汤姆叔叔的小屋》"是唯灵思想的沉淀，亦是唯灵死亡的典范"（Bennett，2007：118）。

现实生活中，斯托夫人对唯灵论思想深信不疑，文学创作中也以唯灵论为标准划分人物好坏。信仰唯灵论的伊娃和汤姆是善良的人，而像奴隶主勒格里（Legree）那样对灵魂国度不屑的人最终定会受到相应的惩罚。年轻时，为了能够到海上寻找发大财的机会，勒格里不惜与母亲决裂。第35章中，勒格里意外收到了母亲的来信："他打开信封，从里面掉出一缕长长的卷发，缠绕在了他的手指上。"（Stowe，2009：485）读过信才知道，母亲已经去世，并在临终时原谅了勒格里。与伊娃一样，勒格里的母亲想通过这一份来自灵魂国度的馈赠感动儿子。但勒格里非但丝毫不为之所动，反而将书信和头发付之一炬。烈火中，勒格里看到了地狱，也从此被鬼魂缠身：半夜从噩梦中惊醒，听到楼梯里的神秘歌声，还会看到鬼祟的魔影，等等。勒格里妄想诉诸暴力征服汤姆，汤姆不服，最终被鞭笞而死。在杀死汤姆后，勒格

---

① 19世纪中叶，在唯灵论的影响下，将逝者头发做成纪念品的做法较为流行。很多人将取来的头发放在戒指或者胸针里，并且放入逝者的照片或者画像。（Ruby，1995：109）《汤姆叔叔的小屋》中，伊娃在离世前将头发赠与他人，由此可见斯托夫人对于当时唯灵思想的关注。

里再次撞到鬼魂：

> 一个多云有雾的夜晚，他看到了鬼魂！一个白色的影子滑进了屋里！他听到了裹尸布窸窸窣窣的声音。那只鬼站到了他的床边——用冰冷的手指触摸着他，耳畔传来了令人不寒而栗的喃喃低语："来吧！来吧！来吧！"（Stowe，2009：551）

勒格里受到了惊吓却并未就此痛改前非，反而变本加厉地饮酒买醉、狂躁不已、虐待下人，还如祥林嫂般一遍遍地重复撞到鬼的经历，这一切都加速了死神的到来。临终时，勒格里的床前又出现了那个冷酷的白影，锲而不舍地对他讲道："来吧！来吧！来吧！"（Stowe，2009：552）

如上文所讲，《汤姆叔叔的小屋》中唯灵思想是故事发展的主线，善良纯真的伊娃和汤姆对灵魂国度的存在十分笃定，而像勒格里那样对唯灵论不屑的恶人只能得到悲剧死亡的下场。对唯灵论和月上世界的信仰，在小说中成为群体认同的重要标识。这种所谓的群体认同，就是美国学者西摩·萨拉松（Seymore Sarason）所提出的"社区意识"（sense of community）——"进行自我认同建构的重要基础之一"（Sarason，1974：157）。后有学者进一步界定了"社区意识"："一种成员所具有的归属感，一种成员之间彼此相关及其与团体相关的情感，一种通过彼此承诺而使成员需求得以满足的共同信念。"（陈永胜，牟丽霞，2007：169）故事中弥漫着基督意味的唯灵思想，作者延续了中世纪思想中的水晶天：想象了一个天使居住的、不分肤色和阶级的灵魂国度。正是基于对死后前往彼国的"共同信念"，对于像汤姆这样生活在社会底层的黑奴来说，无论是对幸福的彼国还是对受压迫的现世，都会有一种"归属感"，而这正是社区意识和整体认同建构的必要条件。总而言之，《汤姆叔叔的小屋》是斯托夫人融合感伤主义小说、唯灵叙事和美国梦以思考并建构文化认同的重要实践成果。在此之后，美国历史为唯灵论叙事话语的发展提供了一次前所未有的机会，一次唯灵、梦想和认同再度融合的良机——林肯总统之死。

三 唯灵叙事的高潮：林肯总统之死

爱尔兰学者安德森在《想象的社区：对民族主义渊源和传播的思考》（*Imagined Community*：*Reflections on the Origin and Spread of Nationalism*）一书中谈到个人死亡和民族认同之间的关系："虽然坟墓对于存留肉体和永生灵魂毫无意义，但在唯灵论维度渗透着民族想象的重要意义。"（Benedict，2006：9）在独立战争前后死去的无名美国士兵，为建构共同的民族想象提供了一次绝佳的契机，而总统之死将此次文学想象盛宴推至顶点。

据美国陆军部的粗略统计，美国内战中大约有 25000 名战死的士兵没有被妥当地安葬，其中溺死士兵 5000 多人，被匆匆掩埋的有 15000 多人。死去士兵的灵魂不能安息、迷失在路上，19 世纪中期美国文艺复兴时期的作家也就这个主题进行了创作。美国诗人沃尔特·惠特曼（Walt Whitman）在随笔录《典型的日子》（*Specimen Days*）中写道：

> 这次战争中死去的人——他们的尸体躺在那里，散布在田野、树林、山谷和南方的战场上——弗吉尼亚州、半岛墨尔文高地和费尔奥克斯——在奇克哈默尼河的两岸——在福来德日克斯堡领地——在安蒂特姆河大桥——在马纳赛斯可怖的山涧——在荒野布满鲜血的战场上……死去的士兵、死去的士兵、死去的士兵、我们的士兵……（Whitman，1986：777）

惠特曼用排比句式描写了漫山遍野的士兵遗体，悲怆的场面足以感动每一位读者，不能得到体面葬礼的士兵，对于战后的美国来说是个难以弥补的遗憾。而正是此时，传来了林肯总统遇害的消息。林肯的葬礼，是美国建国后第一次全民参与的国葬，其中有对总统离世的哀悼，更多的人则是通过葬礼修复战争带来的创伤。正因如此，这次葬礼开始就被"策划为一次具有民族意义的事件"（Bennett，2007：162）：防腐处理后，总统遗体被安置在白宫东厅内供人们瞻仰，悼念者排成的队伍超过一英里。第二天，白宫邀请了500人参加为总统举行的基督国葬，葬礼结束后遗体停置于国会大厦继续供人瞻仰。最终，林肯被安葬在伊利诺伊州的斯普林菲尔德市，一支专门组建的送葬队伍载着遗体北行，路经费城、纽约和芝加哥。每到一处，都有成千上万的美国人从乡下拥到城里为总统送行。

如此盛大的葬礼，与其说是为了安抚总统在彼国的灵魂，不如说是为了给受到严重战争创伤的美国人民一个宣泄情绪的机会。换句话说，这不是林肯一人的葬礼，而是在内战中死去的成千上万士兵的葬礼，是一场真正意义上的国葬。战争为唯灵思想的发展提供土壤，正如美国学者布莱恩·R. 迪尔克（Brian R. Dirck）指出的："随着战况发展、伤亡人数增加，唯灵论主题的小册子、宣传单、通讯和小说的市场需求量也突飞猛进。"（Dirck，2019：62）战争结束后，当语言文字等传统媒介不足以宣泄创伤情感时，前期一度繁荣的唯灵书写成为彼时抚慰战争创伤、延续认同建构的灵丹妙药。关键时期，它满足了萨拉松"社区意识"对"归属感"、"相关情感"和"共同信念"的条件，成功地将美国民众团结起来，有效地消除了战争带来的阴影，鼓励美国人迈出继续前行的脚步。

现实生活中，总统夫妇一直都对唯灵论很感兴趣，与唯灵论者常有或公开或私下的交流，而这在林肯遇害后也推动了作家通过唯灵论视角阐释总统之死。[①] 据不完全统计，有关林肯的专著超过16000本，

---

① 林肯夫妇，尤其是夫人玛丽，对唯灵论深信不疑。林肯的儿子威利去世后，据说白宫通过灵媒收到了威利发自灵魂国度的信件。战争开始后，林肯不断"收到"来自灵魂国度的有关治国策略的信件。例如，有一位叫 J. S. 黑斯廷斯（J. S. Hastings）的人写信给林肯，说他的灵媒朋友准确预测到了联邦军在第一次马纳萨斯战役（First Battle of Mana-ssas，也称"第一次奔牛河战役"）的失败，等等。（参见 Dirck，2019：62；Bennett，2007：155）在林肯总统去世后，玛丽更是沉溺唯灵术不能自拔，最终在疯人院终老。

其中以总统遇害为主题内容的就有 125 本。[①] 在文学领域，惠特曼哀悼林肯的四首诗歌最是脍炙人口：《当丁香花最近在庭院中开放时》（*When Lilacs Last in the Dooryard Bloom'd*）、《哦，船长！我的船长！》（*O Captain! My Captain!*）、《今日营地静悄悄》（*Hush'd be the Camps To-day*）和《灰尘曾为人》（*This Dust Was Once the Man*）。惠特曼是超验思想的拥趸，曾在代表作《自我之歌》（*Song of Myself*）中大谈"大我"的超验思想：

> 我赞颂自己，歌唱自己，
>
> 我所想，亦是你所想，
>
> 我身上的元素，亦是你身上的元素，
>
> 我游荡并邀请我的灵魂，
>
> 我斜倚着，悠闲欣赏一片夏草。

（Whitman，2001：8）

诗歌中，惠特曼将超验思想和唯灵论结合起来，以肉体邀请灵魂一起欣赏一片夏季的草叶。作家在诗歌最后高唱，"我站在世界屋脊上大声嚎叫"（Whitman，2001：53），其中的豪情壮志至今仍然动人心弦。在惠特曼看来，现实中的林肯总统即是这一超验"大我"的具象化。总统遇刺后，诗人在悲伤难过的同时，亦相信偶像的灵魂不死。[②]《当丁香花最近在庭院中开放时》整首诗 206 行，虽未直接提及林肯总统，但是一草一木总关情，都表达了对总统的深切哀悼。与此同时，诗文之间洋溢着唯灵论调，是诗人与总统、月下世界与月上世

[①] https://en.wikipedia.org/wiki/Bibliography_of_Abraham_Lincoln，最后访问日期：2024 年 5 月 16 日。

[②] 在林肯总统遇刺之后，白宫多次有人声称看到总统的灵魂出现，所以有"林肯的鬼魂"（Lincoln's Ghost），或者"白宫鬼魂"（the Ghost of the White House）的说法。（参见 Alexander，1988；Garber，2008 等）

界之间一场灵与肉的对话。在诗歌结束时，诗人感慨道：

> 为了我生命里、这片土地上最甜美、最聪慧的灵魂——这是
> 为了亲爱的他，
> 丁香花，繁星和鸟儿，与我灵魂的吟唱融为一体，
> 在那散发着香气的松枝上，那暮色朦胧的雪松上。
>
> （Whitman，1993：239）

　　作者从唯灵立场出发，用充满浪漫主义的文字宣泄与表达了对总统的哀悼之情和歌颂之意。惠特曼对这首诗歌充满了期待，但其出版后在学界反响平平，于是他又着手创作了另一首哀悼和歌颂林肯的诗歌《哦，船长！我的船长！》。

　　与前面一首相比，《哦，船长！我的船长！》从认知诗学角度给予读者更大的视觉冲击，是惠特曼拓展诗文图画这一非理性叙事的重要实践之一。[①] 该诗使用了传统的轮船隐喻：将轮船比作美国，林肯总统比作船长，海上航行则是刚刚结束的美国内战。作者在传统隐喻背景图上涂抹不同的色彩，尝试突破诗歌意象创造模式。例如，作者在诗歌语境中突然现身，颇具有现代作品元创作的特点。第一诗节中，作者从第三人称全知视角描述轮船渐进抵达岸边的场景。第二诗节船长遇刺身亡之际，"情急之下"的诗人现身诗歌语境中，深情呼唤并抱起了正在死去的船长。视角仍是第三人称，但作者由全知神的叙述主体分裂出另一个存在，并迅速闪身案发现场。有学者指出，诗歌中作者怀抱船长的情景，正暗喻了圣经中玛丽怀抱死去耶稣的场景，而船长的圣经原型就是"弥赛亚"（messianic figure）。（Schoberlein，2018：473）根据这种解读，正如耶稣死后重回天堂，船长也会登临灵

[①] 《哦，船长！我的船长！》是惠特曼少有的押韵诗之一，加上其中耳熟能详的轮船隐喻，尽管发表之初反响不错，但之后学界多有批评的声音，指责其过于受传统束缚而未体现出惠特曼应有的"特点"。（Pannapacker，2004：22）

魂国度。

从整体结构看，全诗分成三个诗节，每个诗节中的诗行长短分布大致一样：前面四行长句，后面四行短句。有趣的是，如果将诗行居中的话，每一个诗节整体来看又形似一艘船只。第一个诗节中"听到铃声大作"，第二个诗节中"看到人头攒动"，第三个诗节中"船靠岸了"，从听觉到视觉再到最后的靠岸，在时间维度上是不断向前推进的。如果将诗节从认知角度看作一艘船，那么三个诗节间这艘船又是不断向着岸边行进的。从轮船隐喻审视，诗歌描述的是船长林肯带领美国这艘大船抵达胜利的彼岸；从唯灵维度解读，轮船则连接着此岸和彼岸，是跨越在世俗现世和灵魂国度之间的桥梁，总统遇刺离开"此国"乘坐轮船前往灵魂国度。

细读诗歌会发现，惠特曼认可唯灵论，相信有一个独立于现世之外却可以与现世沟通的月上世界。在创作诗歌时，惠特曼有时会将自己看作连接两个世界的桥梁，即传统意义上的灵媒。例如，在《自我之歌》的第 24 诗节中，惠特曼就明确地表示："通过我，灵魂不断涌现……通过我，思想和暗喻不断涌现。"（Whitman，2001：38）显而易见，惠特曼在这里借助灵媒身份不仅替鬼魂，而且也替边缘群体和少数族裔人士发声，也就是说，这里的唯灵书写服务于民主思想和自由意识，具有鲜明的民主政治色彩。在接下来的诗行中，诗人写道：

> 通过我，已经长久失声的言语得以表达，
> 有世世代代的奴隶，
> 有妓女和畸形人，
> 有死者和厌世者，有小偷和矮子。

（Whitman，2001：38）

无论是灵魂国度的孤魂，还是月下世界的边缘群体，抑或是受压迫的少数族裔，他们都得以通过灵媒诗人发声。灵媒的作用只是传话

筒，本身无法改变现状。尽管如此，弱势群体通过代言人发出的声音，至少可以证明自己存在的意义。惠特曼这种将唯灵论和民主思想结合起来的做法，符合美国梦理念下的认同建构趋向，对后代作家亦产生了重要的影响。美国现代诗人埃兹拉·庞德（Ezra Pound）指出，惠特曼就是"美国诗人……他就是美国"（Pound，1962：8），惠特曼身上的美国性正是其为建构美国作家集体记忆所做的努力，其中唯灵论叙事更是惠特曼书写美国共同体的代表成果。惠特曼的唯灵叙事影响到 19 世纪晚期和 20 世纪初的很多重要作家，其中包括杰克·伦敦（Jack London）、马克·吐温和豪威尔斯等重要的现实主义作家，激励后代美国作家继续围绕认同展开唯灵叙事。

第二节　催眠叙事：驾驭灵魂反思认同建构

唯灵论者认为，灵魂独立于肉体而存在，当肉体消亡时，灵魂可以独存，且能够与生者交流。美国诗人艾米丽·狄更生在其 1855 年创作的诗歌《死亡是一场对话》（*Death Is a Dialogue between*）中就描述了灵魂不死的场景：

> 死亡是一场对话，
> 在灵魂与物质之间。
> "消散吧！"死神讲道。灵魂却说："先生，
> 我还有其他办法存活下去。"
> 死神不相信。躺在地上争辩着，
> 灵魂转过身去，
> 为了证明自己，仅仅脱下了
> 一层泥土的外衣。

（Emily，2016：53）

正如诗歌中所描述的，脱下泥土般的肉体外壳，灵魂方得以解脱。如果灵魂可以离开身体，那么这种独存的灵魂是否可以被第三方所驾驭？如何驾驭灵魂，就涉及催眠术的问题。如上文所讲，19 世纪中叶的美国唯灵思想风靡一时，与之相关，催眠术及其相关问题也备受同时代学者关注，催眠叙事也成为霍桑等主流小说家尝试突破旧有文学创作模式，创作具有个人色彩和民族认同特点的作品的重要尝试。美国文艺复兴时期的作品中不乏让人印象深刻的催眠场景，例如霍桑的小说《福谷传奇》中韦斯特维尔催眠并操控普里西拉的一幕，《七个尖角阁的房子》中马修·莫尔通过凝视进入他人的灵魂世界，驭使其进入幽灵界的催眠场景；爱伦·坡在《瓦尔德马先生病例之真相》（*The Facts in the Case of M. Valdemar*）中描述的瓦尔德马通过催眠死而复生的骇人景象；等等。

一　催眠术的历史及其在美国的传播

催眠术最早出现于 18 世纪晚期，最初是为了治疗病患而被医生使用。德国医生弗朗兹·安东·麦斯麦（Franz Anton Mesmer）认为，在生命体和非生命体之间存在一种能量转移，这种能量流动在人体内则呈现为一种类似磁气的体液形式。1774 年，麦斯麦通过"磁流术"（magnetism）缓解了一名歇斯底里症患者的病情，由此名声大噪，而"麦斯麦术"（Mesmerism）亦成为学术圈关注的热点，受普通大众推崇。值得注意的是，催眠术自出现便带有鲜明的非理性色彩，"处在科学和伪科学间的灰色地带"（孙时进，苏虹，2016：219），让习惯追究问题真相的启蒙学者束手无策。美国学者罗伯特·达恩顿曾谈及催眠术介于启蒙与想象之间的跨界性："在常常被标为'理性年代'（the Age of Reason）和'浪漫年代'（the Age of Romanticism）的时期，普通大众的态度上的积极转变，其指导原则是由催眠术运动提供的。"（达恩顿，2021：167）据说，法国国王路易十六曾应医学界强烈要求，派出调查团对磁流术的真伪进行调查。在详细访谈和周密调查之后，调查团团员、美国国父之一的富兰克林向世界宣布了结果：根本不存在什么"磁流"。调查团从实证理性出发否定了磁流术，却忽视了磁流术通过心理暗示等手法缓解病患症状的现实。正因如此，麦斯麦医生虽然被驱逐，但学界对麦斯麦术的兴趣并未受到很大影响。

18世纪出现的麦斯麦术是利用磁流的催眠术，但"催眠"一词直到19世纪才出现。19世纪20年代，法国催眠师赫宁·德·库维尔斯（Henin de Cuvillers）首次提到"催眠"（hypnosis）一词，由"neuro"和"hypnotism"两个词根组成，意为"神经性睡眠"（nervous sleep）。在词源上，"催眠"（hypnosis）源自古希腊词 ὑπνος，本意即为"睡眠"（sleep）。19世纪40年代初，苏格兰外科医生詹姆斯·布雷德（James Braid）在医学实践中成功实施催眠术并引起了学界的关注，在不懈努力下布雷德逐渐将催眠术推至公众视野。虽然受到了麦斯麦术的影响，但布雷德亦否认磁流的存在。布雷德利用医学知识提出了视觉催眠法，即通过让被催眠者凝视某物体而诱导出"神经性睡眠"。布雷德否定了催眠现象的神秘主义阐释，将催眠学说的重心从生理维度转向心理维度，即学界所谓的"由麦斯麦术到布雷德术的转变"。可以看出，虽然不断发展演变，但是催眠术在"灰色地带"徘徊的特点一直没有改变。

催眠术与美国的渊源，最早可以追溯到18世纪后期。1778年到1785年，富兰克林在法国巴黎居住期间，曾经对催眠术产生兴趣，并因对电力研究颇有成绩而受邀参加了对麦斯麦术的调查。如前文所述，富兰克林秉持科学实证主义原则，否定了动物磁力学说的有效性。此时的驻凡尔赛大使、后来成为美国总统的托马斯·杰斐逊在接触麦斯麦术后也对其进行公开谴责：催眠术是"性质非常严重的罪责，这若在美国，必定会吃官司"，并将一系列反对催眠术的小册子邮寄回美国，以预防"巫术"在新大陆传播。（达恩顿，2021：84-86）但基于理性而反对催眠术的国父们，最终未能抵挡住催眠术对新大陆思想领域的冲击。1784 年，法国的拉法耶特侯爵（Marquis de Lafayette）动身前往美洲支持美国独立战争，但此行他还带着一项特殊的任务：在美洲为法国和谐社招募催眠术追随者，并建立起美洲分部。而在与华盛顿将军的通信中，拉法耶特对这一特殊任务也直言不讳。19 世纪上半期，更多欧陆的催眠术研究者来到美洲大陆传播催眠术，其中较有名气的便是法国催眠师查尔斯·波伊（Charles Poyen）。1834 年到 1844 年，波伊来到美洲推广催眠术，主要活动范围在波士顿附近。根据波伊自己的记录，"几乎所有被催眠者的病痛都得到了缓解，有时候就像施了魔法一样，现有的疾病症状会突然消失"（Poyen，1837：10）。在波伊的努力下，催眠术被带到了美国公众关注的风暴眼，很多美国名流慕名而来自愿接受催眠，同时代的大部分美国主流作家也是波伊忠实的拥趸。

在波伊推行催眠术最活跃的时期，美国作家霍桑也对催眠术产生了极大的兴趣，并将催眠思想和术法写进了作品中。美国学者塞缪尔·蔡斯·科尔（Samuel Chase Coale）曾经专门研究霍桑作品中的催眠书写，指出"在 1837 年之前，霍桑就对催眠术有了较为深刻的了解"（Coale，1998：38）。霍桑的妻子索菲亚·皮博迪（Sophia Peabody）患有顽固的偏头痛病。从 1838 年开始，索菲亚开始接受催眠术治疗。就催眠术治疗偏头疼一事，霍桑曾多次与索菲亚交流，主要表达了自己的不满情绪："这股力量源自一个灵魂对另一个灵魂的渗透，破坏了个体完整性，你最神圣的部分就这样被人侵占了。"（Hawthorne，1907：63）可以看出，霍桑认可催眠术的有效性，并指出在催眠术中灵魂会被侵蚀，因而不希望妻子接受催眠治疗。虽然不是严格意义上的清教徒，但是霍桑对清教思想的罪与罚坚信不疑，而对原罪情节的描写、对亚当犯罪心理的呈现等，亦是其作品情节展开的核心所在。催眠术起作用的关键，在于对被催眠者灵魂的操控，霍桑善于"对人的心理进行揣摩和观察"（周玉军，2010：111），而催眠书写无疑是罪与罚叙事最有效的叙事途径之一。

二 霍桑催眠叙事中的"罪"与"罚"

出版于 1850 年的《红字》被 D. H. 劳伦斯称为"发自美国想象的完美作品"（Miler，1991：284），除了传奇的文学体裁、清教罪罚的主题思想等热点问题，有学者也注意到了小说中催眠叙事的重要性。为了证实小说的真实性，霍桑在小说前言部分详细讲述了在海关工作时发现素材的经历。霍桑写道，在海关工作时偶然看到了角落里一卷泛黄油纸包裹着的材料："有什么东西立时让我兴趣盎然，期待着能发掘什么宝物，我解开了捆着包裹的褪色红绳。"（Hawthorne，2007：25）油纸包里，霍桑发现了一块破旧的红布——"讨厌的蛀虫已经把它咬噬成了一块破布"（Hawthorne，2007：27）。叙述中强调的"褪色红绳""红布"等物件，恰似催眠师实施催眠时使用的媒介物，似乎暗示了催眠术在小说中的重要性，而从元小说视角审视，又隐喻了作者和读者之间催眠与被催眠的关系。美国学者科尔曾经提到催眠叙事在《红字》中的重要性：小说叙事带有鲜明的催眠术痕迹，小说中"冗长的复句""特定名称和细节的重复"等，就"复制了催眠术的凝视功能和效果"（Coale，1998：20-21）。

霍桑在小说中多次使用了"动物磁力学"的概念，并且将催眠术隐匿在小说情节之中，通过描写异体灵魂之间的介入和渗透，思考清教思想罪与罚的主题。例如，小说中齐灵沃斯（Chillingworth）对丁梅斯戴尔（Dimmesdale）牧师在精神世界的窥视和心理世界的操控，即建构在催眠师对被催眠者的精神控制之上："他努力潜入病人内心深处，颠覆他的信念，窥视他的过去，像黑暗洞穴中的寻宝者一样，小心翼翼地东翻西找。"（Hawthorne，2007：97）海斯特（Hester）亦扮演着丁梅斯戴尔灵魂引导师的角色，当她凝视牧师时，"她深邃的双眸盯住牧师的双眼，本能地形成一种磁性力量碾压着对方破碎且脆弱的魂灵"（Hawthorne，2007：154）。以催眠术隐喻去审视人物关系，齐灵沃斯和海斯特无疑是强势的实施催眠者，而丁梅斯戴尔则是处于劣势的被催眠者。布雷德指出，催眠是一种类睡眠状态，外在催眠力量只是媒介体，真正起作用的是内在因素，即"所有的催眠最终都是自我催眠"（孙时进，苏虹，2016：220）。以此反观小说，齐灵沃斯和海斯特之所以能够渗透牧师的思想灵魂之中，是因为丁梅斯戴尔内心本就深植着看似矛盾的对立体：清教伦理观念和民主自由思想。牧师身上罪罚伦理和自由思想之间的对抗和矛盾，是其同时接收来自两方催眠力量作用的根本原因，也从宏大隐喻层面影射了美国文化认同中两种思想意识的冲突对立。总而言之，催眠叙事体现在小说的章节建构、情节发展和修辞手法等细节中，是《红字》最重要的叙事方式之一，而霍桑亦通过催眠叙事得以进入虚构人物甚至现实读者的内心，深入浅出地对罪的产生和罚的后果进行阐释。

1852 年，霍桑出版的传奇小说《福谷传奇》带有更鲜明的催眠叙事倾向：催眠叙事既是故事的中心主题，又是小说创作的中心线索。催眠叙事是故事的中心主题，紧密围绕小说的叙述主线。故事中，两条催眠叙事线索分别是韦斯特维尔对"蒙面女士"的显性催眠叙事和霍林斯沃思对科弗代尔等布鲁克农庄居住者的隐性催眠叙事。在显性催眠叙事中，韦斯特维尔利用催眠术操控"蒙面女士"，再现了 19 世纪现实生活中的"舞台催眠秀"（stage hypnosis）。

一般情况下，舞台催眠秀在剧院或者俱乐部上演，表演者通过催眠对象让其产生幻觉臆想、错觉意象、情绪波动等剧烈变化，表演的主要目的在于推广催眠术。（Echterling，Jonathon，1995：13）这一传统舞台秀最早可以追溯到 19 世纪上半期。1841 年，布雷德偶然观看了瑞士催眠术表演大师查尔斯·拉方丹（Charles Lafontaine）的舞台催眠秀，由此改进了传统的催眠术，并确立了现代催眠秀的演出模式。布雷德从科学启蒙的视角对催眠术进行阐释，结束了将催眠术划归神秘巫术的时代，开启了建构在物质基础上的新催眠时代。布雷德指出，催眠只是一种类睡眠状态，由睡眠球等媒介引起视觉神经疲劳，进而引导催眠者入睡。布雷德对催眠术学理层面的修正和术法细节的改进，进一步提升了舞台催眠秀的可信度和观赏性。《福谷传奇》中韦斯特维尔的舞台催眠秀，正是现实中布雷德催眠表演的文学呈现。

故事中，科弗代尔离开福谷之后，在村公所偶遇了霍林斯沃思，并一起观赏了韦斯特维尔的舞台催眠秀。从对舞台秀的描写可以看出，霍桑对于催眠术表演的场景非常熟悉。韦斯特维尔的秀场是经典的圆形剧场，舞台上摆着"一张桌子、两盏灯、一条凳子和一把舒适的古董椅"（Hawthorne，2005：155），舞台周围是依次增高的观众座椅。在表演开始之前，霍桑利用擅长的多视角叙事借群众言论来凸显催眠术的有效性：在"巫师"的一声召唤下，各种情感体验都可以发生突变，"唇上留有热吻的少女突然变得冷漠无情，新寡妇人忘记亡夫爱上别人，妈妈拒绝母乳抛弃婴儿"，等等，总之，"人类性格在催眠师手中变得不堪一击"。（Hawthorne，2005：156）在烘托氛围之后，催眠师韦斯特维尔的出场方式气派非凡：他留着长长的胡须、穿着东方人的袍子，看起来就像《一千零一夜》中的魔法师。在他三声召唤下，包裹在银白色面纱中的蒙面女士"飘"到了舞台中央："优雅、自由、自如，像是熟悉了宏大演出场景的表演者，但也像是被这位恶俗的黑暗魔法师用法术拘束起来的蒙着眼睛的犯人。"（Hawthorne，2005：158）"黑暗魔法师"为了强调催眠效果，鼓励在场观众与蒙面女士交流，前提是避免任何肉体接触。其间，有人用全力试图吹掉面纱，有人用木棍敲打地板，有人大声在她耳畔喊叫，甚至有人尝试摇动座椅，但蒙面女士像听不到、看不见的木偶一样，岿然不动。

在接下来的场景中，催眠术表演发生了戏剧性的一幕。就在大家赞叹催眠效果、韦斯特维尔吹嘘可以自由操控灵魂时，蒙面女士却出人意料地站了起来。原来，蒙面女士即是普里西拉，而霍林斯沃思在观看表演的过程中已经发现了她的真实身份。所以当霍林斯沃思靠近耳畔讲了一句"你是安全的"时，普里西拉立即被从催眠状态中唤醒："扔掉面具站在观众面前，面色惨白、浑身发抖，身体缩成一团。"（Hawthorne，2005：160）霍林斯沃思救下了普里西拉，韦斯特维尔的催眠表演秀也以失败告终。在场观众想方设法都没能让普里西拉"回魂"，霍林斯沃思一声轻唤却救下了灵魂受控之人。从韦斯特维尔舞台催眠表演的描写细节可以看出，霍桑对催眠术非常感兴趣，而且也曾经对此做过研究和思考。尽管如此，故事中显性催眠叙事的戛然而止，实际暗藏了作者对于催眠术存在必要性的否定。正如上文所讲，在霍桑看来，清教的罪与罚令人恐惧，而催眠术正如圆形监狱一样对人的精神实施了精准操控，这也是要废止催眠术的原因。正如有学者指出的，"韦斯特维尔的罪，则在于对他人灵魂的操控"（周玉军，2010：109）。小说中，操控别人灵魂的，除了显性催眠叙事层面的韦斯特维尔，还有隐性催眠叙事层面的霍林斯沃思。

霍林斯沃思意欲通过控制人的精神来操控其行为，以此改良人种建构理想乌托邦。小说中的霍林斯沃思极具人格魅力，对于福谷居民具有无法抵御的吸引力，尤其是泽诺比娅、普里西拉两位女士和叙述者科弗代尔更是对其着迷不已。小说专门提到了霍林斯沃思的微笑，尤其提到"他总是向普里西拉微笑"（Hawthorne，2005：54）。这种微笑像是催眠媒介一样，让泽诺比娅和普里西拉深深爱上了"催眠师"霍林斯沃思，两人也由此变成了情敌。为了帮助霍林斯沃思建构改良乌托邦，泽诺比娅不惜献出整个农庄，而普里西拉更是将全身心都交给了他。与两位女士不同，科弗代尔虽然也为霍林斯沃思着迷，但关键时刻看清了他的真正动机，并主动解除企图施加在自己身上的魔咒。在邀请科弗代尔参与自己的改良乌托邦时，霍林斯沃思饱含深情地伸出双手，眼里噙着泪水说道："在这个辽阔的世界上，没有人比我更爱你了！"（Hawthorne，2005：105）科弗代尔察觉到了霍林斯沃思的催眠意图："如果我碰触他的双手，霍林斯沃思的催眠磁力会连带着他的思想渗透到我的内心。"（Hawthorne，2005：105）科弗代尔最终拒绝了霍林斯沃思的邀请，但这也终结了两人的友谊。小说中，韦斯特维尔和霍林斯沃思这两位或真实意义或象征意义上的催眠师，都在催眠过程中遭遇到了失败。总而言之，虽然催眠书写是小说的两条重要的叙事线索，但从情节安排上看，霍桑尽管肯定催眠术的真实有效，却不认可术法在道德伦理层面的合法性。这种拒绝精神层面被操控的观点，与同时代超验者爱默生和梭罗讲述的个人主义具有异曲同工之妙，是霍桑从催眠术隐喻思考文化认同内涵和文学创作个性的重要实践。

　　19世纪三四十年代，美国文化认同建构被推至前台，成为社会各个阶层关注的焦点。很多受启蒙思想影响的社会改良家大胆提出，应该从改变个人生理结构特征出发进行社会改革，这也是颅相术、催眠术、顺势疗法、巫毒咒语等神秘主义术法和思想兴起的背景。从理性根源生发出非理性的枝丫，印证了启蒙与迷信之间的息息相关。其中，爱默生也公开宣讲，催眠术是"合乎人性的"（Emerson，1981：601）。在爱默生的超验世界里，"超灵"既无处不在地渗透于万物中，又具象化地体现在每个人身上，融合了同质与异质的双性特征。在催眠术中，催眠者通过物质媒介进入被催眠者的精神世界，以达到控制其灵魂、操控其肉体的目的。随着影响力的日渐增大，催眠术由医疗领域逐渐跨越到了社会学思想领域。这种灵魂相通之术，在根本上是符合爱默生的超灵观的，这也是爱默生公开支持催眠术的原因。与19世纪上半期美国建构理想乌托邦的热潮①相呼应，布鲁克农庄也探求在美洲大陆上建立共耕共享的伊甸园。霍桑也曾参与建设布鲁克农庄，而《福谷传奇》正是在这段经历的基础上创作的。尽管霍桑受到了超验

---

　　① 19世纪前半期，美国思想界掀起了一股到西部去建构乌托邦的热潮。其中较有代表性的，包括法国空想社会主义伊卡里亚运动（Icarans）在得克萨斯州、伊利诺伊州等地建立的一系列宣讲平均主义的公社，阿尔伯特·布里斯班（Albert Brisbane）和维克托·孔西德朗（Victor Considerant）在得克萨斯州等地试验的傅立叶空想社会主义，以及风靡西纽约州、拥有精神领袖约瑟夫·史密斯（Joseph Smith）的宗教团体建立的摩尔门社区，等等。这些乌托邦社会的构建理念，均与唯灵论存在或多或少的联系。

思想的影响，但是他的黑色浪漫主义与爱默生明朗的超灵理想大相径庭。美国学者苏珊·奇弗（Susan Cheever）指出："两人从未真正欣赏过对方：爱默生认为霍桑的作品太聚焦于历史；霍桑认为爱默生康科德伟人的姿态太做作。"（Cheever，2006：79）从建构民族记忆的视角去思考两人对彼此的评价，如果注重"伟人效应"的爱默生在意的是万物之间的勾连，那么拥有强烈自我意识的霍桑集中思考的则是文化异质性的重要性。

此外，尽管霍桑不是严格意义上的清教徒，但是他对清教罪罚思想深信不疑，尤其是原罪和人性本恶之说。如果在霍桑眼中魂灵本身就是负罪的，那么操控有罪灵魂的催眠术更是邪恶的化身。霍桑对催眠术的反思隐藏在很多作品中，除了《红字》和《福谷传奇》，在《七个尖角阁的房子》里也多次涉及催眠术主题，尤其是讲到了马修·莫尔对爱丽丝·品钦（Alice Pyncheon）进行催眠带来的恶果。莫尔受雇于爱丽丝的父亲，但为了复仇，他通过催眠术控制了爱丽丝，最终将其折磨致死。莫尔能够侵入精神世界操控对方肉体的催眠术，在霍桑看来就是最邪恶的行为，这也是他安排莫尔最终抑郁自责、窘迫而亡的原因。《福谷传奇》中，霍桑对于催眠术否定的态度依然坚定，但其催眠叙事背后隐藏着更深刻的民族认同反思。霍桑之所以浓墨重彩地呈现韦斯特维尔以失败告终的催眠表演秀，除了表达自己对于催眠术的反感，更以此为基础探究了尝试将认同建构与生理科学结合在一起的改良派的不合理性。霍桑通过对催眠社会效用的反面描写，表达了对改良派乌托邦建构认同的否定态度。与此同时，这种反面描写也与其政治态度有关。

三 霍桑催眠叙事中的民粹立场

在缅因州鲍登学院（Bowdoin College）就读期间，霍桑认识了后来成为美国总统的富兰克林·皮尔斯①。1846 年，生活入不敷出的霍桑通过皮尔斯在民主党的关系，在马萨诸塞州的塞勒姆海关寻得了检测员的职位。1848 年民主党落选，霍桑受牵连，被控以贪污受贿等罪行并被免职。卸去官职后，霍桑将关注力完全放在小说创作上，于 1851 年出版了传奇小说《红字》。小说出版仅 10 天，就卖掉了 2500 本。之所以热销，不仅是因为小说中违背清教规诫受惩处的爱情故事吸引读者，更因为作者在小说序言"海关"（The Custom）里直白描述且辛辣讽刺了美国当时的党派争斗。序言里，霍桑极具针对性地讽刺挖苦了陷害自己的辉格党政敌。从政党之争的视角审视与反思可以发现，1852 年出版的《福谷传奇》中的催眠叙事同样也揭示了霍桑民主党派的政治倾向。

　　1828~1852 年，美国开始实行"第二政党体系"②（The Second Party System），其中两大政党是辉格党（The Whig Party）和民主党（The Democratic Party）。辉格党聚集了众多新兴城市中产阶级，包括实干家、种植园主、社会改良者等，而民主党则集中了小手工业者、农夫、城市工人等下层劳动者。美国学者弗兰克·塔沃斯（Frank Towers）提到了第二政党体系两大党在意识上的不同："民主党代表的是'人民主权'，以民意的表达、宪法惯例和大多数人的意见为基础；而辉格党则以维护法律和宪章的权威、保护少数人利益不受暴民损害为己任。"（Towers，2009：147）霍桑不是真正意义上的民主党人，没有严格自觉的政治意识，比如他公开反对奴隶制就与大多数民主党成员不同。在霍桑看来，"参与政治生活会贬低人的价值"，因此他多次公开宣称对政治并不感冒。（Husband，2010：46）尽管如此对外宣称，但现实政治生活中的霍桑积极参与民主党活动，更在党派之争中

----

　　① 皮尔斯于 1853~1857 年任美国总统，以对反奴隶制的强硬态度著称，签署了《堪萨斯-内布拉斯加法案》（Kansas-Nebraska Act）等法案。

　　② "第二政党体系"的提法，对应"第一政党体系"。"第一政党体系"是 1792~1824 年美国采取的政党体系，其中两大政党是联邦党（The Federalist Party）和民主共和党（Democratic-Republican Party）。

身先士卒，如他曾帮助皮尔斯竞选总统等。在文学创作上，也可以看出霍桑对政治风向的关注度不断增强。1845 年之前，霍桑集中创作了80 多篇杂文或短篇小说，在这之后开始创作四部传奇小说。美国学者理查德·普雷德莫（Richard Predmore）在研读了霍桑于 1828 年到1844 年的创作后，总结出了两个要点。其一，个人的罪与罚是霍桑创作的兴趣点所在，"主要在个人而非社会，主要描写'原罪'（sin）而非'犯罪'"；其二，"在短篇小说写作过程中积累了对社会问题的广泛关注"（Predmore，1984：20-21），也因对社会问题的逐渐聚焦，霍桑才转向创作长篇传奇小说。霍桑关注个人主义，这一点既符合其民主党人士的身份，同时也呼应以爱默生为代表的超验主义学派的超验理论。而在《福谷传奇》等作品中的催眠叙事，实际从隐喻视角延续了与辉格党的口水官司。

　　美国民主党形成于 19 世纪三四十年代，以"平民党"（party of the common man）自居，政党成立初期着意维护个人权利和州政府自主权，反对辉格党维护的银行体系和高税收制度。1824 年的美国总统大选中，安德鲁·杰克逊和约翰·昆西·亚当斯（John Quincy Adams）展开了激烈的争夺战。两人的支持率一开始旗鼓相当，但杰克逊的票数最终未过半，美国众议院将总统宝座授予了亚当斯。在亚当斯执政期间，美国民主共和党逐渐分化为支持亚当斯的民主共和党和支持杰克逊的民主党。杰克逊通过维护平民利益、反对腐朽贵族特权，积极维系联邦的统一。1828 年杰克逊在总统大选中获胜，成为美国的第七任总统，而民粹精神由此生根发芽，成为民主党派血统中的重要基因。作为民主党的支持者，霍桑在文学创作中延续了这种民粹精神。与此同时，当时让霍桑产生强烈共鸣的超验思想认为，个人通过自然媒介便可以与超灵交流，凸显个人的神性特质，因而本身就带有自由民粹的色彩。从民粹视角审视霍桑作品中的催眠术，如果《七个尖角阁的房子》中马修·莫尔的死亡是催眠者因违背道德伦理愧疚而死，那么《红字》中海斯特的崛起、《福谷传奇》中普里西拉的拯救，则是个体被催眠者从受控状态中唤醒，获取思想意识独立和自由的过程。霍桑有关催眠术的文学表达实际是从隐喻视角出发考察了同时代美国认同中民粹和精英思想的对立，维护大财阀和贵族利益的辉格党是企图操控民众的催眠术实施者，而被催眠者从受控的昏睡状态中清醒，则是民主党民粹精神的胜利。总而言之，从文化认同建构的视角审视，霍桑的催眠术叙事是在为美国边疆精神和个人民粹主义及其背后的美国民主党背书。与霍桑通过催眠叙事表达自己的文化和政治诉求不同，爱伦·坡小说中的催眠叙事则集中表达了审美思想和哲学反思，其别具特色的文学创作模式为美国文学认同的确立做出了重要的贡献。

四 爱伦·坡的催眠叙事策略

1837 年，一本有关催眠术的小册子《动物磁力学哲学》（*Philosophy of Animal Magnetism*）悄然问世并迅速引起了关注，其中讲到了人的大脑可以发出某种电磁流体，并通过神经传递到肌肉。尽管这本小册子的作者匿名为"费城绅士"（a gentleman of Philadelphia），但各种迹象表明作者就是爱伦·坡。（刘红臻，2016：23）1845 年 2 月，爱伦·坡与《百老汇杂志》签订一年编辑合约，按照要求每周至少在杂志上发表一篇原创作品。同年 4 月，《百老汇杂志》刊登了一篇普及催眠知识的小文，而爱伦·坡在 1846 年出版的《书边批识》（*Marginalia*）中大篇幅地引用了这篇小文。由此可见，爱伦·坡对于催眠术不仅感兴趣而且颇有研究。1844 年到 1845 年，爱伦·坡围绕催眠主题创作了系列小说，其中较有代表性的是《凹凸山的传说》（*A Tale of the Ragged Mountain*，1844 年 4 月）、《催眠启示录》（*Mesmeric Revelation*，1844 年 8 月）、《与一具木乃伊的对话》（*Some Words with a Mummy*，1845 年 4 月）、《瓦尔德马先生病例之真相》（1845 年 12 月）等，将对催眠术的反思写进作品之中，逐渐形成了爱伦·坡独具特色的催眠叙事手法："在物质符号和内在过程的联系之中寻找话语表达的可

能。"（唐文，2020：137）

实际上，爱伦·坡的催眠叙事从三个层面并行推进，紧密围绕作者极其感兴趣的操控灵魂主题展开。首先，爱伦·坡会在表层叙事中涉及催眠术，有时会提及自己对术法的思考。例如，在短篇小说《与一具木乃伊的对话》中，故事叙述者在与来自5000年前的木乃伊对话时就提到了催眠术，后者不屑一顾地指出，在5000年前的埃及这些都是小儿科。另一篇小说《凹凸山的传说》更多在学理层面涉及催眠术。故事围绕贝德尔奥耶（Bedloe）和60多年前死在印度的奥尔德贝之间的魂灵互换展开，亦讲到了贝德尔奥耶接受医生坦普尔顿（Templeton）的催眠治疗身体和心理创伤的细节。小说明确写道，坦普尔顿在巴黎学习了麦斯麦术，是催眠术的拥趸。对贝德尔奥耶的催眠十分艰难，在进行了12次实验后才成功。但让坦普尔顿医生颇为欣慰的是，"从此以后那位病人的意志便可在顷刻间服从于他这位医生的意志"。爱伦·坡对于催眠术的效果和普及率极为肯定，在小说中多次提到"类似的奇迹每天都被无数人目睹。"（爱伦·坡，曹明伦译，2013：112）小说中叙事表层的催眠术知识，充分说明爱伦·坡对于该术法进行了充分的研究，而这是作家通过非理性视角认知世界的重要实践。

其次，爱伦·坡有时会用整篇小说来讲述一个完整的催眠术实施过程，术法的开始、生效和结束就是小说的叙事主线。例如，短篇小说《催眠启示录》完整再现了P医生对凡柯克先生（Mr. Vankirk）的催眠过程。凡柯克患有严重的肺炎，弥留之际说服P医生对其催眠。在被成功催眠后，凡柯克就上帝、信仰、宇宙秩序、生命意义等问题与医生展开了深入交流。但当P医生企图将凡柯克从催眠状态中唤醒时，发现后者早已咽气。凡柯克玄妙的答案究竟从何而来，故事最终也未给出答案。整个故事就是一场催眠术的实施过程，也正是因为凡柯克始终处于被催眠的状态，读者才不会尝试深究其"戈尔迪之结"般对答中的非理性悖论。

最后，爱伦·坡有时会打破小说情节虚构和现实生活之间的隔断，将小说中的催眠效果延伸至现实中的读者身上。将小说创作和催眠术法合二为一，这也是爱伦·坡催眠叙事艺术臻于成熟的标志，其中较有代表性的当数短篇小说《瓦尔德马先生病例之真相》。1845 年，爱伦·坡在任《百老汇杂志》编辑期间收到了一名自称 A. 西德尼医生（Dr. A. Sidney）的来信，讲述了自己给催眠状态中的病人实施外科手术的事情。爱伦·坡正是从这封信中获得了灵感，创作完成了《瓦尔德马先生病例之真相》，并于同年 12 月在《百老汇杂志》和《美国评论：一本辉格党杂志》（American Review：A Whig Journal，以下简称《美国评论》）上同时发表。小说采用第一人称叙述视角，讲故事的就是实施催眠者，而接受催眠的则是因肺结核而处于弥留之际的瓦尔德马。整个催眠过程由两名护士和一名医学生见证。催眠后的瓦尔德马先是说自己濒于死亡，然后又说自己已经死去。催眠状态中的瓦尔德马虽未完全死亡，却无法顺畅地交流、不能自由地行动，就这样痛苦地存活了 7 个月。故事最后，在瓦尔德马求死的阵阵哀号中，叙述者为瓦尔德马结束了催眠状态，而后者立时化为一摊脓液。创作小说之时，爱伦·坡的妻子弗吉尼亚（Virginia）正饱受肺结核之苦，因此小说对瓦尔德马病况的描写形象逼真。此外，有学者注意到小说写作期间爱伦·坡曾参加美国唯灵论者安德鲁·杰克逊·戴维斯（Andrew Jackson Davis）有关催眠术的系列讲座（Sova，2001：85），所以小说描写的催眠术实施过程、被催眠者的懵懂状态等细节让读者如临其境。小说出版之后，很多读者反映被其真实性所打动，认为作品是有现实原型的纪实小说。例如，英国人托马斯·索思（Thomas South）在其1846 年出版的《早期磁力学与人类的高等级关系》（Early Magnetism in Its Higher Relations to Humanity）中，就将小说中瓦尔德马的催眠经历用作真实案例。（Silverman，1991：294）面对各方有关小说真实性的质疑，爱伦·坡为了争取更多的卖点卖起了关子，直到在《书边批识》中才承认小说只是虚构作品而已。由此可见，《瓦尔德马先生病例之真相》中的催眠术从小说文本延伸至现实世界：在阅读过程中，爱伦·坡化身为文本故事背后的催眠师，小说是能起到催眠作用的物质媒介，而读者则成为作者催眠的对象。对于有些读者来讲，对《瓦尔德马先生病例之真相》的阅读无疑是一场有效的催眠体验，在催眠状态中混淆了现实和虚构的关系，将瓦尔德马先生的故事具象化为真实事件。在"作者—读者"之间发生的催眠叙事，是爱伦·坡对于美国文学创作，尤其是心理变态小说和侦探小说创作模式的成功实践。除了利用真实素材和阅读反应来营造真实氛围，以达到令读者混淆现实和虚构的目的，爱伦·坡还多采用第一人称叙事视角让读者与人物产生共情，以此达到催眠读者的效果。

1839 年，爱伦·坡在《伯顿绅士杂志》(*Burton's Gentleman's Magazine*) 首次刊登了短篇小说《厄舍府之倒塌》(*The Fall of the House of Usher*)。小说从第一人称视角展开，讲述叙述者"我"受邀前往厄舍府陪伴童年伙伴罗德里克·厄舍 (Roderick Usher)。到达目的地后，"我"发现朋友厄舍的精神状况不好，更糟糕的是，不久之后连"我"也受影响，开始产生幻觉。其间，厄舍的妹妹马德琳 (Madeline) 去世，遗体暂时安置在地下室的棺材中。一个雨夜，"我"正为厄舍读故事以缓解其焦躁的情绪，突然狂风大作、大门破开，身上带着血污的马德琳扎进哥哥的怀中。倒地时，两人已然咽气。在"我"逃离之后，厄舍府轰然倒塌，残砖瓦砾瞬间被湖水淹没。

小说发表后立刻引起了学界的关注，评论的声音损誉参半。美国学者 G. R. 汤姆森 (G. R. Thomson) 大唱赞歌："这个故事已经被认作哥特恐怖小说的经典篇章，同时它也是戏剧反讽和结构符号的典范之作。"(Thomson，1970：36) 与汤姆森的观点截然不同，华盛顿·欧文在给爱伦·坡的信件中指出小说过度浮夸："你太过执着地描绘栩栩如生的画面，而无视自然表达的有效性，太注重炫目的色彩，犯了过度奢华的毛病。"(转引自 Barger，2010：179) 显然，欧文因为小说脱离现实的虚构笔触，对其描写的可信度进行了质疑，进而否定了作品的艺术价值。尽管欧文的批评有一定的合理性，但如果从催眠叙述视角审视小说，无论是"栩栩如生的画面""炫目的色彩"，还是"剧中剧"《疯狂的约会》（*A Mad Trist*）和"剧中诗"《闹鬼的宫殿》（*The Haunted Palace*）等，奢华绚烂的细节设定都是为了让读者与叙述者产生共鸣，从而达到同时将两者催眠的效果。有学者指出，"我们平时理解的虚构与非虚构的区别并不存在，有的只是叙事（narrative）"（Doctorow，1974：26）。虚构与真实的区别，不是判断小说优劣的唯一标准，唯有将叙事策略和创作初衷相关联，才能判断小说创作成功与否。

在催眠叙事策略上，爱伦·坡无疑呼应了英国诗人昌西·黑尔·汤申德（Chauncy Hare Townshend）有关催眠术的质性研究。几乎与《厄舍府之倒塌》同一时间，汤申德出版了专著《催眠术里的事实：平心静气的研究》（*Facts in Mesmerism：With Reasons for A Dispassionate Inquiry into It*，以下简称《催眠术里的事实》），提出了催眠术的三要素：激发原因（exciting cause）、媒介物（media）和受体变化（change in corporeal frame）。爱伦·坡与汤申德的观点产生了强烈的共鸣，在《百老汇杂志》上撰文高度赞扬了《催眠术里的事实》一书，认为它属于"当今真正深邃和富有哲理的作品，未来会证明我的观点"[1]。在汤申德三要素的基础上，爱伦·坡形成了自己独特的叙事策略：在作者、文本和阅读体验三个基点上，"作者作为催眠师引导读者进入一种被催眠的状态，而这种半梦半醒的状态可令读者体会到更高层次的直觉意识"（唐文，2020：138）。在《厄舍府之倒塌》中，催眠叙事在几个层面上同时进行，不同层面的叙事都是为了达到三要素催眠叙事效果。

用催眠叙事策略审视小说情节与构成，很容易找到对应汤申德催眠术三要素的关键点：第一人称叙述者——激发原因，厄舍府+厄舍——媒介物，读者——受体。叙述者乍看到厄舍府，便提到了建筑

---

[1]　"Poe Museum's New Exhibit Is Mesmerizing"，The Poe Museum，https：//poemuseum.org/，最后访问日期：2024 年 3 月 20 日。

物中一道难以发觉的裂隙："那裂缝从正面房顶向下顺着墙壁弯弯曲曲地延伸，最后消失在屋外那湖死水之中"（爱伦·坡，曹明伦译，2013：11，以下只标注页码）。故事最后，当叙述者逃离厄舍府回望时发现，一轮反常的红月挂在高空，阴森的暗哑"照亮了我前文说过的那道原来几乎看不见的、从正面房顶向下顺着墙壁弯弯曲曲延伸的裂缝"（24），紧接着厄舍府便垮塌为一堆瓦砾，并瞬间被湖水淹没。对应建筑物的裂隙和房屋的垮塌，房子主人厄舍在故事开始时已经出现了人格裂隙："白得像尸体一般的皮肤""亮得不可思议的眼睛""竭力在克服但又没法克服的一种习惯性痉挛"等（12）。而在房子垮塌之前，厄舍兄妹也一起倒地而亡。很明显，房子状况与主人状态相对应，文本中也明确指出"他家房子形状和实质的某些特征在他心灵上造成的影响"（13）。上文提到叙述者很快发现自己也受到了影响，察觉自己挣扎在疯癫的边缘："他（厄舍）那种古怪荒谬……正慢慢地但无疑地在我心中蔓延"（19）。小说本身带有悬疑的特点，容易让读者产生代入感，而第一人称的叙述视角，更拉近了读者与"我"之间的距离。厄舍究竟是否因为掩盖乱伦真相而将妹妹活埋，[①] 并不是爱伦·坡采用催眠叙事想要探寻的结果。与之相比，读者与叙述者一起，察觉精神世界出现"裂隙"并携手一起走向崩溃的边缘，这种类催眠状态下的叙事效果更为重要。

除了情节建构在催眠术框架之上，故事中提到的两个文本也分别强化了阅读带来的催眠体验。故事中，叙述者提到了厄舍创作的诗歌《闹鬼的宫殿》。现实中，这首诗由爱伦·坡创作并于1839年4月发表在《巴尔的摩博物馆》（*Baltimore Museum*）杂志上。同年9月，《厄舍府之倒塌》初版时并没有将《闹鬼的宫殿》加入文本之中，直到第二年再版时诗歌才出现在故事之中。《闹鬼的宫殿》的出现比小说早，

---

① 爱伦·坡在小说中并未明确指出兄妹两人是否存在乱伦的问题，但很多细节暗示了两人之间的暧昧关系，而掩盖乱伦真相可能是厄舍最终决定活埋马德琳的直接原因。（参见 Hoffman，1972：297）

后来被载入小说中亦说明了它对主题阐释的重要性。诗歌中被恶魔所占据的宫殿，实际隐喻了逐渐崩溃的精神世界，"高高在上的崇高理性正摇摇欲坠"（15）。爱伦·坡曾经提到该诗是小说不可或缺的一部分，它"隐喻了被幻想占据的思想——一个疯狂的大脑"（Meyers, 2001：111）。"闹鬼的宫殿"，不仅指厄舍濒于崩溃的精神世界，也暗示了叙述者受到影响处于疯癫的边缘，更有助于引导读者潜意识中进入催眠状态之中。小说提到的第二个重要文本，是故事最终的那个夜晚叙述者随手拿起来读给厄舍听的《疯狂的约会》，讲述了一位中世纪骑士为了躲避暴风雨而误入龙穴，最终杀死恶龙夺得铜盾的故事。伴随着阅读中骑士破门"干木板破裂"的声音、恶龙"临死的惨叫"和铜盾掉落"铿锵的可怕巨响"（21-22），现实中厄舍府的地下室和楼道应时应景传来相似的声音，随后阅读世界和现实生活最终融合在一起——被活埋的马德琳扑倒在哥哥怀中，两人倒地而亡。在厄舍兄妹之死的故事中穿插骑士杀恶龙的"剧中剧"，这一叙事策略增加了故事的神秘性和悬疑点，但爱伦·坡亦有更深层次的审美用意：如果文本可以预设现实，那么《厄舍府之倒塌》亦可以将现实中的读者引入类催眠的疯癫状态。总而言之，虽然不像1844年到1845年的作品直接讲述催眠术的实施、效果和作者的反思，但将催眠术要素融入叙事策略，形成爱伦·坡最为独特的催眠叙事，是其对带有鲜明美国特色的文学认同建构的重要贡献。

催眠术与时人对科学发展的兴趣不无关系，催眠师的初衷亦是治疗病患身体或心理的疾病。随着唯灵论热潮的到来，催眠术发展为对被催眠者灵魂操控的尝试，从而跨越了科学理性的界限，到达了非理性的唯灵世界，唯灵论视域下的催眠叙事也引起了霍桑等作家的关注。梅尔维尔在作品中多次提及催眠术，并在人物塑造上汲取了催眠术法元素，创造了亚哈等经典小说形象；霍桑通过批判催眠术在延续清教罪罚主题的同时，亦宣讲了带有鲜明个人主义特色的边疆精神，而爱伦·坡则通过催眠叙事另辟蹊径，形成了具有鲜明个人特色的小说叙事风格等，美国文艺复兴时期的催眠创作是主流作家探寻建构文学认同的努力。这些或显性或隐性的催眠叙事，都触及唯灵思想层面，探索灵魂世界的可能性，从本体论视角审视人性善恶，"在国家认同建构的大环境中构建民粹情怀，另辟蹊径形成了最具美国特色的文学创作"（唐文，2020：139）。

第三节　清教与唯灵：少数族裔的抗争
与民族文学的建构

一　印第安唯灵论中的民粹思想和政治抗争

所谓的边疆民粹和欧陆儒雅，讲的都是美洲盎格鲁白人男性的认同。自殖民地开始，盎格鲁白人（男性）被看作社会的中坚力量，而少数族裔则不断被边缘化。有学者指出，"美洲被欧洲殖民者想象为柔弱的女性形象，印第安人被构想为激发欧洲征服者爱欲的爱神丘比特"（刘立辉，2021：20）。随着西进运动的开展，印第安族裔被进一步边缘化、女性化，逐渐成为被历史消声的群体。早期印第安文学主要通过口口相传的形式，印第安人中也少有能够书写文字的①，这加快了这种消声的进程。进入美国文艺复兴时期，主张诗学正义的白人作家开始为印第安群体发声，其中印第安万物有灵论思想成为这些作品的核心聚焦点。

19世纪中期，唯灵论叙事之所以能够在美国文学创作领域大行其道，与其后千年论调（Postmillennialism）是密不可分的。后千年论调

---

① 18世纪，美国本土印第安人开始用英语写作，直到19世纪60年代"美国印第安人文艺复兴"（The Native American Renaissance）时期，出现了 N. 司各特·莫马迪（N. Scott Moma-day）的《黎明之屋》（*House Made of Dawn*）和莱斯利·马蒙·希尔科（Leslie Marmon Silko）的《典仪》（*Ceremony*）等，其中《黎明之屋》获得了1969年的美国普利策文学奖。

实际是印第安唯灵论的延续：人在死后可到达灵魂国度，并可以在灵魂国度继续成长。而正如上文所讲，这种对彼世的笃定，是唯灵论与美国梦的相通之处。美国历史学家凯西·古铁雷斯（Cathy Gutierrez）指出："毫无疑问，唯灵论在那个时代起着积极的作用，这既与它拥护主流政治方向相关，也因它对个人灵魂能够起到安抚作用。"（Gutierrez，2009：9）也就是说，唯灵论因建构了灵魂国度而对美国认同建构起着积极作用，同时也通过灵媒再次接触亡故之人的鬼魂来安抚内心。实际上，正是因为宏观上对认同建构的支持和微观上对个体内在的安抚，唯灵论才成为美国文艺复兴时期少数族裔和边缘群体得以发声的重要媒介。

上文提到林肯总统在位时，白宫深受唯灵思想的影响。林肯曾通过灵媒康克林（I. B. Conkin）收到名叫爱德华·贝克尔（Edward Baker）的鬼魂的来信。信中，贝克尔预测了联邦军在战争中的胜利，并代表数百万死去的灵魂向林肯表达谢意。三年后，林肯通过灵媒贝克（R. A. Beck）再次收到了贝克尔的来信，信中预测，联邦军会在这场战役中取得"决定性的胜利"。（Dirck，2019：62）根据当时的调查，贝克尔来自社会底层，生前没有直接和总统交流的机会，死后却通过灵媒做到了"上达天听"，生前身后话语权有了天翻地覆的改变。对于信件究竟从何而来，总统并没有深究。但两封信件通过两位不同的灵媒到达白宫，且第二封信明确要求总统回复贝克尔之前的来信，这些迹象都表明，所谓来自灵魂国度的信件，也许只是下层民众想要"上达天听"的努力而已。也正是因为唯灵论在政治话语中的独特作用，才会有人肆无忌惮地攻击唯灵主义者："千禧论调、唯灵主义、自由性爱主义①和废奴主义，这些都是如出一辙的激进政治话语。"（Dirck，

---

① 自由性爱主义（freeloveism）最早出现在19世纪中期的美国，以玛丽·戈夫·尼克尔斯（Mary Gove Nichols）等美国作家为代表。在自由性爱者看来，性爱不仅仅是为了繁衍后代，女性应该有对自己身体的控制权，能够公开讨论节育、家庭暴力等两性问题，也应该拥有接受性爱教育的权利，等等。

2019：63）在该批评者看来，与千禧论者、自由性爱者等一样，唯灵主义者能够替少数族裔和边缘群体发声，因此亦带有激进左倾主义的倾向。学界就这一点已经达成了共识，美国学者贝内特就指出，唯灵论给予边缘群体"可以交流且充满了可能性的社区"（Bennett，2007：52）；古铁雷斯则认为，唯灵论者"提升了少数族裔和边缘群体的社会地位"（Gutierrez，2009：5）；库西奇笃定地讲道，"某种意义上，所有的唯灵论者都是女权运动者"（Kucich，2004：7）；美国学者马克·A. 劳斯（Mark A. Lause）甚至认为，只有在唯灵思想的基础上，"激进共和政府才能够消除所有意义上的体制不公"（Lause，2016：130）；等等。

在少数族裔中，神秘的印第安原住民一直就有唯灵论的信念。在白人看来，印第安人能够与灵魂自如交流，"这是其他种族企望却做不到的"（Bennett，2007：111）。在《印第安人墓地》中，美国诗人弗伦诺多次提及印第安鬼魂：

在那里，经常看到一位印第安女王的灵魂

（名叫佩尔士巴，头上编着发辫）

还有很多原住民鬼魂围绕着她

都在斥责流连附近的陌生人

（Freneau，1903：364）

诗歌描述了一幅美好的场景：在一棵古老的榆树下，永久地坐着一位编着发辫的印第安女王，美丽女王的身边围绕着勇敢的印第安士兵鬼魂。这样一幅唯灵图景，既蕴含了诗人对于印第安文化的仰慕，也暗示了对印第安文明逝去的无奈和惋惜。从弗伦诺的诗歌中可以看出，尽管唯灵思想深植于印第安文化，但由于语言不通、交流不畅等，从美国殖民地时期开始印第安唯灵文化大多是在白人作品中呈现的，此后一直延续到了 19 世纪中期美国认同建构期，文艺复兴作家通过印第安唯灵叙事，既表达了对逝去文明的哀叹惋惜，同时又借少数族裔的唯灵之镜子来书写自我的集体记忆。

1830 年，杰克逊总统签署了《印第安人迁移法》（Indian Removal Act），将印第安人强制迁徙到密西西比河西岸，由此引发了印第安部落的强烈不满。在这一背景下，白人震教徒等社会宗教团体义愤填膺，通过乔装印第安灵媒来替边缘群体表达这种不满。在表演灵魂附体时，震教灵媒为了让观众信服，"面部表情"夸张诡异，"身体姿态"扭曲怪诞，有时"讲印第安语，然后又会讲一些英语"。（Bennett，2007：111）前来附体的鬼魂既有梅塔科米特（Metacomet）这样的印第安人领袖，也有波卡洪塔斯（Pocahontas）这样逐渐被白人同化的普通印第安人。① 在主流白人作家笔下，印第安唯灵书写往往失掉现实的细节描写，而更多地表现出对于逝去文明的悲情，最明显的例子就是库柏的"皮袜子故事集"。

1895 年，马克·吐温在《北美评论》（*The North American Review*）发表文章《费尼莫尔·库柏文学问责》（"Fennimore Cooper's Literary Offenses"），指出库柏在创作"皮袜子故事集"系列小说时所犯的错误，包括冗长、乏味、不真实、不形象等。为了证明自己观点的正确性，马克·吐温改写了《弑鹿者》中描写印第安人对主人公纳蒂·邦波（Natty Bumppo）行刑的段落，将原本 320 字的段落改为 220 字，所表达的内容没有受到丝毫影响。（Lynn，1958：329）表面来看，马克·吐温之所以批评库柏的创作，主要是因为作品中现实主义元素的匮乏。实际上，这种敌对态度还可以追溯到两位作家对印第安传统截然不同的看法。总体看来，马克·吐温对印第安人是不友好的。他曾经撰文诽谤印第安人是"肮脏的、赤身裸体的、低贱的流浪汉"，活

---

① 梅塔科米特，即菲利普王（King Philip），是印第安万帕诺亚格族（Wampanoag）首领，一开始主张与白人殖民者和平相处，之后领导族人抵抗白人侵略。波卡洪塔斯是生活在弗吉尼亚州低洼海岸的印第安部落公主，根据约翰·史密斯的《新英格兰记事》，波卡洪塔斯曾经救过史密斯船长，后嫁给英国人约翰·罗尔夫（John Rolfe）并移居英国。

该被白人军队铲除。（Budd，1962：45）在现实生活中，马克·吐温还公开支持对印第安尤特族部落的强制迁徙政策。与马克·吐温不同，尽管库柏与印第安人从未有过真正的交集，[①] 但他对印第安文化尤其是印第安唯灵思想十分感兴趣。在"皮袜子故事集"的五部小说中，库柏描写了以钦格什固克（Chingachgook）为代表的印第安群体和白人社区之间的矛盾纷争。在力量对比悬殊的战场上，作者的唯灵论书写无疑为印第安群体加上了一个重要筹码。

《最后的莫西干人》（*The Last of the Mohicans*）是"皮袜子故事集"中比较有代表性的一部，故事以 1757 年美国发生的"休伦屠杀"（Huron Massacre）为背景，讲述了邦波和钦格什固克帮助门罗将军的两个女儿逃脱法印联盟军队围剿的故事。[②] 库柏在小说中反复提到印第安语"神灵"（Manitou）一词，其唯灵思想拓宽了文本中的印第安文明维度。伟大魂灵来自灵魂国度，是所有印第安人最终的归宿。故事最后，在儿子昂卡斯（Uncas）被杀死后，在场的人都黯然神伤，但钦格什固克却说：

> 为什么男孩们这么忧伤？……为什么女孩们都在哭泣？不要难过，昂卡斯已经去往快乐的狩猎天堂，作为酋长我为他骄傲。他是个善良、有责任心的勇士。谁能否定这一点？神灵需要这样的勇士，因此将他招至身旁。
>
> （Cooper，2005：418）

---

① 库柏曾经对朋友查尔斯·奥古斯都·默里爵士（Sir Charles Augustus Murray）说："我从没在印第安人中生活过。我所知道的印第安，或者从阅读中得来，或者是从与父亲的聊天里知道的。"（Pearce，1988：200）

② "休伦屠杀"发生在英法七年战争中，法国和印第安人联盟围攻威廉·亨利堡（Fort William Henry），英国军队的首领门罗将军与法军达成协议：在保证不伤及英国人性命的条件下，可以让出亨利堡。但在撤退时，法印联盟军却违背诺言对英国人进行残忍屠杀。死亡人数不确定，其中包括妇女和儿童，有记录称有 70 人死亡，也有记录称有 184 人死亡或失踪。（Steele，1990：144）

钦格什固克接着说道，在昂卡斯死后，自己将是美洲大陆上最后一个莫西干人，万千白人之中的自己仿若一棵"摇摇欲坠的松树"（Cooper，2005：418），最终也会身赴神灵之地。正如弗伦诺在《印第安人墓地》中所讲，在印第安文明中，死亡不是生命的终结，它既意味着世俗生活的结束，也代表了在灵魂国度新生的开始。随着白人文明的入侵，莫西干文化逐渐从文明视野中消失。如果说印第安唯灵思想本身暗示了这种文明的永久性，那么灵魂国度的存在亦减少了莫西干种族灭绝带来的悲情感。

二 清教思想对万物有神论的无效征服

上文提到在殖民者到来之前，美洲土著印第安人便有着自己独特且丰富的唯灵论思想，有一神论（monotheistic）、单一主神论（polytheistic）、血神论（henotheistic）、萨满论（shamanistic）和泛神论（pantheistic）等多种表现形式。尽管不同部落和族裔之间的宗教思想和信仰行为不尽相同，但美洲土著宗教大致可以分为自然神论和巫术两种。殖民地时期，清教殖民者对美洲的征服在多个维度上推进，在地理上不断西行占据土著人的地盘，在政治上实行一体化的民主共和制，而在精神信仰上也不断尝试同化少数族裔，等等。据说，哥伦布在踏上美洲之际就表达了对土著人宗教征服的意愿："他们能够很快重复我们的话，既然他们没有宗教信仰，我觉得引导他们皈依基督教很容易做到。"（Washburn，1964：5）17世纪之后，欧洲殖民者在印第安人中传播基督福音逐渐成为一种传统。例如，康涅狄格州的创始者托马斯·胡克（Thomas Hooker）就曾"试图把印第安人皈依清教信仰之下"（胡永辉，2017：26），而18世纪的大觉醒牧师乔纳森·爱德华兹和乔治·怀特菲尔德就是在美洲土地上宣讲基督教义、传播基督福音的重要代表。独立战争之后，美国政府更是打压土著信仰，强迫印第安人入教的行为日益加剧。19世纪中后期，美国政府为了铲除鬼舞（ghost dance）的膜拜行为甚至不惜动用了暴力。（Rhodes，1991：15）为了达到宗教征服的目的，美国政府还从改革教育体制入手，强迫印第安孩子皈依基督教。印第安家庭的适龄儿童被送到由政府出资、教会操办的美洲印第安寄宿学校（American Indian Boarding Schools），孩子们在这里学习英语语言和文化，并在基督信仰氛围中逐渐被同化。殖民者的这种强制入教的宗教侵略行为，遭到了印第安族群的强烈反抗，企图颠覆土著信仰的努力大多没有奏效。就白人社区和印第安人群体之间的宗教纷争，尤其是前者对后者的宗教征服及其带来的恶果，同时代的作家亦进行了文学书写。

早在"五月花号"殖民者建立普利茅斯殖民地以前，在传播福音的使命感推动下，清教牧师就开始尝试在印第安土著部落传播基督教思想。美国作家布朗在哥特小说《维兰德：或，变形：一个美国故事》中就提到了老维兰德尝试在北美传教的细节，这一细节正是酿成故事悲剧的根本原因。故事发生在美国独立战争前，维兰德本是一名德国牧师，创立自己的宗教后，怀揣在印第安族群中传播福音的理想来到了美洲。传教受挫后，在一天夜里神秘地自燃而死。儿子小维兰德和女儿克拉拉继承了父亲的遗产，小维兰德娶了邻居的女儿凯瑟琳·普莱耶尔（Catherine Pleyel）。腹语者卡文（Carwin）的到来打破了原本平静的生活。在卡文的恶作剧下，小维兰德产生幻觉，以上帝之名义残杀了妻子和四个孩子。在卡文坦白一切后，小维兰德自杀。克拉拉和叔叔移居欧洲，之后嫁给了凯瑟琳的弟弟亨利。

老维兰德来自英格兰，子承父业拥有了一笔家产。但随着年岁的增长，他的天职意识逐渐强烈起来，渴望到异教民族中传播上帝福音。老维兰德踌躇满志地来到美国费城，准备在传播基督福音的事业中大干一番。但事与愿违，让老维兰德想不到的是，野蛮固执的土著人对福音思想极其排斥。老维兰德不久就彻底丧失了斗志，转而经营起自己的小家，经营农庄、娶妻生子，过起了富足的生活。在生活殷实稳定后，没有忘记最初梦想的老维兰德决定重操旧业，再次深入印第安部落传播基督思想。如果说清贫的拓荒者无法让异教徒皈依，现在富足的白人中产阶级更加无法实现在土著部落里传播基督福音的愿望。面对毫不动容的印第安人，饱受旁人的白眼、侮辱和嘲笑，老维兰德再次铩羽而归，由此一蹶不振并最终自燃而亡的悲剧。

老维兰德以福音教士的身份尝试在异教的印第安部落传播基督教，多次尝试无果，而且还搭上了性命。具有反讽意味的是，不但父亲传播基督教不成，儿子更沦为异教的牺牲品。故事中，在卡文腹语的诱导下，小维兰德心性癫狂最终杀妻弑子。回顾整个故事，与老维兰德最初传播福音的愿望截然不同，他所笃信、所守护的清教思想在美洲荒野背景下反而逐渐被淡化、被吞噬。当清教殖民者尝试同时在地理和文化两个维度征服本土印第安人时，在欧陆占据绝对统治地位的基督思想，受到了印第安万物有灵论的强烈冲击。在之后的革命和建国时期，两种思想的矛盾冲突逐渐渗透到美国文化认同建构的机理之中，成为美国集体记忆不可忽略的重要组成部分。

在积极宣讲基督福音、通过大觉醒复苏信仰热情的同时，白人殖民者亦否定并镇压土著异教。这种面对异类的恐慌和抗拒的心理以及基督与印第安异教在唯灵维度的融合，也是美国文艺复兴作家创作的重要素材之一。例如，霍桑在短篇小说《年轻人古德曼·布朗》（*Young Goodman Brown*）中就用隐晦的手法描写了基督教徒在土著异教诱惑下误入歧途的故事。

《年轻人古德曼·布朗》最早匿名发表于1835年的《新英格兰杂志》（*The New-England Magazine*），1846年又被转载于霍桑的短篇小说集《古屋青苔》（*Mosses from an Old Manse*）。小说以17世纪英格兰社区为背景，讲述了年轻人布朗一段离奇的午夜经历。故事发生在马萨诸塞州的塞勒姆村，新婚3个月的布朗与妻子菲斯（Faith）不告而别，于午夜时分动身前往森林深处，奔赴一场神秘的约定。路途上，布朗偶遇手持蛇形拐杖的年长者、年少时的老师古德·克劳斯（Goody Cloyse）、当地教区牧师，甚至还看到了妻子菲斯的身影。在仪式现场，布朗发觉镇上的居民似乎都来了。根据仪式规定，新与会者必须接受某种结盟仪式，布朗夫妇亦在其列。结盟的关键时刻，布朗大声呼喊上帝之名，之后一切消失殆尽。第二天早晨，虽然布朗对于前夜发生的事情真假难定，但这段经历将他转变为一个愤世嫉俗者，对社区、朋友甚至妻子都产生了质疑和怨恨，信仰根基被撼动，直到死亡也没能从怀疑与绝望的状态中摆脱出来："人们没有在他的墓碑上刻写任何充满希望的诗句，因为他临死都是阴郁忧伤的。"（霍桑，2016：122）

鉴于霍桑在创作中善于阐释原罪说，《年轻人古德曼·布朗》往往也被归于此类，学者大多认为小说聚焦解读人性本恶和完全堕落。例如，同时代作家梅尔维尔认为小说原罪主题令其"深邃如但丁作品"（Miller，1991：119），亨利·詹姆斯将其称为原罪视域下的"小罗曼史"（Miller，1991：119），爱伦·坡也对小说罪罚主题进行了充分诠释，认为其是"真正充满想象力的智识作品"（Quinn，1998：334），等等。值得注意的是，与《红字》《云石牧神》等霍桑小说中鲜明的原罪思想有所不同，《年轻人古德曼·布朗》中充满印第安元素与色彩：午夜的荒野、树后的印第安人、神秘的印第安巫师、异教的洗礼仪式等。也正因如此，有学者指出，《年轻人古德曼·布朗》是一则印第安寓言，讲述的实际是"清教殖民者和印第安人之间的宗教冲突"（宁艺阳，陈后亮，2021：145）。

霍桑在小说中弱化了人物对上帝的信仰，反而着墨于印第安人信仰的万物有灵论。上文提到小说的主线是布朗逐渐步入森林深处，奔赴一场盛大的异教聚会。小说中，作者反复提到了"森林＝印第安"的等式。在他的眼中，"在每一棵树后面可能都藏着个恶魔似的印第安人呢"（霍桑，2016：106）；而在他的耳中，"整个森林充满了可怕的声响……印第安人在高声吼叫"（霍桑，2016：115）；等等。故事伊始，在魔鬼诱惑下，布朗离开了清教庇佑的白人塞勒姆村，心怀恐惧地踏上了前往森林腹地的小路，前往居住着印第安魂灵的森林深处。如果说丛林是印第安人的化身，那么这异教聚会无疑也是信奉万物有神论的印第安膜拜仪式。霍桑写道，"古老的森林在无风之夜飒飒低语"（霍桑，2016：114），尤似印第安魂灵俯身在布朗耳边喃喃诉说，游离的基督个体突然被投掷于印第安灵魂世界里，其中的冲突与融合不言而喻。

首先，霍桑聚焦清教思想和印第安思想的对抗，并通过印第安视角批判了清教的狂妄和腐败。听似赞美诗的歌声将布朗引至仪式现场，平时体面的邻居都在场，其中还有一些印第安祭司和擅长诅咒的巫师。这是一场主要为新来者举办的皈依仪式，形式与基督入教仪式大致相似，不同的是，主持仪式的巫师是一个面目不清的"黑暗人影"，入教点洒礼用的是装在巨石里看似鲜血的液体。布朗发现，这看似基督入教仪式，实际却是在与邪灵签署同盟协约。尽管理智上布朗百般抗拒，却情不自禁与邪恶产生了共鸣，甚至"怀有一种可憎的同胞情谊"（霍桑，2016：118）。紧接着，黑影巫师大声斥责了清教社区道貌岸然的信徒，对他们的无情和残忍进行了揭露和批判：长老调戏女仆、女人毒杀丈夫、孩子觊觎父亲财产、少女偷埋私生子等。

其次，故事中的老者身上聚焦了基督唯灵和异教唯灵思想的暗黑元素，是一种独特的宗教思想融合。出发前往仪式现场的路上，布朗碰到了一位50岁左右的同行者，穿着打扮和布朗相似，两人如父子一般。老者与众不同之处，是手里拿着一根蛇形拐杖："它很像一条巨大的黑蟒蛇，形体雕镂得十分古怪，看上去就像一条活蛇在扭曲蠕动。"（霍桑，2016：107）在布朗就是否继续前行犹豫不决时，老者表示自己熟识布朗的族人：在塞勒姆，他曾经帮助布朗的祖父鞭挞贵格派女巫，而在菲利普国王战役①（King Philip's War）中，他还亲自点燃了焚烧印第安村庄的火种。从老者的言行举止可以看出，霍桑着意将其塑造为邪恶的化身。老者神秘地出现在一棵古树下，并将布朗逐步引入森林

---

① 菲利普国王战役，又称第一次印第安战役，指的是1675年到1678年发生在新英格兰地域土著印第安人和白人殖民者之间的战争。在这次战役中，双方伤亡惨重，其中印第安首领菲利普国王在内讧中被杀死。这次战役促进了新英格兰殖民者美国民族意识的萌发。

深处的异教狂欢，俨然是森林中神秘的恶灵。老者的恶灵身份具有一定的模糊性，既指向清教徒所憎恨与惧怕的撒旦，又暗示为迫害族人的印第安叛徒。在这里，霍桑模糊了上帝叛徒和土著恶灵之间的区别，进一步利用老者的独特形象对清教的虔信和救赎思想进行了批判性的反思。老者叫嚣道："许多教堂的执事都和我一起饮过圣餐酒；许多市镇的委员都选我做他们的主席；马萨诸塞立法会里的大多数人是我利益的坚定支持者。"（霍桑，2016：109）狂傲的老者俨然把清教徒和上帝虔信践踏于脚下，聚合了基督教和印第安异教中的黑暗元素。

　　早期清教殖民者以虔信为生存逻辑，以"郁金香原则"①（TULIP）为生命准则，渴望建立起理想的山巅之城。但清教殖民者所选择的"山巅"并不是原初之地，土著居民早就在此世世代代繁衍生息。以对上帝虔信为生存逻辑的清教思想，与以万物有灵论为主基调的印第安思想源自两种不同的文明，两者之间必定冲突不断，但在抗争之中也悄然出现了融合的趋势。《年轻人古德曼·布朗》以早期清教社区和丛林深处为故事背景，不仅渗透了霍桑在四部传奇小说中所探讨的原罪主题，而且通过点滴的印第安唯灵元素，将背叛者撒旦与印第安巫师联系起来，揭示了清教信仰根基在美国近代化过程中不断被撼动的事实。英国作家 A. S. 拜厄特（A. S. Byatt）就曾说："19 世纪的唯灵论思潮与信仰危机之间有着深切而复杂的联系。"（Byatt，1991：61—62）霍桑从白人视角讲述的清教徒布朗的故事，揭示了清教信仰在本土化和世俗化过程中受到的印第安思想的冲击，并最终落笔在了撒旦-印第安巫师的胜利。从这层意义上讲，《年轻人古德曼·布朗》算是由白人作家捉笔的印第安万物有灵论的书写。在清教殖民者大力传播基督教的宏大背景下，印第安信仰作为一个不安定因子始终存在，在被清教徒视为眼中钉的同时，亦有宗教信仰开明者从中吸取养料丰富自

---

① "郁金香原则"由五个英文词的首字母拼成，这五个词是：人性的全然败坏（Total Depravity）、无条件拣选（Unconditional Election）、有限救赎（Limited Atonement）、不可抗拒的恩典（Inevitable Grace）和圣徒恒蒙守护（Perseverance of Saints）。（胡永辉，2017：7）

己。到了建国时期，这个不安定因子的两面性更加显现出来。

三　《白鲸》中的唯灵恐惧书写与文学认同建构

19世纪前半期，美国正经历第二次大觉醒运动。与以爱德华兹和怀特菲尔德为代表的第一次大觉醒运动相比，这次觉醒在发展地域和参与人群等方面均发生了变化。在地理空间上，运动从新英格兰地域扩展到了美国东南部和中西部的大片疆域；而在参与对象上，运动不再局限于文化精英人士，而是波及生活较为贫困、教育较为落后的边缘社区。在宗教狂热的灼烧下，纽约州西部俨然成为宗教"红区"①（the burned-over district），戒酒、废奴、女权等民主运动逐渐兴起，而各种唯灵论思想也随之风靡。莉莉·戴尔社区（Lily Dale Community）和通灵的福克斯姐妹等正是在此背景下引起了社会的关注。这样看来，虽然第二次大觉醒运动仍然以复苏基督信仰热情为宗旨，但其波及的广度和深度意外引发了人们对边缘信仰的关注。这一点在梅尔维尔的《白鲸》中可以得到印证。

梅尔维尔终生都在寻找精神信仰的依托，却从未真正皈依任何宗教，正如霍桑所讲，梅尔维尔"不肯轻易投入信仰的怀抱"（Hawthorne，1891：135）。但这种对精神信仰的求而不得，使梅尔维尔能够在《白鲸》中从白人视角思考印第安精神如何能对美国认同建构起到积极作用。英国作家大卫·洛奇（David Lodge）曾说，在《白鲸》中，梅尔维尔"为了将捕鲸建构为具有普适意义的隐喻文学，不惜釜底抽薪推翻了整个小说创作传统"（Lodge，1975：195）。颠覆传统后的书写视角更为开放，也是梅尔维尔在小说中融入印第安元素的关键所在。

---

① "红区"由美国长老会牧师查尔斯·格兰迪森·芬尼（Charles Grandison Finney）提出，意指第二次大觉醒运动背景下被宗教狂热席卷的纽约州西部。

《白鲸》主要创作于19世纪三四十年代，并于1851年正式出版。尽管出版伊始便引起了学界的关注，但绝大多数读者对这部巨擘之作望而却步，因此销售状况极其惨淡。令人难以解读的异域因素，是读者不敢轻易阅读作品的重要原因之一。在船上的众多水手中，印度拜火教的狂热教徒费德拉（Fedallah）和印第安土著捕鲸手塔希特戈（Tashtego）两个人物身上集中了作品中最主要的印第安元素。

费德拉是《白鲸》故事中最具神秘色彩的人物之一。他的样貌奇特怪异：皮肤黝黑，满头白发编成发辫包裹在头巾里，穿着中国制造的夹克和黑色的裤子。从样貌上看很难断定费德拉的来历，船员们只知道，他是印度拜火教的狂热教徒。费德拉总是陪伴在亚哈船长左右，以斯塔巴克（Starbuck）为代表的水手群体强烈反对亚哈的复仇计划，费德拉则在船长身边煽风点火，让复仇之焰燃烧得更为炽烈。费德拉拥有预知未来的能力，曾经4次预言或暗示亚哈的死亡。在提到亚哈之死时，他说："老伙计，我不是说过吗？枢车和棺材都跟你无缘？"（梅尔维尔，2011：528）这为故事结局处亚哈被白鲸拉入海洋深处埋下伏笔。在其他船员看来，来历不明的费德拉就是亚哈船长的"暗之影"（Dark Shadow），是"尾巴蜷缩在口袋里"的恶魔。梅尔维尔将费德拉的宗教形象进行了模糊化处理，尽管费德拉声称自己是印度教徒，但其身上暗含了众多混杂的异教内涵。据学者考究，最初的殖民者将美洲误认为印度，因而将印第安人错认为印度人[1]。例如，美国学者大卫·庞特就曾指出："美洲印第安人之所以被称为印第安人……是因为西方探险者犯了一个错误——在登陆后，他们对碰到的人、到达的地方犯的错误。"（Punter，2007：9）在某种意义上，小说中费德拉的狂热形象是对现实中白人殖民者眼中的印第安意象的文学

---

① 在早期美洲殖民者看来，印第安原住民始终是神秘的，因而他们总是使用旧有的知识体系去解读陌生的印第安群体。除了哥伦布将美洲土著误认为印度人，还有人认为他们是古希腊人的后裔。例如，1540年，迪耶普学院的绘图师让·罗兹（Jean Rotz）在英国国王亨利八世的委托下，绘制了美洲的地图，图上的印第安人就是按照古希腊人的样貌绘制的。（参见 Buisseret，2003：42）

具象化。故事中的异族费德拉是白人统领亚哈的"暗之影"，利用亚哈的复仇之焰对其进行精神操控，对于亚哈以及"裴廓德号"（Pequod）的未来命运了如指掌。梅尔维尔通过异族对白人种族的精神操控和生命寓言，表达了大觉醒时期清教主流宗教意识对于异教渗入的恐惧，同时大胆书写了特殊信仰时期包括印第安思想在内的各种宗教意识的暗流涌动。

梅尔维尔在小说中描述了三个土著形象：来自南太平洋岛屿食人生番的奎奎格（Queequeg）、带有贵族血统的西非人达格（Daggo）和印第安猎人塔希特戈。塔希特戈本是天生的美洲丛林猎人，亦是裴廓德号勇猛无畏的捕鲸手，无论是丛林中还是大海上，他身上的印第安猎人传统都能得到淋漓尽致的展示："儿孙的百投百中的镖枪正好代替了父辈的决无虚发的箭。"（梅尔维尔，2011：141）塔希特戈具有印第安武士的特点，茹毛饮血，英勇威猛；与此同时，塔希特戈的狂野本性，让他在一群白人殖民者中显得格外扎眼。梅尔维尔先是将其比作一条蛇——"他的蛇一般灵活的手脚的茶色肌肉"，而后讲到蛇的样貌特征迎合了"一些早期清教徒的迷信之说，并有五分相信这个印第安野小子是空中力量王子（印第安人酋长）的一个儿子"（梅尔维尔，2011：141）。也就是说，塔希特戈所呈现的蛇的样貌特征，让读者联想起印第安人的特质，这样就有了"蛇＝撒旦＝印第安人"的等式。文中反复提到塔希特戈常常捉弄、恐吓白人水手，这一细节更凸显了清教思想和印第安思想的对立。

在裴廓德号遭遇白鲸撞击沉没之际，小说集中笔墨描写了塔希特戈奋力将一只鹰钉在桅杆上的诡异情景。临危之际，塔希特戈没有考虑即将命丧黄泉，反而拼命举起"红皮肤的臂膀"，用力将那只来自"群星之间的老家"的鹰钉在桅杆上，让其与裴廓德号同归于尽："它的不可一世的尖喙探出在水面上，而它整个被俘获的身子被卷在艾哈伯的旗子里，随着他的船沉了下去。"（梅尔维尔，2011：607）小说中塔希特戈钉在桅杆上的鹰，明显隐喻现实中作为美国国鸟的白头海雕。1782年，美国国会通过决议，选定秃鹰（白头海雕）作为美国国鸟。美国国徽上的秃鹰，一只脚抓橄榄枝，另一只脚握弓箭，分别象征着和平和武力。在传统象征意义上，白头鹰代表了盎格鲁-撒克逊白人共同体。死神降临之际，塔希特戈将鹰钉在桅杆之上，和平的橄榄枝化身即将投身大海的桅杆，弓箭则化身为塔希特戈手中的锤子，随着沉船结束于暴力毁灭之中。故事中，塔希特戈是印第安精神的代表，那么鹰则是白人清教精神的化身，而两者最后带有悲情色彩的玉石俱焚，从集体无意识层面表现了一个白人作家对于印第安异教的恐惧。

总而言之，《白鲸》中的印第安书写凸显了美洲土著文化的异类及其对基督文化的抗拒与排斥，但不可否认的是，唯灵维度基督信仰和万物有灵论的龃龉和融合，成就了独特的美国文学书写，促进了具有鲜明创作个性的美国作家群体的诞生。此外，对印第安边缘群体精神信仰的多维描写，客观上亦强化了以叛逆精神和抵抗体验为核心的边疆民粹精神在认同建构中不可替代的作用。

第四章

科幻叙事：非理性科学的反思、建构和预言

美国历史源自宗教自由的梦想，之后这一梦想在精神自由和物质富裕两个层面发展，此消彼长、相互补充，处于一种动态的平衡中。美国梦贯穿于美国历史发展过程中，是建构美国文化认同的核心所在，逐渐扎根成为深埋在美国民众心里的重要情结。如果说梦想情结是对未来的畅想，那么科幻小说与美国梦叙事在叙事指向和精神维度上是相互契合的。正如国内学者金衡山所说："民族意识与文学发展相互依赖，相向而行，这是文学共同体的'集约'呈现的重要方面。"（金衡山，2021：56）

科幻小说叙事是作家利用想象力在现实生活和科学法则基础上的文学建构，是作者站在当下对未来图景的描绘，这种构想反思的是当下的生活，正如美国学者弗雷德里克·詹姆森（Frederic Jameson）所说："人们往往将科幻小说界定为对不可预测未来的想象，但事实上它最深刻的主题是对我们当下历史的思考。"（Jameson，2005：345）早在殖民地时期，当清教徒开始在美洲大陆上筑垒"山巅之城"时，就已经具备了最基本的"科幻元素"：在精神理性和启蒙思想的导引下，站在当下构想未来。经历了建国期和恢复期之后，美国的经济社会进入了平稳发展阶段，地理上的西进运动如火如荼，民主意识也逐渐深入人心，文化认同建构成为一种大众化景观。美国学者帕特里克·克斯莱克（Patrica Kerslake）曾经指出："科幻小说在文化语境中

打开了一系列具有合法性和策略性的话题，而正是在对这些话题的思考中，我们发现了最终形成人类知识和自我意识的原动力和理性阈。"（Kerslake，2007：1）在美国这一重要的"转型期"，出现了对未来疯狂畅想的非理性科幻小说，在文艺复兴认同建构的语境中推动了"美国性"的生成。

第一节　非理性科学与反启蒙批判

一　梭罗超验思想中的非理性科学

在梭罗超验哲学体系的动态演变中，科学和浪漫之争始终处于中心位置。一方面，科学主义是梭罗所致力遵循的创作准绳，是支撑作家文学大厦的龙骨。另一方面，浪漫主义和非理性元素不但增强了梭罗作品的文学品性，更是其表达超验思想的重要媒介。美国神学家克雷格·詹姆斯·哈森（Craig James Hazen）曾说，和两个世纪前培根预测的一样，"19世纪上半期的美国，实用启蒙思想被推广并普及"（Gutierrez，2009：59）。梭罗在以"实用启蒙"（Enlightenment empiricism）为关键词的新英格兰教育体系中成长，其价值观也带有浓重的实用理性科学主义色彩。

美国地质学家罗伯特·M. 索尔森（Robert M. Thorson）指出，梭罗是一位"博学多识的、富有创新精神的地质科学家"（Thorson，2014：16）。也有国内学者指出，梭罗除了作家身份，还是一位"富于科学素养的博物学家、鸟类学家或自然学家"（杨靖，2016：76）。现实生活中，浸淫在启蒙科学思想之中，梭罗喜爱并着迷于探究万物的自然原理，而这种理性精神也让其作品闪烁出科学之光。在大学毕业后，梭罗回到父亲的铅笔厂工作。他喜欢钻研思考，不久就改良了泥土包裹石墨的铅笔制作工艺，铅笔厂也因此挣得一大笔钱。梭罗还醉心自然并做了大量详细的笔记，就乔木等树种的生长规律、松鼠等动物的生活习性等进行了细致描写和尽量科学的阐释。此外，梭罗还是一位知行合一的土地测量师，他到过加拿大西海岸，并多次考察科德角和缅因州等地，就此写作了《加拿大的北方佬》（*A Yankee in Canada*）等多部游记。梭罗的科学精神同样贯穿其两部重要的代表作品《康科德和梅里马克河上一周》（*A Week on the Concord and Mer-rimack Rivers*，以下简称《河上一周》）和《瓦尔登湖》中，给后世留下了真实宝贵的自然科学资料。英国哲学家 A. N. 怀特海（A. N. Whitehead）曾谈到科学精神之于英国诗人雪莱的重要性："科学思想就是他快乐、和平和光明的象征。"（怀特海，1989：81）相同地，对于梭罗来说，理性之光搭起了令之欢欣不已的通向万物有灵论的彩虹。

之所以"万物有灵"，是因为梭罗用一双浪漫超验的双眼去审视自然界的客观事物。自 17 世纪欧洲宗教改革复兴以来，科学思想不断发展，但在接受启蒙思想的神学家看来，科学的存在和发展正证明了上帝的伟大，将一切科学发现和自然规律都归因于上帝，逐渐形成了所谓的自然神论（Deism）。在接触到超验思想之后，梭罗一度成为爱默生的信徒，并前往瓦尔登湖亲身践行超验理论的可行性。在梭罗看来，像上帝一样全知全能的"超灵"是存在的。如果理性之光让事物变得有迹可循，那么浪漫超验则让世界变得神秘多彩。

《河上一周》是梭罗早期重要的代表作品，记录了 1839 年与弟弟约翰乘船从马萨诸塞州康科德到新罕布什尔州康科德一路的所见所想。1842 年，年仅 27 岁的约翰因破伤风去世。游记初稿主要写作于梭罗在瓦尔登湖畔的独居时期，但直到 1849 年才最终完成。让梭罗失望的是，尽管多方尝试，却没有出版商愿意出版这本游记。最终自费出版但销量惨淡，梭罗也因此债台高筑。尽管如此，梭罗始终将《河上一周》看作自己的扛鼎之作，而且希望通过再版打开市场。梭罗之所以如此看中这本游记，除了对弟弟约翰的追思，更重要的是，其中蕴含着作家的创作初衷以及后来独成一家的叙述视角。在"序言"中，梭罗谈到远行的缘起：

> 我常常站在康科德河畔，仔细观察倾泻而下的河水。与体制、与时间、与万事万物一样，奔流的河水也遵循着相同的法则，是永恒进步的符号……最终，我决定投身奔流的河水之中，任由它将我载往任何地方。
>
> （Thoreau，2003：11）

作者之所以决定乘船远足，是在观察奔流的河水时产生了探寻"法则"（law）的渴望，是基于寻求答案的科学精神的推动作用。但读者不难发现，这一段落和尼采的"深渊"名句具有强烈的互文性。尼采说："如果你长时间地盯着深渊，深渊也会盯着你。"（尼采，2001：90）与尼采的深渊一样，梭罗笔下的河水也有神秘的力量，而正是这一神秘力量让其忘我地投身其中。因此，游记开篇便指出了"实证"和"超验"双向性的重要性。

从叙事上看，与创作《瓦尔登湖》时不同，梭罗在写作《河上一周》时还有很强的"作家自我意识"。读者在阅读《瓦尔登湖》时，往往被作者所描写的自然景观所吸引，梭罗出现在文本之中，只是作为自然的参与者或者陪衬品出现。相比之下，《河上一周》中的人间烟火气更加明显，这不仅表现在游记对河畔人家、河上穿梭如织的货船以及与船员互动的描写上，还体现在作家对叙事过程的显性参与之中。在讲述河上游记时，作者往往暂停叙事并就某一话题展开论述，抑或进行科学知识普及，抑或转述美国历史故事，抑或谈论文学创作理念，等等。这种穿插知识普及和学术探讨的叙事方式，虽然丰富了游记的叙述层次和文本的叙事内容，彰显了梭罗的学者身份，但作者动辄离题去谈论其他往往显得有些突兀。例如，周日的游记中，梭罗说道，在切姆斯福德市碰到了一群闲散的年轻人，"斜倚在栏杆上，正在偷窥（行驶在河上的）我们。但我们盯住距离最近的那个人的眼睛，直到他自己也变得不自在了"（Thoreau，2003：48，以下只标注页码）。本来这段岸边人与河上人"看"与"被看"的互动非常有趣，但梭罗转而大篇幅描写科学和信仰的关系，涉及耶稣、宽容、安息日等多个与游记不相关的主题。大段落的有关宗教问题的讨论，无疑凸显了梭罗的知识分子身份和新英格兰精英的个人认同。

在所谓的离题部分，对相关科学知识的普及所占比重很大，体现了梭罗在创作中始终不渝的科学求真思想。《河上一周》的游记从周六开始，一直写到第二周的周五。在周六的游记中，梭罗就河鱼形态和种类进行了科普，充分展示了自己的博学多识。梭罗先巧妙地将船只比作一只"两栖动物"："一半像是一条轻盈美观的鱼，另一半则像一只扇动着有力翅膀的优雅的鸟。"（12）这只"两栖动物"可以像鱼一样畅游在河中，也可以像鸟一样轻盈地飞舞。有这样一个多功能的"坐骑"，梭罗得以细致地观察和记录水下的生物，尤其是各类鱼。1620 年，培根在英国出版了用拉丁文写作的《新工具》[①]（*Novum Organum*）一书，在"序言"中提到了科学方法："一种崭新的、明确的、帮助大脑认知的新途径。"（Bacon，1878：preface）游记中，梭罗的两栖小船正象征着这种通往新知的"新途径"。

泛舟河上，新途径让梭罗看到了新的世界。接下来的篇章里，作者介绍了河鱼的种类区分及其形态特征，其中不乏原创性的科学见解。罕见珍贵的鲢鱼，对于垂钓者来说"总是意想不到的宝贝"（23）；灵活贪婪的梭鱼会吞掉尺寸一般的同类，"头部已经被消化，但尾巴还在梭鱼嘴巴外面"（24）；沙丁鱼本来产量丰富，但在印第安人教授白人钓鱼技巧后逐渐销声匿迹；还有生命力极强的棕鲍，"就算把脑袋砍掉，它们嘴巴的张合还会持续半小时"（24）；等等。游记载有大量

---

① 《新工具》中，培根系统介绍了所谓的"培根学习方法"（Baconian method），其方法论和实验精神为现代科学方法论奠定了重要的基础。

有关鱼类、树木、河流等自然之物的科普知识，而这些知识的获取都是借助于小船这一两栖"新途径"。在观察河中游鱼的同时，梭罗也觉察到了自然对内心潜移默化的影响："观察这片仍未受到侵扰的世外桃源——此时此刻河鱼正享受的夏季果实，让我们深切感受到了源发于自然的安全感和宁谧感"（21）。梭罗在这里强调了自然对个人内心世界的影响，正契合了爱默生超验思想构图中自然与个人的关系勾勒。

1837 年春天，梭罗曾两次在哈佛图书馆借阅爱默生《论自然》一书，对超验主义思想产生了浓厚的兴趣。同年，梭罗见到爱默生并与其成为挚友。爱默生将梭罗介绍给自己的新英格兰文人雅客朋友。1841 年到 1843 年，梭罗还多次参加爱默生举行的超验主义聚会，积极参与相关学术讨论，逐渐成为超验群体中的领军人物之一。1845 年，梭罗开始了在瓦尔登湖畔的独居生活，其间完成了《河上一周》的初稿。这样看来，创作游记时期，正是梭罗对超验思想最笃信的时期。

在书写游记过程中，梭罗不断地思考和探索爱默生的超验框架：他批评纯粹理性思维，认为应该"将最遥不可及和臻于完美的视为最神圣的直觉"（134）；他相信灵魂说，提出"我相信我的灵魂是肉眼看不到的绿色"（184）；他支持爱默生的人性本善论，宣讲"恶是善的延续体，甚至是对善的有效模仿"（243）；他甚至批判绝对科学方法，提出"获取知识的唯一途径是即时的经验"（284）；等等。周二的游记回忆了一次爬山登顶的经历，梭罗讲到幻化成爱默生那只"透明的眼球"的神圣体验：

> 在这里，没有所谓的马萨诸塞州、佛蒙特州或者纽约州的界限，我呼吸着七月早晨清新的空气——是不是七月已经不重要。眼睛所及之处，四周云朵绵延百里之外——那是波浪起伏的云朵世界，起伏之下是高山和平地。这就是我们梦里才能见到的国度，这里是幸福的天堂。（145）

梭罗的描述，让读者联想到爱默生那只顶天立地的超验之眼，同样回忆起英国诗人华兹华斯在《序曲》中描写的山顶风光给内心带来的升华。在云朵之上，没有了地理上的分界线和时空上的差别感，而作者亦幻化成了那只可以看到几百里之外的眼球，成为矗立世界顶峰的最高神。

综合来看，《河上一周》延续了梭罗对自然的深爱之情，承继了爱默生的超验思想，其中不乏像登顶云朵这样刻意描写"个人—自然—超灵"三者之间关系的场景。个人可以幻化成超灵，俯瞰世上的一切。梭罗瞧不起教堂，不信仰世俗人眼中的上帝。梭罗在游记中写道：教堂"蔑视人性、践踏人的尊严，是世上最丑陋的建筑物"（58）。受到超验思想的影响，他关注的是凌驾在自然界之上的超灵，是因超灵而具有神性的自我。尽管如此，有趣的是，游记从周六开始，到第二周的周五结束。在古犹太教和基督教中，周日是创世的第一天，所以是一周的开始，而周六则是一周的结束①。现实生活中，梭罗和约翰在河上漂流了两周多的时间，但创作时将其压缩为一周，正好是上帝创世从结束到开始的一个轮回。而且，虽然言必称世俗信仰是丑陋的，但在创作《河上一周》时梭罗还是遵循着传统的价值理念，如前文所述，他有时会有意地凸显自己哈佛知识分子的学者身份。这样一周七天世俗时间的安排，在《瓦尔登湖》中变成了春夏秋冬四季的轮回。从世俗时间到自然时间的转变，梭罗在文学创作中通过不断寻觅找到了一个更为真实的身份认同。

歌德曾说："要试图理解自然，必须更多地依靠我们的感官所接受的直接印象而不是更多依靠理论分析。"（卡尔纳普，2007：109）梭罗之所以搬到瓦尔登湖独居，是为了践行爱默生的超验主义思想，更是为了近距离贴近、感受自然。梭罗于 1845 年 7 月搬到瓦尔登湖

---

① 　就哪一天是一周的开始，学界存在争执。在犹太教和基督教看来，因为上帝在周日休息，所以周日作为安息日是一周的开始；而在斯拉夫语国家看来，周一才是一周的第一天。

畔，1847 年 9 月离开湖畔小屋，在湖畔独居了两年两个月零两天。《瓦尔登湖》于 1854 年出版，将两年多的荒野生活压缩至一年：春日伊始搬到湖边，第二年春天来临时离开。虽然带着实践超验思想的想法来到瓦尔登湖，但在 1850 年前后梭罗的思想逐渐背离了爱默生理论的轨道，两人的友谊亦出现了裂痕。在 1851 年的日记中，梭罗写道："我丢失了朋友……我没有好好对待和珍惜他们。"（Thoreau，1984：142）如果在《河上一周》中梭罗还刻意勾画超验思想的美好图景，描述个人身上的超灵神性，那么在《瓦尔登湖》中他不再拘泥于超验思想的阈限，反而将更多的笔墨用于倾诉对自然的崇敬和热爱。

梭罗将科学思想和浪漫超验有机结合在一起，形成了不同于彻底唯物科学主义和纯粹超验思想的独特理论。综观梭罗的作品，与其将作家的创作称为"浪漫的科学"（杨靖，2016：75），不如将其看作添加了科学元素的浪漫主义。也正因此，美国学者利奥·马克斯（Leo Marx）才会指出，在梭罗眼中，"意义和价值并不在自然事实之中，也不能从社会体制或任何'外部'事物里寻到，因为它们存在于意识之中"（Marx，2000：193）。实际上，从 1849 年出版的《河上一周》，到 1854 年出版的《瓦尔登湖》，可以看出梭罗的创作在科学思想和浪漫超验之间的游移，正是这种在理性和非理性之间的徘徊，特别是对后者视角的偏爱，成就了梭罗在美国文学史上独特的地位，而这种对非理性视角的偏爱无疑是一种集体无意识的选择，表达了文学创作的时代诉求。梭罗的非理性科学思想，与同时代美国作家早期赛博格书写对科技伦理的批判相呼应。

二　早期赛博格书写中的反启蒙思想

早在 17 世纪，英国哲学家约翰·洛克（John Lock）就提出了"心智理论"（Theory of Mind），聚焦心智本性研究，以及心智和身体的关系，是"身份""认同"等伦理概念的前身。在洛克看来，人可以分为"自我"（self）和"身体"（body）两个部分："自我"就是"有意识的思想"，而"身体也是构成人的基本要素"（Lock，1997：306-307）。在洛克的认同概念中，"心智"和"身体"均是人类的基本构成要素，这就为早期赛博格思想在本体论意义上奠定了基础。18世纪的欧洲，在启蒙思想的推动下科技理念逐步深入人心。牛顿提出的"三大力学定律"和"地心引力说"，以及莱布尼茨的微积分理论，从根本上解构了以上帝为中心的命由天定论。在启蒙之风摧枯拉朽的力量下，站在科学技术的高台上，人们开始幻想拥有上帝的"雷霆之力"。按照洛克心智理论的逻辑，这种"雷霆之力"可以视为人类身体功能的延伸，也就是说，科学技术亦成为人类认同的重要组成部分，而这也呼应了两个世纪后赛博格理论的创始人唐娜·哈拉维（Donna Haraway）的宣言："空气中弥漫着虚构神话的氤氲，我们都是嵌合体，是抽象的、杜撰的、机器和有机物的拼凑物——简言之，我们都是赛博格。"（Haraway，2016：7）

"赛博格"（cybernetic organism）的原意是"可控有机体"，即"通过技术来控制有机体，演化为人与技术的共生体"（刘介民，刘小晨，2012：5）。根据洛克的心智理论，赛博格延伸了人类身体（有机体）的界限，扩展了身体的功能，重新界定了人类的身份认同。借助诗性想象，这一赛博格叙事往往超越理性阈限去涂抹想象世界的轮廓，是梭罗浪漫科学主义传统的延续。上文提到美国是建立在梦想基石上的国度，这为建构文化认同背景下的赛博格叙事奠定了基础。就这样，在科技、心智、身体等概念间关系迅速发展过程中，19世纪的美国文化中出现了最早的带有非理性色彩的赛博格书写，而最朴素的钟表书写是其中较有代表性的。

本杰明·富兰克林亦是具有早期赛博格意识的代表作家。1790年，84岁的富兰克林给耶鲁大学的以斯拉·斯泰尔斯（Ezra Stiles）去信，谈到了信仰与科技之间的关系："我相信只有一个上帝，宇宙的造物主……但是，如果信仰真的带来过好结果，对信仰的质疑会让它更值得信赖与遵从。"（转引自 Ziff，1970：638）现实生活中，富兰克林一直努力在宗教信仰和科技思想之间寻求平衡，他的作品也因此或多或少地带有自然神论调。富兰克林天生好学，阅读了很多启蒙图书，对科技发明也很感兴趣。他在电学、声学、天文气象、地质海洋等领域均有研究，曾多次进行电力实验，并在此基础上发明了避雷针，此外还发明了富兰克林炉（Franklin Stove）、双焦距眼镜（bifocal glasses）、蛙鞋和照明装置等，难怪康德将富兰克林称为"现代社会的普罗米修斯"（Prometheus of modern times）。（Kant，1900：472）双焦距眼镜和蛙鞋等发明，扩展了身体功能，是人类身体在符号意义上的延伸，其"赛博格超人"的内涵与美国梦成功者不谋而合。

富兰克林 16 岁时便以"塞伦思·杜古德"（Silence Dogood）为笔名创作发表了系列短篇小说，作品涉及社会、政治、文化等多方面的内容。其中一部小说中，富兰克林戏仿了《天路历程》（*Pilgrim's Progress*），让作家杜古德在梦里造访学术圣地哈佛大学。在《天路历程》里，叙述者在郊外的囚牢旁沉沉睡去，暗示作品探讨的中心是原罪问题；而在富兰克林的故事中，杜古德则在自家果园里的苹果树下入睡，这里的苹果树明显暗喻牛顿发现万有引力之处。故事以苹果树为起点，接下来讲述了游访学术圣地的过程，可见在富兰克林看来，科学定律是认知世界的关键所在，亦是实现梦想的必经之路。在文学创作中，富兰克林亦会思考科技伦理的问题。例如，在 1757 年发表的微小说《会报时的日晷》（*A Striking Sundial*）中，叙述者讲到了一种可以用来报时的日晷，作者以此为切入点深入思考了科技发明的伦理意义所在。小说详细描述了日晷报时的原理：与时钟的 12 个整点对应，每个钟点放一把连接玻璃管的手枪，当太阳照射到某个玻璃管上时，相应的枪口就会发射子弹。然而，尽管"方圆十里的邻居都可以听到报时"（Franklin，1990：34），但这种日晷花费太高了，所以建造一个报时器往往事倍功半。小说最终的结论是："让我们认识一个事实，无论是私人项目也好，还是公共项目也罢，就如这个会报时的日晷，华而不实往往会让人得不偿失。"（Franklin，1990：35）在这里，富兰克林通过建造报时日晷的寓言，指出现实生活中的科学研究需要有其实际用途，不能仅仅停留在形而上的理论层面，如《格列夫游记》（*Gulliver's Travels*）中拉谷多学院（Academy of Lagado）研究如何从黄瓜中萃取阳光、如何将大理石变成枕头一样，科学发明没有实用价值是毫无意义的。时钟打点报时，让人类世界有了时间的第四维度和空间的流动延展，肯定了生命存在的意义，同样可以将其看作人类身体的赛博格延伸。在富兰克林眼中，通过枪响打点报时的日晷，就如给健康的人体安装上冗余的假肢一样毫无意义，人类的赛博格延伸需要考虑现实意义和实用价值，否则就失去了存在的必要性。

19 世纪前半期，美国浪漫主义运动逐渐发展起来，主流作家关注人的主体性和想象力，对科技发展往往持消极否定的态度。在霍桑的短篇小说《拉帕西尼的女儿》（*Rappaccini's Daughter*，1844）中，拉帕西尼医生为了科学实验而舍弃亲情，将女儿圈养在剧毒环境中最终致其死亡。在这场科学和人性的争斗中，霍桑毫不犹豫地选择站在人性一方，谴责控诉科学对人性的威胁和侵蚀。在霍桑看来，科学发展是人类社会邪恶毒瘤的滋生地，是互助互爱共同体建构的绊脚石。梅尔维尔的短篇小说《卖避雷针的人》（*The Lightening-rod Man*）同样讲述了一个反科学理性的故事：暴风雨交加的夜晚，"我"在家中与避雷针推销员发生了冲突。他想方设法将避雷针卖给"我"，其间不断用雷电之力恐吓"我"——不要靠近火炉、不要靠近墙、雷电回击（*the returning-stroke*）会引发火灾等。推销员步步紧逼，"我"也毫不示弱。叙述者先是问到上次避雷针事故，以此质疑设备的有效性。之后更是用其精神信仰来反击设备的必要性："无论在雷雨中还是在阳光下，我都是受上帝庇佑的，而你只是个骗子，快滚！"（Melville，205：150）故事最终，避雷针推销员被"我"赶出了家门。美国学者威廉·B. 迪林厄姆（William B. Dillingham）曾就这篇小说著文，指出避雷针推销员代表的是"科学的声音"，他"有关避雷针和闪电的言论，都是建立在严密的科学事实基础之上"（Dillingham，2008：173），但此"科学的声音"在小说中粗暴无礼、固执己见且充满了攻击性，以至于在故事结束时被彻底剥夺了发声权，推销员也落荒而逃。从故事情节安排来看，作者梅尔维尔对于科技的态度至少不是彻底否定的。与霍桑和梅尔维尔相比，爱伦·坡对科学理性的否定和批判更加彻底。在1829年发表的《十四行诗：致科学》（Sonnet：To Science）中，爱伦·坡写道：

> 科学！古旧时光的女儿！
> 用你的凝视改变了一切。
> 你为什么这样折磨诗人之心，
> 难道你是以乏味现实为翅膀的秃鹫？

（Poe，1984：39）

在接下来的诗文中，诗人质问科学，为何将其从丰富多彩的神话世界拉回枯燥乏味的现实生活，为何阻止其享受自然的甜美和生活的惬意。在诗人看来，科学和艺术是不容调和的矛盾体，科学技术抹杀了诗性想象，是艺术创作道路上的绊脚石。这一点在爱伦·坡的短篇小说《钟楼里的魔鬼》（The Devil in the Belfry）中得到了很好的诠释。

1839年5月，《钟楼里的魔鬼》首次发表于费城的报纸《星期六纪事和时代镜子》（Saturday Chronicle and Mirror of the Times）上。故事发生在一个虚构的美国荷兰裔小镇上，即沃顿沃提米提斯镇（Vondervotteimittiss）。镇上的居民过着平静闭塞的生活，对他们来讲，唯有大白菜和钟塔是生活中必不可少的两样东西，大白菜用来填饱肚子，而正午的钟声则给予这看似凝滞的生活以流动感和秩序感。直到有一天，来了一个年轻人打破了镇子上的平静。他跑到钟楼上殴打了敲钟人，然后在正午时分敲了13下钟。13响钟声破坏了小镇静谧的生活秩序，街上人群混乱不堪，家家户户鸡飞狗跳，每位居民躁动不安，仿佛世界末日即将来临。小说最后，连作者也加入了涌入钟塔的复仇人群，暴民的目的就是彻底铲除打乱秩序的外乡人。小说问世不久，就有论者指出，作者的创作目的是讽刺美国第 8 任荷兰裔总统马丁·范布伦（Martin Van Buren）执政的保守倾向；但亦有学者指出，"小说并不是政治讽刺文，就像是爱伦·坡所讲的那样，这样的故事涵盖面是很广的"（Carlson，1996：133）。联系爱伦·坡对科技的否定态度，《钟楼里的魔鬼》的一个合理的诠释维度，无疑是用寓言的形式讲述科学技术对艺术创作的压抑和侵蚀，这才有了"替天行道"的外乡人。

记录时间是人类社会秩序化发展的必然，最早的人类计时可以追溯到公元前 2000 年美索不达米亚苏美尔人的六十进制时间测量法，后来人类社会又出现了水漏、沙漏、日晷等计时方法。到了 17 世纪，荷兰钟表技师克里斯蒂安·惠更斯（Christiaan Huygens）发表了精准机械摆钟，这是计时科技领域具有标志性的进步。具有反讽意味的是，这样一种标志秩序和进步的科技，到了《钟楼里的魔鬼》中却退化成人类社会进步阶梯上的拦路虎。根据钟楼的打点报时，人们日出而作、日落而息，沿着固有的轨道不断运转，身体也被物化成打点报时的机器人。沃顿沃提米提斯镇看似秩序井然，实则已经固化为一个毫无生机、时空凝滞之地。题目"钟楼里的魔鬼"，乍看来指的是敲了 13 下钟的年轻人，但结合科学技术扼杀艺术灵性的主题，这一魔鬼实则是坐落在钟楼里的大钟。如《致科学》中"以乏味现实为翅膀的秃鹫"，镇上的大钟用固守的 12 声钟响，抹杀了一切诗性想象，而年轻人敲了 13 下钟，则将被"钟楼里的魔鬼"催眠的居民从凝固的时空中唤醒。面对科技进步带来的喧嚣，像爱伦·坡这样的 19 世纪黑色浪漫主义作家不断通过文学书写在伦理维度思考其存在的价值和意义。爱伦·坡在《钟楼里的魔鬼》中聚焦科技对艺术的扼杀，而同时代的梅尔维尔则进一步思考了人机共存的可能性，即人机之间是否能建立和谐共存的赛博格伦理秩序？

三 杀人的机器：对科学理性尽头的预言

同样围绕打点报时，梅尔维尔在《钟楼》（*The Bell-Tower*）中讲述了一个机器杀人的故事，深度质疑了共生的赛博格伦理。1856 年，梅尔维尔出版了小说集《广场的故事》（*The Piazza Tales*），包含了 6 部中短篇小说，其中的《抄录员巴特比》（*Bartleby, the Scrivener*）和贝尼托·塞莱诺（*Benito Cereno*）历来受到学界的关注，是梅尔维尔的经典代表作品。《钟楼》是整个故事集的最后一部。美国学者莫顿·M. 希尔茨（Merton M. Sealts）曾说，在 6 部小说中，《钟楼》是"最没有作家特色的一部"，更像是梅尔维尔模仿霍桑和爱伦·坡风格创作的。（Sealts, 1988: 92）实际上，希尔茨察觉到了小说在主题和写作风格上对霍桑和爱伦·坡创作的延续，却错误地抹杀了小说鲜明的梅尔维尔风格。小说集的第一部《广场的故事》，讲到了作者在家中注意到远处山涧的一座小房子，基于好奇心前去访问，结果发现山涧房子里的女孩同样在想象远处作者的宅邸，颇有"你站在桥上看风景，看风景的人在楼上看你"之意蕴。正如开篇所指出的，"他者世界"是 6 部小说共享的主题线索。在《钟楼》里，梅尔维尔描述了未来科技世界发展的可能，而人机共存的潜在可能则是小说叙事的聚焦点。小说与中国战国时期的《列子·汤问》中偃师造人的故事相似，但与偃师拆卸倡者得以逃命不同，小说中的匠人最终惨死在了打钟机器人的手里。

《钟楼》的故事发生在欧洲南部的一个小镇子上。镇上有一棵扎根坚石里的古老松柏，长年累月积攒的层层落叶逐渐腐化、石化，直到镇政府在此选址建造钟楼。为了建成"意大利最高贵的钟楼"（Melville, 2005: 210），镇上的居民邀请了备受推崇的能工巧匠班纳多纳（Bannadonna）。钟表大师也不负众望，在他的不懈努力下，造型奇特的巨大建筑物逐渐成形。出于好奇心，镇长带着镇上的两位长者前往参观调查。班纳多纳虽然展示了钟楼的部分造型，但行为怪异、鬼鬼祟祟，似乎有什么不可告人的秘密。在离开钟楼时，镇长似乎也听到了诡异的响声。事实上，班纳多纳私自发明制造了自动打钟的机器人，结果由于失误，被敲钟机器人砸中脑袋后惨死在机械运行轨道上。班纳多纳死后一年发生地震，打点报时的钟楼最终被夷为平地。

与富兰克林和爱伦·坡的故事不一样，梅尔维尔的《钟楼》已经触碰到了赛博格伦理的核心问题：人机是否能够共存？涉及机器人的生存规则，美国科幻作家艾萨克·阿西莫夫（Isaac Asimov）在短篇小说《逃避》（*Runaround*）中提出了"机器人三定律"（Three Laws of Robotics），之后被赛博格文化研究者普遍接受。这三条定律是：

第一律：机器人不能伤害人类，也不能间接导致人类受伤。

第二律：机器人必须遵循来自人类的指令，除非这些指令与第一条冲突。

第三律：在不违背前两条定律的前提下，机器人必须进行自我保护。

（Asimov，1950：40）

三条定律的制定和执行围绕一个核心，即人类中心主义，将人类生命价值和生存意义远置于机器人之上，后者的存在对于人类来说只具有工具性的意义。事实上，比阿西莫夫提出机器人定律早一百多年，梅尔维尔已经在《钟楼》里思考了机器和人类的关系。对照第二律，小说中钟楼机器人严格按照制作者班纳多纳的指令打钟报时。但问题是，人类不能像机器人一样毫厘不差地去执行指令。班纳多纳的失误，导致机器人控制程序出错，他本人最终沦为机器人打钟器下的冤死鬼。由此反观第一律，钟楼机器人已经违背了机器人定律，因而不能存留。

乍看合理的定律，实际上是"第二十二条军规"般的悖论规则①，机器人因遵守人类指令而已经杀死人类，再反观第一律被毁灭时，一切都为时晚矣。机器人的存在是为了方便人类，但是一旦投入使用，或因人为因素或因科技因素，人类根本无法从伦理维度掌控机器人的运作，这终将危及人类自身的安全。正如梅尔维尔在小说最后的感叹：

> 就这样，盲目的奴隶遵从更盲目的主人，在驯服的状态下杀死了主人。就这样，创作者被作品杀死；塔并不能擎起钟；钟的主要弱点源于人类失误。就这样，在倒下去之前，骄傲早已被击垮。
>
> （Melville，2005：225）

引文中，作者将人类比作塔，而将科技比作钟。在科技之钟进步的同时，人类之塔是否还能将其擎起？以梅尔维尔为代表的 19 世纪浪漫主义小说家给出了否定的答案，而到了 20 世纪中期，随着信息科技的进步，当机器人真的有了自我意识和伦理概念时，人机共存伦理问题更成为难以解开的"戈尔迪之结"。在《钟楼》中，人机共存的"戈尔迪之结"点明了人类与科技之间难以调和的矛盾，也隐喻了"赛博格神话"（cyborg theology）在界限之间的颠覆性。

作者采用了倒叙的方式，在小说伊始便描述了被弃用的钟楼，并将之比作《圣经》中的"巴别塔"（The Babel）："像巴别塔一样，钟楼的地基建在翻新的土地上。"（Melville，2005：210）《圣经·旧约》记载了巴别塔的故事：人类因对上帝与天堂好奇而达成协议共建巴别塔，上帝知道后让人类讲不同的语言，这项工程也因人类无法沟通而作罢。因此，巴别塔是对上帝权威一次失败的挑战——人类永远无法

---

① 《第二十二条军规》中，主人公约塞连在与医生丹尼卡的对话中明确了"第二十二条军规"的存在，根据这一军规：（1）如果是疯子的话，士兵可以要求停飞；（2）士兵要求停飞，说明有理智，因而不能停飞。分开来看，两条军规都合情合理；放在一起，两条规定相互否定、互为悖论。从这一悖论最终可以得出："没有人可以通过任何途径停飞。"（唐文，2016：5）

接近上帝，更无法成为世界的主宰。梅尔维尔在小说伊始便提到了巴别塔的典故，明确了故事中蕴含的神学意味。如果巴别塔是对上帝权威的挑衅，那么钟楼里的班纳多纳亦在尝试跨越人神之间的界限，希望成为主宰世界的创造神。

在圣经故事中，上帝创造了亚当和夏娃，并将其安置在伊甸园中，并许诺之后会庇佑他们"多子多孙"（to be fruitful and multiply）（《创世记》1.27）。在《钟楼》的故事里，班纳多纳渴求成为造物主，文本有一个细节充分印证了这一点。当镇长称赞钟楼小人精美时，班纳多纳回答道："这些小人还是有缺陷的，需要进一步修补（touches）。"（Melville，2005：214）这里的"touch"暗喻了米开朗琪罗的名画《创造亚当》（The Creation of Adam）中描绘的情形：上帝右手食指与亚当左手食指即将相触（touch），以此将生命能量与智慧活力注入亚当体内。在梅尔维尔的故事中，班纳多纳也企望拥有上帝的食指，以赋予钟楼指示小人和打钟机器人生命之活力。

小说多次提到时钟小人尤娜（Una）的"与众不同"。有一次，前来视察的官员说："尤娜和其他的小人不一样……尤娜的笑容似乎带有死亡的意味……她好像在紧紧盯着你。"（Melville，2005：215-217）面对这种质疑，班纳多纳反驳道，尽管机器人看似一样，但"由于地心引力的作用，她们之间每一个都是不同的"，"嘴角宽度就是有一根头发丝的距离，模样也是不一样的"（Melville，2005：217）。在班纳多纳看来，指示时间的小人和打钟机器人都有生命，都超越了硅基囿限，成为和人类一样的碳基生物。镇长与班纳多纳谈话期间，突然传来了古怪诡异的声音。面对镇长的疑问，班纳多纳回答道："是风。"（Melville，2005：214）这一怪异的声响是打钟机器人发出的，在梅尔维尔的"诗学的正义"下，硅基体亦神秘地具有了碳基生物的生命活力。从尤娜的名字来看，这个人物原型应该是古希腊神话中的缪斯女神之一乌剌尼亚（Urania）。作为九大缪斯女神之一，乌剌尼亚掌管天文学和占星术。在传统的绘画中，乌剌尼亚左手扶地球仪，右手执细长物体指向地球仪，但同时仰望星空，意为通过星体空间位置占卜人类命运。这个人物原型本身就融合了科学实证主义与宗教信仰思想，乌剌尼亚的矛盾性延续到了尤娜身上。[①] 由此可见，早在赛博格文化出现 100 多年前，无论在人物班纳多纳眼中，还是在作者梅尔维尔想象中，机器人已经是拥有认同的赛博格。在此基础上，梅尔维尔还进一步在神学视角下审视了赛博格反抗这一主题。

在《创世记》中，上帝对亚当说："你可以任意摘果子吃，但不准碰善恶知识之树（the tree of the knowledge of good and evil）。一旦吃了，你将会死。"（《创世记》2：16-17）上帝对善恶知识之树的禁忌，即是对亚当和夏娃的伦理囿限。但两人最终没有抵挡住诱惑，食了禁果而被罚。圣经故事中，亚当和夏娃出自上帝之手，但最终突破了上帝的伦理囿限，被赶出了伊甸园。这种被造之物对造物主的反抗，再现于《钟楼》的故事之中。为了建造钟塔，班纳多纳不惜献祭了铸工的生命——殴打了拒不合作的工人而致使其死亡。镇上为了不影响钟塔建造进程，竟对铸工的死亡装作不知。在该事件中，铁屑溅入了正在打造的大钟里，造成了机械装置中的致命缺陷，为机器人失控杀人埋下伏笔。面对机械构造的缺陷，班纳多纳"不允许任何人提及它，并想了极好的办法去掩饰它"（Melville，2005：212）。妄图通过建造机器人而登顶神位的班纳多纳，最终成为自己野心的献祭品。这样看来，无论是神学视域下造物主和被造之物的相互关系，还是上文提到的以人类为中心的"机器人三定律"，梅尔维尔在《钟楼》中已经触碰到了当下社会赛博格伦理的热点问题。

在科幻作品中，科学理性的无限发展最终会导致人类完全寄生于科技，而非理性想象则是平衡绝对理性的有效方式。19 世纪美国科技

---

① 1862 年，法国钟表师尤金·法尔科（Eugene Farcot）设计的以乌剌尼亚为主题的圆锥摆时钟雕塑问世。钟表的上半部分是手执圆锥摆的乌剌尼亚，下半部为塑像底座，上面镶嵌着现代化的钟表盘。乌剌尼亚钟摆和梅尔维尔小说《钟楼》有异曲同工之处，即乌剌尼亚女神与钟表时间之间的喻指关系。

叙事虽然源自启蒙的理性精神，但作家借助"神圣之眼"①（divining eyes）超越了理性的囿限，通过非理性的反科技叙事和黑色赛博格叙事，思考科技与人类之间的关系，并利用赛博格叙事反思当下社会的伦理道德问题。美国浪漫主义作家的黑色赛博格叙事，站在人文主义的阵营批判欧洲启蒙理性与纯粹科学主义，即是面对启蒙思潮建构科技伦理的积极尝试，其中作家通过反理性的姿态表达了建构认同的决心。正如美国学者斯科特·A.米德森（Scott A. Midson）所讲："作为启蒙时代的'私生子'，赛博格很可能与其源头背道而驰。"（Midson，2018：118）不可否认的是，科幻叙事下的"超越"和"颠覆"，正呼应了同时代的美国梦主题，无论如何，对于追梦者来说，所谓的"僭越"和"解构"是不可避免的。从这一层意义上去审视，19世纪出现的非理性科幻叙事并非偶然，这一表现方式在时间维度上则是建立在科学技术之上的时空穿越叙事。

第二节　非理性穿越叙事中的认同思考

在美国文艺复兴时期以黑色赛博格叙事为代表的科幻小说中，作家在共同体视域下借助科技浪漫主义的想象，在批判绝对理性思想的同时，从不同侧面对文化认同建构提出了自己的构想，客观上亦促进了民族文化记忆的形成。有学者就科幻小说在民族文学建构和转型期的作用讲道："科幻小说……具象化了模糊的未来途径，试图回答转型期出现的种种问题。"（夏琼，刘玉，2020：32）在共时视角中，科幻叙事线索主要表现为对科学技术与经济社会关系以及对个人身份认同界定的思考；若将之放置于历时视域下，则更多地体现了作家群体

---

① 莎士比亚的《第106首十四行诗》中有如下诗文："And, for they looked but with divining eyes"（艺术家用神圣之眼去审视）。其中的"神圣之眼"指艺术家的想象力。

对民族认同和文化记忆建构的考量。

任何事物都存在于共时和历时两个维度中，"每个共时性体系都包括它的过去和未来，这两者是体系中不可分离的结构因素"（迪尼亚诺夫，雅各布森，1989：117）。研究反启蒙理性的科幻叙事对民族文学和文化认同的反思和建构，历时维度是必不可少的。与以《浮士德》为代表的时空穿越故事不同，科幻叙事中的跨时空情节一般都以科技知识为背景，因此小说会呈现较为浓厚的现实主义色彩。在过去、现在和未来三个节点的时间线索之上，服务于建构文化认同的需要，19 世纪非理性小说穿越的时空也呈现三种维度，即向过去穿越、平行空间穿越和向未来穿越，其中平行空间穿越指的是空间维度的穿越，而向过去穿越和向未来穿越则发生在时间维度中。

一　穿越叙事对当下的反思和批评

19 世纪的美国在经历了独立战争的洗礼和战后恢复、发展期后，面临的首要任务，便是建构带有鲜明美国性的国家、民族和文化认同。美国学者杰夫·金指出："在取得政治独立后，具有鲜明美国性艺术素材的寻觅之路开始探求如何建构（与欧陆国家一样）稳定坚实的民族认同。"（King，1996：151-152）认同的建构是社会发展的必要条件，没有群体归属感未来就会失去方向。如果国家与民族认同可以从政治意识层面进行规训，那么文化认同则需要通过哲学思考和文化实践探索出一条可行之路。这种思考和实践必定建立在历史经验的基础上，但这正是刚刚建国的美国所缺少的。美国学者本杰明·T. 斯宾塞（Benjamin T. Spencer）指出，"可用历史"（usable history）是 19 世纪美国不同地域之间建构文化认同的必要前提（Spencer，1957：14）。所谓"可用历史"，是指经过历史沉淀成为集体意识、可以共享的过去。对于新生的美国来说，这种"可用历史"是可望而不可即的。美国文艺复兴时期的作家已经意识到了这一点，开始利用"穿越主题"

为美国文化认同的建构寻求"可用历史"。

在寻找"可用历史"这一点上，爱伦·坡无疑是走在时代前端的先锋作家。有学者指出，对于19世纪的美国来说，爱伦·坡就是一名"侧目"的"闲游客"（于雷，2014：14）。虽然爱伦·坡游离在主流文化之外，却能做到"侧目"找寻并揭示社会潜在的问题与矛盾。凭借敏感的时代嗅觉和卓越的文学想象力，爱伦·坡通过时代穿越书写指出了美国文化认同建构中缺少历史积淀的事实。

爱伦·坡创作的《与一具木乃伊的对话》讲述了一具从5000年前穿越而来的木乃伊的故事。1845年4月，小说首次发表在《美国评论》杂志上，因时空穿越、通灵说、解剖学等时髦话题，尤其是鲜有的对木乃伊的刻画，小说立刻引起了学界的关注并备受热议。7个月后，小说只字未改就再版于《百老汇杂志》上。故事以第一人称视角展开，叙述者半夜被叫醒，受邀前往邦纳（Ponnonner）医生家里观看解剖木乃伊。木乃伊的名字"阿拉米斯塔基奥"（Allamistakeo）刻在第一层石棺上。在医生准备解剖器械之际，在场观摩的人建议使用电击看看反应。结果电击之下，木乃伊突然醒来并抱怨被在场的人虐待。阿拉米斯塔基奥醒来之后和在现场观摩的人攀谈了起来，谈话主题涉及木乃伊的制造、世界的起源、历史的演变、科学的发展、医学的进步等，谈话始终围绕5000年前的埃及文明和当下的美国社会之间的对比展开。谈话结束后，故事叙述者对当下文明发展程度灰心不已，"我真心厌恶了当下的生活和有关19世纪的一切。我坚信这是个完全错误的时代"（Poe，1902：138）。令读者啼笑皆非的是，叙述者痛定思痛后做了一个决定：请求邦纳医生将自己做成一具木乃伊，沉睡百年以等待下一个文明的来临。

19世纪初，在欧陆启蒙思想传入和科学主义发展的同时，美国学界兴起了研究埃及古物学的热潮，一直对埃及文明感兴趣的爱伦·坡也在其列。故事里，复活的木乃伊聚焦自己的时代夸夸其谈，把作者对于古埃及的畅想生动地展示给了读者。5000年前，人类平均寿命是

800 岁，如果厌倦生活可以自由选择被制作成木乃伊。整个制作过程具有高科技含量，所谓的"防腐处理"（embalmed），就是"暂停一切与新陈代谢相关的动物功能"，包括"身体的、道德的和生命的"功能。（Poe，1902：128）实际上，爱伦·坡在小说中描述的木乃伊制作过程，早就超出了之前对此过程的科学认知，是建立在作家想象基础之上、突破理性阈限的科幻叙事。正因如此，澳大利亚学者贾思明·戴（Jasmine Day）才指出，爱伦·坡在《与一具木乃伊的对话》中描述的木乃伊与当时学界普遍接受的并不一样。（Day，2020：4）

阿拉米斯塔基奥通过先进的"防腐处理"技术，得以穿越 5000 年来到刚刚经过独立战争的美国。通过深入交谈，叙述者发现，在人类学、颅相学、天文学等自然科学研究中，古埃及人的科学知识比 19 世纪的美国人更深入细致。此外，在建筑、铁路、机械制造等技术领域，玄学思想、民主观点等社会观念，穿着服饰、言行举止等流行风尚等方面，古埃及人也更胜一筹。为了挽回颜面，叙事者强打精神，问及古埃及是否有现代咳嗽药（Brandreth's Pills），并终于赢得了最后一个环节的问答。尽管如此，在场的观摩者内心明了，今不及彼，两种文明的优劣一目了然。爱伦·坡通过复活的木乃伊这一特殊的穿越形象，站在古埃及文明的阵营发问，对 19 世纪的美国社会发展提出了全面质疑，并明确指出了美国文化认同建构所缺少的历史积淀。这也是爱伦·坡将木乃伊命名为"Allamistakeo"，即"all-mistake"（一切都是错误的）的原因。

无论是历时纵向还是共时维度，无论是讥讽嘲笑还是想象勾勒，美国文艺复兴作家创作穿越小说的着眼点，均是民族文学的创建和作家身份的确立。如果《与一具木乃伊的对话》通过时间维度的穿越故事，揭示了美国文化建构中历史沉淀缺席的事实，那么爱伦·坡的另一部短篇小说《瘟疫王》（*King Pest*）则从空间维度嘲讽了当下社会的弊端和潜在的矛盾。

1835 年 9 月，《瘟疫王》匿名发表于《南方文学信使》（*Southern*

Literary Messenger）杂志，最初的题目为"瘟疫王一世"（King Pest the First），1839 年，该小说被收录在爱伦·坡出版的小说集《怪诞故事集》中。故事的背景是发生在城市中吞噬一切的大瘟疫，人们为了控制疾病的蔓延划定了安全居住地带，片区之外是死亡不断的瘟疫区。10 月的一个夜晚，长腿（Legs）和休·塔布林（Hugh Tarpaulin）两个醉汉被从酒馆一路追打出来，结果越过安全线逃到了瘟疫王的黑暗统辖地域。死亡在瘟疫区无处不在：街边堆积着层层死尸，活着的人也肢体破碎，躺在路边无奈等待着死亡的降临。在被瘟疫王及其身边的官员戏谑耍弄之后，两个醉汉仓皇逃跑，出门时还顺便掠走了瘟疫王的情人。

《瘟疫王》的描写集中于黑暗和死亡，"怪诞"无疑抓住了小说情节展开的核心。文本字里行间透露出死亡的信息，让读者感受到了扑面而来的恐怖氛围。例如，在描写瘟疫王大厅时，作者写道：

> 在每一伙人面前都放着一个骷髅头，当作喝水的杯子。头顶悬挂着一具骷髅，一条腿被绳子拴着固定在天花板上，另一条腿自然下垂。偶尔有风吹过大厅，松垮的骷髅就会"卡塔卡塔"地旋转，发出骇人的响声。[1]

在读到如此异乎寻常、恐怖怪诞的描写时，美国当代作家罗伯特·路易斯·斯蒂文森（Robert Louis Stevenson）感叹道："能写出《瘟疫王》的，肯定不是人类。"（转引自 Bloom，2008：148）爱伦·坡是唯美主义文学创作的先驱，但是他的作品之所以有生命力，在于其批判社会文化的"侧目"的力量与意义。这一点同样适用于《瘟疫王》，也就是说，这种恐怖怪诞的穿越描写，实际上服务于对现实社会"侧目"的反讽。

小说副标题为"带有寓意的故事"（A Tale Containing an Allegory），

---

[1] https://en.wikisource.org/wiki/King_Pest，最后访问日期：2024 年 5 月 16 日。

即在长腿们穿越死亡区的历险故事背后另有深意。而这一寓意的达成，自然离不开小说"平行空间穿越"的创作手法。结合小说创作的现实背景，加之文本细读可以发现，故事中的瘟疫王指的应该是英国历史上的爱德华三世。从 1327 年 2 月到 1377 年 6 月，爱德华三世统治英格兰 50 年，是中世纪统治时间最长的君主之一。他一生嗜战，历史上有名的"百年战争"就由他挑衅而起，晚年因战争失败和家族内战而在历史上备受争议。在爱德华统治期间，暴发过两次大规模瘟疫，一次是 1361 年到 1362 年的瘟疫，另一次是 1346 年到 1353 年的黑死病（Black Death）。除了在故事时间上吻合之外，爱伦·坡对瘟疫王外形的描述，也与爱德华三世有很高的相似度。根据威斯敏斯特教堂里的纪念像，现实中爱德华三世的模样有两个主要的特征，即高（tall）与瘦（bony），而这也是小说瘟疫王最大的特点。此外，爱德华三世的王后菲利帕（Phillippa of Hainault），也与故事中瘟疫王的王后一样饱受水肿病痛的折磨。

细读文本可以看出，故事中的瘟疫王与现实中的爱德华三世有很强的对应性，但如果只是停留在故事历史背景的定位，就忽视了副标题"带有寓意的故事"的重要性。在故事表层与历史背景之外，还应该探寻更为深层次的寓意所指。这层寓意离开英国历史范畴，转向了爱伦·坡所在的 19 世纪美国社会。1835 年 1 月 8 日，时任美国总统的安德鲁·杰克逊为了庆祝新奥尔良战役的胜利以及国债的最终废止，举办了一场豪华晚宴，在历史上被称为"超级大宴"（wet banquet）。小说描述的瘟疫王晚宴，很可能是以这场超级大宴为原型的。提及小说中瘟疫王与杰克逊总统的相似之处，有学者深挖到了其他的关联，例如，故事中的人物几乎都是以杰克逊"后厨内阁"①（Kitchen Cabinet）为原型塑造的：塔布林指的是内阁中的马丁·范布伦，长腿则是杰

---

① 所谓的"后厨内阁"，是与美国议会内阁相对而称，指的是聚集在杰克逊总统身边的智囊团。这个团体虽然始终未得到官方认可，但杰克逊任期内很多重要政策都来自"后厨内阁"。

克·唐宁少校（Major Jack Downing），瘟疫王的王后指的是杰克逊总统的夫人蕾切尔，小说中的安娜女公爵是现实生活中美国战争部长的妻子佩吉·伊顿（Peggy Eaton），等等。（Levine，1990：294）这样看来，爱伦·坡的确是想通过描绘瘟疫王来讽喻杰克逊的荒唐执政理念。

二 穿越叙事对民粹与精英的反思

随着 19 世纪西进运动的展开，美国边疆民粹精神得以彰显，与延续自英国的精英儒雅传统形成针锋相对之势。美国历史学家特纳在《边疆在美国历史上的重要性》（"The Significance of the Frontier in A-merican History"）一文中提到的"荒野"和"文明"的纠缠之线不断西行，荒野背后的"边疆精神"在文化认同建构过程中愈显重要。正如特纳所讲，西进运动带来的"这种永恒的新生，这种美国生活的流动性……与原始自然纯朴性不断撞击，是美国性格形成的主导力量"（Turner，1969：28）。现实生活中，杰克逊正是荒野"边疆精神"的代表。杰克逊是美国的第 7 任总统，从 1829 年上任直到 1837 年才卸任。1815 年，他率领美国军队在抵抗英军的新奥尔良战役中大获全胜，一举成名，为将来的总统之路做好了铺垫。杰克逊笃信"普通人"（common man）政治，倡导自由贸易，坚决反对贵族特权思想。杰克逊在位期间，是美国民主政治蓬勃发展的时期，也是美国"反智主义思想"（anti-intellectualism）入侵主流思潮的关键时期。美国学者理查德·霍夫施塔特（Richard Hofstadter）在《美国生活中的反智主义》（Anti-intellectualism in American Life）中指出："从很早开始，读书识字就被认为是百无一用的贵族标志……美国普通大众的理想是，不用文化学习就可以投身社会建设中，或者可以说，这个社会中人们的教育仅限于普通大众能够掌握的最低程度。"（Hofstadter，1963：51）美国殖民地时期的清教思想具有理想主义和务实精神的双重内涵。从理想层面讲，建立宗教信仰自由的王国是美国梦最初亦是最高的目标；

而从务实层面讲，与荒野精神相对应的是脚踏实地、一砖一瓦地建立人人平等的民主共同体。时事造就英雄，杰克逊之所以能够脱颖而出，正是因为其响应了19世纪前半期民主共和、自由民粹的呼声。经过了独立战争的洗礼和战后复原的喘息期，美国文化认同建构被提上日程。在独立战争之前，荒野精神和儒雅传统融合在一起，形成了独特的美国精神和美国思想；但是在战争结束、外部矛盾解决后，关于两者究竟哪个该占据美国文化认同的核心位置的内部矛盾逐渐凸显。显而易见，对于以杰克逊及其"后厨内阁"为代表的民主党来说，彰显民主政治、自由贸易和反智主义的荒野精神才是美国文化认同的核心所在。也正是在这种思想驱动下，他开始推行"杰克逊民主"（Jacksonian democracy），赋予21周岁以上的所有美国白人男性以选举权。

从小接受精英教育，深深扎根于精英儒雅传统之中，爱伦·坡内心深深鄙夷杰克逊的平民政治。尽管出生不久就沦为孤儿，但在养父的帮助下，爱伦·坡曾就读于由美国之父托马斯·杰斐逊创建的弗吉尼亚大学，后来还加入了同样是响应杰斐逊号召而建立起来的西点军校。[①] 爱伦·坡本身就有极高的创作天赋，在进行文学写作的同时一直未放弃编辑工作。他先后在《南方文学信使》、《伯顿绅士杂志》、《格雷厄姆杂志》等报纸杂志做过助理编辑，之后还在纽约《明镜晚报》（*Evening Mirror*）任职，后来不但在《百老汇杂志》任主编，还成为该杂志最大的股权拥有者。编辑工作为爱伦·坡营造了良好的写作氛围，爱伦·坡也结识了很多社会名流和文学大家。这样的教育、生活和工作经历，打造了爱伦·坡在创作中坚守的"精英视角"。美国学者约翰·布莱恩特曾深入分析爱伦·坡的儒雅立场，指出了其作品中两类人的针锋相对："作为个人的人"（man the individual）和"作为群体的人"（man the mass）。布莱恩特说道：

---

① 养父约翰·爱伦（John Allan）就收养爱伦·坡一事从未签署过任何具有法律效力的文件，后来更因爱伦·坡嗜赌等问题而与之决裂。由于没有资助来源，爱伦·坡先后从弗吉尼亚大学和西点军校辍学。

在爱伦·坡看来，个体灵魂能够"通过对未来的幻想而永生"。但在面对群体之时，他却看不到任何超越死亡的希望，并宣告"人类绝非完美"。天才个人可以接近柏拉图式的完美，但是群体只能毫无希望地被锁在柏拉图洞穴之中。

（Bryant，1993：96）

根据布莱恩特的理解，爱伦·坡眼中的天才个人可以获得永生，而群体非但不完美，反而还被锁在了难以逃离的生存困境之中。在爱伦·坡看来，只有"作为个人的人"才能够获取爱默生"透明的眼球"，"作为群体的人"只能永远做爬行在链锁上的蠕虫。爱伦·坡对精英视角的推崇渗透在文学创作之中。

在爱伦·坡的小说中，在聚光灯下的总是精英，而平民只能作为陪衬出现。《我的亲戚，莫林诺少校》（*My Kinsman, Major Molineux*）中被游街示众、面色凝重的莫林诺少校，与发出歇斯底里笑声的暴徒形成鲜明的对照；《钟楼里的魔鬼》中，敲了 13 下钟而颠覆秩序的外乡人，与因秩序被打乱而聚集复仇的暴民针锋相对；短篇小说《人群中的人》（*The Man of the Crowd*）中的"我"、老年乞丐和人群从三个角度展示了精英者眼中卑微的普罗大众；等等。仔细品读，爱伦·坡在侦探小说中同样善用精英视角讲述破案故事。例如，《摩格街杀人案》中，在警察都毫无头绪的情况下，私家侦探杜宾通过敏锐的观察力和审慎的判断力轻松破案，与包括凶手、警察、证人甚至叙述者在内的民众玩了一场只有精英者才配享受的捉迷藏游戏。总而言之，对欧陆儒雅传统精英视角的继承与延续，是爱伦·坡"侧目"美国文化认同建构、创作文本以表达心声的关键所在，这与时任总统的杰克逊信仰的民粹精神是格格不入的，而这也正是爱伦·坡想在《瘟疫王》中通过寓言形式揭示的内容。

小说中的瘟疫王丑陋、独裁、残暴，他命令长腿和塔布林跪着将一加仑的葡萄酒一饮而尽，不听话的话就会被处死。在塔布林拒绝下跪时，瘟疫王残忍地将他倒栽葱般地扔到了麦芽酒缸里。爱伦·坡写道："他的右手挥舞着一块巨大的人类股骨头，好像是为了演奏音乐而随便杀了一个人取出的一样。"① 文学作品中描写瘟疫王的残忍无道，表达了现实生活中爱伦·坡对杰克逊的不满。作为一名"民粹总统"，杰克逊的治国理念中跳动着边疆精神的强节奏。1830 年，他签署了《印第安人迁移法》，强制将东南地域的印第安人迁移至居留地，印第安"泪水之路"（Trail of Tears）由此形成。此外，杰克逊还反对废奴运动，这种倾向在他的第二任期内愈演愈烈。从对瘟疫王的描写中可以看出，爱伦·坡对于现实生活中杰克逊的作为是极其反感的。此外，在瘟疫王宫廷里，官员也同样丑陋无为，对国王战战兢兢，对下则作威作福。这种状况很可能暗讽了杰克逊执政期间实行的"政党分肥制"（Spoils System），即政党赢得大选后将行政权分给同盟者的政治机制。这种制度助长了贪污腐败的态势，由于其恶劣影响，在 1883 年被最终废止。瘟疫王的故事在插科打诨的宫廷闹剧中结束，长腿和塔布林各自拐走了一位"宫廷贵妇"，匆忙逃回船上，从黑暗的寓言世界回归安全的现实世界。

文学创作来源于现实生活，但更重要的是饱含了作者对现实的思考、反刍和建议。在小说中，作家的思考往往隐藏在情节后面，以寓言的形式呈现在读者面前。比起婉转的诉说，直白的陈述显得仓促无力。《文心雕龙》中有言："情以物兴，故意必明雅；物以情观，故词必巧丽。"（刘勰，2016：35）也就是说，描述的时候要力争准确，但表达的时候则要适当借助修辞。对于爱伦·坡的创作，学界始终存在唯美倾向和现实关怀之争。其中不乏全盘否定现实根基的声音，如有学者提出，爱伦·坡根本就是"一个没有本土特点的天才，一个迎合市民口味的商业写手或无国别的纯文学作家，一个无根的精神漂泊者"（罗昔明，2012：41）。不可否认，爱伦·坡的创作表现出显性的

---

① https://en.wikisource.org/wiki/King_Pest，最后访问日期：2024 年 5 月 16 日。

唯美主义倾向，但彻底否定其作品中的现实关怀，却是不妥的。爱伦·坡的作品不乏"巧丽之词"，但在其后是对社会矛盾和文化认同的深刻反思。在《瘟疫王》的故事中，长腿通过平行空间穿越来到了黑暗死亡的瘟疫王朝，读者可以觉察到故事背景是爱德华三世统治期间的瘟疫时段。平行空间穿越故事中，隐含作者对于19世纪上半期杰克逊总统体制的愤懑和指摘，以及文化认同中"民粹"和"精英"的矛盾的深入思考。"拟诸形容，则言务纤密；象其物宜，则理贵侧附。"（刘勰，2016：33）对于爱伦·坡来说，带有非理性色彩的穿越情节无疑是"侧附"的重要形式。

美国文艺复兴时期，很多作家巧妙利用启蒙理性和超验非理性之间的张力，跨越了理性囿限进入穿越的时空，通过非理性叙事积极参与对文化认同的反思，并尝试描绘多维度的民族记忆。上文提到穿越文学的向度有三个：向过去穿越、平行空间穿越和向未来穿越。无论是利用防腐技术穿越5000年来到19世纪美国的木乃伊，还是黑暗中穿越平行空间见到瘟疫王的长腿等，作家想要通过描绘木乃伊、瘟疫王等超时空形象来表达对认同建构环境中经济社会发展和文化审美标准的思考。19世纪美国穿越小说中，马克·吐温的小说《康州美国佬在亚瑟王朝》（*A Connecticut Yankee in King Arthur's Court*）是向过去穿越的经典作品，集中表达了作家对现代科技伦理的思考。小说将穿越和科技两个主题统一起来，在变幻的时空维度中延续了培根科技"大复兴"[①]（The Great Instauration）和反科技乌托邦之间的对话。

三 穿越叙事对边疆与儒雅的反思

《康州美国佬在亚瑟王朝》（以下简称《康州》）的创作灵感来自

[①] 所谓的"大复兴"，指的是利用现代科学技术重现《圣经》中的伊甸园场景，人类再次拥有掌控自然的力量。培根在代表作品《新大西岛》（*New Atlantis*）中描绘了本萨勒姆城（Bensalem），将其想象为科技高度发达、信仰无限虔诚的科技乌托邦。

马克·吐温做的一个梦：梦里的马克·吐温穿着厚重的铠甲，笨手笨脚无法喘息。[①] 作家最初的创作动机是嘲讽罗马时代的骑士制度，但后来逐渐将讽刺矛头对准了封建君主制、共和民主制甚至是现代工业革命。同时代的作家威廉·迪恩·威廉姆斯（William Dean Williams）认为，《康州》是马克·吐温最好的小说，"考究了民主制度的方方面面"（转引自 Bell，1996：58）。1889 年，小说由查图文德斯出版社（Chatto & Windus）出版，当时冠名《亚瑟王朝的美国佬》[②]（*A Yankee at the Court of King Arthur*），后来再版时更名为《康州美国佬在亚瑟王朝》。

小说的主要情节和人物大多来自 15 世纪英国小说家托马斯·马洛礼（Thomas Malory）的作品《亚瑟之死》（*Le Morte d' Arthur*）。[③] 马克·吐温在《康州》中沿用了之前讲述边疆故事常用的"盒装"叙事结构，即先由叙事者引入，而后主角切入继续讲述故事的叙事手法。这种叙事策略不但承继了马克·吐温小说中固有的边疆幽默风格，而且与穿越情节设定呼应，将真实和虚构巧妙地融合在了一起。

故事一开始，叙述者在参观华威城堡（Warwick Castle）时碰到了陌生人汉克·摩根（Hank Morgan），之后通过攀谈、阅读其书稿，知悉了发生在摩根身上的穿越故事。摩根曾经是工厂的工头，在与工人发生争执时被打晕，醒来后发现自己穿越到了 1300 多年之前的英国，时值亚瑟王朝鼎盛时代。穿越后，摩根利用启蒙思维和科学知识赢得了亚瑟骑士的敬重，并打败了魔法师梅林（Merlin）成为亚瑟王的首相。摩根利用科学知识和现代技术，在 6 世纪的英国建造了一个 19 世纪科技帝国，建设工厂和学校，铺设电线和铁路等，让启蒙思想向未来穿越了千年之久。在现代科技的冲击下，中世纪骑士制度轰然倒塌。摩根成为那个世纪名副其实的"老板"（the Boss），而且娶到了心仪

[①] 这个片段后来出现在小说的第 12 章中，摩根穿着铠甲首次出征，又热又闷差点窒息。

[②] 主人公摩根来自美国康涅狄格州穿越至英国亚瑟王朝，且马克·吐温最终在康涅狄格州哈特福德市完成小说，小说大概出于以上两个原因而更名。

[③] 小说的部分内容来自爱尔兰历史学家威廉·爱德华·哈特波尔·莱基（William Edward Hartpole Lecky）的相关作品。

的"贵妇"珊迪（Sandy），有了爱情结晶"你好，总部"（Hello Central）。然而，在亚瑟王被敌人兰斯洛特（Lancelot）杀死后，英国教会集结军队扑杀摩根势力。故事最后，经历了沙带之战（War of Sand Belt）中惨烈的大屠杀后，梅林催眠了受伤的摩根，1300多年后醒来又回到了现代社会。后记标有作者姓名首字母M.T.，即马克·吐温，从作者的视角描述了摩根之死，小说到此结束。

荒诞不经的边疆叙事和自然主义风格的文字描写，加之穿越故事框架，《康州》叙事内核表现出强烈的乖讹特性，文本不断闪现出幽默的火花。乖讹荒诞的叙事线索，讲述的不仅是穿越故事，更是贯穿故事始终的科技、军事、社会、认同等伦理问题。

所谓的"伦理"，意为人伦道德之理，即人与人相处时应该遵循的道德准则。殖民地时期，受清教思想[①]的影响，美国社会注重家庭伦理秩序，推崇尊卑权（主人对奴隶）、夫权（丈夫对妻子）、父权（父母对孩子）等。不可否认，这种道德标准对于殖民地的建设起到了积极的作用，奠定了19世纪美国认同建构的社会构成基础。在独立战争结束后，单纯朴素的家庭伦理难以支撑民族认同的建构，建构更为复杂且稳定的伦理体系成为必然。在文学创作领域，作家亦通过创作文本深入思考适合认同建构的伦理秩序。文学伦理学批评[②]认为，人类进化分为自然选择、伦理选择和科学选择三个阶段，而所谓的科学选择可被进一步分为三个层次："一是人如何发展和利用科学；二是科学对人产生的影响及其后果；三是人应该如何处理同科学之间的关系。"（聂珍钊，2014：239）显而易见，这三个层次在时空上是依次进行的，人类先利用科学，之后科学产生反作用力，最后人类才从

---

① 清教思想的核心是"命由天定"（Predestination）和"有限救赎"（Limited Atonement），这两种思想肯定了上帝的绝对权威和人类忠诚信仰的必要性，确立了绝对服从的秩序感和信仰伦理。

② 文学伦理学批评，是由中国学者聂珍钊提出的话语体系，将伦理选择作为理论基础，结合我国现有文学理论研究提出了文学伦理表达论、文学文本论、文学物质论、文学教诲论等观点。（参见聂珍钊，2014）

其反作用力中吸取教训，在反复实践中建构起适应社会发展的科技伦理。从伦理视角去审视，《康州》的意义反思正是集中在科技进步和社会发展之间的辩证关系上。

从 19 世纪穿越到 6 世纪，来自现代社会的摩根与亚瑟王朝居民最大的不同，在于已经扎根头脑中的先进思想和科技理念。当摩根带着超时代科技出现时，其自然化身为最伟大的魔法师，科技进步更让亚瑟王朝的伦理制度受到了前所未有的冲击。国内有学者指出，"科学技术在人类社会的进步中具有伦理的二元性"（田俊武，2020：142），利用得当可以促进社会发展，在"权力真空"中则可能产生巨大的毁灭作用。在"发展和利用"的第一个层次上，摩根将科技的力量发挥到了极致。他将 19 世纪的工业文明照搬到了亚瑟时代，除了建设厂房、连接电线和电话线、修建铁路等，还成立学校专门培养具有现代思想逻辑能力的科技人才等。可以想象，在黑暗的骑士时代，当夜晚亮起了电灯，人们通上了电话时，笃信神迹的当代人会有多么震撼。摩根真的让"科技神迹"成为现实。通过预测日食、炸掉梅林塔、圣泉复涌、沙袋屠戮等几个重要的情节，摩根不仅救下了自己的性命、树立了"老板"（the Boss）的权威和地位，甚至还将骑士制度推至深渊。

文学伦理学将生存选择分为两类，即"自然选择"和"伦理选择"，"前者是人的形式的选择，后者是人的本质的选择"（聂珍钊，2014：35）。19 世纪的摩根在去到 6 世纪后，最棘手的问题便是尽快入乡随俗——适应亚瑟王朝的伦理道德秩序以生存下去。社会发展退后到 13 个世纪以前，现代社会道德标准也发生了天翻地覆的变化。对于摩根来说，适应既是一个满足生存需求的过程，也是一个成长过程，一个新的伦理选择过程。如果伦理秩序设定了某个时期的道德标准，那么这种标准总是以适应当时段的生存需求为前提的。根据马斯洛①

---

① 亚伯拉罕·马斯洛（Abraham Maslow，1908~1970）美国 20 世纪最受关注的心理学家之一，他强调在处理心理问题时，应该强调人身上的积极特性，而不应该从病理出发将其当作病人治疗。

需求理论（Maslow's Hierarchy of Needs），人类需求呈金字塔形分为五个层次，由下往上分别为生理（physiology）、安全（safety）、归属与爱（belonging and love，即社交）、尊重（esteem）和自我实现（self-actu-alization）。（Maslow，1943：370）"生理"和"安全"是自然要求，"社交"和"尊重"是社会要求，而"自我实现"则是最终目的。在满足生存需求的过程中做出新的伦理选择，成年人摩根虽然必须再次经历成长的阵痛，但是他掌握着最强有力的工具——现代科学技术。

穿越到6世纪后，摩根遇到的首要问题便是活下来。作为骑士的俘虏，摩根最初被判处火刑。生死攸关之际，他想到了一个主意。穿越当天是公元528年6月19日，根据摩根的记忆，6世纪前半期的全日食将发生在后天，即公元528年6月21日。就这样，通过成功预测日食，摩根让在场所有人对自己魔法师的身份深信不疑。连亚瑟王都瑟瑟发抖地说："尊敬的先生，你要什么我都给你，甚至是把国家分一半给你。但是请停止这场灾难，留下太阳吧。"（Twain，1981：35）就这样，摩根代替梅林做了亚瑟王的执行首相（minister and executive）。在自然需求的层面上，摩根通过科学知识准确判断日食的发生，以此活了下来。顺着马斯洛需求金字塔往上走，在炸掉梅林塔之后，摩根为自己赢得了"老板"的头衔："我是世上仅有的。当然，十三个半世纪之内不会有人对我构成威胁。"（Twain，1981：44）第13章中，摩根通过实地观测发现圣泉干枯的原因：部分井壁垮塌。他有针对性地通过技术修复了井壁，将井水引流至寺庙。人们相信圣泉来自天国，因此泉水复涌巩固了摩根伟大魔法师的地位："我走向寺庙，敬畏的人群立刻为我让道，好像我是哪一位神人一般——我确实是的。"（Twain，1981：154）在这场生存之战中，摩根利用知识和科技爬到了马斯洛金字塔的顶端。在人文主义思想视域下，科学技术只是一种外在工具，应该服务于人类的生存需求。在摩根预测日食、炸掉梅林塔和圣泉复涌等几个情节中，科技在极短的时间内便将他带到了金字塔的顶端，最大限度地实现了自我的价值。

随着摩根来到马斯洛金字塔的顶端，生存不再是他必须挣扎着实现的目标。在超前的科技力量武装下，摩根不再受生存需求的限制，反而跃身为超越道德伦理的"神"。对于这一点，小说结尾处的沙带屠杀是最好的写照。在骑士叛变后，摩根以自己的城堡为中心建立起最后的阵地，在城堡周围做好挖壕沟、拉电线等准备工作，先后以炸弹、电网和泄洪等三种防御方式，屠杀敌方骑士无数并取得了城堡保卫战的胜利。在引爆炸弹后，摩根描述道："所见之处没有生还者……炸弹在我们周围凿出了一道 100 英尺宽的沟渠……炸死者无法计量。"（Twain，1981：305）在电网通电之后，蜂拥而上的骑士接连被电死，形成了"死人堆砌的厚墙"（Twain，1981：311）。在最后的水攻中，连"罪魁祸首"摩根都颤抖不已："如此惨烈的哀号声近在咫尺！11000 个骑士临死时的阵痛！"（Twain，1981：312）。《康州》将时间向前推了 1300 多年，让拥有现代科学知识的摩根上演了一出"神迹"，以中世纪为背景对科技伦理进行了深入思考。沙带屠杀的修罗场凸显了一个问题，即科技和人文的关系——是否可以抛弃社会伦理和道德底线而无限制地开发利用科技知识？

学界就科技发展和社会进步的关系有两种截然不同的看法。一种观点认为，社会伦理应该让位于科技思想。例如，有学者提出，"'硬科幻'[①] 源自对科技力量的信念，而非道德意识"（宋明炜，2021：202）；更有学者提到科幻文学就应该"充分发挥虚构的力量，放弃对古典的人文主义观念的迷思"（李松睿，2019：65）；等等。与之相比，大多数学者坚守道德底线，认为社会伦理永远先行于科技力量。

[①] 即"硬科幻小说"，指的是凸显科学准确性和理性逻辑的科幻小说，由美国科幻小说家 P. 斯凯勒·米勒（P. Schuyler Miller）在 1957 年提出。（Westfahl，1996：2）"硬科幻小说"建构在物理学、化学、天文学、医学等理工科基础理论基础上，与以社会学、心理学为基础的"软科幻小说"（soft science fiction）相对应。

这类学者大多赞同法国科学家布莱士·帕斯卡①（Blaise Pascal）的观点：“人只是一株芦苇，是自然界中最脆弱的生物，但他是一株思想的芦苇。”（转引自 Goldmann，2013：81）；也有国内学者提出，“'何以为人'……显现出科幻作品的包容性和前瞻性”（王一平，2018：89）；等等。如上文所讲，马克·吐温的创作聚焦于文本真实感，正因库柏作品脱离现实他才会对其进行犀利批判：“没有秩序感，没有体系化，没有承上启下，也没有因果关系——作品一点都不像现实中的真实故事”（Twain，1994：268）。《康州》中讲述的沙带屠杀，表面看来是将科技力量发挥至极致，实则是作者利用“诗学的正义”去品评科技伦理的内涵和外延。

《康州》中的科技伦理主要表现在科技进步和社会发展的相互关系上。如上文所讲，19 世纪的摩根去到 6 世纪后，在现代科技的助力下，到达了马洛斯需求金字塔的顶端，甚至封顶神位。他将现代文明广撒到中世纪荒芜的大地上，在一定程度上改变了骑士们的思想观念，甚至动摇了一些人固守的中世纪生存秩序理念。

尽管如此，摩根最终还是败在了教会的力量之下。沙带战役中，摩根借助科技力量指挥着一支只有 54 人的队伍，打败了骑士军队接连的进攻。但在教会无孔不入的渗透下，中世纪的科技帝国是注定要垮塌的。政变发生后，亚瑟王被杀死，教会一跃成为“老板”。摩根的亲信克拉伦斯（Clarence）悲叹道：“我们的海军突然间神秘地消失了！除此之外，铁路、电报和电话服务也中断了，所有的人都跑掉了，电线被切断，教堂下达了用电禁令。”（Twain，1994：295）这种改变看似突发，实则早已注定：如果思想固守不变，拥有再发达的科技也无济于事。科技力量应与客观现实、伦理秩序相适应，过度失控的科技会像咬住自己尾巴的蛇，最终走向毁灭之路。小说最后，科技帝国

---

① 布莱士·帕斯卡是法国数学家、物理学家、哲学家和散文家，在西方科学史和思想史中有举足轻重的地位，发明改进了很多科学仪器，著有《算数三角形》《思想录》等代表作品。

摇摇欲坠，教会却一呼百应，所有骑士团结起来声讨共和制，面对突变摩根惊呼："整个英格兰都反对我们了！"（Twain，1994：302）国内学者田俊武谈到小说中科技与现实的关系时说："任何一种用自以为高级版本的社会秩序架构一个业已存有的或尚未实现的历史秩序的乌托邦冲动都是徒劳的。"（田俊武，2020：141）这也是马克·吐温想借助《康州》带给读者的最深刻的科技伦理反思。在描绘科技与现实关系的基础上，马克·吐温还针对英美差异展开了对美国文化认同的单向思考。

《康州》的穿越情节发生在时间和空间两个维度上，即在时间上主人公向过去穿越1300多年来到了亚瑟王朝，而在空间上从南北战争之后的美国穿越到了中世纪的英格兰。两个维度上的穿越设定，作者另有深意。考虑小说写作和出版的时期，美国结束了南北战争，经历了恢复初期后进入高速发展的轨道。这一转型发展期，亦是美国文化认同加速建构期。延续了独立战争后美国社会认同建构的主要矛盾，边疆民粹精神和儒雅精英传统的相互作用仍是文化认同思维的主线。桑塔亚纳指出，美国性包含了两个相辅相成的部分，即具有阳刚之气的美国意志和具有女性阴柔之美的美国思想，在现实生活中与两者对应的正是边疆民粹精神和儒雅精英传统。（Santayana，1967：40）边疆精神源自早期殖民者的拓荒经验，结合了务实精神和理想信念，是最能体现"美国性"的精神理念；而儒雅传统则集中表现在对欧陆尤其是英国贵族传统、清教戒律的延续，亦是"美国性"不可或缺的组成部分。在象征意义上，独立战争虽然宣告了边疆民粹的胜利，但其与儒雅传统均内化为美国文化认同的重要组成部分。随着南北战争的结束，两者的矛盾再度尖锐起来：美国是否还应该在两者之间定位认同？而《康州》的穿越设定，正是作者解决问题的文学实践。

19世纪的科学技术与6世纪的骑士制度之间的矛盾，是贯穿《康州》故事的中心线索。摩根超前的理性思想和科技知识对骑士制度产生了一定的冲击。在他的努力下，很多骑士开始接触科学知识、脱下铠甲、骑上自行车，成为现代意义上的工人。摩根对骑士制度的厌恶与憎恨，集中表现在第 12 章对穿铠甲"救公主"戏谑嘲弄的描写中。摩根希望推翻骑士制度，并在亚瑟王朝翻建一个现代民主社会。事与愿违的是，在亚瑟王被刺杀后，教会势力反扑，短短时间内摩根悉心建构的科技帝国便被连根拔起。将文学镜像重置于 19 世纪中后期美国文化认同建构语境中，科技力量和骑士制度之间的矛盾，实际表现的是边疆精神和儒雅传统之间的对立。边疆精神所凸显的务实精神，正是科技带给沉闷的中世纪最大的改变；而教会势力对骑士传统的执着和固守，亦是对欧陆儒雅传统最核心元素的延续。现代科技力量虽然强大却没有生命力，骑士传统保守落后却有扎实的历史根基。两者孰优孰劣，连作者也难以一言断之。现实中边疆精神和儒雅传统的对立统一，在文学创作中得以延续。

实际上，边疆精神和儒雅传统的矛盾既是马克·吐温幽默文学创作的灵感源泉，也是其后来写作难以突破的瓶颈。马克·吐温出生在密苏里州，曾经做过密西西比河领航员、煤矿工人和新闻记者等。马克·吐温的小说在现实主义描述中带有夸张、乖讹的浪漫主义倾向，鲜明的边疆幽默特色是《汤姆·索亚历险记》（*The Adventures of Tom Sawyer*，1876）等小说取得成功的主要原因。同样是美国梦的拥趸，马克·吐温内心渴望成功，希望得到东部文化圈的认可。为了做聚光灯下的明星，他做商业讲座宣讲自己的作品。但随着功成名就，马克·吐温的创作逐渐失去了早期的边疆特色，更多地呈现对儒雅传统的承继和延续。例如，在 1894 年的《汤姆·索亚出国记》（*Tom Sawyer Abroad*）中，白人孩子汤姆再次成为故事的叙述者，从边疆视角到儒雅视角的转换，表明了作者创作立场的调整。美国学者帕斯卡尔·科维奇（Pascal Covici）在《美国文学的幽默启示录》（*Humor and Revelation in American Literature*）中说："作为作者的马克·吐温已经改变了立场……（故事中）可怜的汤姆不得不忍耐和两个旅伴的争吵，忍耐他们的无知。"（Covici，1997：141）当边疆幽默气质逐渐消退时，马克·吐温的作品也失去了往日的锋芒，这是他自己无法突破的创作瓶颈。这一困境亦在《康州》中通过科学技术和骑士制度之间的斗争表现出来。很明显，无论是在文学创作中，还是在小说世界中，边疆精神和儒雅传统之间的矛盾都未得到解决。但不可否认的是，马克·吐温在现实和小说中，围绕两者的矛盾进行了深入的思考，并将这种思考付诸文字，而穿越小说《康州》即是这种文学思考的重要成果之一。

第三节　物化叙事：对失梦一代的寓言

一　早期软科幻小说的现实反思

硬科幻小说的情节建构在基础学科知识之上，用理性之土培育出非理性之花，正如康德在谈及崇高审美时所强调的："理性是超越人类身体感知局限的便捷途径，使人类能够从精神层面摆脱自然的束缚。"（陈榕，2022：164）但一般来说，这类小说存在重情节描述、轻人物塑造的问题。在一次访谈中，国内新生代科幻作家刘慈欣曾提到科幻作品中人物形象相对固定化的特点：与传统文学不同，"科幻环境是陌生的，不断变化的，这时你必须把人物固定下来"，否则的话，"读者就抓不住任何根基"。（吴言，2020：13）上文提到在美国19世纪科幻作品中，作家对文化认同的思考往往以寓言的形式反映在小说的科技伦理中。文化认同，包括民族文化认同、文学创作认同、作家身份认同等不同层面的内容。如果硬科幻作品以科技伦理寓言的方式畅想恶托邦与理想国的对立，那么软科幻作品则以更加直接的方式参与到文化认同建构中。

"软科幻小说"一词出现在20世纪70年代，最早由澳大利亚学者彼得·尼科尔斯（Peter Nicholls）提出，"如该名单所示，（科幻小说创作）已从硬科幻（化学、物理、天文、科技）转移到了软科幻（心理、生物、人类学、社会学，甚至是语言学），而且这种趋势愈演愈烈"（转引自 Prucher，2007：191）。学界对于硬科幻和软科幻的区别看法基本相似。美国作家艾萨克·阿西莫夫认为，在硬科幻作品中，"那些科学细节在故事中起到决定性作用，作者能够准确把握这些细节，且尝试将其阐释清楚"（Asimov，1973：299）；与阿西莫夫的界定相呼应，尼科尔斯针对软科幻内涵指出，"大致上围绕着'软科学'展开，或者避开已知科学知识，而集中笔墨去阐述人类情感"（Nicholls，1979：556）。尽管 20 世纪 70 年代便有了"软科幻"的说法，但学界并未就软科幻小说的内涵和外延达成一致，学界对于科幻小说是姓"科"还是姓"文"的争论仍在继续。

学者主要从两个层面对软科幻小说进行简单的界定。其一，软科幻小说聚焦于"软"科学，尤其是社会学、心理学等人文学科；其二，软科幻是相对于硬科幻而言的，小说创作并不追求科学精确度和现实可能性。在科幻小说发展史上，如爱伦·坡、玛丽·雪莱、阿尔弗雷德·贝司特（Alfred Bester）等小说家的部分作品，20 世纪六七十年代的科幻新潮流（The New Wave）小说①以及 80 年代以来的赛博朋克文学等，都属于软科幻小说的范畴。其中，美国学者杰弗瑞·M.沃尔曼（Jeffrey M. Wallmann）特别指出，19 世纪美国作家尤其是爱伦·坡的哥特小说，与软科幻小说的发轫有着密切的关系。（Wallmann，1997：81）

上文提到硬科幻小说情节建构在科学合理性的基础之上，因而往往忽略了人物的塑造。因此有学者指出，"'硬科幻'为王的时代似乎一去不复返了"，而软科幻则因"对人类自身内部矛盾与历史的关注

---

① 科幻新潮流小说于 20 世纪六七十年代异军突起，其作品与"硬科幻"针锋相对，科幻新潮流小说在形式和内容上都做了较大的改革，凸显所谓的艺术主体性（artistic sensibility），代表作家有英国作家 J. B. 巴拉德（J. B. Ballard）和布赖恩·奥尔迪斯（Brian Aldiss）。

与书写"登上了科幻文学的中心舞台。（岳雯，2019：158）软科幻故事更倾向于通过想象建构非理性情节和另类的荒诞人物，这弥补了硬科幻对人物形象塑造的不足。在美国文艺复兴初期，华盛顿·欧文便已经尝试用软科幻的写作方式，在塑造荒诞人物的同时思考文化认同问题，这集中体现在其代表短篇故事《瑞普·凡·温克尔》（*Rip Van Winkle*，以下简称《温克尔》）中。

小说以一个荷兰裔的美国边疆小村为故事背景，温克尔是村里有名的"妻管严"，为了躲开苛责絮叨的妻子和嘈杂吵闹的乡村生活，他常常跑到附近的卡茨基尔山谷中。这一次，温克尔在山谷中遇到了哈德逊将军的鬼魂士兵，并暗中偷窥他们玩九柱戏（nine-pin games）。在偷喝鬼士兵的酒后，温克尔陷入了沉睡之中，醒来已经是 20 年后。其间，美国爆发了独立战争，摆脱了英国的殖民统治，建立了独立共和国。一反传统硬科幻作品中人物塑造的单薄，欧文在小说中描述了一个丰满有趣的"妻管严"形象。小说没有拘泥于现实可能性和科学真实性，离奇的穿越情节是刻画人物形象的主要方式。沉睡前，面对妻子的斥责，"可怜的瑞普几乎绝望到了骨子里，他只能逃离农庄劳作和妻子喋喋不休的责骂——拿着枪走到丛林深处"（Irving，1901：31）。而醒来得知妻子去世的消息，温克尔故作深沉地"摇摇头，耸耸肩，看向天空"（Irving，1901：43），看似无奈地认命，实则透露出摆脱妻子管束的喜悦。除了人物形象较为丰满之外，《温克尔》还蕴含作者对文化认同建构的深刻思考。

在"作者自述"（The Author's Account of Himself）中，欧文赞美了美洲边疆美景："美国人不需要到别的地方寻找神圣且有魅力的自然景观"（Irving，1901：2）；但与此同时，他也大声疾呼："只有欧洲才是万古菁华之所在。"（Irving，1901：2）欧文创作多产期正值美国建国时段，民族文化认同建构亦被提上日程，而如何创作具有美国性（Americanness）的作品，是以欧文为代表的美国作家集中思考的问题之一。在美洲荒野边疆背景下，重述欧洲民间故事，将美洲风景与欧洲传说结合在一起塑造美国故事，是建国时期欧文提出的重要文学创作构想。正是基于这一思路，欧文成功创作了《温克尔》、《睡谷传说》（*The Legend of Sleepy Hollow*）、《鬼新郎》（*Ghost Bridegroom*）等脍炙人口的经典短篇小说。

此外，欧文亦通过温克尔因沉睡而错过独立战争的情节安排，表达了对于暴力革命的保守态度。在沉睡的 20 年间，共和制王国也悄然矗立在美洲大陆之上。醒来后的温克尔发现，村子里"匆忙、喧嚣和嘈杂"，再也寻不到之前那"浓郁芬芳的、令人沉醉的静谧"（Irving，1901：38）。"议员""选举""公民权利"等现代词语，在温克尔听来好像是"巴比伦国的奇文异语"（Irving，1901：38）。正如美国学者沃尔特·布莱尔（Walter Blair）所说："瑞普尝试逃离财产、婚姻和劳作等社会束缚，而且他真的成功了。"（Blair，1978：170）小说中人物的消极避世态度，暗含了现实中作者保守的政治立场。在欧文看来，只要将"万古菁华"逐渐吸收到新生美国的文化机理之中，带有鲜明认同特色的美国文化自会开花结果。与兼收并蓄的欧陆文化传统建构认同的和平路径相比，充满了血腥暴力的战争是不可取的，[①]这也是欧文"睡过了"战争这一情节设定的内在原因。一言以蔽之，软科幻的沉睡情节，表达了作家对于现实中战争必要性的质疑。

与硬科幻聚焦科技理性不同，软科幻小说的关注点主要在社会体制合理性和个人身份认同上。在《温克尔》中，欧文通过人物沉睡的情节设定表达了对暴力变革政治体制的保守态度。欧文的创作风格影响到了美国文艺复兴时期的作家，梅尔维尔和爱伦·坡等亦通过"物化"主题揭示了现代技术入侵下社会发展存在的问题，并对美国梦想恶托邦做出了预警。

---

① 独立战争中，美国大陆军大约有 6800 人战死，6100 人受伤，2 万人做过战俘；英国军队的伤亡人数达到 2.4 万人。参见 "American Revolution Facts ｜ American Battlefield Trust"（battlefields.org），最后访问日期：2024 年 5 月 16 日。

二　物化叙事与恶托邦寓言

在西方思想界，最早提出物化理论的是匈牙利学者卢卡奇·格奥尔格（Gyorgy Lukacs）。1923 年，卢卡奇出版专著《历史与阶级意识》（*History and Class Consciousness*），提出并深入阐释了所谓的"物化问题"。随着科学思想的发展，技术理性逐渐渗透到人类社会生活的方方面面，不断侵蚀着人类主体性。随着机械化体系的强化，"人不得不依赖和服从于这种规律和体系……人被整合到这一种体系和规律之中，变成了抽象的数字"（闫献磊，2020：141-142）。政治经济学语境中，人被整合为机械体系的组成部分，主体性不断被磨损进而被物化，这是资本主义社会发展的必然结果之一。在后人类语境下，物化叙事聚焦于人类生存秩序，"是以文学的反叙事（counternarrative）将人类纪进行客体导向的再叙事化，以此在文本中寻求人—物共栖的另类救赎"（夏开伟，2019：72）。尽管"物化"一词直到 20 世纪才出现，但早在其出现 100 年前，爱伦·坡和梅尔维尔等文艺复兴作家就已经从政治经济学、后人类学等视角，结合身份认同建构，对物化问题进行了深刻的文学书写和文化反思。

爱伦·坡的短篇小说《被用光的人》（*The Man that Was Used Up*）最早发表在 1839 年 8 月的《伯顿绅士杂志》上。因离奇的情节和多维的寓意而备受学界关注，之后多次被转载和再版：1840 年收录在爱伦·坡的短篇故事集《怪诞故事集》中，1843 年又与《摩格街杀人案》一起被收录到作品集《爱伦·坡非诗歌传奇》（*The Prose Romances of Edgar A. Poe*）。

小说开始时，"我"专门提到十分仰慕荣誉准将约翰·A. B. C. 史密斯（John A. B. C. Smith）。史密斯准将英勇善战，因在美国南方沼泽地与巴格布和基卡普土著人作战而闻名。让"我"奇怪的是，每当想要与别人谈论将军的神勇时，对方总是闪烁其词，似乎有所隐情。情急之下，对方也只会赞叹现代科技的神妙。故事最后，"我"终于见到一直仰慕的英雄。但让人万分惊恐的是，与传说中魁梧英俊的形象不同，将军其实就是一个"捆包"（bundle）。原来，将军先前在与印第安人作战时被俘，遭到了印第安人的虐待和残害，身体被肢解得支离破碎。虽然通过现代科技活了下来，但史密斯在出门之前，必须由黑奴庞贝（Pompey）将其四肢拼装在一起，并为之安上假发、玻璃眼球、假牙，甚至舌头才行。先前的准将，早已被物化成一个无用的"捆包"。

小说因离奇的人物设定而受到学界关注，出版伊始学者便展开了激烈的讨论，最终得出相对一致的结论：小说中的史密斯准将影射了现实中著名的温菲尔德·斯科特①（Winfield Scott）将军。（Sova，2001：148）斯科特将军战功赫赫、闻名遐迩：他参加过 1812 年战争、墨西哥—美国战争和美国内战等，之后还作为辉格党候选人参加过美国总统竞选。有一条重要的线索，即斯科特曾经与基卡普土著人作战，并在塞米诺尔和克里克印第安人迁移战中受过重伤。就算人物是以现实中的斯科特为原型，但小说创作初衷并不止于攻击嘲讽斯科特。实际上，作品背后隐藏着作者的目的：通过物化主题思考科技在认同过程中的作用。小说最后，"我"终于揭示出真相：曾经勇武的将军业已退化成无用的"捆包"。而这亦是小说的高潮所在。从孔武有力的血肉之躯退化成碳基复合物，而且唯有靠黑奴庞贝才得以组合成形。如果美国学者菲德勒所谓"女人 =（母亲 = 奴隶 =）黑人"（菲德勒，2011：196）的等式成立，那么将军的边疆男性阳刚与美国意志，已然被黑奴的女性阴柔之气所替代。通过这一情节设定，爱伦·坡解构了美国盎格鲁-撒克逊白人男性的权力和地位，表达了对于建构期科技发展等因素影响下边疆精神和阳刚之气逐渐弱化的担忧。美国学者肖恩·詹姆斯·罗森海姆（Shawn James Rosenheim）指出，爱伦·坡在小说中对

---

① 斯科特是爱伦·坡的养父约翰·爱伦第二任妻子的至亲，而爱伦·坡与约翰夫妇的关系日渐恶化，这很可能与小说对将军的暗讽有关系。

科技进行了质疑，暗示"人机不分的时代"即将到来（Rosenheim，1997：101），不仅通过将军的物化反思了美国认同建构过程中的科技侵蚀任性的问题，而且预测了未来社会赛博格伦理系统潜在的矛盾和争议。需要指出的是，史密斯将军虽然丧失了生存的主体性并物化成了"捆包"，但他仍拥有独立思考和表达的能力，而在梅尔维尔的小说《我和我的烟囱》中，叙述者则在肉体和思想上被双重物化。

1856 年，梅尔维尔的小说《我和我的烟囱》发表于《普特南月刊》，之后收录于作者的短篇小说集《苹果木桌子及其他》（The Apple-Tree Tale and Other Sketches）。小说讲述了"我"为了保护宅中大烟囱而与妻子斗智斗勇的故事。叙述者对烟囱钟爱有加，开篇即讲道"我和我的烟囱，两个灰白头发的老烟鬼"（梅尔维尔，2017：135），将烟囱拟人化为一头白发的挚友。与之不同，妻子虽然与"我"年岁相当，性格却大不相同，她活泼好动、喜欢新鲜事物，"精神却青春洋溢似我那匹栗色小母马崔格"（梅尔维尔，2017：143）。毫不意外，妻子将烟囱视为眼中钉，时时想除之而后快。而"我"为了保护"挚友"千方百计破坏妻子拆除烟囱的计谋，甚至还会因妻子打扫烟囱上的蜘蛛网而与之争吵不休。经过长达七年的烟囱保卫战，邻里眼中的"我"也悄然发生了改变：性情逐渐孤僻，变成了一个像老烟囱一样"浑身长满青苔的厌世老古董"（梅尔维尔，2017：160）。与欧文的《温克尔》相似，《我和我的烟囱》同样蕴含作者对于新生事物的抗拒。故事里，"我"亲昵却不乏敬意地将老烟囱称为"老烟鬼""亨利八世""英国贵族"等，俨然是恪守传统秩序的护卫者，而妻子却厌恶地将"我和我的烟囱"视为眼中钉，她是与时俱进的新潮入世者。

小说中，叙述者的阶段性物化是故事发展的主线，作者之所以触及该主题，有着深刻的社会经济原因。经历了战争的创伤期和战后的修复期，美国社会迅速发展起来，特别是工业取得了长足的发展。美国学者亚当斯谈到工业化进程中密西西比河商船如织的场景时说："这里是真正'美国性'的发源地，是美国梦开始的地方。"（Adams，

1945：148）此时恰逢梅尔维尔的创作转型期。1846 年梅尔维尔出版的《泰比》（*Typee*）大获成功，但之后接连出版的《欧姆》（*Omoo*，1847）和《马迪》（*Mardi*，1849）等小说并未得到学界和读者的认可。作为一名严肃作家，梅尔维尔渴求学界的肯定和读者的认可，正如有学者指出的，"1849 年到 1850 年的梅尔维尔，渴求在文学创作上获得不朽的地位"（转引自 Bloom，2004：208）。处在阵痛的转型期，梅尔维尔有些不知所措：究竟该遵循内心认可的创作理念逆风前行，还是迎合工业化时代读者的需求创作更贴合现实、更方便阅读的作品？好友霍桑就此讲道："他（梅尔维尔）不肯轻易投入信仰的怀抱，但在这种无信仰的状态中又饱受煎熬。他太诚实也太勇敢，宁可在这种痛苦中挣扎也不愿意随便放任自我。"（Hawthorne，1891：135）梅尔维尔一生都行走在寻找"信仰"的路上，在矛盾痛苦中创作，在文学书写中挣扎。他曾无奈地感叹道："美元毁了我……我所有的书，全是粗制滥造。"（Fiedler，2011：20）尽管梅尔维尔之感叹与美国学者菲德勒的"信仰"与"审美"不可兼得异曲同工，但实际上，用文学表达内心诉求，正是梅尔维尔从不完美的"黄铜世界"进阶到完美的"黄金世界"之独特亦有效的路径。[①] 在《我和我的烟囱》故事中，每次提到烟囱，"我"总是会强调"我的烟囱"，意味着两者不可分离。而随着情节的发展，烟囱俨然成为房屋的统帅，它"不仅压迫整座屋舍，也支配附近区域"（梅尔维尔，2017：136）。不仅如此，烟囱的物化效果甚至延伸到了"我"身上，最终"我"和烟囱融为一体："我已经变成一个浑身长满青苔的厌世老古董"，并"保卫我那长满青苔的老烟囱"（梅尔维尔，2017：160）。究其根本，老烟囱实际上是作者对"文以言志"传统的固守。小说中，19 世纪中期工业大潮席卷下、科技理性语境中的"我和我的烟囱"都已是不合时宜的老古董；

[①] 英国文艺复兴时期诗人菲利普·锡德尼（Philip Sidney）在《为诗辩护》一书中写道，现实生活是不完美的黄铜世界，而诗人的想象力可以弥补这种不完美，将黄铜世界变为黄金世界。黄金世界"乃是诗人心目中追求的真理"。（胡家峦，2001，7）

现实中，固守"文以言志"的梅尔维尔同样备受美国学界和读者群体的诟病。叙述者物化的过程，包含作者在"表达"和"迎合"之间的煎熬，集中体现了 19 世纪中期文学创作转型期间美国作家所经历的思考、探索、挣扎、寻觅与执着等。讲到"文以言志"，梅尔维尔在另一部更为知名的中篇小说《抄写员巴特比：华尔街的一个故事》（*Bartleby*, *the Scrivener*：*A Story of Wall Street*，以下简称《抄写员巴特比》）中，不但批判了现代科技理性的无孔不入，表达了作家在认同建构过程中的挣扎与痛苦，而且将物化主题上升到了形而上的荒诞哲学层面。

三 《抄写员巴特比》：失梦后的荒诞秩序

1853 年，《抄写员巴特比》分两次连载在《普特南月刊》上。小说因奇怪的情节和人物设定而引发了学界的热议，论者对主人公巴特比进行了不同的阐释，对作品也大多给予肯定。例如，美国学者罗伯特·麦尔德（Robert Milder）就认为，《抄写员巴特比》"是梅尔维尔短篇小说中当之无愧的精品"（Elliott，1988：439）。1856 年，梅尔维尔在些微改动之后将其再版于中篇故事集《广场的故事》①中。

小说叙述者在华尔街拥有一家律师事务所，雇用了钳子（Nippers）和火鸡（Turkey）两位抄写员，后因人手不够又雇用了故事的主人公巴特比。刚开始工作的时候，巴特比还能够准时完成抄写任务。但有一天，巴特比突然拒绝任何工作。面对多方质疑，他总是简单答道"我不想做"（I would prefer not to），转而盯着窗外发呆。之后的一天，"我"发现巴特比居然在办公室住了下来。不堪其扰的叙述者想尽办法也没能说服巴特比搬出去，但又因其毫无生存技能而不忍辞退，

---

① 1856 年 5 月，《广场的故事》由迪克斯和爱德华兹出版社（Dix & Edwards）出版，其中包含了梅尔维尔自 1853 年到 1855 年在《普特南月刊》发表的 6 部小说，其中最有名的是《抄写员巴特比》、《贝尼托·塞莱诺》和《魔岛》（*The Encantadas*）。

被逼无奈下不得不将事务所转手他人。再次相见，巴特比已经被关进了监狱。后来更是绝食而死。叙述者之后打听到，巴特比曾经在"死信局"（Dead-letter Office）工作，并推断也许他的悲剧根源在于这段经历。故事的最后，叙述者感叹道："哦，巴特比！哦，人性啊！"（Melville，1984：130）

　　小说叙述者参与故事中，以当事人的视角讲述主人公巴特比身上发生的故事。第一人称的旁观叙述视角，无形中影响到了读者对人物的认知，也就是说，读者脑海中建构起的巴特比形象，都是通过叙述者的视觉过滤而形成的。当巴特比意志消磨殆尽，叙述者却表现得意外容忍：不但没有解雇巴特比，而且对私住办公室一事也是默然许之。之所以有如此的包容力，是因为律师在巴特比身上看到了能够产生共鸣的特质。有学者就指出，"巴特比象征着律师内心的无意识隔断"（Marcus，2011：365）。如果叙述者代表理性的视角，那么巴特比则是无意识或潜意识的非理性化身。而这里的叙述者和隐含的作者的立场是一致的，即梅尔维尔同样在巴特比身上找到了共鸣点。实际上，小说中这种理性与非理性之间的张力，集中表现了作家内心世界的矛盾和挣扎。小说中，作为抄写员的巴特比却拒绝抄录文字，"抄录员"的能指与所指意义完全脱离，他者期待和自我审视断层，巴特比成为荒诞的现实存在。上文提到梅尔维尔因《白鲸》遇冷而灰心不已，对自己的创作理念产生了质疑。挣扎在自我审美标准与读者阅读期待之间，梅尔维尔的痛苦在巴特比身上得以放大。巴特比凋零的故事，实际隐喻了"作家虽然备受折磨，却不可自抑地坚守创作原则，甚至不惜放弃传统文学创作迎合读者的模式"（Marx，2007：602）。除了对作家创作困境的隐喻，小说还从荒诞视角反映了社会对个人主体认同的物化。

　　小说写作于19世纪中期，此时美国文化领域正值超验主义思想盛行之际。随着19世纪工业化进程的推进，特别是在杰克逊总统自由贸易政策刺激下，美国出现了以拜金为中心的唯物质主义倾向，而超验主义思想正是在这一背景下出现的，是 19 世纪中期美国反物质主义运动的重要组成部分。小说开始时，巴特比还能胜任抄写员的工作，但后来消极怠工直至拒绝参与任何工作，只是盯着办公室外面的一堵砖墙发呆。更糟糕的是，巴特比同时也隔断了和外界的一切交流。当律师询问他拒绝工作的原因时，巴特比回答："我不想做"；当律师质疑为何搬到办公室生活时，巴特比却沉默以待；当律师去监狱探望他时，巴特比冷漠地说："我知道你，但是我不想和你说话"（Melville，1984：127）；等等。巴特比最终绝食而死："他以奇怪的姿势蜷缩在墙角，怀抱双膝，头顶着冰冷的石头。我看到了已经死去的巴特比。一动不动。"（Melville，1984：129）巴特比死了，像石头一般纹丝不动。荒诞物化的巴特比让律师对他的不断问询变得异常荒诞。加缪在《西西弗神话》（*The Myth of Sisyphus*）中说："在人的努力这点上讲，人是面对非理性的东西的。他在自身中体验到了对幸福和理性的欲望。荒谬就产生于这种人的呼唤和世界不合理的沉默之间的对抗。"（加缪，2007：32）作为叙述者的律师尝试却无法与逐渐物化的巴特比进行有效沟通，正是加缪所谓"人的呼唤"和"世界不合理的沉默"之间的对抗，集中书写了生存的荒诞感。小说的副标题为"华尔街的一个故事"，即梅尔维尔将故事背景设定在美国商业最发达的市区街道，而正是在这一片商业繁华中巴特比却逐渐沦为荒诞之物。外界的欣欣向荣与巴特比在孤独中的物化形成鲜明的对比，尖锐地指出前者所标榜的"繁华"，实际只是金玉其外而已，虚假表象想要掩盖的正是高度发达的工业机械化社会对个人主体性的蚕食。个人被荒诞物化的主题，会再现于卡夫卡荒诞小说《城堡》之中——永远进不了城堡的土地测量员 K，也会成为贝克特荒诞戏剧《等待戈多》的主线——永远等不到的非理性戈多，还会演绎为海勒小说《第二十二条军规》中充满黑色幽默悖论的军规等。早于这些作家半个多世纪，处于美国文化认同建构期的梅尔维尔已经看到了隐含在表面繁荣之下的暗流，从诗学视角预言了 20 世纪荒诞文学的发展与兴盛。

　　19 世纪美国文艺复兴时期的科幻文学叙事虽然建构在启蒙思想之上，但并没有拘泥于科学理性，反而通过非理性视域将启蒙思想推至极限，以此思考科技和社会的关系，并从隐喻的层面审视社会发展和文化认同的相关问题。无论是赛博格书写、穿越叙事还是后人类寓言，梅尔维尔、霍桑、爱伦·坡等黑色浪漫主义小说家浸淫在启蒙理性之中，却察觉到了科技思想对于人性主体的侵蚀，在思考科技伦理并对未来发出警示的同时，亦通过科幻的非理性窗口对美国认同内涵的确定、外延的发展进行了哲学思考和文学表达。文学创作参与建构认同的现实，正是美国文艺复兴时期科幻小说与当代科幻小说最主要的区别之一。正如我国科幻作家陈楸帆所说："科幻……是最大的现实主义。科幻用开放性的现实主义，为想象力提供了一个窗口，去书写主流文学中没有书写的现实。"（岳雯等，2019：154）

　　文艺复兴时期美国科幻叙事思考了美国文化认同建构的问题，并尝试性地提出作家独有的解决方案，为现代荒诞小说、黑色幽默小说、"失梦一代"作品等创作的到来做好了铺垫，是在科学知识基点上对文化认同建构的积极思考，显示了科学非理性叙事对于认同建构的正面作用。如果科幻叙事是在启蒙科学基础上通过非理性视角反思美国文化认同的现状、预言极致理性下被物化的荒诞社会，那么源自开拓边疆运动的美国幽默叙事则对这种荒诞秩序与失梦状态进行了近距离的书写。

第五章

荒诞叙事：幽默棱镜中变形的共同体

作为 18 世纪欧陆启蒙运动的先驱，培根所理解的理性和真理，无疑与唯物主义、科学实验精神和实证主义密切相关。[①] 但与此同时，培根亦赋予这些启蒙关键词以非理性的起源——来自上帝的恩惠。这样看来，理性一词本身又有非理性的内涵，预设了自我颠覆的可能性。换言之，同时存在于物质领域和精神世界两个层面，非理性因素一旦具有合法性，便会成为推动理性发展的重要条件。这也是古罗马雄辩家西塞罗在谈到喜剧的非理性时，称其为"生活的摹本，习俗的镜子，真理的反映"的原因。（胡家峦，2001：233）

建国时期的美国，承继了欧陆的启蒙理性之光，其中亦包括了理性之光中蕴含的非理性之镜。在文学创作中，幽默小说正是起到了这种非理性之镜既颠覆又建构的作用，在精英文化和民粹主义之间、在欧陆儒雅传统和美洲边疆精神之间、在美国梦和严酷现实之间不断寻求平衡点，是最具认同意义的美国文学。

---

① 在《论真理》（*Of Truth*）中，培根重现了《圣经》中上帝创世的场景。上帝向人间吹了四口气：第一口气让天地分离，世界从此有了秩序，第二口气赋予人类感性（sense），第三口气赋予人类理性（reason），最后一口气则将真理吹至选民脸上（the face of his chose）。培根认为："如以仁爱为动机，以天意为归宿，而以真理为行为准则，实为人间天堂。"（Bacon，1878：12–13）

第一节　反启蒙视角下的民粹幽默小说

古希腊盛行体液医学疗法（humoral medicine），认为人体由血液、黏液、黄胆汁和黑胆汁四种体液（humoral）组成，它们之间的平衡关系决定了人的健康状况和情绪波动。"幽默"一词即从"体液"一词发展而来。古希腊哲学认为，事物之所以可笑（the ridiculous）是因被笑者的无知，丑陋（ugliness）但不让人反感（not disgust）是幽默的关键所在。从西方文化起源来看，幽默机制有两点值得关注。一方面，幽默产生的原因是身体或情绪上诸多元素之间的"不平衡"，而达到平衡则是幽默存在的直接目的；另一方面，一般情况下，虽然幽默机制对于个体和社会来讲起到积极的建构作用，但包含不平衡因素的对象要想催生幽默效果，还必须有"不让人反感"的前提。也就是说，从历时发展来看，幽默在由不平衡到平衡的过渡中起到了重要的调节作用。美国幽默文学之所以能够经久不衰，美式幽默之所以成为美利坚民族的重要标志，与其围绕民族认同的建构、维系所进行的文学表达和文化反思是不无关系的。

一　反精英的民粹与反儒雅的边疆：非理性幽默的生发

美国历史源于一个有关宗教平等的梦想。早期美洲殖民者为了信仰自由，寻找并建设上帝许诺的"山巅之城"，不远万里来到美洲。但梦想总是和现实存在乖讹。来到美洲之后，恶劣的自然环境、艰苦的生存条件等，与殖民者最初的梦想相差甚远。但执着于清教救赎思想的殖民者们仍努力耕耘，在荒原上一砖一瓦地搭建着梦想之国。如果美国梦是美国人民的一个情结，那么理想主义和务实精神的对抗融合则是筑梦行动中美国人必然形成的民族性格。美国历史学家詹姆斯·亚当斯在《美国史诗》中就谈到了美国性格的双重内涵：所谓梦想，是"让公民过上更美好、更富裕和更幸福的生活的美国梦"；但与此同时，"每个人都有依据自己的能力实现目标的机会"。（Adams，1945：415）"更美好、更富裕和更幸福的生活"指出了梦想实现的全民普及特性，而"依据自己的能力实现目标"则暗许了尊重个人价值的自由竞争，且亚当斯准确地把握住了美国梦在精神和物质两个层面的内涵。在19世纪建构文化认同的关键时期，如何定位美国梦，如何平衡精神与物质的双重关系，是美国人亟待解决的重要问题。"在平衡现实和梦想差异之间，幽默逐渐融入美国人的性格"（唐文，2016：138），美国幽默文学得以逐渐定型并成熟，出现了美国学者沃尔特·布莱尔所谓的"美国幽默的黄金时代"（Blair，1978：155）。这一"黄金时代"最重要的组成部分，便是具有非理性倾向的民粹幽默小说。

从跨大西洋的地缘因素思考，美国幽默小说的创作具有得天独厚的条件。18世纪开始，源自欧陆的启蒙思想开始传入美国。大多数欧陆启蒙思想家认为，"理性（rationality）或者合理性（reasonableness）只有一个标准，即符合基于自然科学的预设、方法和逻辑这一条件"（Callahan，2020：1）。如前文所述，根据启蒙运动先驱培根的理解，理性预设了非理性的存在，所以公认标准具有相对固化的缺点。尤其当启蒙理性传入美洲大陆时，在介入美国文化认同建构的过程中，更是出现了理性与非理性的角力。美国通过在欧陆启蒙传统和美洲边疆文明之间不断平衡，尝试建构独具美国特色的文化认同，在这种从不平衡到平衡的努力中，具有鲜明民粹倾向的美式幽默油然而生。

"民粹主义"（populism）与"精英主义"（elitism）针锋相对。传统意义上，民粹即为大众（the mass），往往与愚昧、冲动和暴力等带有贬义的词语相提并论，而精英则与智识、儒雅、特权等相关，是主流理性的集中表现。美国历史源于实现个人梦想的努力，在殖民地时期，自由民粹思想便跃动在每一位开拓者身上。到了19世纪文化认同建构期，这种自由民粹更是转变为一种难以抹杀的集体记忆。梭罗在《论公民的不服从》（*Civil Disobience*）中指出，"最好的政府是完全放任个人自由的政府"（Thoreau，2008：3），这是自由民粹思想在文学创作领域开出的另类芬芳；杰克逊总统适时提出自由工业主义，保护自由竞争的合法性，这是自由民粹思想在经济社会发展中结出的果实；而在19世纪后期美国曾出现重视个体农业发展的"民粹党"[①]（The Populist Party），这是民粹精神建构美国上层政治的重要努力；等等。

民粹思想的扎根发芽与美国梦的民族情结是息息相关的。梦想，可以是宏大的政治理想，也可以是细琐的个人情愫。在19世纪上半期的民族建构时段，从跨大西洋的地缘关系上看，欧陆儒雅传统表现出显性的知识精英特点，而在西进运动中不断成长的美洲边疆文化则带有明确的民粹色彩。随着西进运动的推进，如果将以波士顿为中心的新英格兰北方圈视为精英分子的聚集之地，那么西部和南方文学则不自觉地为民粹文化背书。美国学者西摩·马丁·利普塞特（Seymour Martin Lipset）用5个词来界定追寻梦想的美国信念（American Creed）——"自由、平等主义、个人主义、民粹主义和自由主义"（Lipset，1996：19），明确指出在西进背景下民粹主义是开拓者追梦的精神寄托。19世纪30年代浓重的民粹文化氛围催生了不少优秀的边疆幽默作品，其中具有代表性的当数以船员麦克·芬克（Mike Fink）、大卫·克洛科特（David Crockett）、杰克·唐宁（Jack Downing）等大众英雄为主角的边疆故事。

美国学者理查德·利罕（Richard Lehan）曾说："西部边疆的意义，就在于它记录了文明冲撞并改变荒野的过程。"（Lehan，2014：52）在启蒙运动的大环境下，文明对荒野的冲撞，实际上是一种理性逐渐征服非理性的过程。美国历史学家特纳以西进运动时期的美洲边

[①] 美国民粹党，又称人民党（The People's Party），最早出现于19世纪80年代，在美国南方和西部诸州有一定的影响，1896年美国总统选举后民粹党解散。

疆为背景，架构了一条理性与非理性交织、文明与荒野融合的不断西行的隐性线索。特纳指出："边疆不断向西开拓，美国社会也因此获得了源源不断的新生力量。"（Turner，1969：28）在文明征服荒野的同时，非理性也扩充了理性的边界，不断丰富着文明世界的内涵。19世纪上半期，美洲大陆开拓者的脚步继续西行：以波士顿所在的马萨诸塞州为起点，顺内陆河北上至康涅狄格州和特拉华州，之后向西翻越阿巴拉契亚山脉和阿勒格尼山脉，最后到达俄亥俄州和密西西比河流域，并在这里短暂停留。美国学者杰夫·金指出，早期美国在绘制地图时，经常将美洲西部绘制到地图的上部，[①] 由此可见"西部"这一概念在当时认同建构过程中的重要性。当西行的脚步来到密西西比河流域，文明和荒野之间、理性与非理性之间真正带有戏剧性的角逐才刚刚拉开大幕。美国学者沃尔特·布莱尔所谓的美国喜剧之神（American comic demigod）（Blair，Hamlin，1978：113）麦克·芬克带有鲜明民粹英雄色彩的传奇故事就是在这一背景下发生的。

二　边疆民粹英雄麦克·芬克和大卫·克洛科特

18世纪末19世纪初，美国在西进的过程中遭遇西班牙的殖民势力，并与之产生了矛盾冲突。在以美国政客约翰·杰伊（John Jay）与西班牙政客迭戈·德·加多基（Diego de Gardoqui）为代表的多方斡旋下，两国就美洲内陆河的贸易权问题达成和解，在此背景下大批美国人翻越阿巴拉契亚山脉来到密西西比河流域，而麦克·芬克（1770-1823）就是其中的一员。芬克出生于宾夕法尼亚州的匹兹堡市，年少时在印第安战争中做过侦察兵，之后随着西进者一起来到了密西西比河。他做起了运输生意，驾驶平底船穿梭于俄亥俄州和密西西比州之

---

① 杰夫·金说："早期美国地图有时看向西边。一般通用的做法是，将注意力最聚焦的方向作为地图的上部。"（King，1996：19）

间，因其娴熟的技巧和彪悍的性格而小有名气，被称为"平底船之王"（king of the keelboaters）（唐文，2021：63）。1823年，在玩射击游戏时芬克误杀了一名叫卡朋特的人，最终被前来复仇的卡朋特的朋友杀死。1821年，美国作家阿方索·惠特玛（Alphonso Wetmore）以芬克为原型创作出版了戏剧《小贩》（*The Pedlar*），自此之后以芬克为主角的文学作品源源不断，包括戏剧、小册子、政府报告、史记、幽默小说、漫画、旅行指南、日历、杂志、报纸等各个领域不同类型的媒体都开始刊载相关故事。

芬克从1785年开始从事平底船行当，随着殖民者的不断到来，拉货载人的生意也越来越好。1800年，通过运输行业挣得盆满钵满的芬克在西弗吉尼亚州的惠灵市买下了两艘船。有了水上的固定资产，晋身为有产阶层，芬克获得了参与政府组织的西进活动的入场券。1822年3月，密苏里州的圣路易斯共和党人发起"100个年轻人寻找密西西比河源头"的号召，打算在蒙大拿州建立皮毛生意基地，芬克当时就应征做了平底船导航员。蒸汽时代到来之前，大量运载着面粉、猪肉、大麦酒等产品的平底船穿梭于俄亥俄州与密西西比州之间，保证了边疆地域正常的生产生活秩序。驾驶18米高的平底船逆行于河流之上，且要抵御冰霜、潜流甚至印第安人的突袭，对平底船驾驶员的身体状况、航行知识和驾驶技能等都有较高的要求，而芬克正是其中的佼佼者。坊间流传着有关芬克驾船的故事，加之芬克本身又喜欢吹牛，虽然当时书写文字在边疆仍少见，但芬克这一形象很快成为口述吹牛故事的热门主角。19世纪三四十年代，芬克在口口相传中成为密西西比河上的平底船英雄，报纸和日历上亦开始大量刊登他的奇闻逸事。

传说中，芬克身高1.9米、体重160多斤，在密西西比河的长期驾驶经历让他练就了强壮的体魄和粗野的性格。芬克喜欢四处挑衅、惹是生非："无论跑、跳、蹦、扔、拉，这片地域哪一个人能比得过我？"（O'Neil，1975：71）他还自称"密西西比河的嚎叫者"（Screamer from the ol' Massassip）："刚刚来到这个世界，在睁眼之前我就断奶了，哭着喊着要喝大麦酒！我爱女人，我喜欢打架！我的身体一半是野马，一半是鳄鱼。"（Blair and Franklin，1956：105）坊间传闻，他在喝完一瓶威士忌后仍然能将50米开外一头猪的尾巴射掉。一则故事中，"他将一个细长的杯子装满鸡尾酒，放到了情妇头上，之后用子弹击中了酒杯"，"他还邪恶地让她用双膝夹住酒杯，然后射击"（转引自 Blair，Hamlin，1978：116）。在传统儒雅清教戒律下，作为男性社会的附属品，女性的言行应该保守且低调，而芬克与情妇的放浪形骸则挑衅了这一儒雅传统。还有故事讲到芬克与妻子派格（Peg）之间的趣闻秘事。例如，芬克因吃醋而让妻子站在火堆里：

> 因为恐惧麦克，派格不得不站在火堆里，但很快就因太热而受不了。短短几秒钟，她就忍不住迅速跑到了河边，并一头扎了进去。
>
> "好了，"麦克说，"现在你知道对着平底船上的其他男人眨眼睛的后果了吧?"
>
> （转引自 Blair，Hamlin，1978：115-116）

夫妻俩插科打诨的幽默情节，让读者忍俊不禁，同时让芬克的故事更接地气，不按常理出牌的趣事更强化了人物形象的非理性民粹英雄的光环。美洲大陆上的西进，是文明征服荒野的过程，为了克服对自然的恐惧，美国民众渴望出现像芬克这样的边疆英雄。在夸大的边疆幽默非理性视角下，芬克"半马半鳄"的魁伟形象无疑满足了开拓者的心理期待。实际上，19世纪之后，以芬克为代表的、活跃在边疆地带的民粹英雄，已然被推崇为美洲大陆的大众偶像，从集体无意识的视角去解读，这正是美国民众形成民族精神、建构文化认同的自觉行为。

在同一时期同一民粹英雄阵营的，还有边疆开拓者丹尼尔·布恩（Daniel Boone）、民粹政治家大卫·克洛科特（David Crockett，1786-

1836）等。现实中布恩与芬克的生活时空几乎重叠，他是肯塔基州最早的拓荒者，在阿巴拉契亚山脉以西建立了布恩社区（Boonesborough）。他参加过美国独立战争，也曾与土著印第安人作战，之后因投资地产生意失败，退居密苏里州直到 1820 年去世。19 世纪末，美国作家约翰·菲尔森（John Filson）出版专著《肯塔基州的发现、开拓和现状，和一篇有关这一重要地域的地形学和自然历史的文章》（*The Discovery*，*Settlement and Present State of Kentucke and an Essay towards the Topography*，*and Natural History of That Important Country*）。有趣的是，比起冗长无趣的正文，读者更喜欢作为专著后记的民间故事。在这一部分中，菲尔森以布恩的口吻讲述了一系列开拓边疆的故事，由此成就了布恩在美国文学史上民粹英雄的地位。大卫·克洛科特是另一位经常出现在边疆幽默小说中的民粹英雄。他与芬克有诸多相似点，如都活跃在边疆地带，性格粗犷且孔武有力，尤其都喜欢远距离射击比赛。在克洛科特出版的日历中，刊载了和芬克进行射击比赛的故事。尽管没有证据表明两人在现实生活中有过交集，但是两人相似的个性特点和相同的生活背景让读者很容易将他们联系在一起。[1] 综合来看，比起芬克，边疆英雄克洛科特的形象更多维、更立体。

克洛科特出生在美国东田纳西州，同样具有孔武有力、擅长狩猎、喜欢吹牛等早期开拓者的个性特点，也有自己引以为傲的称号："荒野边疆之王"（king of the wild frontier）。芬克的故事主要以密西西比河流域为背景，而克洛科特则同时在边疆、战场和政坛等不同领域叱咤风云。克洛科特参加过田纳西州劳伦斯县的民兵组织，1821 年成为田纳西州议员，并于 6 年后入选美国国会。但之后因为与杰克逊总统政见不合而被踢出议会。1836 年，克洛科特参加了美墨战争，据说在"阿拉莫战役"（Battle of the Alamo）中被当作战俘杀死。克洛科特的

---

① 1956 年，美国迪士尼公司推出的电影《大卫·克洛科特和水贼》（*Davy Crockett and the River Pirates*），就以克洛科特和芬克为主角讲述了两人的边疆历险故事。

一生充满了传奇色彩，同时代很多美国作家都以其生平为素材进行创作，连日历商都刊载克洛科特的故事以增加卖点，这些都帮助打造了他多维度的边疆民粹英雄形象。

克洛科特多维的民粹喜剧形象，除了与其丰富传奇的人生经历相关，亦和现实真人与虚构形象之间的对话有关，更受到克洛科特政治观点反复的影响。19 世纪二三十年代，活跃在政坛的克洛科特发现，自己突然成为文学作品中很受欢迎的主人公，但令其不悦的是，大多数作品呈现的是一个笨拙丑陋的克洛科特形象。例如，当时有一个非常有名的故事，讲到树上的浣熊看到了克洛科特，因他的丑陋而受到惊吓以致从树下掉了下来。在有的版本中，浣熊看到克洛科特后自投罗网，"它讲道：'你不用费事了，我马上就下来。'然后浣熊就从树上走了下来，因为它觉得自己已经被击中了。"（转引自 Blair, Hamlin, 1978：128）克洛科特奋起反击，通过写作自传、发表言论等方式为自己正名。1833 年，克洛科特被选入田纳西州议会后，写作了自传作品《大卫·克洛科特生平的故事，在田纳西州》（*A Narrative of Davy Crockett, of the State of Tennessee*），在自传开篇便写道："我碰到过成千上万的人，他们对于我的外貌、习惯、语言等有不同的想象……但当他们看到现实中的我，看到我拥有人类的表情、样貌和感觉，他们都惊掉了下巴。"（Crockett, 1834：5-6）克洛科特笔下的自己与其他人笔下的克洛科特相差甚远，但源自真人的两个文学形象之间的对话，增加了人物形象的维度和复杂性，亦让文本变得幽默好笑。除此之外，克洛科特多维的文学形象还与真人在现实中政治立场的转变相关。

1829 年，在杰克逊竞选总统时，克洛科特坚定地站到了支持杰克逊的民主党派阵营。杰克逊在竞选过程中，宣讲美国领土扩张的必要性，谴责贵族阶层的腐朽且号召保护普通人的权益，表现出鲜明的自由民粹立场。但上任后，杰克逊立即签订了《印第安人迁移法》，授权总统用密西西比河以西的土地与印第安部落居住地进行交换，旨在将印第安人驱赶到密西西比河以西生活。在迁徙过程中，美国政府不惜诉诸暴力驱赶、屠杀印第安人，这就是历史上臭名昭著的"泪水之路"。目睹一切的克洛科特改变了政治立场，转而支持辉格党，并在公开场合发表讲演抨击杰克逊其人其策。美国学者沃尔特·布莱尔在解读克洛科特政治立场改变的原因时说：在边疆土壤之上，"每当做决策的时候，民粹精神（horse sense）总是比书本知识实用"（Blair, Hamlin，1978：126）。政治转向导致克洛科特在1831年落选议会，但其鲜明的民粹立场令报社和出版界为之振奋不已。民主党和辉格党纷纷抓住时机，利用这个民粹英雄形象宣讲自己的政治主张。

在克洛科特转变政治立场后，很多报纸杂志一反之前将其塑造成边疆英雄的做法，开始恶意丑化克洛科特。1833年，田纳西律师亚当·亨茨曼（Adam Huntsman）在《地方志》（*The Book of Chronicles*）中将克洛科特描写为容貌极其丑陋之人，差点让其再次错过入选议会的机会。《纽约时报》（*The New York Times*）也不失时机地攻击克洛科特，诽谤其为"花花公子"（Danty Davy）、"戴假发的领导"（wig leader），讽刺他经营一家名为"大卫·克洛科特有限公司"（David Crockett & Co.）的皮包公司专为自己造势。（唐文，2021：66）在克洛科特明确反杰克逊立场之前，民主党人将他当作自己的一面旗帜，以争取更多民众的支持。而辉格党人也瞅准时机，利用克洛科特政治站位的改变在党争中增加自己的筹码。1831年3月，《汉普郡公报》（*Hampshire Gazette*）的一篇匿名小文《杰克逊总统还是之前那个人吗?》（"President Jackson Not of a Jackson Man?"）写道，在杰克逊宣誓入职时，克洛科特在议会公开支持总统；但在杰克逊入职之后，总统"忘记了最初被推选时的许诺。克洛科特现在说：'他忘记了自己的许诺，我也要忘记他'"。[①] 1833年9月，支持辉格党的美国周报《奈尔斯国家时报》（*Niles' National Register*）以"克洛科特上校"为题发表文章，认

---

① "Davy Crockett on Andy Jackson…"，https://www.rarenewspapers.com/view/662630，最后访问日期：2024年3月20日。

为他"拥有坚强的意志和善良的心……是你遭遇交通事故或者不幸时最想要见到的人"。[1] 1834 年 5 月，《奈尔斯国家时报》在内页又刊登了一则有关克洛科特的报道：

> 大家争论纷纷，嘈杂的声音像下山的潺潺溪流和国会前喷涌的喷泉一样不绝于耳——实际都是无意义的吵闹而已——直到克洛科特上校站了起来。所有记录的笔都停了下来，所有人都抬起了头——每一双眼睛都盯着他——没有人再窃窃私语。[2]

报道将克洛科特塑造为一位声如洪雷、极具人格魅力的英雄的形象，与民主党派对他的贬斥形成强烈的对比。

三　新英格兰民粹英雄布朗与视觉方言叙事策略

无论是民主党刊物的先褒后贬，还是辉格党宣传的先贬后褒，他们都试图通过对克洛科特形象的评论来宣讲自己党派的民粹立场，以获得更多民众的支持。克洛科特文学多维形象的背后，是美国人对自由精神的向往和推崇，体现了美洲边疆精神与欧陆儒雅传统的对抗，表达了知识分子群体寻求认同的诉求。在民粹幽默的阵营之中，水手芬克站在边疆开拓的最前沿，以孔武有力的开拓者姿态讲述了民众自己的故事，议员克洛科特则以士兵和政客的双重身份代表民众在政坛上赢得话语权，尽管一个在民间讲故事、一个在华盛顿写作品，但两人的幽默叙事都推动了民粹精神深深扎根在文化认同建构之中。在此基础上，随着民族意识的日益觉醒、内战的临近，具有鲜明民粹精神

---

[1] "Praise for Colonel Davy Crockett…", https://www.rarenewspapers.com/view/651854, 最后访问日期：2024 年 3 月 20 日。

[2] "Davy Crockett, thePolished Speaker…", https://www.rarenewspapers.com/view/653260, 最后访问日期：2024 年 3 月 20 日。

同时融合了儒雅传统的"北方佬幽默"（Yankee Humor）悄然兴起，其中最具代表性的是查尔斯·法勒·布朗（Charles Farrar Browne），其笔名阿特姆斯·沃德（Artemus Ward）更为人熟知。

布朗于1834年出生在美国东北部缅因州的沃特福德市，做过排字工，在《名利场》（*Vanity Fair*）等报纸杂志做过编辑，还做过单口相声演员（stand-up comedian），被称为"美国当时最著名的喜剧演员"（Tarnoff，2014：96）。美国作家布雷特·哈特在评论沃德在舞台上表演的北方佬幽默时说道："这是独属这个国家的幽默，它的韵律荡漾在无边的草原、无尽的河流和壮观的瀑布上，编织在我们民族生活的机理之中，在舞台上、在铁轨上、在运河平底船上，更在野地营火堆和酒吧火炉旁，这种表演艺术一路生花。"（Tarnoff，2014：97）1858年，布朗以"阿特姆斯·沃德"为笔名在俄亥俄州《老实人报》（*The Plain Dealer*）发表了一系列民粹幽默作品，并由此闻名大洋两岸。

机缘巧合下，《老实人报》的政治立场和文化地位推动了沃德在文学圈内的声名鹊起。1842年，约瑟夫·威廉·格雷（Joseph William Gray）和阿德米拉尔·尼尔森·格雷（Admiral Nelson Gray）兄弟买下了当地的报纸《克利夫兰广告人》（*The Cleveland Advertiser*），将其改名为《老实人报》。从名字上看，"老实人"似乎具有浓重的民粹主义倾向，但实际上这份报纸刊发的文章遵循欧陆儒雅传统路线，是一份精英知识分子刊物。《老实人报》延续了《克利夫兰广告人》的民主党派立场，带有鲜明的中产阶级特质。1836年到1837年，民主党激进分子也曾在纽约市经营一份名为《老实人》（*The Plaindealer*）的周报。格雷兄弟之所以将自己的报纸命名为"老实人报"，是想借此表明自己的民主党立场。位于俄亥俄州的克利夫兰市成立于1796年，因其全国交通枢纽的位置很快成长为美国主要工业城市之一。从地缘特征看，《老实人报》虽然是在西进开拓背景下发展起来的，倡导的也是朴实的民粹边疆精神，但工业大市的地理位置让报纸坚定地坚持中产阶级与新英格兰精英文化立场。这种从民粹到精英的转向，同样能够在布朗的沃德系列作品中看到。

19世纪50年代，阿特姆斯·沃德的信件和作品频现于《老实人报》。最初发表的作品，是布朗以马戏团经纪人沃德的身份与报纸编辑的往来通信。尽管布朗有过创作经历且做过报刊编辑，具有良好的文学素养，但他有意在行文中犯下各种语法错误，抑或是句式时态错误，抑或是词语误用误拼。在推销自己马戏团的第一封信中，布朗说道："先生——我正打算拜访您所在的城市。我想请您给我回一封信，讲讲您那里马戏团生意怎么样。"（Brown，1862：17）短短几行字里面，出现各种拼写和语法错误："moving"写成了"movin"，"towards"变成了"tords"，"write"落了一个字母写成了"rite"，等等。而口语表达方式"I want you should rite"（我想让你应该写）则过于口语化，不符合标准的英语语法规则和书写方式。这种通过读音拼写单词的方式，让读者联想起同样在19世纪中期新英格兰地区风行的《比格罗信件》（*Biglow Papers*），其作者詹姆斯·拉塞尔·罗威尔（James Russell Lowell）以诗歌叙事的方式，从小人物视角展示了美国经济社会的生活全景。在叙事中，罗威尔使用了所谓的"视觉方言"（eye dialect），即"根据方言读音将单词拼写下来"（唐文，2021：78）。如果罗威尔通过诗歌叙事使用视觉方言修辞，那么布朗则通过民粹小说进一步推广了这种修辞手法的使用。1862年，布朗将沃德系列作品编纂成书，冠名"阿特姆斯·沃德：他的著作"（Artemus Ward：His Book）。在伦敦再版时，扉页上专门写道：是由《比格罗信件》的编辑写的前介。很明显，布朗想借助罗威尔的名气推销自己的专著，由此也可以看出布朗早就关注和研究了《比格罗信件》中的视觉方言。

与罗威尔一样，布朗之所以使用视觉方言，为的是创作具有鲜明个人特色和地方特征的文学作品。罗威尔是富有的新英格兰殖民者后裔，毕业于哈佛大学后从事法律工作，文学创作只是业余爱好。在写作严肃文学的尝试失败后，罗威尔找到了通过视觉方言写作民粹幽默诗歌的方式，并由此大获成功。布朗同样属于新英格兰儒雅文学圈，不同的是他的经历更为丰富。20 岁迁徙俄亥俄州，做过编辑、撰稿人、排字工，也摸爬滚打做过一些底层人士的工作。在文学创作领域，布朗一直默默无闻，直到 1858 年开始用"阿特姆斯·沃德"的笔名写作，通过视觉方言为独具美国特色的"北方佬幽默"文学争取了一席之地。

从美国文学发展的地缘秩序看，布朗的沃德系列作品实际上属于19 世纪五六十年代美国地方色彩文学。相比来说，新英格兰文学与盎格鲁-撒克逊传统联系最为紧密，在 19 世纪前半期美国文学认同建构过程中起到了核心作用。内战前的美国文学领域，新英格兰文学占据着绝对主导地位，本杰明·T. 斯宾塞就此不无夸张地说："新英格兰文学当时就是美国文学的同义词。"（Spencer，1957：264）但随着西进运动的推进，美国西部边疆文学和西南幽默文学亦渴求在认同建构中寻得发声权、获取主动权。19 世纪出现了西部边疆小说家布雷特·哈特、西南边疆小说家乔尔·钱德勒·哈里斯（Joel Chandler Harris）等重要的地方色彩作家。与此同时，新英格兰北方作家也不甘示弱。以罗威尔和布朗等为代表的北方精英派作家，通过视觉方言等创作手法将"北方佬"的经典美国幽默形象推广开来。虽然地方色彩文学旨在将地缘特色呈现在读者面前，强化地方认同的概念，但客观上因"推而广之"促进了民族文化意识的统一。美国学者理查德·H. 布罗德黑德就曾谈及地方色彩文学在民族文化认同建构中的作用："它的公众功能不是因（地方）文化的逝去而伤怀，而是在同时代不同文化及其地缘之间寻找一个平衡点……现在上升到了民族认同的层面。"（Brodhead，1994：121）

地方色彩如何融入文化版图？布朗的短篇小说《欧柏林》（Oberlin）对此进行了文学解读。小说讲述沃德在俄亥俄州欧柏林大学的经历：他尝试并成功将自己的演出团队和蜡像展品引入了校园。小说以沃德为第一人称进行叙事，同样采用了视觉方言的叙事策略，用书写的方式将"北方佬"口音呈现在读者面前，因此具有鲜明的地方色彩。视觉方言拉近了叙述者与读者之间的距离，让后者更容易对沃德有关教育体制缺陷和种族歧视的看法产生认同感。小说伊始，沃德尝试说服派克教授（Professor Peck）让演出团和展品进驻校园，并就"怜悯心"（sentiments）一词的内涵与教授产生了争论。沃德认为怜悯心没有必要："重要的是，我能不能便宜地租借你的大厅。你充满了怜悯心，那是你的问题，我只是个稀罕物的展览者而已。"（Brown，1862：66）派克教授谴责沃德对于展出动物没有爱心，结果却在"表示爱心"时被袋鼠抓伤。他一反"怜悯心"的说辞，无情地说道："他（袋鼠）堕落了！我去包扎伤口，我要求你狠狠惩罚这个畜生：希望用鞭子抽它 15 分钟，好好治治它。"（Brown，1862：67）派克教授抓狂的样子和之前的道貌岸然形成强烈的反差，读来让人忍俊不禁。从地方色彩来看，派克教授伪善学者的形象有鲜明的新英格兰地域特色，但从沃德视角透露出的嘲讽态度中，也可以觉察到故事的边疆民粹主义倾向。民粹视角下对伪善学究的嘲弄，反而将像派克教授这样的"北方佬"形象推而广之，并进一步深入民心。

小说中，沃德的种族主义精英身份也在民粹幽默的棱镜下得到深刻剖析。沃德不断抱怨欧柏林大学有色人种太多，尤其是埃塞俄比亚人。小说指出，尽管学校整体上是文明的，"开课要做祈祷仪式，而且读的是《纽约论坛》（New York Tribune）"，但聚餐时前排的座椅总是留给有色人种，坐在第二排的沃德抱怨说："我不喜欢和埃塞俄比亚人一起吃饭……他们吃剩的东西让我胃里翻搅恶心，他们啃剩的鱼骨头甩得我满身都是，丢掉的土豆皮都黏在我的头发上了。"（Brown，1862：6-8）沃德肯定的"祈祷仪式""《纽约论坛》"等，这些明显是代表了英格兰地域儒雅文化的核心关键词。与之形成乖讹效应，非洲裔埃塞俄比亚学生"吃剩的东西""啃剩的鱼骨头""丢掉的土豆皮"等细琐情节，却让沃德反感不已。实际上，对座位排序问题的抱怨，已经表明了沃德根深蒂固的种族歧视。乍一读来，沃德作为"北方佬"的偏执和对非洲裔学生神经质的反感，让故事读起来轻松诙谐；但仔细思考后，幽默下面隐藏的种族歧视问题，又会令读者隐约感到不安。正因为小说以新英格兰地方色彩为背景，布朗才得以强化其中的种族歧视问题，扣住了时代脉搏、找准了社会问题，准确地预言了即将爆发的美国南北战争。

总的说来，无论是使用视觉方言的修辞手法，还是嘲讽儒雅学究的伪善、塑造种族歧视者的傲慢等，都起到了建构地方色彩文学、展现新英格兰地域民粹精神的作用。西南部、西部、新英格兰等地域作家在浓墨重彩地展现地方色彩的同时，亦在客观上加速了南北统一的步伐，美国南北战争呼之欲出。

在沃德系列小品文成功后，布朗登上舞台，站在聚光灯下做起了单口相声演员，跨出文学圈成为演艺界的明星。综观沃德的艺术生涯，他接受了新英格兰儒雅传统教育，但在创作中延续了以芬克和克洛科特等民粹英雄为主角的西部边疆风格。这种将儒雅与边疆、民粹与精英相融合而创作的美式幽默，在美国文化认同建构中无疑起着重要的作用，而布朗带有地方色彩的民粹幽默和站在聚光灯下、带有商业化的表演，亦为美国边疆幽默大师马克·吐温的出场做好了准备。1863年11月8日，布朗来到三藩市做单口相声表演，这对于26岁的马克·吐温来说，是其幽默作家成功之路上不可或缺的一页。布朗和马克·吐温一见如故，相谈甚欢。两人的生活经历有着惊人的相似点：同是幼年丧父，也都做过排字工，浸染于"印刷房的油墨民粹主义"（Tarnoff，2014：89），还都是边疆幽默的拥趸。在布朗的大力推荐下，《纽约周日精神报》（*New York Sunday Mercury*）刊登了马克·吐温的两篇文章，这也是马克·吐温在纽约读者面前的文学首秀。在布朗的鼓励和支持下，出生在密苏里州汉尼拔市、做过密西西比河导航员、到过内华达州和加利福尼亚州做淘金工的马克·吐温决定前往大城市发展，站在更高的舞台上、更亮的聚光灯下，成为万众瞩目的中心。

亚里士多德认为悲剧有净化情感的作用，相比之下，模仿坏人言行的喜剧自然在悲剧之下。喜剧作品始终徘徊在严肃文学的边界，而幽默作家也因作品的插科打诨而不被重视。在文学发展史上，马克·吐温是少有的被学界交口称赞的另类幽默作家。《纽约时报》认为马克·吐温是"美国历史上最伟大的幽默大师"，而美国作家威廉·福克纳（William Falkner）更尊呼其为"美国文学之父"（the father of American literature）（Jelliffee，1956：88）。究其原因，马克·吐温的小说虽然属于幽默作品，偶尔也会插科打诨，但其情节有很强的针对性，包含了作家对社会热点问题的反思。此外，马克·吐温虽然活跃在北方文艺界，但其幽默创作手法受到了文艺复兴时期西南幽默作家的影响，形成了独具个人特色和边疆认同内涵的幽默文学。西南幽默作家如何影响到了马克·吐温？

第二节　西南幽默叙事的地方色彩与边疆策略

一　西南边疆与《时代精神》：民粹精神的乐园

所谓西南地区，在地理方位上大概包括美国旧西南部的田纳西州、佐治亚州、亚拉巴马州、路易斯安那州、密西西比州、阿肯色州和密苏里州等地域。（Flora，Lucinda，2002：350）开拓西南边疆是美国西进运动中至关重要的一个环节。1763 年，英国国王乔治三世在赢得与法国争夺美洲殖民地的七年战争之后，发布了《1763 年英国公告》（The British Proclamation of 1763），禁止益格鲁－撒克逊殖民者向西迁居阿巴拉契亚山脉。但公告不但未能阻止西进者的脚步，反而在客观上加速了美国独立战争的进程："殖民地的怨怼情绪日益严重，最终导致了旨在挣脱英国律令的革命的爆发。"（King，1996：28）美国独立战争后，大批移民迁入阿巴拉契亚山脉和密西西比河流域之间的地域。到 1810 年前后，田纳西州等西南地域已经从荒野变成了良田，为三四十年代东部移民的到来做好了准备。如果说美国历史源于美国梦的情结，那么19世纪的西进运动可被看作17世纪美洲移民历史的延续。与之不同的是，17世纪的美洲移民更多的是盼望宗教信仰的自由，而19世纪三四十年代来到西南地域的追梦群体则主要由来自东部的"失梦者"组成。围绕"丢失的梦想"和"荒诞的现实"之间的乖讹进行书写，西南幽默小说作为一支具有鲜明地方色彩的文学流派逐渐成形。从1830年移民潮到1861年内战爆发，这段时间是美国西南幽默小说最繁盛的时期，与美国文艺复兴时期基本重合，涌现了奥古斯都·鲍德温·朗斯特里特、乔治·华盛顿·哈里斯（George Washington Harris）、约翰逊·琼斯·胡柏（Johnson Jones Hooper）等重要的名誉大洋两岸的幽默作家。提及西南幽默作家的成功，自然不能忽略19世纪中期煊赫一时的地方报纸——《时代精神》[①]（*Spirits of the Time*）。

1831年，威廉·T. 波特兄弟一起在纽约创办了周报《时代精神》，报纸全名是："时代精神：跑马、农业、野外赛事、文学和戏剧"（Spirit of the Times：A Chronicle of the Turf, Agriculture, Field Sports, Literature and the Stage）。波特兄弟有意模仿伦敦的一份贵族阶层报纸《贝尔在伦敦的生活》（*Bell's Life in London*），以刊登与运动比赛相关的新闻为主。波特在谈到创刊初衷时说，其目标读者群体是"大众群体中不同社会阶级的少数人"（Gorn，Warren，1993：67）。报纸的供稿人大多也来自上层阶级，他们的社会身份有行政长官、牧师、律师、报刊编辑等。但有趣的是，作为边疆开拓背景下的一份精英报纸，其刊登的内容却大部分是凸显地方色彩和具有民粹主义倾向的文章和报道。除了供上层阶级娱乐的田野赛事之外，《时代精神》亦刊登雅俗共赏的戏剧作品和边疆幽默小说。

---

① 《时代精神》创刊于1831年，到1839年成为美国最受欢迎的体育报纸。1856年之后，报纸一分为二：《时代精神》和《波特的时代精神》（*Porter's Spirit of the Times*）。1858年波特去世，报纸销量受到影响，开始走下坡路。

在儒雅传统主导的文化领域，高举民粹旗帜的边疆幽默小说难登大雅之堂，因而当时很多幽默作品都匿名出版，就连《时代精神》在一开始对此类小说也并不友好。波特在坚守娱乐上层人士办报初衷的同时，亦务实地看重报纸的销量和商业利润。在注意到西南幽默小说能为《时代精神》带来更多销量后，波特开辟专栏刊登朗斯特里特、哈里斯、约瑟夫·格洛弗·鲍德温（Joseph Glover Baldwin）等西南幽默作家的作品。也就是说，虽然最初瞄准精英群体，但为了迎合大众读者的阅读趣味，以在报纸杂志竞争中赢得一席之地，《时代精神》对地方色彩幽默作品伸出橄榄枝，并逐步成为西南幽默小说流派发展的重要跳板。从精英的团队和定位到民粹的内容和方向，《时代精神》的发展历程重塑了美国民族共同体内涵建构的过程。

二　《阿肯色州大熊》的盒状叙事策略

1845 年到 1847 年，波特出版了两部西南幽默作品选集——《阿肯色州大熊》（*The Big Bear of Arkansas*）和《肯塔基州的四分之一决赛》（*A Quarter Race in Kentucky*）①，将西南幽默推至美国文学中心舞台，引起读者和学界的广泛关注。在《时代精神》的大力推动下，西南幽默小说创作在 19 世纪四五十年代达到了繁盛期，《新奥尔良拾遗》（*New Orleans Picayune*）等北方报纸也开始大量刊登西南幽默作品，朗斯特里特等西南小说家创作的拓荒者和船夫等人物形象、"盒状结构"（frame tale）等叙事技巧，在美国文学发展史上也逐渐被经典化。

"盒装结构"叙事策略的发展与成熟，是西南幽默小说经典化的重要标志。所谓盒状叙事，指的是"叙事中的叙事"，其中的表层故

---

①　两部幽默小说集分别以托马斯·班斯·索普（Thomas Bangs Thorpe）和波特的代表小说名字命名。

事叙事为第二层更重要的叙事内容搭建了平台。在英语语言文学中，这一叙事策略最早可以追溯到杰弗里·乔叟（Geoffrey Chaucer）的《坎特伯雷故事集》（*Canterbury Tales*），在故事叙述者讲述自己朝圣的故事中，引入了更为重要的其他 31 位朝圣者的故事，以及更为内里的结构中每位朝圣者讲述的小故事。19 世纪中期，美国西南幽默作家延续了这种盒状叙事策略，但与乔叟不同的是，在他们的幽默故事中盒状的叙事结构比较固定，即在火炉边由叙述者讲述道听途说来的带有荒诞色彩的边疆故事。此外，西南盒状边疆幽默故事带有鲜明的民粹色彩，这一点从故事的口述风格以及呈现的暴力、蛮荒等主题可见一斑。1841 年，《时代精神》发表了索普的代表作品《阿肯色州的大熊》（以下简称《大熊》），其不但成为西南幽默小说创作的集大成者，而且成功将带有西南标签的盒状叙事融入了主流文学创作之中。

从 1839 年开始，索普开始为《时代精神》和《尼克博克》（*The Knickerbocker*）两本精英杂志写作西南边疆幽默小说。1841 年在《时代精神》上发表的《大熊》让索普一举成名，并由此揭开了西南边疆幽默小说的大幕。美国学者 J. A. 利奥·勒梅（J. A. Leo Lemay）对小说赞誉有加，认为其是"西南幽默文学作品中被收录最多的一部"（Lemay，1975：321）。故事发生在炉火边这一经典背景下，以叙述者的第一人称视角展开。"我"在密西西比河的"无敌号"（Invincible）汽船上碰到了一个名为吉姆·高根（Jim Goggett）的印第安土著人。吉姆出现后，"我"将故事叙述权交给了他，完成了盒状叙事视角的转移。在吉姆的故事里，他偶遇大熊并被对方的力量折服，接下来的岁月里吉姆想尽一切办法想要捕捉大熊，但始终没有成功。故事结尾处，年事已高的大熊自投罗网。虽然吉姆制服并杀死了大熊，但他明白最后的胜者是大熊。从整体上看，与美国 19 世纪大多数主流作家一样，索普嘲弄了人类在荒野面前的自不量力。《大熊》的地方色彩，除了密西西比河流域的背景设定和吉姆等西南土著人物形象的设定，更多地表现在小说的盒状叙事结构上。

小说叙事结构存在很大张力，第一叙述者即盒外的"我"和第二叙述者即盒内的"吉姆"来自不同生活背景，因而在叙述口吻和讲述方式上都存在巨大差异。小说以"我"的叙述视角展开，开篇便是一句包含了 62 个单词的长句子，其中用到了并列句式、原因状语从句和定语从句等复杂结构，翻译如下：

　　　　密西西比河上穿梭的汽船，行程动辄就跨越 1000～2000 英里；这些船只刊登的广告吸引了"所有中间站点"的乘客和货物，所以如果你不是亲眼所见，你根本不敢相信这些内陆船只上运载了多少形色各异的客人。

（Porter，1843：15）

　　稍显迂腐的叙述者在登船后不久就拿出了"最新的报纸"（the latest paper）开始阅读。独特的叙事方式和阅读习惯都揭示了叙述者的身份：主导书写传统的知识分子。然而就在这时，一声刺耳的长啸打断了他的阅读，以他的视角为主体的叙事流也戛然而止。在后面的篇章中，读者看到了与第一叙述层面完全不同的另一种叙事方式。与第一层面的书面表达不同，吉姆使用了带有鲜明地方色彩的口述策略。首先，与"我"标准的英文拼读不一样，吉姆的叙述带有明显的地方口音，使用了罗威尔所谓的"视觉方言"。例如，在回答熊是否会攻击人群时，吉姆说道："哦，不，陌生人，因为你瞧，熊的本性就是远离人群。"（Porter，1843：18）其中，将"nature"写作"natur"、"bear"写成"bar"。上文指出，视觉方言是地方色彩文学重要的修辞方式，除了发音上的不同，亦体现了说话者的身份特点及其地缘特征。如果罗威尔"北方佬"的视觉方言凸显了其狂妄自大的性格，那么吉姆在这里的发音习惯，则表现出漂流在密西西比河上未完全开化的边疆人的粗犷与朴实。

　　此外，"盒内外"的叙述张力还表现在用词内涵的不同上。因为吉姆是典型的边疆人，来自丛林深处，生活环境与受儒雅传统浸染的社区不同，有时会因为某些词语内涵的不同而造成误解。吉姆讲到曾经去新奥尔良谋生，结果被新奥尔良绅士戏称为"土包子"（green）。在吉姆看来，"green"的意思就是"绿色"，所以他又骂了回去："你们才绿，绿得像南瓜藤那样。"（Porter，1843：16）吉姆还讲到因为对"game"理解的不同而产生误解。在和新奥尔良绅士交流时，吉姆提到堪萨斯扑克是好玩的"游戏"（game），却莫名惹得哄堂大笑。绅士们解释说，"game"意为大型野生猎物。但吉姆反击说："陌生人，如果你问我们怎么获取肉食，我告诉你们，我们从狗熊到野猫，无所不吃。"（Porter，1843：16）显然，绅士的词汇表中的"game"（猎物），到吉姆这里变成了"肉块"（meat），出现了意义的混乱。在故事伊始，盒外叙述者"我"就指出，自己是从新奥尔良出发做短暂的旅行，加之言行举止的特点，可以判断"我"来自新奥尔良儒雅绅士阶层。对话中词义的不同理解，同样也存在于盒内盒外两个不同叙述者之间，两个叙述视角之间互相拉扯的张力，增添了故事的幽默趣味，是西南标签幽默盒状叙事的重要特点。

盒内外两种叙事的张力还源自两人阶级属性与个人性格的不同，一个低调内敛，而另一个则粗犷夸张。盒外的叙述者"我"来到船上，宁愿自己闷头读报也不想和形色各异的旅客交流。吉姆则完全不同，出现时的"一声长啸"，吸引了所有人的注意，讲故事时更是眉飞色舞、夸夸其谈，牢牢占据观众注意力的中心。吉姆描述阿肯色州荒野的粗犷："它的空气——你呼吸一下，你的气息就会变得像马一样粗重。"（Porter，1843：17）他夸大阿肯色州的蚊子："北方佬"被蚊子叮咬后，先是皮肤"肿胀感染"，之后肌肤像鲜牛肉一样"被叮透了"，然后就乘着汽船逃离这里。（Porter，1843：18）在吉姆眼中，阿肯色州的一切都是"大"的："它的蚊子大，它的面积大，它的野兽大，它的树木大，它的河流大。"（Porter，1843：18）小说最后，大熊自投罗网之际，吉姆开枪射击。但在射杀大熊的过程中，吉姆表现得异常狼狈。大熊来时吉姆正在上厕所，情急之下裤子都没提就去追赶，结果虽然打中了熊却被自己的裤子绊倒。边疆生活的简陋、吉姆的笨拙射杀、大熊的悲情死亡等，在地方文学的底色上，吉姆的故事已经具备了现代荒诞文学的基本特征。这无疑是西南幽默小说最经典的一幕，美国学者沃尔特·布莱尔盛赞道："粗犷（the earthly）和夸张（the fantastic）的结合，造就了美式幽默和边疆荒诞故事，这无疑是美国作家最伟大的成就之一。"（Blair，Hamlin，1978：212）

在美国边疆幽默小说发展史上，索普的《大熊》具有承上启下的重要作用。小说承继了早期民粹幽默小说中的芬克等边疆人物形象，同时推广了盒状叙事结构和边疆荒诞幽默等特点，影响到了梅尔维尔、马克·吐温、威廉·福克纳等美国近现代主流小说家的创作。在这种盒状叙事中，一方面，盒内叙述视角近距离呈现了西进运动背景下边疆开拓者真实的生活场景，增加了故事的真实性与可读性；另一方面，盒内盒外、儒雅粗犷两种叙事视角之间的张力亦成为小说幽默的源泉，保证了作品的趣味性，并逐渐经典化为西南边疆幽默小说的重要标签。如上文所讲，在马克·吐温的边疆幽默小说中，这种盒状结构又得到了进一步的发展。如果说索普的《大熊》从叙事策略上定义了西南边疆幽默作品，那么鲍德温的西南幽默小说《佐治亚见闻》则从共同体视角思考了民粹和精英的对立统一。

三 《佐治亚见闻》中的民粹精英共同体

19世纪中后期的西南小说创作带有鲜明的地方色彩，集中表达了西南作家渴望得到认同的文学诉求。在创作过程中，这种地方色彩与美利坚民族认同建构对话，对文化共同体的确立和稳定具有重要的意义。奥古斯都·鲍德温·朗斯特里特是与索普同时代的西南幽默小说家，相比之下，《佐治亚见闻》更集中地表达了作者从政治视角对美国文化认同和社会未来走向的深度思考。

　　朗斯特里特出生于 18 世纪末期，于 1870 年去世，他亲历了独立战争后的修复期、建国期和南北战争，目睹了美国政治的独立成熟和经济的发展，并参与了文学身份和文化认同的建构。朗斯特里特一生经历丰富，除了是享有盛名的幽默作家和小有名气的康涅狄格州律师，还是教育工作者，做过埃默里大学（Emory College）、森坦那瑞大学（Centenary College）、密西西比州立大学和南卡罗来纳大学的校长。朗斯特里特出生于美国东南部的佐治亚州，毕业于东北部的耶鲁大学，良好的新英格兰教育让他的创作带有鲜明的儒雅气息。在政治上，他是一名顽固的左倾分子，坚决维护奴隶制度与南方的独立，曾公开宣称：南方独立不会引发战争，就算发生战争，"联合起来的南方必胜"（Purifoy，1966：337）。与索普隐身盒状叙事结构不同，朗斯特里特将自己左倾的政治观点融入小说创作中。

　　1835 年，朗斯特里特写作了系列小说并发表在报纸上，1840 年《佐治亚见闻》以小说集的方式呈现在读者的面前。[①] 在 1835 年报纸连载系列故事时，爱伦·坡在《南方文学信使》中对朗斯特里特的创作大加赞誉：他"洞悉了人类的本性，尤其是南方人的本性"（转引自 McElderyy，1977：Introduction to Georgia Scenes，ix）。在爱伦·坡看来，朗斯特里特的小说创作标志着西南幽默小说高潮期的到来，南方文学此后定会赢得更多读者的关注。《佐治亚见闻》中的暴力美学，如在《斗殴》中描述的血腥肉搏战，以及讲述的"猎狐大赛""射击比赛"等具有鲜明西南地域特点的故事场景，是小说最为吸引读者的地方。与此同时，其独特的叙述方式，也为后来的美国幽默小说作家尤其是西南幽默小说作家所青睐。

　　《佐治亚见闻》载有 19 部短篇小说，共有 3 个叙述者：莱曼·霍尔

---

　　① 朗斯特里特是第一位将报纸刊登过的系列故事编纂成小说集的西南幽默作家，这一做法启发了同时代其他地方色彩作家。例如，同一时期另一位西南幽默小说家约瑟夫·贝克曼·柯布（Joseph Beckman Cobb）在 1851 年出版了小说集《密西西比见闻》（*Mississippi Scenes*），亦是收集了之前发表在报纸上的短篇小说，扉页上写着"献给朗斯特里特"。

(Lyman Hall)、亚伯拉罕·鲍德温（Abraham Baldwin）和蒂莫西·克拉布肖（Timothy Crabshaw）。其中以霍尔为叙述者的故事 12 部，鲍德温为 6 部，克拉布肖为 1 部。从总体上看，克拉布肖的故事《民兵训练营》（*The Militia Company Drill*）插科打诨地讲述了乱作一团、不成体系的训练场景，读来让人捧腹，涉及佐治亚州民间军事组织，小说风格和内容与整部作品并不相悖。但从叙述视角来看，作者在该篇小说下面注释道：故事来自一个笔友，大约发生在 20 年前（1810 年）。克拉布肖的叙述视角有两个作用：增加文本幽默感和扩展社会背景，但相比之下，霍尔和鲍德温的主视角以及两个视角之间的对话更为重要，是对古希腊喜剧中大话王（alazon）和愚人（eiron）两个形象的再现，影响到了同时代包括马克·吐温在内的美国幽默小说作家的创作。

与亚里士多德的喜剧理论一脉相承，古希腊权威文艺理论作品《喜剧论纲》（*Tractatus coislinianus*）提出，喜剧有 3 种固定人物形象：小丑（buffoon）、愚人①（eiron）和大话王（alazon）。（Carlson，1993：23）其中，小丑形象以最直接的方式娱乐观众，他们的穿着绚丽夸张、行为滑稽可笑，仅是外表模样就让人捧腹。与之相比，后两种形象则以较为隐蔽的方式取悦观众。大话王通过伪装而显得高人一等，实际不过是个傲慢自大的骗子。加拿大学者诺思洛普·弗莱（Northrop Frye）在《批评的剖析》中指出，大话王常常会具象化为"愤怒的父亲"（senex iratus）、"吹牛的士兵"（miles gloriosus）、老学究、花花公子等形象。（Frye，1973：172）愚人往往伴随大话王出现，舞台上愚人有针对性地揭示大话王的谎言，打击对方的狂妄自大。两个形象一唱一和，插科打诨，互相拆台，而他们之间的互动往往是喜剧舞台最为吸引观众的地方。弗莱认为，大多数喜剧场景都围绕两个角色的互动展开："一个人物洋洋自得地独白，而另一个则以旁白的形式挖苦嘲讽……不出意料地，观众常常站在愚人这一边。"（Frye，1973：172）

---

① 愚人在喜剧中通过嘲讽揭示真相，现代英文词"irony"（讽刺）即由"eiron"发展而来。

上文提到的《佐治亚见闻》中主要有两个叙述者——霍尔和鲍德温，在 18 部小说中两人依次作为故事叙述者，很少同时出现在一个故事中，但鲍德温曾出现在以霍尔为叙述者的《赛马》（The Turf）中。鲍德温这样劝说霍尔一起去看赛马："马场那么宽敞，一双眼睛、一对耳朵怎么可能捕捉到所有信息。你要是不去，我会错过多少有启发性的、有趣的或者让人开心的事情啊！"（Longstreet，1970：138）朗斯特里特通过鲍德温的话，表明了启用霍尔和鲍德温两个叙述者、两种叙述视角的原因，即增加"一双眼睛""一对耳朵"，丰富叙事的多维性和层次感。鲍德温主要聚焦南方上层社会生活，而霍尔的视角则偏重于底层普通民众的奇闻逸事，两个叙述角度互相补充，全面地展示了 19 世纪上半期佐治亚社会的地理风貌，亦以大话王和愚人般的互动增加了故事的趣味性和嘲讽意味。

从观众或者读者角度看，大话王叙事更接近第一人称叙述视角，自言自语讲述个人情感与体验，而愚人则以旁观者身份评论大话王的故事，更接近第三人称的全能视角。故事编排上，鲍德温总共讲了 8 个故事，尽管在故事中的参与度很高，但是从编排顺序上看，鲍德温的叙事经历了从大话王到愚人视角的转变。在第一个故事《跳舞》（The Dance）中，鲍德温认出了初恋情人波莉，暗自后悔当时为了前途而放弃了她，因此在舞会上想尽办法让波莉认出自己，结果却弄巧成拙，丑态百出。当他想用"优美的"舞姿唤起波莉的记忆时，最终却以"倒栽葱"形象惹得哄堂大笑。两个月后，鲍德温收到了波莉丈夫的便条："自从您离开，波莉就一直回忆，结果她说，她怎么也想不起来您是谁。"（Longstreet，1970：13）鲍德温记忆中的恋爱、分手、怀念、相认等，都是自己一厢情愿的凭空想象，活脱脱一个喜剧舞台上自吹自擂的大话王。但在《跳舞》之后，鲍德温的叙事视角发生了很大的转变，尽管偶然会现身故事中，却主要扮演起了愚人的角色。无论是《歌曲》（The Song）中让人昏昏欲睡的歌唱家克朗普小姐，还是《娶个尤物做妻子》（The "Charming Creature" as a Wife）中的情痴乔治，抑或是《舞会》（*The Ball*）里对富人拍马逢迎的努佐等，这些形象都是采用愚人视角后的鲍德温所嘲笑的大话王。

与鲍德温的故事编排顺序相反，霍尔讲述的 12 个故事里，除了最后一部《射击比赛》（*The Shooting Match*），其他都是从愚人视角或叙述故事或评论情节。比如前三部《佐治亚舞台剧》（*Georgia Theatrics*）、《骗马》（*The Horse-Swap*）、《斗殴》（*The Fight*），就是从第三人称视角讲述的边疆故事，涉及孤独、行骗和暴力等具有鲜明地域色彩的主题。在最后一个故事《射击比赛》中，与前面 11 个故事的叙述视角不同，霍尔现身并成为小说的主角。故事中，霍尔在路上偶遇奔赴射击比赛的比利·柯卢（Billy Curlew），告诉后者自己就是传说中"还未断奶便拿得起枪的人"（Longstreet，1970：184），孩童时代就曾在射击比赛上大获全胜。比利非常崇拜霍尔，不但邀请他一同前往比赛，更是慷慨地为其买了一发子弹。结果出乎意料，闻名遐迩的霍尔只得了第二名。面对质疑，霍尔答道："我真心以为靶心在 0.15 英寸之外，用你手指量一量，我打中的是不是那个地方。"（Longstreet，1970：196）以此瞒天过海，才最终保存颜面。故事开始，机缘巧合下霍尔自吹自擂是神射手，颇有大话王的意味，但是在出丑后巧妙地摆脱尴尬，将大话王的角色反转到了身边的愚众。

将小说的两个视角进行比较，鲍德温视角逐渐从大话王转为愚人，而综观霍尔的整个叙事，愚人叙事始终是其主视角，就连《射击比赛》中最终被逆转的大话王形象也只是起到了自我批判的作用。两个叙述视角虽然聚焦于不同的社会阶层，但两者之间亦有对话，相比鲍德温讲述的上层社会的虚荣和浮华，霍尔描述的小镇斗殴、马市行骗、拉鹅比赛①、射击比赛等具有浓重的西南地域特点，朴实的现实主义

---

① "拉鹅比赛"（Goose pulling）源自 12 世纪的西班牙，后由荷兰人传入美洲，流行于 19 世纪美国西南边疆地域。比赛中，一只活鹅被倒捆在杆子的一头，鹅脖子上抹着油，骑马的参赛者在经过时会尝试抓住鹅脖子将鹅头扯掉。这项比赛遭到动物保护主义者的抵抗，后来改用死鹅。

描写更让读者称奇不已。两相比较，鲍德温的叙事略显单薄乏味，而霍尔的叙事则更胜一筹。如果说鲍德温的叙事仍然遵循着标榜精英的儒雅传统，那么霍尔的叙事显然在为带有愚人精神的民粹思想背书。总而言之，无论是单视角纵向比对，还是两个视角之间的对话，作者采用的叙事策略体现了西南边疆幽默小说中的愚人精神，而这种愚人精神与当时流行的民粹思想是紧密相关的。如果将朗斯特里特在《佐治亚见闻》中的叙事策略放置于19世纪美国文化认同建构的大背景下审视，可以发现作者其实是通过愚人视角审视批判欧陆儒雅文化的装腔作势。这种愚人视角可以更真切地展示西南边疆的地缘特征和地域色彩，同时也对美国特有的文化认同建构起到了重要的推动作用。从叙事策略上看，除了大话王和愚人两个视角之间的冲突融合，《佐治亚见闻》在叙事的广度上尝试建构一种社区意识（sense of community），其中既包含了西南地方色彩文学的政治诉求，又是美国文化认同建构集体无意识的文学表达。

"社区意识"一词最早由耶鲁大学教授西摩·萨拉松（Seymour Sarason）提出，之后大卫·W. 麦克米兰（David W. Mcmillan）和大卫·M. 查韦斯（David M. Chavis）又进一步界定了社区意识的内涵："一种成员所具有的归属感，一种成员之间彼此相关及其与团体相关的情感，一种通过彼此承诺而使成员需求得以满足的共同信念。"（McMillan，Chavis，1986：18）社区意识不仅在群体之中建立起了"归属感"和"共同信念"，还是个人确立身份认同的关键所在。在美国殖民地早期，社区意识建构是文学书写的重要目的之一。这种在文学创作中着意建构社区意识的传统，自17世纪以威廉·布雷德福（William Bradford）的《普利茅斯开拓史》（*Of Plymouth Plantation*）为代表的殖民地文学延续到了19世纪上半期以朗斯特里特的《佐治亚见闻》为代表的地方色彩作品中。

从整体上看，19个故事均以佐治亚州为背景，涉及戏剧演员、马贩子、店员、农夫、猎人、贵妇、律师等，多层次的故事勾勒出一幅栩栩如生的佐治亚社会生活风貌图。每个故事发生的具体地点，作者要么干脆不提及，要么进行模糊处理，像是"某个村落"（in the village of …）、"某个郡县"（in the county of…）、"某个城市"（in the city of…）等。也就是说，小说集冠名"佐治亚见闻"，但在具体故事中将具体地点进行模糊化处理，仅保留佐治亚州这一抽象的地理意象。之所以这样做，朗斯特里特是想获取更多自由空间，在文学创作世界建构社区意识、搭建理想世界。朗斯特里特曾说："我并没有拘泥于再现真实历史的细节，但整本书从头到尾没有一个词不是严格意义上的佐治亚的（not strictly Georgian）。"（Fitzgerald，1891：165）也就是说，《佐治亚见闻》中的社区意识书写，呈现的是带有"理想国"印记的地方色彩文学，是现实主义和理想主义的融合。美国学者詹姆斯·D. 哈特（James D. Hart）曾提及地方色彩的双重性：在"通过细致入微的描述呈现逼真场景"的同时，"作家试图摆脱现实束缚，着眼于遥远的边疆、奇风异俗和异域景观"（Hart，1983：439）。殖民地时期社区意识书写多聚焦于在群体中建构归属感和共同信念，与之相比，朗斯特里特的社区意识书写则带有鲜明的维系意图，隐含支持南方建立独立王国的政治理想。从这层意义上讲，《佐治亚见闻》是作家政治理想隐晦却坚定的文学表达。

19 世纪上半期，西南作家通过边疆幽默的非理性之镜，无论是《大熊》中的盒装叙事结构，还是《佐治亚见闻》中的大话王—愚人叙事和带有地方色彩的社区意识书写，对美国文学认同的确立、文化共同体的搭建起到了积极的建构作用。在新英格兰幽默和西南幽默的基础上，马克·吐温的幽默已经蓄势待发。

第三节　马克·吐温的非理性荒诞与变形的共同体

以芬克、克洛科特、沃德等为代表的边疆民粹英雄的幽默故事，以及《大熊》《佐治亚见闻》等西南幽默作品中的盒状结构等边疆叙事策略，为马克·吐温边疆荒诞叙事的成熟奠定了基础。在美国民族文学史上，马克·吐温的边疆幽默创作是承上启下的关键点，一方面，它通过幽默视角较为丰满地展示了民粹与精英、边疆与儒雅等重要主题，标志着共同体建构进入了稳定期；另一方面，非理性棱镜下的荒诞、失梦等主题，也预示着下个世纪"失梦的一代"与民主运动高潮的到来。

一　马克·吐温边疆幽默叙事艺术的成熟

1835 年 11 月 16 日是哈雷彗星回归日，两周后马克·吐温在美国密苏里州诞生。1909 年，马克·吐温不无戏谑地写道："我是随着 1835 年的哈雷彗星而来，明年它又回来了。我盼望它能够带走我，否则将会是我一生最大憾事。"（转引自 Green，2018：32）正如其所愿，马克·吐温于 1910 年哈雷彗星回归日的第二天去世。马克·吐温这段"彗星之子"的言辞，充满了幽默自嘲却又不幸言中，其非理性因素与马克·吐温的创作理念不谋而合。同一言辞里，马克·吐温自嘲与哈雷彗星同为上帝眼中"不可理喻的疯子"（unaccountable freaks）。实际上，正是马克·吐温的"不可理喻"成就了他美国边疆幽默大师的地位，马克·吐温系列幽默小说是边疆幽默文学成熟的标志，在美国文化认同建构历史上也具有里程碑意义。

边疆幽默叙事是独具美洲边疆风格的叙事方式。在早期开拓殖民地以及后来的西进运动中，白天劳作令人疲惫，让西行者放松的唯有夜晚时分火炉边的"荒诞不经的故事"（tall tale）。这种"荒诞不经"，融合了现实和想象、真实和夸张，故事幽默好笑接地气，具有鲜明的边疆民粹精神，在拓荒者群体中备受欢迎。炉边谈话中，为了增加叙事的可信度，又不影响故事的幽默效果，讲述人常常采用盒状叙事策略，即通过第三者视角讲述故事。上文提到美国西南幽默小说巧妙地利用了盒状叙事，之后该策略逐渐成为美国边疆故事主要的叙事方式之一。马克·吐温曾讲到幽默、喜剧和机智之间的关系，认为喜剧和机智凭借的是故事内容（matter），而幽默依赖的是叙事策略（manner），提出口头叙事"是最具美国原创性的，也只有在美国才能如鱼得水"（Twain，1994：269）。在代表幽默作品《卡拉维拉斯县著名的跳蛙》（*The Celebrated Jumping Frog of Calaveras County*）中，马克·吐温就采用了盒状结构，让小说呈现原初的边疆意味，之后在《康州》中进一步延续发展了盒状叙事策略。

一个有趣的现象是，马克·吐温被学界公认为美国现实主义文学大师，而《康州》中的穿越故事则超越了现实的阈限，开创了时空穿越小说的先河。在《康州》出版之前，马克·吐温曾在《北美评论》发表文章《费尼莫尔·库柏文学问责》，集中笔墨批评了库柏的"皮袜子故事集"，认为库柏的写作手法有违现实主义的创作原则：如果"小说创作有19条规则……库柏在《弑鹿者》一部小说中就违反了其中的18条"（Lynn，1958：328-329）。显然，在马克·吐温看来，小说创作不能脱离现实这条主线。马克·吐温的现实主义不仅仅是一种再现真实的文学表达方式，其中真实可信的故事情节、极具地方色彩的风土描写、原汁原味的本土语言等，处处体现出为美国作家身份和民族文化认同建构所做的努力。与此同时，美国学者詹姆斯·D.哈特提出，以马克·吐温小说为代表的现实主义地方色彩文学表现出鲜明的浪漫主义倾向：一方面，"作者始终尝试摆脱现实束缚，着眼于遥远的边疆领域、奇怪的风俗习惯和异域的景观地貌"；另一方面，作家"通过细致入微的描述呈现场景的逼真和细节的准确"。（Hart，1983：439）实际上，正是因为马克·吐温在《康州》中运用了盒状叙事策略，其才得以将现实主义手法和浪漫主义框架结合在一起，让现实和虚构在穿越故事中得以完美结合。

在边疆故事的盒状结构下，《康州》表现出多层次的叙事维度，这种多层次拓展了真实作者和隐含读者之间的距离，弱化了读者对穿越故事真实性产生的质疑，并将更多注意力投向小说具体情节上。
"隐含作者"①（implied author）和"隐含读者"是西方叙事学中的两
个关键词，前者与真实作者相对应；而隐含读者，"是隐含作者心目
中的理想读者，或者说是文本的预设读者，这是一种跟隐含作者完全
保持一致、完全能理解作品的理想化的阅读位置"（申丹，王丽亚，
2017：77）。在《康州》的作者层面，除了真实作者和隐含作者，还
有一位更重要的叙事者——摩根。通俗地说，在现实中的马克·吐温
笔下，作家吐温偶遇摩根，然后由摩根（口头、书面）讲述穿越故
事。如前文所述，边疆小说可以追溯到拓疆夜晚的炉边故事，因而它
的预设听众或者说隐含读者，是辛苦劳作期望听听吹牛以放松身心的
开拓者。如果说《康州》复制了边疆故事的结构，那么就意味着其隐
含读者能够坦然接受小说中的非理性叙事。三层叙述者的转换，将读
者的关注点从故事的真实与否转移到故事的细节，让小说得以将现实
主义笔触和浪漫穿越框架有机地结合在一起。

　　盒状结构的叙事策略下浪漫主义思想和现实主义倾向的有机结合，
也保证了《康州》的边疆幽默效果。根据发生原理的不同，学界一般
将幽默效果的产生分为三类：释怀论（relief theory）、优越论（superi-
ority theory）和乖讹论（incongruity theory）。（Buijzen，Valkenburg，
2004：147）在特定幽默场合，三种理论可能任意组合，但其中的
"乖讹"是幽默效果的必然条件。如上文所讲，盒状叙事将两种看似
相悖的创作理念编织在一起，乖讹元素深嵌文本机理之中，因而作品
本身就具有幽默潜质。在《康州》中，读者既能读到夸张好笑的摩根
出征营救公主的情节，感受堂吉诃德式骑士故事中的荒诞，又能看到
纯真善良的女孩被当作女巫活活烧死的场景，体验现实主义笔触带来
的冲击。一方面，在盒状叙事框架下，情节的荒诞不经被冲淡，非理

---

① "隐含作者"这一概念由美国学者韦恩·布斯（Wayne Booth）在《小说修辞学》（*The
Rhetoric of Fiction*）中提出，与"真实作者"的概念相对应。大致来说，真实作者是现
实中的创作者，而隐含作者则是故事的叙述者。

性色彩淡化，可笑却真实的边疆幽默油然而生；另一方面，荒诞的幽默氛围削弱了自然主义笔吻的锋芒，与此同时巧妙地利用幽默媒介将现实的黑暗直输读者心中。这种幽默和"黑色"的结合，正是20世纪60年代美国黑色幽默小说创作理念的核心所在。

小说第11章到第15章讲述了摩根出征营救公主的情节，是浪漫与现实、虚构与真实、边疆幽默和穿越主线较好结合的一个片段。这一章节建构在乖讹荒诞之上，处处闪耀着幽默的火花。珊迪向亚瑟王编造了公主被囚的谎言，摩根受命整装出发，前去营救公主。令人啼笑皆非的是，所谓的食人魔域实则是"凌乱栅栏环绕的猪圈"（Twain，1981：122），而拯救对象不过是猪圈里养的"猪公主"。第12章中，摩根描述了自己穿铠甲的经历和体验：风度翩翩却无比受罪，读来让人忍俊不禁。摩根最初感觉威风凛凛，但后来发觉："你愈安静，铠甲愈沉重"（Twain，1981：68）。更让人难堪的是，大热天套上厚厚的铠甲，不久便"汗流成河"：

好的，你知道的，当你像这样子汗流成河的时候，你就会感觉——痒。你在铠甲里面，你的双手在外面，就是这样：你和手之间隔着钢铁这个大家伙。开始是一个地方，接着是另一个，还有更多地方，痒逐渐蔓延开来，最后占据了整个身体。

（Twain，1981：69）

在营救"猪公主"这一颇带边疆"荒诞不经"色彩的情节中，叙述者身体上切入骨髓的"痒"具有生理意义上的真实感，英雄设定和小丑模样之间的乖讹让人读来捧腹不已。这种建构在叙述者身体之"痛"上的幽默，是美国黑色幽默小说家惯用的叙事伎俩。再将视角放大，营救"猪公主"这一情节亦发生在摩根穿越故事的框架内。在双层非理性框架下的现实主义描写，拉大了现实中冷静的读者和流汗慌乱的摩根之间的距离，为幽默效果的生发营造了良好的氛围。如果

《康州》通过浪漫和现实的乖讹、叙述视角的拉伸等来获取幽默效果，那么"非理性跳蛙"的故事则凝聚了更多的边疆特色，渗透了更多经济社会元素，是更具代表性的马克·吐温幽默作品。

二　非理性跳蛙联结的西南共同体

马克·吐温出生并成长在密苏里州的汉尼拔市，在这里做过排字工，之后南下来到密西西比河流域做起了导航员。随着西进者的脚步，马克·吐温从密西西比河来到了西部内华达州和加利福尼亚州进行淘金。在此期间，马克·吐温从未放弃文学创作。1865 年，他将在加利福尼亚州宾馆里听到的故事写成小说《卡拉维拉斯县著名的跳蛙》（以下简称《跳蛙》），由此大获成功，文学创作之路亦越走越顺，在东部新英格兰文学圈声名鹊起。纵观马克·吐温的一生，其经历了整个美国文艺复兴时期，受到了边疆文学和儒雅传统的双重影响，行程随着西进者的脚步遍布美国的中、西和东部，作品亦体现了同时代西进者的整体风貌和对梦想的执着追逐。在其所有作品中，《跳蛙》无疑凝聚了上述各种叙事要素，是西部边疆幽默文学最重要的代表作品。

1864 年，从事记者工作的马克·吐温在三藩市碰到了阿特姆斯·沃德，并在沃德的邀请和鼓励下开始创作小说。1865 年 11 月，小说《吉姆·斯迈利和他的跳蛙》①（*Jim Smiley and His Jumping Frog*）在《纽约周六报》（*The New York Saturday Press*）发表并大获成功，不同报纸杂志纷纷转载刊登。马克·吐温曾在西南部生活，尤其是在密西西比河流域谋生，受到了索普、朗斯特里特等西南幽默小说家的影响，《跳蛙》就带有明显的西南文学特点。比如给故事主人公起名吉姆，就很可能受到了《大熊》中印第安叙事者吉姆的影响。《跳蛙》的盒

① 小说初版命名《吉姆·斯迈利和他的跳蛙》，以后被转载时曾命名《卡拉维拉斯县臭名昭著的跳蛙》（*The Notorious Jumping Frog of Calaveras County*），最终被收录在马克·吐温 1867 年的短篇小说集时才正式命名为《卡拉维拉斯县著名的跳蛙》。

状叙事更是直接受惠于西南幽默小说创作传统。第一人称叙述者"我"受朋友之托寻找西蒙·惠勒，希望从西蒙这里打听到列奥尼达·W.斯迈利的下落。叙述者在一个矿井营地找到了西蒙，但西蒙非但没提及列奥尼达的下落，反而开始讲述陌生人吉姆·斯迈利的故事。吉姆是个天生的赌徒。他有一只名叫丹·韦伯斯特（Dan'l Webster）的青蛙，特训 3 个月后专门用来与人赌博。一次，吉姆与营地陌生人比赛跳蛙，赌注是 40 美元。吉姆自告奋勇为对方捉青蛙，但陌生人趁吉姆不在，往丹的肚子里灌了铅块。结果吉姆输掉了比赛，在陌生人离开后明白事由但为时已晚。故事讲完后，盒内叙述者西蒙还想讲另一个有关吉姆的故事，盒外叙述者"我"不愿意再浪费时间便落荒而逃。

虽然与《大熊》的盒状叙事相似，但《跳蛙》在叙事层次上更为复杂，有更深层次的文化隐喻。与前者相似，"我"仍是盒外叙述者，在故事中的作用主要是引出西蒙这一盒内叙述者。但不同的是，盒外叙述者与盒内故事外围也发生了关联，即"我"来矿场最初是为了通过西蒙打听列奥尼达·W.斯迈利的下落，却被逼无奈听西蒙讲了另一个斯迈利，即吉姆·斯迈利的故事。在盒内叙事结束以后，"我"意识到西蒙根本不认识列奥尼达，只是为了故事有听众而努力留住"我"。"我"拒绝了他再讲一个故事的请求，并匆忙逃离。也就是说，"我"是为了找人却被迫听了故事，对方还想讲故事"我"却匆忙逃离。《跳蛙》盒状结构的不同，在于增加了盒外叙事的维度，烦琐可笑的盒内外叙事关系增加了故事的荒诞意味。这种叙事策略的改变，实际蕴含了作者对 19 世纪中期开始的美国淘金热态度的文化隐喻。

1842 年 3 月，加利福尼亚人弗朗西斯科·洛佩兹（Francisco Lopez）在寻找跑丢的马匹时，偶然发现了天然金块。1847 年 1 月，本地工匠詹姆斯·W.马歇尔（James W. Marshall）在加利福尼亚州"萨特磨坊"（Sutter's Mill）挖地基时又发现了黄金。虽然马歇尔竭力保密，但消息不胫而走，并像多米诺骨牌一样引发了 1848 年到 1855 年的

“加州淘金热”（California Gold Rush）。淘金热的七年中，加州吸引了来自美国东部、中部，甚至是欧洲、澳大利亚的 30 万名淘金者。淘金者的到来，促进了加州农业、教育和交通等事业的发展，其中三藩市人口更由 1846 年的 200 人暴涨至 1852 年的 36000 人。1869 年，铁路系统贯穿美国南北，淘金者可以从美国东部直达加州。但是，淘金热对于当地的发展无疑是把双刃剑。大批淘金者的到来破坏了当地的生态环境，导致加州印第安人口数量急剧缩减。此外，持续了七年的淘金热中确有成功者，但绝大多数都是铩羽而归。

从美国历史发展来看，加州淘金热是 19 世纪美国西进运动的一部分，也正是此时段大量淘金移民的涌入促成了加州的合法地位。西进者在梦想的驱动下不断开拓殖民地，而激励淘金者勇敢启程前往加州的力量亦是美国梦。美国学者 H. W. 布兰兹（H. W. Brands）曾说，淘金者的“美国梦”是“‘暴富’的梦想，只要有勇气，只要运气好，瞬间即可暴富”（Brands，2003：103）。也正是对于暴富的期盼值太高，当淘金梦破灭时，美国文学领域出现了“失梦的一代”主题[①]的文学创作热潮。美国作家布雷特·哈特的短篇小说《咆哮营的幸运儿》（The Luck of Roaring Camp）就是对这种淘金热的冷思考。小说于 1868 年发表在《大陆月刊》（Overland Monthly），作者因对淘金热的真实呈现而一举成名。小说以“四九人”[②]（forty-niner）和 1861 年加州大洪水[③]为背景，讲述了位于加州阿马多尔县咆哮营的一则故事。咆哮营的矿工收养了一名孤儿，取名“幸运”（Luck），寓意能够给矿营带来好运。因小婴儿的存在，粗犷的矿工变得细腻温柔起来。不幸的

---

①　美国学者凯瑟琳·休姆（Kathryn Hume）在《美国梦，美国噩梦：1960 年后的小说》（American Dream, American Nightmare: Fiction since 1960）中，首次提出了“失梦的一代”（the Generation of Lost Dream），专指以失落的美国梦为主题进行创作的美国现当代小说。

②　“四九人”狭义上指的是 1849 年出现的淘金者移民加州的热潮，广义上泛指 1848 年到 1855 年的淘金热。

③　1861 年 12 月到 1862 年 1 月的洪水是加州历史上记载最大的洪水，至少 4000 人（占当时加州人口的 1%）在洪水中丧生，经济损失异常惨重。

是，故事最终突如其来的洪水吞没了营地，"幸运"也被洪水带走。小说以婴儿"幸运"的到来、其带给营地的改变和"幸运"的离去为主线，充分表达了淘金者对于好运的期盼，更暗寓了淘金者必然失败的命运。小说发表后立即在美国东部引发了热议，马克·吐温在《布法罗快递》（*Buffalo Express*）中称赞道：《咆哮营的幸运儿》是"大洋两岸的杂志上近几个月来最好的小说"（Scharnhorst，2000：41）。其实早于《咆哮营的幸运儿》的出版，《跳蛙》已经在叙事策略上对淘金热进行了冷思考。

上文提到与之前西南幽默小说的盒状叙事策略相比，《跳蛙》增加了盒外叙事的复杂性。具体来说，叙述者"我"受朋友之托来找西蒙，目的是打听列奥尼达·W. 斯迈利。至于为什么找列奥尼达，为什么西蒙知道列奥尼达的下落，以及为什么由"我"来打听列奥尼达，故事始终没有提及。在矿营见到西蒙后，他似乎并不知晓谁是列奥尼达·W. 斯迈利，反而讲起了另一个斯迈利，即吉姆·斯迈利的故事。西蒙讲吉姆故事的原因，也仅仅是其与列奥尼达姓氏相同而已，而且结束后还固执地希望再讲一个。故事中几个人物之间的关系图示如下：

图示中，C 和 D 之间的关系，是 A 从 B 那里听来的，结果整个叙事的核心主线只是 A—C—E，而 B 和 D 的分支表面来看显得冗余。实际上，看起来冗余荒诞的 B 和 D 的分支才是叙事的重点所在。也正是两个基点看似非理性的存在，才成就了整个小说叙事对于淘金热的隐喻。首先，B—A 揭示了故事缘由：A 听信了 B 有关 C—D 的关系，现实之中暗讽了在谣言刺激下趋之若鹜的加州淘金者。其次，C—D 的关系是虚构的，C—E 的关系才是真实存在的，A 最终没有打探到 D

的下落，反而是获悉了毫不相关的 E 的生平故事。对应到现实之中，大多数淘金者并没有淘到梦想中的巨额财富，取而代之的是无尽的失望和落寞。在形形色色的淘金者中，只有少数人成功，且随着行业垄断的加剧和苛刻的税收体系，个体淘金者即使淘到一捧金最终也会因层层盘剥所剩无几。现实中，在淘金热的几年间，利用热度做生意的商人反而受益，赢得了淘金者无法比拟的利润。美国学者卡伦·克莱（Karen Clay）曾说："与非淘金者的巨额利润相比，淘金者的收益是微乎其微的。"（Clay，Randall，2008：997）可以看出，《跳蛙》"有心插柳、无心栽花"的盒外叙事实际隐喻了淘金热的荒诞和虚无。

马克·吐温在创作过程中发现，传统的西南幽默小说在叙事策略上存在一定问题。从整体上看，盒状叙事包含了三个渐进的视角："真实作者—隐含作者（盒外叙述者）—盒内叙述者"。在传统盒状叙事中，如果盒内、盒外两位叙述者之间差别过大，读者往往与盒外的隐含作者产生"共情"，以旁观者与审视者的眼光去看待、评论盒内叙述者。虽然从故事叙事层面来讲，这种距离感通常能够满足表达主题的诉求，但是对于塑造社区意识、书写集体记忆来说是不利的。马克·吐温在传统西南小说盒状结构的基础上，增加了盒外叙事结构的复杂性，其实是有针对性地解决了西南幽默小说中读者容易与作者产生共情的问题。叙述者"我"受委托找到西蒙，西蒙反而讲述了另一个不相关的故事。从阅读反应来看，真实作者和隐含作者在层叠的叙述视角后均已隐身到小说文本的背后。在与作者拉开距离之后，读者紧随叙述者的脚步进入了西蒙的故事，更容易融入故事情节中，以较为公正客观的第三人称视角赏析评价故事人物与情节。

马克·吐温同时也传承了西南文学作品中的社区书写传统，为了更好地凸显社区意识，他在《跳蛙》等作品的创作中引入了"交互式修辞"（transactive rhetorics）的理念。交互式修辞这一概念由美国学者亨利·B. 旺纳姆（Henry B. Wonham）提出，指的是作家在创作时预设了叙述者与读者之间的知识共享，即两者拥有共同的文化生活语境，因而读者对于叙述者所讲述的事情触类旁通、了然于心。交互式修辞旨在重现戏剧表演现场的积极互动，让小说重塑"表演和反馈之间共时性的戏剧效果"（唐文，2019：106）。相比之前的西南幽默小说，马克·吐温的边疆小说更加聚焦叙述者与读者的互动，力求再现剧场内戏剧表演的鲜活与生动。马克·吐温对盒状叙事的改进，拉近了盒内叙述者与读者的距离，更凸显了文本中的社区意识书写。小说背景仍然设置在边疆夜晚的"炉火边"：破旧的金矿营地中，肮脏小酒馆里，"我"在炉火边找到了正惬意打盹的西蒙。其中的"金矿营地"（mining camp）、"破旧"（ancient）、"肮脏"（dilapidated）和"炉火"（stove）等关键词，形象地展现了西进者脏乱却又不失惬意的生活图景，为故事的发生搭建了舞台布景。在叙述吉姆故事之前，西蒙提到了"四九人"："那是 1849 年的冬天（抑或是 1850 年的春天），我只记得他（吉姆）刚来营地的时候，洪水还没有结束。"（Twain，1994：50）1849 年到 1850 年，加州淘金热达到了沸点，大量的移民涌入加州。故事伊始提到这个时间点，加之"营地""洪水"等词的暗示，很快将读者拉入了现实剧场的氛围中。

马克·吐温的交互式修辞语境，将吉姆的故事打造为美国边疆"荒诞不经的故事"的经典代表。所谓"荒诞不经"，指的是故事带有鲜明的非理性色彩。对于早期开拓者来说，一整天的辛苦劳作后，夜晚炉火边的聚集，特别是吹牛比赛，是他们放松身心的有效方式。拓荒者将白天的经历或者道听途说的故事重新加工，用第一人称抑或盒状叙事结构进行讲述。为了赢得听众持续的关注，叙述者往往聚焦两个看似相悖的讲述重点：故事的可信度和情节的荒诞性。也就是说，讲述者（作者）必须确保听众（读者）确信故事讲述的内容确实发生过；在此基础上，为了真正达到娱乐听众的目的，讲述者还在叙事中融入了夸张、虚幻、幽默等非理性元素。总而言之，"荒诞不经的故事"必须建立在两个支点上，即"边疆奇闻逸事"的事实性和"现实和想象之间的乖讹"带来的幽默。（唐文，2019：103）由是观之，19

世纪初的西南边疆幽默故事已经呈现荒诞不经故事的特点，无论是力大无穷的平底船之王芬克，还是相貌丑陋到让浣熊从树上掉落的克洛科特等，他们的故事都是在开拓边疆背景上真实发生过，但细节被夸张的幽默的荒诞不经的故事。而《跳蛙》中的赌徒吉姆，作为荒诞不经故事的经典形象之一，是现实边疆人物通过哈哈镜映射出的奇特人物形象。

三 非理性跳蛙与荒诞的美国梦

显而易见，吉姆的故事具备现实主义元素，作者在其中隐含了对于美国社会问题的思考和批判。上文提到文本交互式修辞重现了经典的边疆开拓场景，西蒙在故事伊始就提到了"四九人"淘金热的问题，而马克·吐温则通过西蒙的视角揭示了淘金背后美国梦的转向——从追求信仰自由、灵魂独立的精神层面，转移到了依靠"运气"（luck）获取财富的物质层面。吉姆就是这样一个"幸运的"赌徒："他是幸运的——特别幸运，因为赌赢的人十有八九是他。"（Twain，1994：50）反复出现的"幸运"，与哈特淘金热小说《咆哮营的幸运儿》中的"幸运"之间形成强烈的互文性。《咆哮营的幸运儿》中，矿工给孤儿起名"幸运"，希望能由此获得好运挖得金矿。但事与愿违，小说最后洪水淹没了矿营，连"幸运"也被滔滔洪水带走。《跳蛙》中的幸运表面指的是吉姆赌博的好运气，实际暗指建构在运气这一悬石上的淘金热是岌岌可危的。在后面的故事中，"幸运的"吉姆被陌生人捉弄，最终赌输。小说的现实主义嘲讽意味是：当追梦者的眼睛死死盯住物质财富，企望仅仅依靠运气便得到金子时，这种梦想是注定要失败的。1873年，马克·吐温在与查尔斯·沃纳（Charles Warner）合作的小说《镀金时代》（*Gilded Age*）中，对《跳蛙》中"受金钱诅咒的梦想"这一主题进行延伸，哀叹曾经"金玉满堂"的美国梦早已变成"败絮其中"的美国噩梦。如果小说在主题塑造、背景描绘上遵循了现实主义原则，那么在情节建构上则通过夸张手法营造了荒诞幽默的故事氛围。

除了现实可信度之外，情节的虚构夸张也是荒诞不经故事的重要特点。"荒诞"（absurdity）一词源自拉丁文 absurdum，字面意思是"走调"（out of tune），蕴含非理性的意味。[①]法国文学家阿尔贝·加缪（Albert Camus）在代表作品《西西弗的神话》（*The Myth of Sisyphus*）中对荒诞的本质进行了界定："人的呼唤和世界不合理的沉默之间的对抗"，是"非理性因素"。（加缪，2007：32）根据加缪的理解，荒诞是主观期盼和客观现实之间的"走调"，从主观视角来看就是非理性景观的展现。从《跳蛙》的具体情节看，此种荒诞的"走调"渗透到故事的字里行间。例如，故事这样讲述吉姆的嗜赌成性："他是个最奇怪的人，他能将所有看到的东西都当成赌博的对象"（Twain，1994：50），赛马、斗猫、斗鸡，甚至看到两只停留在篱笆上的小鸟，他也会打赌哪只先飞起来，而且在赌博中幸运女神往往最眷顾他，赌博俨然成为吉姆的生存之道。西蒙说道，如果路上遇到了屎壳郎，吉姆会就它多久能到目的地和你打赌，而"他能一路跟着屎壳郎去墨西哥"（Twain，1994：50）。处在昆虫审美链底端的"屎壳郎"，竟能让吉姆追踪几千英里到达异国他乡。这样的描述颠覆了读者认知，属于期盼和现实的"走调"，但其中所隐含的乖讹，加之吉姆紧盯屎壳郎的滑稽，成就了该情节中的幽默品质。吉姆花了整整3个月在后院训练跳蛙，特训取得了"意想不到"的效果：

> 只要他（吉姆）稍微划拉一下它的后背，你就会看到青蛙像甜甜圈一样在空中旋转——看到它一个前空翻——如果起跳理想，也许会是两个前空翻——然后像猫一样平稳落地。他还不断让它

[①] "absurdities"，https://www.wordreference.com/es/translation.asp? tranword=absurdity，最后访问日期：2024 年 3 月 20 日。拉丁文 absurdum 的词根是 surdum，意思是"聋的"，含有"愚蠢"之意。

练习捕捉苍蝇，以至于后来不论苍蝇距离有多远它都能一下逮住。

（Twain，1994：52）

这段文字用到了两个奇喻：将跳蛙比作甜甜圈以突出其速度之快，之后将它比作猫以形容其落地之平稳优雅。如果奇喻的使用是为了达到"速度快""落地稳"的理性叙述效果，那么其中以平铺直叙的语气讲述的前空翻以及无论距离多远都能逮住苍蝇的情节，就超出了读者认知，带有荒诞幽默的非理性色彩。尽管都是边疆幽默，与三四十年代西南幽默小说天马行空的夸张情节相比，《跳蛙》将夸张情节建构在真实可信的基础之上，这样就具备了前者所没有的荒诞主题。

从宏观视角审视，《跳蛙》深刻反映了"四九人"淘金热中期盼和现实的"走调"，因而整个故事就是建构在围绕荒诞主题搭建的框架之上。将加缪"人的呼唤"和"世界的不合理"放置在淘金热的背景下，便可明晰小说想要揭露的淘金热中的荒诞：理想的暴富和现实的挫败。据不完全统计，加州淘金热大概吸引了30万移民，据统计总共淘得了75万吨黄金，但淘到金子的人数很少，大多数淘金移民者都铩羽而归。美国学者克里·奥唐奈（Kerri O'Donnell）说："有人淘到黄金梦想成真，但大多数人梦想破灭，取而代之的是现实的残酷和贫瘠的生活。"（O'Donnell，2003：55）如果美国梦是美国文化认同建构的核心部分，那么梦想和现实之间的乖讹则是美国历史循环往复的母题之一，这既是美式幽默的重要来源，也让荒诞主题能够自然地生发在每一个阶段的创作理念之中。马克·吐温曾说："如果我理解正确的话，将乖讹和荒诞用散漫甚至随机的方式串起来，然后佯装并不知道荒诞的存在，这就是美国艺术的根基所在。"（转引自 McBurney，1953：336）《跳蛙》的成功无疑就在于故事情节和叙述方式中形象呈现的时代荒诞特征，以作者自己的艺术标准来看，小说无疑正是最具鲜明美国性的艺术作品。马克·吐温的荒诞叙述技巧标志着其边疆幽默艺术的成熟，20世纪60年代，在美国反文化思潮和民主运动风起云涌之际，当"超越理性概念"（King，1996：160）再次大行其道、美国梦退化为美国噩梦、追梦群体成为"失梦的一代"（Hume，2007：292）之时，在马克·吐温荒诞艺术的基础上盛极一时的美国黑色幽默小说流派独霸美国文学舞台中心，书写了梦想走到尽头、颠覆性结构认同的至暗时期。

上文提到马克·吐温在创作《跳蛙》时继承了西南幽默小说家对社区意识的书写，在此基础上发展出了独具作者特色的交互式修辞，这种修辞创作再现了戏剧表演现场演员与观众的互动，更成为荒诞不经故事发生的必要背景。如果从类比的视角审视《跳蛙》中的吉姆·斯迈利与《大熊》中的吉姆·道根，可以看到前者角色认同的复杂性，而这种复杂性蕴含了作者从民粹视角对于美国文化认同的深度思考。

尽管白人吉姆·斯迈利是西部淘金者，而印第安人吉姆·道根是西南边疆的狩猎者，但两人都是美国西部运动的重要参与者，他们是19世纪美国边疆开拓和认同建构的骨干力量。然而，因为叙述视角的不同——吉姆·道根是自己故事的叙述者，而吉姆·斯迈利的故事则由西蒙来完成——《大熊》中的吉姆被塑造为一位边疆猎人，勇敢坚毅又敬畏自然，而《跳蛙》中的吉姆则是淘金热中的赌徒，一个为了赢得赌博不惜一切代价的骗子。从故事表层看，吉姆·斯迈利这个形象集中体现了大话王角色的特点，自大爱吹牛，沉溺赌博，为了赌赢不择手段。西蒙还提到他曾就生病的牧师妻子能活多久与牧师打赌，根本不顾及牧师的个人感受。吉姆令人发指的赌博恶习，让读者主动与之拉开了距离，所以就有了吉姆（大话王）和读者（愚人）之间的对立，而两种角色的对立也正符合交互式修辞所强调的现场互动要求。在接下来的故事里，西蒙提到了吉姆两个经典的赌博场景：赛马和斗狗。吉姆的老马跑得很慢，但总是在比赛末了表现出色：时而腾空，时而跳跃，咳嗽喷嚏打个不停，却总是能在最后以一个脖颈的优势赢得比赛。吉姆那只名叫"安德鲁·杰克逊"（Andrew Jackson）的狗在一次赌博比赛时，一口咬住了另一只狗的后腿，直到将其撕扯掉并赢得了比赛。荒诞的是，杰克逊最终因为咬掉了对方的后腿内疚而亡。通过这两个特定的赌博现场，读者能够发现吉姆总是成功的原因：作弊。

作弊的吉姆很容易让读者联想起几年前梅尔维尔塑造的另一个经典大骗子形象——古德曼（Goodman）。1857 年，梅尔维尔在小说《骗子：他的假面舞会》（*The Confidence Man：His Masquerade*）中塑造了行骗大师古德曼，小说中他伪装成不同形象在信仰号轮船上行骗，并全部得手。古德曼这一人物形象以 19 世纪 40 年代后期纽约市臭名昭著的骗子威廉·汤普森[①]（William Thompson）为原型，其利用伪造身份获取对方信任，进而骗得对方钱财。现实生活中的汤普森和虚构人物古德曼，分别是他们所生活世界的胜利者。梅尔维尔从 19 世纪50 年代中期便集中精力创作《骗子》，并对之寄予厚望[②]，可见作家已经关注到了经济社会发展中甚嚣尘上的骗子文化。

古德曼是活跃在上层社会的骗子大师，而擅长小赌小骗的吉姆则在西部边疆"赫赫有名"。西蒙提到了吉姆嗜赌成性，"很多人都听说过赌徒斯迈利，你问问就知道了"（Twain，1994：51）；而提到屡战屡胜的跳蛙丹时，西蒙则说，"有见识的人都说，丹是他们见过最厉害的跳蛙"（Twain，1994：52）；等等。从第三人称视角去肯定吉姆的好赌和善赌，实际上是从社区意识的层面认同了吉姆的骗子和赌徒身份。与马克·吐温同时代，法国社会心理学家古斯塔夫·勒庞

---

① 汤普森是 19 世纪 40 年代后期纽约市臭名昭著的行骗高手。他的行骗对象主要是上层人士，行骗手段是假装熟人打招呼，进而行骗。在获取对方信任之后，汤普森会拿走对方的物件，以此来证明被骗者对他的"信任"。这种行骗手法虽然粗劣，但受害者不乏其人。直到 1849 年，汤普森才锒铛入狱。在英语中，"confidence man"的字面意思是"信任之人"，后来延伸为"骗子"，即是源于汤普森的行骗。

② 梅尔维尔的小说创作生涯并不顺利，《骗子》是他系列长篇小说的最后一部，之后便转而尝试诗歌创作。梅尔维尔对小说寄予极高的期盼，不顾身体病痛每日潜心创作。梅尔维尔的岳父曾说："他如此沉浸于创作之中……我担心他会精神崩溃。"（转引自 Robertson-Lorant，1996：372）

（Gustave Le Bon）指出，所谓的"乌合之众"（crowds）实际上在社会发展历程中起到决定性作用，对于社会认同具有英雄主义的建构和邪恶倾向的解构之双重特性。勒庞进一步说，"乌合之众最需要的是一个神"（Le Bon，2002：40）。将勒庞的观点放在美国文化认同的大语境中可以看出，高举民粹大旗的中下层边疆开拓者正是最具美国性的"乌合之众"。《跳蛙》中，"乌合之众"所认可的吉姆的赌徒和骗子身份，本质是对民粹主义精神的认同和宣讲。虽然吉姆也是个行骗高手，但故事后半部分被陌生人设计打败，意外沦为骗局的牺牲品。《跳蛙》中蕴藏在行骗主题中的民粹精神体现在两个方面。一方面，从务实主义来看，行骗虽然不体面，却是在以淘金热为代表的边疆开拓世界里生存下去的方式之一，弘扬了具有阳刚之气的边疆精神；另一方面，从宣讲自由和民主的美国梦视角审视，吉姆既是骗人者亦是被骗者，"乌合之众"对于"骗子英雄"的认可，无疑承继了三四十年代带有鲜明民粹色彩的自由资本主义竞争意识。将其放在淘金热的特定语境下，骗子和骗术得以剥掉道德败坏的外衣，显露出民粹精神的英雄特质；而在 19 世纪中期美国文化认同建构的背景下审视，行骗所表现的民粹特质反而成为抵抗以精英主义为代表的欧陆儒雅传统的有力武器。正因如此，无论是梅尔维尔的千面骗子古德曼，还是马克·吐温的边疆赌徒吉姆，他们都是边疆开拓背景下宣讲民粹精神的建构参与者。

总而言之，美国的边疆幽默擎执着民粹大旗，但同时又包容了精英传统的存在。在《尼各马可伦理学》（*Nicomachean Ethics*）中，亚里士多德讲道："那些从来不开玩笑、也忍受不了别人开他玩笑的人被看作呆板的和固执的。有品位地开玩笑的人被称作机智的，意思就是善于灵活地转向的。"（亚里士多德，2003：122）在亚里士多德看来，幽默中孕育着改变，"有品位"的幽默则是生成最佳良机的促因。也正是从改变中孕育良机这个视角而言，文艺复兴时期的美国幽默小说才起到了非理性之镜的重要作用，在启蒙理性的基础上思考民粹和精英、儒雅与边疆，形成了最具认同特征的美国文学。马克·吐温的边疆荒诞叙事，与黑色浪漫主义作家通过非理性叙事建构、反思认同一脉相承，边疆荒诞故事中的民粹与精英、边疆与儒雅、南方与北方、共同体与个人等主题都得到了充分的表达，是美国文化认同建构成熟的重要标志。与此同时，马克·吐温的边疆荒诞叙事通过非理性幽默的棱镜，揭示了围绕美国梦发展的认同建构中诸多潜在问题，预示了未来美国社会发展会遇到的瓶颈和 20 世纪初期美国梦的幻灭。

结　论

一　世界版图中的美国荒野：非理性与认同

16 世纪末，德国神学家海因里希·邦廷（Heinrich Bunting）出版了木雕地图集《圣经路图册》（*Itinerarium Sacrae Scripturae*）。地图册刊载了大量圣经地理学信息，记录了信徒朝圣的路径，在欧洲宗教界备受关注，成为最早受人追捧的地图作品。邦廷还在其中制作了三幅带有隐喻意味的世界地图[①]，其中的"三叶草地图"通过宗教视角描绘了世界地理分布情况：三叶草的中心是圣城耶路撒冷，三片草叶分别是欧洲、亚洲和非洲。在三叶草地图的左下角，赫然绘着近百年前哥伦布发现的新大陆一角——美国。在三叶草地图上，载着殖民者的船只正在靠近美洲大陆，船只旁边的饕餮大鱼正张大嘴巴，想要吞噬美洲大陆。相比较图片中心色彩绚烂的三叶草，美洲一隅的暗淡和卑微不言而喻。让人意想不到的是，在三叶草地图上只占片隅的美国，用了两个世纪攀升至世界地图的中心。

19 世纪 30~60 年代，是美国文艺复兴时期，美国在世界版图中迅速向中心游移，文学创作中的非理性书写形象地记录了美国建构认同

[①]　邦廷在《圣经路图册》中制作的三幅地图，分别是描绘世界版图的"三叶草地图"、隐喻为王公贵妇形象的欧洲地图和形为希腊神话中飞马珀伽索斯的亚洲地图。

的努力和过程。

现如今世人眼中的美国，是世代美国小说家文学地理书写的结果，处于认同建构时期的美国文艺复兴小说家尤其如此。他们的非理性主题书写，是美国边疆文化和儒雅传统对立统一的文学表现，蕴含了边疆民粹主义和新英格兰精英主义的双层内涵，建构了美国文艺复兴时期的文学集体记忆，亦在世界版图上确定了美国的地理位置，并拓宽了美国文化的丰富内涵。英国作家弗吉尼亚·吴尔夫提出，每一位小说家都是某一地理环境的"精神权威"（spiritual soverignty），因为"他们对地理环境的阐释和解读给我们（读者）留下了不可磨灭的印象，从而创作了只属于他们自己的国度"（Woolf，1977：158）。聚焦美国文艺复兴时期的作家创作，非理性叙事正是作家展示地方精神权威的重要途径，其中"荒野书写"和"西进拓殖"无疑是连接非理性与地方精神的枢纽。

"荒野"（wilderness）的原始意象是未被文明驯化的自然，与之对应的地理称谓是"城市"——被文明驯化之地。这一点，在莎士比亚的戏剧中可见一斑。国内学者总结出莎翁戏剧的"隐退—回归"主题，并得出悲剧中的"城堡—荒野—城堡"和喜剧中的"公爵府—森林—公爵府"两个子路线。（郭方云，2021：323）所谓的隐退，实际是投身荒野之中；而所谓的回归，则是重现文明城邦。文明—荒野—文明，这一路线表面来看是对文明的回归，实际暗藏了另外一个重要的母题：荒野的无秩序才是文明的发生源。

在殖民地时期，"荒野"在美国人眼中就是一个具有双重内涵的词语。一方面，作为未被文明驯化的自然而受上帝诅咒①，荒野带有鲜明的非理性色彩。正如美国历史学家罗德里克·弗雷泽·纳什（Roderick Frazier Nash）所讲："根据定义理解，荒野就是不受控制、

---

①　"荒野"是《圣经》中出现频率较高的词语，其中《旧约》出现 245 次、《新约》出现 35 次。根据《旧约》的记叙，荒野被视为"干涸的诅咒之地"。（Nash，2014：14-15）

毫无秩序之地，是文明的对立面。"（Nash，2014：262）比如殖民地时期诗人安妮·布雷兹特里特的《第九首沉思录》（*Contemplations 9*），就将叙事的焦点放在为上帝唱颂歌的蟋蟀和蚱蜢上，在描述荒野无秩序的同时，亦呼唤绝对神圣理性的征服。另一方面，作为美洲大陆独有的景观，荒野及其所代表的非理性亦是美国认同建构的源点。美洲荒野无疑是美国作家创作所拥有的独一无二的素材。纳什就曾明确指出："荒野是建构美国文化的基础元素。美国人利用荒野的原始素材建构了文明社会，也同样利用荒野概念界定了这种文明认同及其意义。"（Nash，2014，introduction：xix-xx）建国时期的爱国诗人弗里诺在《野忍冬花》（*The Wild Honey Suckle*）中，就赞美忍冬花开在荒野却坚韧自赏的姿态，表达了具有鲜明浪漫精神的爱国主义情怀。随着 19 世纪美国文化的浪漫主义转向，特别是美国文艺复兴的开始，荒野及其非理性标签逐渐成为美国文化的重要内涵。1893 年，美国诗人凯瑟琳·李·贝茨（Katharine Lee Bates）在《美国》（*America*）一诗中描述了"广阔的天空""琥珀色的麦浪""雄伟的紫色山脉""富饶的平原"等，这些带有荒野特质的美国景观，成就了几年后美国经典爱国曲目《美丽的亚美利亚》（*America, the Beautiful*）。

综上所述，在基督教文化中，荒野是有待信仰征服的非理性之地；而在美洲语境中，荒野书写却是美国建构认同、赢得独立的必经之路。如果荒野书写是对静态自然的描述，那么西部书写则记录了征服荒野的过程。美国文艺复兴作家深谙，征服荒野是文明西行的必然，但唯有荒野书写才能凸显美国认同，也只有通过荒野及其非理性的文学表达，美国文学才能与欧陆启蒙文学站在同一起跑线上。认识论层面的认知确定了荒野的非理性，但是目的论维度的思考将非理性书写视为文化认同的必然。正因如此，美国文艺复兴时期的思想家明白，唯有在浪漫主义创作中加点"黑色"，在科学启蒙著作中渗入非理性，才能在超验思想和宗教复苏中擎起美国大旗。在本书探讨的美国文艺复兴时期非理性书写中，赛博格、穿越和物化叙事等科幻书写，是对征服荒野所做的疯狂构想，也是对欧陆启蒙思想的尖锐反驳；唯灵叙事、催眠叙事和万物有灵等唯灵书写，既通过唯灵视角扩展了向西实现梦想的维度，亦是对欧陆科学理性思想的进一步否定；哥特书写中的暴力、颠覆、毁灭等细节，实际描述了发生在西行线[①]两端的理性与非理性之间的冲突，是西进拓殖运动中最有效的路径；在非理性建构和暴力解构之后，幽默叙事起到了重要的总结和肯定作用，在民粹幽默、共同体书写和荒诞叙事进程中，边疆民粹主义和欧陆儒雅传统两者相反相成的认同内涵逐渐确立。如果"一路向西"[②] 在美国人眼中是梦想情结的延续，那么文艺复兴时期的非理性书写则详细记录了征服西部荒野的过程，是对美国梦最真实可信的记录。[③]

如前文所述，荒野及其非理性是美国文艺复兴时期文化认同书写的重要源头和核心内容，但在认识到荒野非理性重要性的同时，有一点不容忽视：帕克森"西行线"的存在不仅仅依靠荒野的非理性，没有文明理性的支撑，其也会立时消失。甚至有学者提出极端观点，否认荒野的真实存在："边疆线那边是不真实的'他者'，只是为了显现文明真实的存在。"（King，1996：106）这也是特纳边疆理论在 20 世纪 30 年代遭遇挑战与质疑的原因。最初对特纳边疆理论提出质疑的，是美国学者本杰明·F. 莱特（Benjamin F. Wright）。莱特认为，特纳定义的"西部"（West）不但内容不全面，而且是一种发自想象的诗性表达，已经不适合这个时代，所以"边疆'改造力量'（transforming influence）根本就是个神话传说而已"（Taylor，1949：48）。根据莱特

---

① 美国作家弗雷德里克·L. 帕克森（Frederic L. Paxson）是特纳重要的接班人之一，他提到了西进运动过程中"可视的西行线"："边疆在地图上常常被视觉化为一条西行线……这条西行线每隔 10 年便会根据现实调查重新绘制一次。"（Taylor，1949：36）

② 从地缘发展来看，美国文化传统长期以来就有"向西"的情结。早在 16~17 世纪，欧陆殖民者中就有各种"向西"的传言：北美大陆有向西的通道直达亚洲，北美大陆有一条由东向西流淌的河流，等等。进入 20 世纪，更有将向西之路行进到底的意图："很多美国人将亚洲视为亟待启蒙理性开发的边疆地域。"（King，1996：125）

③ "西部"一词现已成为描述美国文化语境的核心词语，书写荒野征服的文艺复兴作家的创作中同样涉及帝国策略、后殖民主义、种族主义等现代问题。

对西进运动中各州制宪问题的调查与思考，西部诸州不断模仿东部各州的制宪模式，而东部各州制宪效仿的则是欧陆的宗主国。也就是说，所谓文明理性，在这个过程中是不断向西传承的。美国文艺复兴时期作家的非理性书写确实是为了建构具有鲜明美国性的文化认同，推动美国经济社会稳步向前发展，但与此同时，欧陆的启蒙思想和理性精神，无疑是"劳伦斯之蛇"得以蜕皮并奔赴新生的重要前提与基础。如果边疆民粹精神集中体现了文化认同中的美国性，那么兼收并蓄的欧陆儒雅传统中的认同建构则以美国文艺复兴为背景，同时聚焦非理性叙事对文化认同双元素即边疆民粹主义和欧陆儒雅传统的书写。

二　研究的不足和未来研究的方向

亚里士多德曾谈及文学家和历史学家的不同：历史学家告诉我们已发生之事，而文学家讲的则是可能发生之事，"文学探究的是普遍规律，而历史研究的则是具体事件"（Whalley，1997：81）。19 世纪即将结束之时，作为西进代言人的历史学家特纳思考了边疆在美国历史上的社会作用，但早在半个世纪前霍桑、爱伦·坡等文艺复兴作家就开始从边疆非理性视角勾勒、思考、建构美国文化认同了。本书聚焦文艺复兴时期这些作家作品中的非理性主题，以期能够从这些书写中看到作家对历史发展的反思和预见作用。因为能力和经历有限，本书存在一定不足。

其一，超验、科幻、唯灵、哥特、幽默等非理性书写虽然能够阐释但不足以详尽解读美国文化认同的建构过程。本书之所以从非理性视角审视美国文艺复兴时期文化认同的建构，主要是因为该时段正是美国西进运动高潮期，荒野与文明的西行线在非理性与理性的挣扎中缓慢行进。非理性主义（irrationalism）流行于 19~20 世纪，以德国哲学家叔本华和丹麦神学家克尔凯郭尔为代表，叔本华笃信本质非理性主义，而克尔凯郭尔则呼吁非理性的"信仰的一跃"[①]（leap of faith）。与叔本华本体论非理性主义和克尔凯郭尔行动非理性主义有所不同，本书将非理性界定为一种与欧陆科学启蒙思想背道而驰的文学创作倾向与冲动，并分别从上述五个文学母题进行了解读。如果非理性在认同建构中起到了重要作用，那么哲学本体论维度上的非理性是否在美国文化认同建构过程中同样重要？由于精力有限，这些是本书未能涉及的问题。此外，主流社会白人作家（WASP）所书写的五个文学母题是否能涵盖美国文艺复兴时期的非理性书写？是否还有其他的非理性主题存在？少数族裔的非理性书写是否同样起到重要作用？这也是本书没有涉及的地方。

其二，只从非理性叙事角度审视美国文艺复兴时期的文化认同建构，论述角度是否全面、论述维度是否充分？根据《牛津高阶英汉双解词典》的释义，所谓的"认同"（identity），是指"带有鲜明民族性的特征、情感和信仰等"。[②]根据特纳的理解，荒野自然和西进拓殖对于美国精神的形成具有决定性的作用，而与荒野相关的非理性叙事，则可以更好地解读美国认同。但是，非理性视角下揭示的"特征、情感和信仰"，不能涵盖所有带有民族性的认同特征。美国学者弗雷德·A.香农（Fred A. Shannon）提出，与拓殖反方向的工业化才是美国认同的根本所在；另一位学者路易斯·M.海科（Louis M. Hacker）同样质疑荒野的非理性叙事，提出"美国其实回归了欧洲体制化过程"（转引自 Taylor，1949：64），即从竞争资本主义到垄断资本主义再到帝国主义，这才是美国精神之所在；美国历史学家卡尔顿·J. H.海耶斯（Carlton J. H. Hayes）则提出，与其说是美国的边疆，不如说是欧洲的边疆，认为美国认同中的欧洲传统才是核心所在（Hayes，1946：199-

---

[①]　所谓"信仰的一跃"，是指超越理性束缚达到彻底信仰的境界，克尔凯郭尔在《哲学片段的非科学性的总结附言》（*Concluding Unscientific Postscript to the Philosophical Fragments*）中对"一跃"中非理性因素的重要作用进行了详细的论述。

[②]　在"认同"（identity）词条下面，字典给出了三个释义：其一，是谁，是什么；其二，带有鲜明民族性的特征、情感和信仰等；其三，同一性，相同。本书采用的是第二个释义。

216）；等等。无论是工业视角还是帝国策略，均从不同角度揭示了美国认同的多维侧面。由于篇幅和经历有限，本书只能从一隅看冰山，企望能够一眼万里，尽量深入地揭示出认同的核心所在。

其三，本书聚焦于 19 世纪 30～60 年代的美国文艺复兴时期，这一时段的非理性书写研究是否能够比较完整地解读美国文化认同的内涵和外延？随着西行线的推进，美国民族意识逐渐成熟扎根，荒野的非理性书写在其中起到了重要的作用。在很多学者看来，西行线推进的过程，亦是美国挣脱欧陆传统实现自我认同的过程。但西行线总会抵达陆地的尽头，到达终点线后美国认同建构就停滞不动了吗？正如美国学者乔治·威尔逊·皮尔森（George Wilson Pierson）提出的质疑：按照边疆理论，难道当西行结束且距离欧陆最远时就标志着美国认同建构的完成？难道“我们最莽荒的时刻就是我们最具美国特性的时候？”（转引自 Taylor，1949：71）。在西行线到达终点之时，美国是否进入了下一个状态，抑或是回归欧陆文明与传统？尽管本书着意阐释了美国认同中边疆民粹精神和儒雅精英传统的相反相成，但是如果想要更深刻更精准地把握认同在内涵和外延方面的变化，完整的历时视角是必不可少的。

总而言之，非理性叙事的饱满度、文化认同的多视角解读，以及历史视角下的认同研究等，这些都是将来可以继续探讨和挖掘的主题。但在这些或然研究主题之中，有一个方向是研究美国认同不可绕道避行的，即文学地理学背景下的认同建构。

所谓“建构”（construct），意为搭建现实中未有实体之物。在美国文学创作领域里，另类的非理性叙事在民族想象过程中发挥了不可替代的作用，无疑是思考认同建构的有效路径。非理性与边疆民粹主义相关，也渗透到了美国文化认同的机理之中，而非理性的建构作用也成为美国文化发展、社会稳定的重要安全阀。美国学者乔恩·海格伦（Jon Hegglund）就曾说：“理性……仅能够生产有限的空间知识，而想象力则能够唤醒更确切、更深刻的民族认同。”（Hegglund，2012：78）

在研究非理性述写认同的过程中，美国西进运动中的西行线逐渐凸显了其对形成民族特征的促进作用。以西行线彼方的非理性存在界定自我，已经成为深埋在美国血脉中的遗传基因。这就是为什么在 19 世纪末期边疆开拓结束时，"一系列突发经济危机会引起社会的动荡不安"；20 世纪中期，美国"因为西行线对面根据臆想界定、迥异'他者'形象的缺席，引发了有关意识形态走向的恐慌感"。（King，1996：123，135）1960 年 7 月，美国总统肯尼迪提出了"新边疆策略"（New Frontier），本质上是对美国边疆策略的延续，甚至将西行线非理性彼方幻想为神秘莫测的宇宙，全力进军外太空。总而言之，西进拓殖过程中理性与非理性的纠缠、荒野与文明的争斗、民粹与精英的矛盾、边疆与儒雅的融合等，这些都是地理空间背景下的动态认同过程，是美国民族认同重要的遗传基因。

18 世纪爱尔兰主教乔治·伯克利（George Berkeley）在《有关美国艺术与教育前景的诗歌》（*Verses on the Prospect of Planing Arts and Learning in America*）中庄严宣告："帝国之路西行。"① 根据伯克利的理解，美国的帝国图景是文明西行的重要阶段之一。相隔 200 年，伯克利的理论和海耶斯的思想同频共振：美国认同是欧洲传统的延续。正如意大利文学历史学家弗朗哥·莫莱蒂（Franco Moretti）在《欧洲小说地图册（1800-1900）》［*Atlas of the European Novel（1800-1900）*］结尾处所讲，"新的空间催生新的文学形式，而新的文学形式又建构更新的空间"（Moretti，1998：197）。在文明西行的过程中，非理性叙事这一新的文学形式在构建具有鲜明认同特征的美国空间中起到了不可忽视的作用。

---

① 原文为"Westward the course of empire takes its way；／The four first acts already past，／A fifth shall close the drama with the day；／Time's noblest offspring is the last."参见 https://www.eighteenthcenturypoetry.org/works/o5157-w0840.shtml，最后访问日期：2024 年 5 月 16 日。

参考文献

［1］〔美〕埃德加·爱伦·坡：《爱伦·坡暗黑故事全集》，曹明伦译，湖南文艺出版社，2013。

［2］〔美〕R. W. 爱默生：《自然沉思录》，博凡译，上海社会科学院出版社，1993。

［3］陈豪：《〈姊妹们〉中的病理书写与宗教批评》，《外国文学评论》2018 年第 2 期。

［4］陈榕：《哥特小说》，《外国文学》2012 年第 2 期。

［5］陈榕：《〈埃德加·亨特利〉中的边疆家园与哥特暴力叙事》，《英美文学研究论丛》2021 年第 2 期。

［6］陈榕：《赛博朋克小说的崇高美学》，《外国文学》2022 年第 1 期。

［7］陈永胜、牟丽霞：《西方社区感研究的现状与趋势》，《心理科学进展》2007 年第 1 期。

［8］成晓莉：《爱默生〈论自然〉中超验主义哲学思想"变奏"探源》，《牡丹江教育学院学报》2011 年第 1 期。

［9］〔苏联〕尤·迪尼亚诺夫、罗曼·雅各布森：《文学和语言学的研究问题》，载〔法〕茨维坦·托多罗夫编选《俄苏形式主义文论选》，蔡鸿滨译，中国社会科学出版社，1989。

［10］付景川、苏加宁：《城市、媒体与"异托邦"——爱伦·坡侦探小说的空间叙事研究》，《北方论坛》2016 年第 4 期。

［11］〔德〕弗里德里希·尼采：《善恶的彼岸》，朱泱译，团结出版社，2001。

［12］葛纪红：《福克纳小说的非理性叙事与癫狂主题》，《外语研究》2009 年第 3 期。

［13］〔美〕赫尔曼·梅尔维尔：《白鲸》，成时译，人民文学出版社，2011。

［14］〔美〕赫尔曼·麦尔维尔：《我和我的烟囱》，陆源译，《鸭绿江》（上半月刊）2017 年第 5 期。

［15］胡家峦：《历史的星空：英国文艺复兴时期诗歌与西方宇宙》，北京大学出版社，2001。

［16］胡永辉：《美国文学中的清教伦理思想》，苏州大学出版社，2017。

［17］〔英〕A. N. 怀特海：《科学与近代世界》，何钦译，商务印书馆，1989。

［18］〔法〕加缪：《西西弗的神话：加缪荒谬与反抗论集》，杜小真译，天津人民出版社，2007。

［19］贾莹：《荒野美学与"边疆"政治：美国"山地人"的制造》，《外国文学动态研究》2022 年第 5 期。

［20］金衡山：《抵抗的形式，文学的用途——近年美国获奖小说与共同体的形成》，《国外文学》2021 年第 4 期。

［21］〔美〕R. 卡尔纳普：《科学哲学导论》，张华夏、李平译，中国人民大学出版社，2007。

［22］赖干坚：《非理性主义与现代派小说的反向叙事美学》，《国外文学》1994 年第 2 期。

［23］〔美〕莱斯利·菲德勒：《文学是什么？高雅文化与大众社会》，陆扬译，译林出版社，2011。

［24］李慧明：《非理性主义视野下的爱伦·坡唯美精神内核评析》，《社会科学家》2009 年第 5 期。

［25］李松睿：《走出人文主义的执念——谈中国当代科幻文学》，《当

代作家评论》2019 年第 1 期。

[26] 李宛霖：《〈埃德加·亨特利〉中夜游症的隐喻与布朗的民族文学主张》，《外国文学研究》2022 年第 44 期。

[27] 李英：《〈维兰德〉的叙事语境与美国建国初期的意识形态悖论》，《外语研究》2012 年第 2 期。

[28] 李雨轩：《文艺共同体的潜能——以朗西埃、南希为考察对象》，《文艺评论》2021 年第 6 期。

[29] 刘红臻：《十九世纪作家对催眠术的书写——以爱伦·坡和霍桑为例》，博士学位论文，福建师范大学，2016。

[30] 刘介民、刘小晨：《哈拉维赛博格理论研究：学术分析与诗化想象》，暨南大学出版社，2012。

[31] 刘立辉：《斯宾塞〈仙后〉中的美洲物产与殖民经济话语》，《外国文学研究》2021 年第 4 期。

[32] 刘敏霞：《美国哥特小说对民族身份的想象：1776-1861》，博士学位论文，上海外国语大学，2011。

[33] 刘勰著，王运熙、周锋译注《文心雕龙译注》，上海世纪出版股份有限公司、上海古籍出版社，2016。

[34] 〔美〕罗伯特·达恩顿：《催眠术与法国启蒙运动的终结》，周小进译，社会科学文献出版社，2021。

[35] 〔英〕罗素：《西方哲学史》下卷，马元德译，商务印书馆，2009。

[36] 罗昔明：《论作为民族文学建构者的爱伦·坡》，《外国文学评论》2012 年第 3 期。

[37] 麦永雄等：《乌托邦文学的三个维度：从乌托邦、恶托邦到伊托邦（笔谈）》，《广西师范大学学报》（哲学社会科学版）2005 年第 3 期。

[38] 〔美〕纳撒尼尔·霍桑：《牧师的黑面纱——霍桑短篇小说集》，伍厚恺译，译林出版社，2016。

[39] 聂珍钊：《文学伦理学批评导论》，北京大学出版社，2014。

［40］宁艺阳、陈后亮：《宗教与殖民：〈年轻的古德蒙·布朗〉中的印第安隐喻》，《解放军外国语学院学报》2021年第5期。

［41］蒲若茜：《〈呼啸山庄〉与哥特传统》，《外国文学评论》2002年第1期。

［42］钱满素：《爱默生和中国：对个人主义的反思》（修订本），东方出版社，2018。

［43］申丹：《关于叙事学研究的几个问题》，《中国外语》2009年第6期。

［44］申丹、王丽亚：《西方叙事学：经典与后经典》，北京大学出版社，2017。

［45］〔美〕宋明炜：《在崇高宇宙与微纪元之间：刘慈欣论》，金雪妮译，《当代文坛》2021年第1期。

［46］孙时进、苏虹：《从催眠的历史变迁和理论发展看催眠研究的未来》，《西南民族大学学报》（人文社会科学版）2016年第11期。

［47］孙有中：《殊途同归："启蒙"与"大觉醒"》，《美国研究》1997年第4期。

［48］隋玉洁：《爱伦·坡作品中的理性、非理性及艺术美》，博士学位论文，吉林大学，2015。

［49］唐文：《权力·死亡·荒诞——对约瑟夫·海勒黑色幽默小说的解读》，上海译文出版社，2016。

［50］唐文：《美国幽默文学生发的地缘意识》，《社会科学家》2016年第12期。

［51］唐文：《马克·吐温边疆幽默故事的美国梦书写》，《东北师大学报》（哲学社会科学版）2019年第5期。

［52］唐文：《爱伦·坡小说叙事与国家想象》，《重庆社会科学》2020年第1期。

［53］唐文：《美国梦视域下幽默小说的历史书写》，社会科学文献出版社，2021。

［54］田俊武：《美国 19 世纪经典文学中的旅行叙事研究》，中国人民大学出版社，2017。

［55］田俊武：《旅行文学和异托邦视阈下的城市形象学》，《英语文学研究》2019 年第 1 期。

［56］田俊武：《〈在亚瑟王朝廷里的康涅狄克州美国人〉：时空穿越、历史架构与资本主义民主科技批判》，《国外文学》2020 年第 3 期。

［57］王一平：《从"赛博格"与"人工智能"看科幻小说的"后人类"瞻望——以〈他，她和它〉为例》，《外国文学评论》2018 年第 2 期。

［58］王元陆：《约克纳帕塔法世系故事中的毯包客》，《外国文学评论》2021 年第 1 期。

［59］〔英〕威廉·莎士比亚：《哈姆雷特》，傅光明译，天津人民出版社，2018。

［60］吴言：《星空的召唤——刘慈欣访谈》，《名作欣赏》2020 年第 19 期。

［61］夏开伟：《以"物"观"人"：忧郁的后人类解读》，《外国文学》2019 年第 6 期。

［62］夏琼、刘玉：《迈向后人类——〈神经漫游者〉对哈拉维赛博格思想的诠释》，《浙江理工大学学报》（社会科学版）2020 年第 44 期。

［63］肖明翰：《英美文学中的哥特传统》，《外国文学评论》2001 年第 1 期。

［64］修立梅：《罗曼司与〈七个尖角阁的老宅〉的历史书写》，《外国文学》2021 年第 5 期。

［65］解长江：《威廉·福克纳〈喧哗与骚动〉非理性叙事与疏离主题》，《沈阳农业大学学报》（社会科学版）2014 年第 6 期。

［66］〔古希腊〕亚里士多德：《尼各马可伦理学》，廖申白译，商务印书馆，2003。

［67］颜荻：《欧里庇得斯的狄奥尼索斯——〈酒神的伴侣〉对"酒神入侵希腊"事件的文学解释》，《国外文学》2020年第2期。

［68］闫献磊：《卢卡奇物化理论及其当代意义》，《大众文艺》2020年第23期。

［69］杨惠英：《面纱背后的"神秘"与"浪漫"——浅析霍桑的"黑色面纱"与黑色浪漫主义》，《西北大学学报》（哲学社会科学版）2012年第1期。

［70］杨金才：《美国文艺复兴经典作家的政治文化阐释》，上海外语教育出版社，2009。

［71］杨靖：《"浪漫的"科学——论梭罗后期写作的转向》，《外国文学评论》2016年第3期。

［72］杨靖：《爱默生的商业演讲——兼论十九世纪中期美国文学市场》，《外国文学评论》2019年第3期。

［73］杨平：《论北美大觉醒运动的作用及历史意义》，《山东师大学报》（社会科学版）1992年第2期。

［74］杨生茂、刘绪贻：《美国的独立和初步繁荣：1775－1860》，人民出版社，1993。

［75］杨天虎：《美国唯一神思想研究（1825－1865）》，硕士学位论文，东北师范大学，2007。

［76］易晓明：《非理性视阈对小说叙事的变革意义》，《江西社会科学》2008年第11期。

［77］于雷：《爱伦·坡与"南方性"》，《外国文学评论》2014年第3期。

［78］岳雯等：《"先锋"一种：科幻与现实》，《当代文坛》2019年第4期。

［79］章重远：《此岸与彼岸——西方哥特小说中的"隔绝"原型》，《外国文学》2000年第2期。

［80］郑佳佳：《信仰与现实之间的演义——1692年塞勒姆控巫运动述

评》，《河南工业大学学报》（社会科学版）2006 年第 6 期。

[81] 周玉军：《霍桑与催眠术》，《国外文学》2010 年第 3 期。

[82] 朱斐然：《〈黑猫〉中的非理性叙事》，《文学教育》2019 年第 12 期。

[83] Adams, James Truslow, *The Epic of America*, London: George Routledge & Sons. Ltd. , 1945.

[84] Adams, Henry, *The Education of Henry Adams*, Las Vegas, NV: I-CON Group International, Inc. , 2006.

[85] Alber, Jan, Rudiger Heinze, *Unnatural Narratives—Unnatural Narratology*, Berlin: De Gruyter, 2011.

[86] Alber, Jan, Stefan Iversen, Henrik Skov Nielsen, Brian Richarson, "Unnatural Narratives, Unnatural Narratology: Beyond Mimetic Models", *Narrative* 18/2 (May 2010): 113−136.

[87] Alber, Jan, Henrik Nielsen, Brian Richardson, *A Poetics of Unnatural Narrative*, Columbus: The Ohio State University Press, 2013.

[88] Alber, Jan, Stefan Iversen, Herik Skov Nielsen, Brian Richardson, "What Really Is Unnatural Narratology?", *Story Worlds: A Journal of Narrative Studies* 5/1 (2013): 101−118.

[89] Alexander, John, *Ghosts: Washington's Most Famous Ghost Stories*, Arlington, Virginia: The Washington Book Trading Co. , 1988.

[90] Anderson, Benedict, *Imagined Communities: Reflections on the Origin and Spread of Nationalism*, London, New York: Verso Books, 2006.

[91] Applegate, Debby, *The Most Famous Man in America: The Biography of Henry Ward Beecher*, Los Angeles, CA: Three Leaves Press, 2006.

[92] Arac, Jonathan, "F. O. Matthiessen: Authorizing an American Renaissance", Walter Benn Michaels, Donald E. Pease, eds. , *The A-*

merican Renaissance Reconsidered, Baltimore: The Johns Hopkins U-
niversity Press, 1985.

[93] Aristotle, *Aristotle's* Poetics, trans. by George Whalley, Montreal &
Kingston, London, Buffalo: McGill-Queen's University Press, 1997.

[94] Asimov, Isaac, "Rounaround", *I, Robot*, New York City: Double-
day, 1950.

[95] Asimov, Isaac, ed. , *Stories from the Hugo Winners*, vol. 2. , New
York: Fawcett Crest Books, 1973.

[96] Audi, Robert, ed. , *The Cambridge Dictionary of Philosophy*, Cam-
bridge: Cambridge University Press, 1999.

[97] Bacon, Francis, *Novum Organum*, ed. by Thomas Fowler, Oxford:
Clarendon Press, 1878.

[98] Baker, Carlos, *Emerson among the Eccentrics: A Group Portrait*,
New York: Viking Press, 1996.

[99] Baldick, Chris, Robert Mighall, "Gothic Criticism", *A New Com-
panion to the Gothic*, ed. by David Punter, Malden, MA: Blackwell
Publishing Ltd. , 2012.

[100] Barger, Andrew, *The Best Horror Short Stories 1800-1849: A Clas-
sic Horror Anthology*, Tennessee, United States: Bottletree Classic,
2010.

[101] Bauer, Dale M. , Philip Gould, eds. , *The Cambridge Companion
to Nineteenth-Century American Women's Writing*, Cambridge: Cam-
bridge University Press, 2001.

[102] Bell, Michael Davitt, *The Problem of American Realism: Studies in
the Cultural History of a Literary Idea*, Chicago: The University of
Chicago Press, 1996.

[103] Bennett, Bridget, *Transatlantic Spiritualism and Nineteenth Century
American Literature*, New York: Palgrave Macmillan, 2007.

[104] Blair, Walter, Franklin J. Meine, Mike Fink, *King of Mississippi Keelboatmen*, New York: Henry Holt & Company, Inc. , 1933.

[105] Blair, Walter, Hamlin Hill, *America's Humor: From Poor Richard to Doonesbury*, New York: Oxford University Press, 1978.

[106] Blanchard, Paula, *Margaret Fuller: From Transcendentalism to Revolution*, Massachusetts: Addison-Wesley Publishing Company, 1987.

[107] Bloom, Harold, *The West Cannon*, London: Papermac, 1996.

[108] Bloom, Harold, *The American Religion*, New York: Simon & Schuster, 2006.

[109] Bloom, Harold, ed. , *The American Renaissance*, New York: Chelsea House, an Imprint of Infobase Publishing, 2004.

[110] Botting, Fred, "In Gothic Darkly, Heterotopia, History", David Punter, ed. , *A New Companion to the Gothic*, Malden, MA: Blackwell Publishing Ltd. , 2012.

[111] Branch, Watson G. , ed. , *Melville: The Critical Heritage*, London and Boston: Routledge & Kegan Paul, 1985.

[112] Brands, H. W. , *The Age of Gold: The California Gold Rush and the New American Dream*, New York: Anchor, 2003.

[113] Brands, H. W. , *Andrew Jackson: His Life and Times*, New York, NY: Knopf Doubleday Publishing Group, 2005.

[114] Breslaw, Elaine G. , *Tituba, Reluctant Witch of Salem: Devillish Indians and Puritan Fantasies*, New York: New York University Press,1996.

[115] Brewster, Scott, "Gothic and the Madness of Interpretation", David Punter, ed. , *A New Companion to the Gothic*, London: Blackwell Publishing Ltd. , 2012.

[116] Brodhead, Richard H. , *Hawthorne, Melville and the Novel*, Chicago: University of Chicago Press, 1976.

[117] Brodhead, Richard H. , *Cultures of Letters*: *Scenes of Reading and Writing in Nineteenth-Century America*, Chicago and London: The University of Chicago Press, 1994.

[118] Brooks, Van Wyck, *America's Coming-of-age*, New York: B. W. Huebsch Mcmxv, 1915.

[119] Brown, Charles Farra, *Artemus Ward*: *His Book*, New York: Carleton Publisher, 1862.

[120] Bryant, John, *Melville and Repose*: *The Rhetoric of Humor in the American Renaissance*, New York, Oxford: Oxford University Press, 1993.

[121] Budd, Louis J. , *Mark Twain*: *Social Philosopher*, Bloomington: University of Indiana Press, 1962.

[122] Buijzen, M. , P. M. Valkenburg, "Developing a Typology of Humor in Audiovisual Media", *Media Psychology* 6/2 (2004): 147-167.

[123] Buisseret, David, *The Mapmakers' Quest*: *Depicting New Worlds in Renaissance Europe*, Oxford, New York: Oxford University Press, 2003.

[124] Bunyan, John, *The Pilgrim's Progress*, New Kensington, PA: Whitaker House, 1981.

[125] Burstein, Andrew, *The Original Knickerbocker*: *The Life of the Washington Irving*, New York: Basic Books, 2007.

[126] Byatt, A. S. , *Passions of the Mind*: *Selected Writings*, London: Chatto and Windus, 1991.

[127] Callahan, Gene, Kenneth B. Mclntyre, eds. , *Critics of Enlightenment Rationalism*, Cham: Palgrave Macmillan, 2020.

[128] Carlson, Eric W. , *A Companion to Poe Studies*, Westport Conn: Greenwood Press, 1996.

[129] Carlson, Marvin, *Theories of the Theatre*: *A Historical and Critical*

Survey from the Greeks to the Present, Ithaca and London: Cornell University Press, 1993.

[130] Carter, Paul, *The Road to Botany Bay*, London: Faber & Faber, 1987.

[131] Chase, Richard, *The American Novel and Its Tradition*, New York: Anchor Books, 1957.

[132] Cheever, Susan, *American Bloomsbury: Louisa May Alcott, Ralph Waldo Emerson, Margaret Fuller, Nathaniel Hawthorne, and Henry David Thoreau*, New York, NY: Simon & Schuster, 2006.

[133] Christophersen, Bill, *The Apparition in the Glass: Charles Brockden Brown's American Gothic*, Athens, Georgia: University of Georgia Press, 1993.

[134] Clay, Karen, Randall Jones, "Migrating to Riches? Evidence from the California Gold Rush", *The Journal of Economic History* 68/4 (2008): 997-1027.

[135] Coale, Samuel Chase, *Mesmerism and Hawthorne: Mediums of American Romance*, Tuscaloosa and London: The University of Alabama Press, 1998.

[136] Conforti, Joseph A., *Imagining New England: Explorations of Regional Identity form the Pilgrims to the Mid-Twentieth Century*, Chapel Hill: University of North Carolina Press, 2001.

[137] Cooper, James Fenimore, *The Deerslayer*, New York: Airmont Publishing Company, Inc., 1964.

[138] Cooper, James Fennimore, *The Last of the Mohicans*, San Diego, CA: ICON Group International, Inc., 2005.

[139] Covici, Pascal Jr., *Humor and Revelation in American Literature: The Puritan Connection*, Missouri: University of Missouri Press, 1997.

[140] Crockett, Davy, *Narrative of the Life of David Crockett, of the State of Tennesse*, Philadelphia: E. L. Carey and A. Hart. , Baltimore: Carey, Hart & Co. , 1834.

[141] Day, Jasmine, "Allamistakeo Awakes: The Earliest Image of An Ambulatory Mummy", Eleanor Dobson, ed. , *Victorian Literary Culture and Ancient Egypt*, Manchester, UK: Manchester University Press, 2020.

[142] Dean, Bradley P. , Gary Scharnhorst. "The Contemporary Reception of Walden", Joel Myerson, ed. , *Studies in the American Renaissance*, New York: Columbia UP, 1990.

[143] Delano, Sterling F. , *Brook Farm: The Dark Side of Utopia*, Cambridge, Massachusetts: The Belknap Press of Harvard University Press, 2004.

[144] Demos, John, *A Little Commonwealth: Family Life in Plymouth Colony*, New York, NY: Oxford University Press, 2000.

[145] Delbanco, Andrew, *Melville: His World and Work*, New York: Knopf, 2005.

[146] Dickinson, Emily, *Selected Poems of Emily Dickinson*, New York, NY: Quarto Publishing Group USA, Inc. , 2022.

[147] Dillingham, William B. , *Melville's Short Fiction: 1853 – 1856*, Athens: University of Georgia Press, 2008.

[148] Dirck, Brian R. , *The Black Haven: Abraham Lincoln and Death*, Carbondale: Southern Illinois University Press, 2019.

[149] Doctorow, E. L. , *Ragtime*, New York: Random House, 1974.

[150] Echterling, Lennis G. , Jonathon Whalen, "Stage Hypnosis and Public Lecture Effects on Attitudes and Beliefs Regarding Hypnosis", *American Journal of Clinical Hypnosis* 38/1 (Aug. 1995): 13–21.

[151] Edwards, Jonathan, *Sinners in the Hands of an Angry God and Oth-*

er Puritan Sermons, ed. by David Dutkanicz, Mineola, NY: Dover Publications, Inc., 2005.

[152] Eliot, T. S., *T. S. Eliot : The Poems*, Cambridge: Cambridge University Press, 1988.

[153] Emerson, Ralph Waldo, *The Complete Essays and Other Writings of Ralph Waldo Emerson*, ed. by Brooks Atkinson, New York: Random House, 1950.

[154] Emerson, Ralph Waldo, *The Portable Emerson*, New York: Penguin Books, 1981.

[155] Emerson, Ralph Waldo, *Emerson in His Journals*, ed. by Joel Porte, Cambridge, Massachusetts: The Belknap Press of Harvard University Press, 1982.

[156] Emily, Dickinson, *Selected Poems of Emily Dickinson*, New York, NY: Quarto Publishing Group USA Inc., 2016.

[157] Faflak, Joel, Jason Haslam, eds., *American Gothic Culture: An Edinburgh Companion*, Edinburgh: Edinburgh University Press, 2016.

[158] Fiedler, Leslie A., *Love and Death in the American Novel*, New York: Criterion, 1960.

[159] Fitzgerald, Bishop O. P., *Judge Longstreet: A Life Sketch*, Nashville, Tennessee: Publishing House of the Methodist Episcopal Church, 1891.

[160] Flora, Joseph M., Lucinda H. MacKenthan, eds., *The Companion to Southern Literature: Themes, Genres, Places, People, Movements, and Motifs*, Baton Rouge: Louisiana State University Press, 2002.

[161] Fludernik, Monika, "How Natural Is 'Unnatural Narratology'; or, What Is Unnatural about Unnatural Narratology?", *Narrative* 20/3 (Mar. 2013): 357-370.

[162] Ford, Karen, "'The Yellow Wallpaper' and Women's Discourse", *Tulsa Studies in Women's Literature* 4/2 (1985): 309-314.

[163] Foucault, Michel, "Of Other Places", Nicholas Mirzoeff, ed., *The Visual Culture Reader*, London: Psychology Press, 2002.

[164] Franklin, Benjamin, *The Autobiography of Benjamin Franklin*, eds. by J. A. Leo Lemay, P. M. Zall, Tennessee: The University of Tennessee Press, 1981.

[165] Franklin, Benjamin, *Fart Proudly: Writings of Benjamin Franklin You Never Read in School*, ed. by Carl Japikse, Columbus, Ohil: Enthea Press, 1990.

[166] Frederick, John T., "Hawthorne's 'Scribbling Women'", *The New England Quarterly* 48/2 (1975): 231-40.

[167] Freneau, Philip, *The Poems of Philip Freneau*, Volume II, Princeton, New Jersey: The University Library, 1903.

[168] Frye, Northrop, *Anatomy of Criticism: Four Essays*, Princeton, New Jersey: Princeton University Press, 1973.

[169] Garber, Marjorie B., *Profiling Shakespeare*, Florence, Kentucky: Routledge, 2008.

[170] Gilman, Charlotte Perkins, *The Yellow Wall-paper, Herland, and Selected Writings*, London: Penguin Books, 2009.

[171] Gray, Richard, *A History of American Literature*, Malden, MA, Oxford, UK, and Victoria, Australia: Blackwell Publishing, 2004.

[172] Goddu, Teresa A., *Gothic America: Narrative, History, and Nation*, New York: Columbia University Press, 1997.

[173] Goldmann, Lucien, *The Hidden God: A Study of Tragic Vision in the Pensees of Pacal and the Tragedies of Racine*, trans. by Philip Thody, London and New York: Routledge, 2013.

[174] Gorn, Elliott J., Warren Goldstein, *A Brief History of American*

Sports, Chicago: University of Illinois Press, 1993.

[175] Green, Rochelle M. , *Theories of Hope: Exploring Alternative Affective Dimensions of Human Experience*, New York, London: Lexington Books, 2018.

[176] Gutierrez, Cathy, *Plate's Ghost: Spiritualism in the American Renaissance*, Oxford: Oxford University Press, 2009.

[177] Hagenbuchle, Roland, "American Literature and the Nineteenth-Century Crisis in Epistemology: The Example of Charles Brockden Brown", *Early American Literature* 22/2 (1988): 121-151.

[178] Haraway, Donna, *A Cyborg Manifesto: Science, Technology, and Socialist-Feminism in the Late Twentieth Century*, Minnesota: University of Minnesota Press, 2016.

[179] Hardy, Thomas, *Far From the Madding Crowd*, San Diego, CA: ICON Group International, Inc. , 2005.

[180] Hart, James D. , *The Oxford Companion to American Literature*, Oxford: Oxford University Press, 1983.

[181] Hawthorne, Julian, *Nathaniel Hawthorne and His Wife: A Biography*, Boston and New York: Houghton Mifflin and Company, 1891.

[182] Hawthorne, Nathaniel, *Passages From the American Note-Books*, Entry for September 2, 1842.

[183] https://en. wikipedia. org/wiki/Henry_David_Thoreau#Criticism.

[184] Hawthorne, Nathaniel, *Love Letters of Nathaniel Hawthorne*, Vol. 2. , Chicago: The Society of the Dofobs, 1907.

[185] Hawthorne, Nathaniel, *The House of the Seven Gables*, New York: The New American Library of World Literature, Inc. , 1961.

[186] Hawthorne, Nathaniel, *The Heart of Hawthorne's Journals*, New York: Barnes & Noble, 1967.

[187] Hawthorne, Nathaniel, *The Blithedale Romance: An Authoritative*

Text, *Background and Sources Criticism*, New York: W. W. Norton & Company, 1978.

[188] Hawthorne, Nathaniel, *The Blithedale Romance*, London, UK: Dodo Press, 2005.

[189] Hawthorne, Nathaniel, *The Scarlet Letter*, Oxford: Oxford University Press, 2007.

[190] Haycraft, Howard, *Murder for Pleasure: The Life and Times of the Detective Story*, New York: D. Appleton-Century Company, 1984.

[191] Hayes, Carlton J. H. , "The American Frontier—Frontier of What?", *American Historical Review* 51 (Jan. 1946): 199-216.

[192] Hegglund, Jon. , *World Views: Metageographies of Modernist Fiction*, Oxford, New York: Oxford University Press, 2012.

[193] Hoffman, Daniel, *Poe Poe Poe Poe Poe Poe Poe*, Baton Rouge: Louisiana University Press, 1972.

[194] Hofstadter, Richard, *Anti-intellectualism in American Life*, New York: Vintage Books, A Division of Random House, 1963.

[195] Hogle, Jerrold E. , "The Gothic Ghost of the Counterfeit", David Punter, ed. , *A New Companion to the Gothic*, Malden, MA: Blackwell Publishing Ltd. , 2012.

[196] Honer, Avil, Sue Zlosnik, "Comic Gothic", David Punter, ed. , *A New Companion to the Gothic*, Malden, MA: Blackwell Publishing Ltd. , 2012.

[197] Howe, Daniel Walker, *What Hath God Wrought: The Transformation of America 1815 - 1848*, New York: Oxford University Press, 2007.

[198] Hume, Kathryn, *American Dream*, *American Nightmare: Fiction since 1960*, Beijing: Foreign Languages Teaching and Research Press, 2007.

[199] Husband, Julie, *Antislavery Discourse and Nineteenth-century American Literature*, New York, NY: Palgrave MacMillan, 2010.

[200] Jackson, Yo., Yolanda Kaye Jackson, *Encyclopedia of Multicultural Psychology*, *Thousand Oaks*, California: SAGE Publications, 2006.

[201] James, Henry, *Hawthorne*, New York: Farrar, Straus and Cudahy, 1949.

[202] Jameson, Frederic, *Archaeologies of the Future: The Desire Called Utopia and Other Science Fictions*, London: Verso, 2005.

[203] Jelliffe, Robert A., *Faulkner at Nagano*, Tokyo: Kenkyusha, Ltd., 1956.

[204] Jillson, Cal, *American Dream: In History, Politics, and Fiction*, Kansas: University Press of Kansas, 1991.

[205] Kant, Immanuel, *Gesammelte Schriften*, Vol. 2., Berlin: Georg Reimer, 1900.

[206] Kant, Immanuel, *Critique of Pure Reason*, eds. by Paul Guyer, Allen W. Wood, Cambridge: Cambridge U. P., 1999.

[207] Kaufman, Will, *The Civil War in American Culture*, Edinburgh: Edinburgh University Press, 2006.

[208] Keats, John, *The Complete Poetical Works and Letters of John Keats*, Cambridge Edition, Boston, New York: Houghton, Mifflin and Company, 1899.

[209] Kerslake, Patrica, *Science Fiction and Empire*, Liverpool: Liverpool University Press, 2007.

[210] King, Geoff., *Mapping Reality: An Exploration of Cultural Cartographies*, New York, NY: Palgrave Macmillan, 1996.

[211] Kucich, John J., *Ghostly Commnunion: Cross-cultural Spiritualism in Nineteenth-century American Literature*, Hanover, New Hampshire:

Dartmouth College Press, 2004.

[212] Irving, Washington, *The Sketch Book of Geoffrey Crayon*, Gent, London: J. M. Dent & Co. , 1901.

[213] Lause, Mark A. , *Free Spirits: Spiritualism, Republicanism, and Radicalism in the Civil War Era*, Urbana, Chicago and Springfield: University of Illinois Press, 2016.

[214] Lawrence, D. H. , *Studies in Classic American Literature*, New York: Thomas Seltzer, 1923.

[215] Le Bon, Gustave, *The Crowd: A Study of the Popular Mind*, Garden City, New York: Dover Publications, 2002.

[216] Lehan, Richard, *Quest West: American Intellectual and Cultural Transformations*, Baton Rouge: Louisiana State University Press, 2014.

[217] Lemay, J. A. Leo, "The Text, Tradition, and Themes of 'The Big Bear of Arkansas'", *American Literature* 47/3 (1975): 321–342.

[218] Levin, Harry, *The Power of Blackness*, Chicago, Athens, London: Ohio University Press, 1980.

[219] Levine, Stuart, Susan Levine, eds. , *The Short Fiction of Edgar Allan Poe*, Urbana and Chicago: University of Illinois Press, 1990.

[220] Lipset, Seymour Martin, *American Exceptionalism: A Double-Edged Sword*, New York: W. W. Norton, 1996.

[221] Lloyd-Smith, Alan, *American Gothic Fiction*, Shanghai: Shanghai Foreign Language Education Press, 2009.

[222] Locke, John, "An Essay on the Poor Law", *Locke: Political Essays*, ed. by Mark Goldie, Cambridge: Cambridge University Press, 1997.

[223] Lodge, David, *Changing Places: A Tale of Two Campuses*, London: Secker and Warburg, 1975.

［224］ Longstreet, Augustus Baldwin, *Georgia Scenes: Characters, Incidents, etc. in the First Half Century of the Republic*, Berkeley: University of Southern California, 1957.

［225］ Love, Howard Philips, *The Annotated Supernatural Horror in Literature*, New York, NY: Hippocampus Press, 2012.

［226］ Lynn, Kenneth S., ed., *The Comic Tradition in America: An Anthology of American Humor*, New York: The Norton Library, WW Norton & Company Inc., 1958.

［227］ Marcus, Mordecai, "Melville's Bartleby as a Psychological Double", *College English* 23/5 (Feb. 1962): 365-368.

［228］ Marsden, George M., *Jonathan Edwards: A Life*, New Haven: Yale University Press, 2003.

［229］ Marshall, Megan, *The Peabody Sisters: Three Women Who Ignited American Romanticism*, Boston: Mariner Books, 2005.

［230］ Marx, Leo, *The Machine in the Garden: Technology and the Pastoral Ideal in America*, New York: Oxford University Press, 2000.

［231］ Marx, Leo, "Melville's Parable of the Walls", *Sewanee Review* 61/4 (Autumn 1953): 602-627.

［232］ Maslow, Abraham, "A Theory of Human Motivation", *Psychological Review* 50/4 (1943): 370-396.

［233］ Mattiessen, Francis Otto, *American Renaissance: Art and Expression in the Age of Emerson and Whitman*, Oxford: Oxford University Press, 1941.

［234］ McBurney, James Howard, Ernest J. Wrage, *The Art of Good Speech*, New York: Prentice-Hall, 1953.

［235］ McCall, Christina A., David A. Grimes, Lyerly Anne Drapkin, " 'Therapeutic' Bed Rest in Pregnancy: Unethical and Unsupported by Data", *Obstetrics and Gynecology* 121/6 (Jun. 2013): 1305 -

1308.

[236] McElderyy, B. R. Jr. , "Introduction to Georgia Scenes", *Georgia Scenes*, Gloucester, Massachusetts: Peter Smith, 1977.

[237] McLoughlin, Michael, *Dead Letters to the New World: Melville, Emerson, and American Transcendentalism*, New York, NY: Routledge, 2003.

[238] McMichael, George, ed. , *Anthology of American Literature*, New York: MacMillan Publishing Company, London: Collier Macmillan Publishers, 1985.

[239] McMillan, David W. , David M. Chavis, "Sense of Community: A Definition and Theory", *Journal of Community Psychology* 14/1 (1986): 6-23.

[240] Mellow, James R. , *Nathaniel Hawthorne in His Times*, Boston: Houghton Mifflin Company, 1980.

[241] Melton, J. Gordon, James Bevereley, Constance Jones, Pamela S. Nadell, Rodney Stark, eds. , *Melton's Encyclopedia of American Religions*, Detroit, New York, San Francisco, New Haven, Conn Waterville and London: Gale, 2009.

[242] Melville, Herman, Billy Budd, *Sailor and Other Stories*, New York, Toronto, London, Sydney, Auckland: Bantam Books, 1984.

[243] Melville, Herman, *The Piazza Tales*, San Diego, CA: ICON Group International, Inc. , 2005.

[244] Meyers, Jeffrey, *Edgar Allan Poe: His Life and Legacy*, London: Cooper Square Press, 2001.

[245] Midson, Scott A. , *Cyborg Theology: Humans, Technology and God*, London, New York: I. B. Tauris & Co. Ltd. , 2018.

[246] Milder, Robert, "Herman Melville", *Columbia Literary History of the United States*, ed. by Emory Elliott, New York: Columbia Uni-

versity Press, 1988.

［247］ Miller, Barriss, "Hawthorne and Puritanism", *The New England Quarterly* 21/1 (Mar. 1948): 78-102.

［248］ Miller, Derek, *Henry David Thoreau: Civil Disobedience*, New York, NY: Cavendish Square Publishing, LLC., 2018.

［249］ Miller, Edwin Haviland, *Salem Is My Dwelling Place: A Life of Nathaniel Hawthorne*, Iowa City: University of Iowa Press, 1991.

［250］ Miller, Perry, *Errand into the Wilderness*, Cambridge: Belknap of Harvard University Press, 1956.

［251］ Myerson, Joel, ed., *A Historical Guide to Ralph Waldo Emerson*, New York, Oxford: Oxford University Press, 2000.

［252］ Nash, Roderick Frazier, *Wilderness and the American Mind*, New Haven: Yale University Press, 2014.

［253］ Nicholls, Peter, ed., *The Science Fiction Encyclopedia*, New York: Dolphin Books, Doubleday, 1979.

［254］ Niemeyer, Mark, "The Rhetoric of Nationalism in Emerson's 'The American Scholar' ", *Cahiers Charles* V. 37 (Oct. 2004): 145-169.

［255］ Nyman, Jopi, *Hard-Boiled Fiction and Dark Romanticism*, Bern, Switzerland: Peter Lang International Academic Publishers, 1998.

［256］ Oates, Joyce Carol, "The King of Weird", *The New York Review of Books* 43/17 (Oct. 1996): 46-53.

［257］ Olwig, Kenneth Robert, Landscape, *Nature and the Body Politic: From Britain's Renaissance to America's New World*, Madison, Wisconsin: The University of Wisconsin Press, 2002.

［258］ O'Donnell, Kerri, *The Gold Rush: A Primary Source History of the Search for Gold in California*, New York: The Rosen Pulishing Group, Inc., 2003.

[259] O'Neil, Paul, *The Old West: The Rivermen*, New York: Time-Life Books, 1975.

[260] Pannapacker, William, *Revised Lives: Whitman, Religion, and Constructions of Identity in Nineteeth-Century Anglo-American Culture*, Milton Park, Abingdon: Routledge, 2004.

[261] Pearce, Roy Harvey, *Savagism and Civilization: A Study of the Indian and the American Mind*, Berkeley: University of California Press, 1988.

[262] Peeples, Scott, *Edgar Allan Poe Revisited*, New York: Twayne Publishers, 1998.

[263] Plato, *Republic*, trans. by John Llewelyn Davies, David James Vaughan, Hertforshire: Wordsworth Editions, 1997.

[264] Poe, Edgar Allan, *The Complete Works of Edgar Allan Poe*, New York, NY: Thomas Y. Cromwell, 1902.

[265] Poe, Edgar Allan, Gary Richard Thompson, *Edgar Allan Poe: Essays and Reviews*, New York: Library of America, 1984.

[266] Poe, Edgar Allan, *Poetry and Tales*, New York: Library of America, 1984.

[267] Poe, Edgar Allan, *Short Stories of Edgar Allan Poe*, Qingdao, China: Qingdao Press, 2005.

[268] Porter, Roy, *Madness: A Brief History*, Oxford, New York: Oxford University Press, 2002.

[269] Porter, William T. , *Big Bear of Arkansas, and Other Sketeches*, Philadelphia: T. B. Peterson and Brothers, 1843.

[270] Pound, Ezra, *Whitman*, Roy Harvey Pearce, ed. , Englewood Cliffs, NJ: Prentice-Hall, Inc. , 1962.

[271] Poyen, Charles, *Progress of Animal Magnetism in New England*, Boston: Weeks, Jordan & Company, 1837.

［272］Prucher, Jeff, ed. , *Brave New Words*, Oxford: Oxford University Press, 2007.

［273］Punter, David, *Gothic Pathologies*: *The Text, the Body and the Law*, London: Palgrave Macmillan, 1998.

［274］Punter, David, *The Gothic*, London: Wiley-Blackwell, 2004.

［275］Punter, David, *Metaphor*, London and New York: Routledge,2007.

［276］Punter, David, "Introduction: The Ghost of a History", *A New Companion to the Gothic*, ed. by David Punter, Malden, MA: Blackwell Publishing Ltd. , 2012.

［277］Purifoy, Lewis M. , "The Southern Methodist Chuch and the Pro-slavery Argument", *The Journal of Southern History* 32/3 (Aug. 1966): 325-341.

［278］Quinn, Arthur Hobson, *Edgar Allan Poe*: *A Critical Biography*, Baltimore: The Johns Hopkins University Press, 1998.

［279］Quinn, Arthur Hobson, ed. , *Complete Poems and Stories of Edgar Allan Poe*, New York: Doubleday, 1966.

［280］Richardson, Brian, *Unnatural Voices*, Columbus: Ohio State University Press, 2006.

［281］Richardson, Rober D. Jr. , *Emerson*: *The Mind on Fire*, Berkeley: University of California Press, 1995.

［282］Robertson-Lorant, Laurie, *Melville*: *A Biography*, New York: Clarkson Potter Publishers, 1996.

［283］Rose, Anne C. , *Transcendentalism as a Social Movement 1830 - 1850*, New Haven, CT: Yale University Press, 1981.

［284］Rosenheim, Shawn James, *The Cryptographic Imagination*: *Secret Writing from Edgar Poe to the Internet*, Baltimore: Johns Hopkins University Press, 1997.

［285］Ruby, Jay, *Secure the Shadow*: *Death and Photography in Ameri-*

ca, Cambridge, MA: Massachusetts Institute of Technology Press, 1995.

[286] Ruland, Richard, ed., *Twentieth Century Interpretations of Walden*, Cliff, New Jeasy: Prentice Hall, Inc., 1968.

[287] Rusk, Ralph Leslie, *The Letter of Ralph Waldo Emerson*, New York: Columbia University Press, 1966.

[288] Ryan, Alan, *Haunting Women*, New York, NY: Avon Books, 1988.

[289] Sachsman, David B. S., Kittrell Rushing, Roy Morris, *Memory and Myth: The Civil War in Fiction and Film from Uncle Tom's Cabin to Cold Mountain*, Purdue: Purdue University Press.

[290] Santayana, George, *Scepticism and Animal Faith*, New York: Dover Publications, Inc., 1955.

[291] Santayana, George, *The Genteel Tradition: Nine Essays by George Santayana*, ed. by Douglas L. Wilson, Cambridge, Massachussetts: Harvard University Press, 1967.

[292] Samuel, Lawrence R., *The American Dream: A Cultural History*, New York: Syracuse University Press, 2012.

[293] Sarason, S. B., *The Psychological Sense of Community: Prospects for a Community Psychology*, San Francisco: Jossey-Bass, 1974.

[294] Scharnhorst, Gary, *Bret Harte: Opening the American Literary West*, Norman, OK: University of Oklahoma Press, 2000.

[295] Schmidt, Shannon McKenna, Joni Rendon, *Novel Destinations: Literary Landmarks from Jane Austen's Bath to Ernest Hemingway's Key West*, Washington, DC: National Geographic, 2008.

[296] Schneider, Herbert W., *The Puritan Mind*, New York: Henry Holt and Company, 1930.

[297] Schoberlein, Stefan, "From Many Million Heart-throbs: Walt Whitman's Communitarian Sentimentalisms", *College Literature* 45/

3 (July 2018): 448-486.

[298] Scudder, Harold H., "Melville's Benito Cereno and Captain Delano's Voyages", *PMLA* 43/2 (June 1928): 502-532.

[299] Sealts, Merton M. Jr., *Melville's Reading*, *Revised and Enlargeddition*, Columbia, SC: University of South Carolina Press, 1988.

[300] Shakespeare, William, *Macbeth*, ed. by Stephen Orgel, New York: Penguin Books, 2016.

[301] Shalhope, Robert E., *The Baltimore Bank Riot: Political Upheaval in Antebellum Maryland*, Urbana: University of Illinois Press, 2009.

[302] Shiflet, E. Stone, "Book Review: Charles Brockden Brown's Revolution and the Birth of American Gothic", *Journal of the Early Republic* 25/1 (Spring 2005): 118-120.

[303] Shulman, George, *American Prophecy: Race and Redemption in American Political Culture*, Minneapolis, London: University of Minnesota Press, 2008.

[304] Silverman, Kenneth, *Edgar A. Poe: Mournful and Never-ending Remembrance*, New York: Harper Perennial, 1991.

[305] Simonson, Harold P., *Beyond the Frontier: Writers, Western Regionalism, and a Sense of Place*, Texas: Texas Christian University Press, 1989.

[306] Slotkin, Richard, *Regeneration through Violence: The Mythology of American Frontier, 1600-1860*, Middletown: Wesleyan University Press, 1973.

[307] Smith, Allan Lloyd, "Nineteenth-Century American Gothic", David Punter, ed., *A Companion to the Gothic*, Malden, MA: Blackwell Publishing Ltd., 2012.

[308] Smith, John, *The Complete Works of Captain John Smith*, Vol. I, ed. by Philip L. Barbour, Chapel Hill, North Carolina: The Uni-

versity of North Carolina Press, 1986.

[309] Sova, Dawn B. , *Edgar Allan Poe: A to Z*, New York: Checkmark Books, 2001.

[310] Spencer, Benjamin T. , *The Quest for Nationality: An American Literary Campaign*, New York: Syracuse University Press, 1957.

[311] Stanton, Elizabeth Cady, *A History of Woman Suffrage*, Rochester, NY: Fowlers and Wells, 1889.

[312] Steele, Ian K. , *Betrayals: Fort William Henry and the Massacre*, New York: Oxford University Press, 1990.

[313] Stein, Kevin, *Poetry's Afterlife: Verse in the Digital Age*, Ann Arbor: The University of Michigan Press, 2010.

[314] Stevenson, Robert Louis, "Henry David Thoreau: His Character and Opinion", *Cornhill Magazine* 41/1 (June 1880): 665-682.

[315] Stowe, Harriet Beecher, *Uncle Tom's Cabin, or, Life among the Lowly*, Cambridge, Massachusetts, and London, England: The Belknap Press of Harvard University Press, 2009.

[316] Tarnoff, Ben, *The Bhimians: Mark Twain and the San Francisco Writers Who Reinvented American Literature*, New York: The Penguin Press, 2014.

[317] Taylor, George Roger, ed. , *The Turner Thesis: Concerning the Role of the Frontier in American History*, Boston: D. C. Heath and Company, 1949.

[318] Thomas, Dwight, David K. Jackson, *The Poe Log: A Documentary Life of Edgar Allan Poe, 1809-1849*, Boston: G. K. Hall & Co. , 1987.

[319] Thompson, Gary Richard, *Great Short Works of Edgar Allan Poe*, New York: Harper Collins, 1970.

[320] Thompson, Gary Richard, " 'Proper Evidence of Madness': A-

merican Gothic and the Interpretation of ' Ligeia ' ", *ESQ: A Journal of the American Renaissance* 18/1 （Quar. 1972）: 30-49.

[321] Thoreau, Henry David, *The Journal of Henry David Thoreau*, Vol. 2, Salt Lake City, Utah: Peregrine Smith Books, 1984.

[322] Thoreau, Henry David, *A Week on the Concord and Merrimack Rivers*, University Park, PA: The Pennsylvania State University Press, 2003.

[323] Thoreau, Henry David, *Civil Disobedience: Resistance to Civil Government*, Auckland, New Zealand: The Floating Press, 2008.

[324] Thoreau, Henry David, *Walden: Or Life in the Woods*, Shanghai: World Publishing Corporation, 2010.

[325] Thorson, Robert M. , *Walden's Shore: Henry David Thoreau and Nineteenth-Century Science*, Cambridge: Harvard University Press, 2014.

[326] Todorov, Tzvetan, *The Fantastic: A Structural Approach to a Literary Genre*, trans. by Richard Howard, Cleveland, London: The Press of Case Western Reserve University, 1973.

[327] Turner, Frederick Jackson, *The Significance of the Frontier in American History*, ed. by Harold P. Simonson, New York: Frederick Ungar Publishing Co. , 1969.

[328] Twain, Mark, *A Connecticut Yankee in King Arthur's Court*, New York: Bantam Book, 1981.

[329] Twain, Mark, *Make Twain: Tales, Speeches, Essays, and Sketches*, New York: Penguin Books, 1994.

[330] Twain, Mark, *The Adventures of Huckleberry Finn*, San Diego, CA: ICON Group International, Inc. , 2005.

[331] Veeder, William, "The Nurture of the Gothic; or, How Can A Text be Both Popular and Subversive", *Spectural Readings: To-*

wards a Gothic Geography, eds. by Glennis Byron, David Punter, New York, NY: St. Martin's Press, Inc. , 1999.

[332] Wagenknecht, Edward, *John Greenleaf Whittier: A Portrait in Paradox*, New York: Oxford University Press, 1967.

[333] Wallmann, Jeffrey M. , *Evolutionary Machinery: Foreshadowings of Science Fiction in Bernard Shaw's Dramas*, University Park, PA: Penn State University Press, 1997.

[334] Walpole, Horace, *The Castle of Ortranto*, Auckland, New Zealand: The Floating Press, 2009.

[335] Washburn, W. E. , *The Indian and the White Man*, Garden City, NY: Doubleday & Company, 1964.

[336] Wendell, Barrett, *A Literary History of America*, New York: Scribners, 1901.

[337] Westfahl, Gary, *Cosmic Engineers: A Study of Hard Science Fiction*, Westport, Connecticut: Greenwood Press, 1996.

[338] Whitman, Walt, *The Complete Poems*, ed. by Francis Murphy, London: Penguin, 1986.

[339] Whitman, Walt, *Leaves of Grass*, New York: Random House, Inc. , 1993.

[340] Whitman, Walt, *Song of Myself*, Mineola, New York: Dover Publications, Inc. , 2001.

[341] Whitman, Walt, *Leaves of Grass: The Original Edition*, Mineola, New York, Dover Publications, Inc. , 2012.

[342] Wineapply, Brenda, *Hawthorne: A Life*, New York: Random House, 2004.

[343] Woolf, Virginia, *Books and Portraits: Some Further Selections from the Literary and Biographical Writings of Viginia Woolf*, ed. by Mary Lyon, London: The Hogarth Press, 1977.

［344］ Xia, Zhiqing, *A History of Modern Chinese Fiction*: *1917-1957*, New Haven: Yale University Press, 1961.

［345］ Ziff, Larzer, *The Literature of America*: *Colonial Period*, New York: McGraw-Hill Book Company, 1970.

［346］ Zusne, Leonard, Warren Jones, *Anomalistic Psychology*: *A Study of Magical Thinking*, Hillsdale, New Jersey: Lawrence Erlbaum Associates, 1989.

图书在版编目（CIP）数据

深渊之上的华尔兹：美国文艺复兴时期的非理性小
说／唐文著. -- 北京：社会科学文献出版社，2024.7
ISBN 978-7-5228-3462-7

Ⅰ.①深… Ⅱ.①唐… Ⅲ.①文艺复兴-文学史-美
国-近代 Ⅳ.①I712.094

中国国家版本馆 CIP 数据核字（2024）第 066179 号

深渊之上的华尔兹：美国文艺复兴时期的非理性小说

著　　者／唐　文

出 版 人／冀祥德
责任编辑／冯咏梅
文稿编辑／郭锡超
责任印制／王京美

出　　版／社会科学文献出版社（010）59367226
　　　　　地址：北京市北三环中路甲 29 号院华龙大厦　邮编：100029
　　　　　网址：www.ssap.com.cn
发　　行／社会科学文献出版社（010）59367028
印　　装／三河市龙林印务有限公司

规　　格／开　本：787mm×1092mm　1/16
　　　　　印　张：18.25　字　数：253 千字
版　　次／2024 年 7 月第 1 版　2024 年 7 月第 1 次印刷
书　　号／ISBN 978-7-5228-3462-7
定　　价／98.00 元

读者服务电话：4008918866